Alka Joshi est née en Inde et vit aux États-Unis depuis l'âge de neuf ans. Titulaire d'une licence de l'université de Stanford et d'une maîtrise du California College of the Arts, elle gère une agence de publicité et de marketing. Elle a vécu en France et en Italie et réside actuellement à Pacific Grove, en Californie, avec son mari. Son premier roman, *La Tatoueuse de Jaipur*, a été lauréat du Grand Prix du roman historique 2022.

De la même autrice :

La Tatoueuse de Jaipur
(Grand Prix du roman historique 2022)
Le Secret de Jaipur
La Parfumeuse de Paris
Six Jours à Bombay

Ce livre est également disponible
au format numérique

www.editions-hauteville.fr

Alka Joshi

SIX JOURS À BOMBAY

Traduit de l'anglais (États-Unis) par Florence Moreau

Hauteville

Hauteville est un label des éditions Bragelonne

Titre original : *Six Days in Bombay*

Ce livre est une œuvre de fiction. Les noms, personnages, lieux et incidents sont soit
le fruit de l'imagination de l'auteur, soit utilisés de manière fictive.
Toute ressemblance avec des personnes réelles, vivantes ou décédées, des établissements
commerciaux, des événements ou des lieux est entièrement fortuite.

Directeur : Antoine Béon
Directrice de la publication : Claire Renault Deslandes
Directrice éditoriale : Julia Leloup
Directeur artistique : Fabrice Borio

ISBN : 978-2-38122-940-9

Bragelonne – Hauteville
58, rue Jean Bleuzen – 92170 Vanves

E-mail : info@editions-hauteville.fr
Site Internet : www.editions-hauteville.fr

À toutes les femmes qui, partout dans le monde,
refusent d'être réduites au silence.

Bombay

Mai 1937

Chapitre 1

Mira fit la grimace, terrassée par un spasme de douleur. Je posai la main sur son front : il était aussi brûlant qu'un *jalebi* que l'on vient de retirer de l'huile bouillante. Prenant une serviette en coton de la pile posée sur sa table de nuit, je la trempai dans son verre d'eau et la lui appliquai sur le front. Son visage se détendit et elle poussa un soupir.

— Et le bébé ? parvint-elle à articuler.

J'ouvris la bouche pour lui répondre, mais me ravisai.

— Je vais chercher le docteur, madame.

À ces mots, elle ouvrit grand les yeux, comme si elle avait deviné la réponse que je m'étais apprêtée à lui donner.

— Oh non ! dit-elle, ses yeux s'emplissant de larmes. Il faut prévenir Paolo.

Je clignai des paupières. Dans son dossier, il était inscrit que son mari s'appelait Filip. Était-ce dû à la morphine ?

— Paolo ? répétai-je d'un ton prudent.

— Mon grand amour. C'est lui qui m'a appris l'art du portrait. Avant de le rencontrer, je ne peignais que des paysages. Après, ç'a été comme si j'étais incapable de peindre autre chose que des gens.

Elle s'exprimait d'un ton haletant. On aurait dit qu'elle s'efforçait de saisir les mots avant qu'ils ne lui échappent.

— Et maintenant, Whitney l'oblige à copier les maîtres, ce qui est vraiment regrettable. Que de talent gâché ! Il est vrai que les gens aiment accrocher des imitations aux murs, espérant que leurs invités ne feront pas la différence, ce qui est d'ailleurs le cas de la grande majorité.

Soudain, elle me saisit la main.

— Il faut que je demande à Filip de m'apporter mes tableaux, même s'il ne m'en reste plus que quatre, poursuivit-elle en baissant les commissures des lèvres.

Dans son anglais résonnait un accent différent de celui du *Burra Sahid*, ou du ton chantant avec lequel nous nous exprimions, nous, les Anglo-Indiens. Il était plus doux, les sons durs y étaient étouffés.

Elle émit un gémissement, tout à fait audible cette fois, en m'étreignant si fortement la main que c'en fut douloureux. Les effets de la morphine étaient en train de disparaître. Je regardai l'horloge au mur : elle devait tenir deux heures avant sa prochaine dose.

Me libérant de sa main, je lui ôtai la compresse que sa peau brûlante avait réchauffée pour la replonger dans l'eau. Quand je la remis sur son front, elle parut se détendre légèrement.

— Vous avez un sourire si adorable.

À ces mots, je me sentis rougir. Quand j'étais en quatrième, un de mes professeurs avait dit la même chose à portée de voix de ma mère. Celle-ci avait alors craché par terre pour éloigner les mauvais esprits, qui n'appréciaient pas la vanité. Depuis, je m'étais toujours méfiée des compliments, redoutant qu'ils poussent ma mère à s'agenouiller et à prier Krishna pour qu'il ne m'arrive rien.

— Parlez-moi, s'il vous plaît, me supplia la peintre en saisissant de nouveau ma main, désireuse d'avoir une compagne dans la douleur.

Je regardai nos mains enchevêtrées, une étude des contraires : la sienne, pâle, était parcourue de veines apparentes, ses ongles mordus au vif, et des traces de peinture étaient emprisonnées dans les volutes de ses empreintes digitales. Tandis que la mienne, couleur sable, était impeccablement récurée, piquetée de légères gerçures au bout des doigts. La chaleur de sa peau, un peu moite à cause de la fièvre, était étrangement réconfortante, comme l'était celle de ma mère. Mira Novak semblait intensément avide d'intimité, ce que la plupart des patients rejetaient au contraire de toutes leurs forces. Ils cherchaient uniquement à retrouver le plus vite possible le contrôle de leur corps – celui que nous tâtions et pressions –, et à oublier les souvenirs de leur convalescence.

Miss Novak était arrivée à l'hôpital Wadia aux alentours de 23 heures. Fébrile et agitée, elle se tenait l'estomac. Le dos de sa jupe était trempé de sang. Son mari, à la peau pâle et aux épaules carrées, avait dit qu'elle se plaignait de douleurs depuis quelques jours.

Celui-ci n'était pas resté ; il était reparti peu de temps après l'avoir amenée.

Une fois que le docteur Holbrook, le chirurgien de garde, en avait eu terminé avec elle – elle avait eu besoin de quelques points de suture et d'une bonne dose de morphine – l'infirmière en chef m'avait chargée de m'occuper d'elle. Cela arrivait parfois. Les patients aux origines un tant soit peu étrangères étaient généralement attribués à moi ou à ma collègue Rebecca, l'autre infirmière anglo-saxonne qui faisait partie de l'équipe de nuit, parce que nous parlions anglais couramment. Pour la journée, la cheffe désignait une autre infirmière eurasienne, ou s'occupait personnellement du malade.

— Elle risque de rester chez nous un certain temps, murmura la cheffe en me lançant un coup d'œil entendu.

Notre hôpital était petit, mais on avait attribué une chambre privée à la patiente. Il ne m'échappa pas qu'elle aurait pu être emmenée dans un établissement plus grand, qui avait la faveur des Britanniques, mais visiblement, de la discrétion était requise. Malgré tout, la rumeur ricochait dans les couloirs. « Ce n'était pas une simple fausse couche. Elle a tenté de le faire elle-même. Son mari a pris le relais. Elle a voulu se suicider. » Je n'y prêtais pas attention. Il me suffisait de savoir qu'une femme avait besoin de notre aide : notre métier consistait à la guérir.

Avant même de lire son dossier, j'avais su qui elle était, en l'occurrence la peintre Mira Novak, célèbre jusqu'à Bombay. J'avais vu une photo d'elle et lu un article sur elle dans le *Bombay Chronicle*. J'y avais appris qu'elle avait étudié la peinture à l'Accademia di Belle Arti de Florence en Italie quand elle avait tout juste quinze ans ; elle était aussi la plus jeune étudiante à y avoir été admise. Sa mère, hindoue et issue d'une haute caste, l'avait accompagnée de Prague, où elles habitaient, à Florence, le voyage s'étant terminé à Paris, où Mira avait pu affirmer son talent. Jusqu'à ses vingt ans, celle-ci n'avait jamais mis le pied en Inde. Mais dans les reproductions de ses peintures qui illustraient l'article, je n'avais vu ni Paris, ni Florence, ni aucune autre ville lointaine que je rêvais de visiter un jour. J'avais vu des villageoises vêtues de saris, à la peau plus foncée que la mienne ou celle de Mira. Dans ses tableaux, des femmes assises, silencieuses et sombres, se dessinaient mutuellement des motifs au henné sur les mains, gardaient les moutons sur les collines ou enduisaient de bouse de vache les murs de leurs maisons. Pourquoi une jeune privilégiée comme Mira était-elle obsédée par les femmes ordinaires et pauvres ? Je ne me l'expliquais pas.

Elle avait six ans de plus que moi – vingt-neuf ans, était-il écrit dans son dossier. À mes yeux, elle était adorable avec sa peau lisse et parfaite, ses sourcils qui formaient un angle avec ses pommettes saillantes. Même si elle avait actuellement les yeux fermés, on devinait qu'ils étaient grands, légèrement protubérants, mais d'une manière qui lui conférait un charme indubitable, attirant d'autorité le regard d'autrui. Son nez un rien retroussé lui donnait un air impérial, qu'elle tenait probablement d'une lignée royale. Elle n'était pas d'une beauté classique ; ma mère aurait dit qu'elle avait un visage frappant, avec du caractère.

À présent, elle clignait des yeux, regardant tout autour d'elle. Soudain, elle posa sur moi un regard étonné, comme si nous ne nous étions pas parlé quelques minutes plus tôt. Ses pupilles étaient rétrécies, elle semblait désorientée.

— Madame Novak ?

J'espérais voir une lueur briller dans ses yeux, indiquant qu'elle me reconnaissait.

— Vous êtes à l'hôpital Wadia, madame. À Bombay. Vous êtes arrivée depuis quelques heures.

Je m'exprimais d'un ton bas, dans mon anglais mâtiné d'un accent hindi.

Elle fronça les sourcils, baissa les yeux vers son torse, les releva vers moi.

— Pas madame, dit-elle, mais Miss Novak.

— Pardon, madame.

Je ne comprenais pas vraiment pourquoi, mais n'en soufflai mot. Comment une femme mariée pouvait-elle encore porter son nom de jeune fille ? Toutefois, mon métier ne consistait pas à l'interroger ; d'ailleurs, après ce qui s'était passé à Calcutta, je prenais garde à ne plus rien dire. Là-bas, je n'étais pas la seule infirmière à qui on avait touché les seins et les fesses, mais la seule à m'en être plainte, de manière récurrente et avec force, ce qui avait donné la migraine à l'infirmière en chef de l'hôpital catholique de Calcutta, et le droit de me bannir de sa vue. J'étais une fauteuse de troubles, disait-elle. Pourquoi ne pouvais-je donc pas me taire, comme les autres ?

Toutefois, je n'étais plus à Calcutta. J'habitais désormais à Bombay et j'avais promis à ma mère que tout serait différent, ici.

— Comment vous sentez-vous, madame ?

Elle ferma les yeux et laissa fuser un léger rire.

— Je vais mieux, mademoiselle…

Elle s'interrompit pour que je complète le blanc.

— Falstaff, madame.

— Et quel est votre prénom ?

Une chaleur toute douce se répandit alors en moi : la plupart des patients se contentaient de m'appeler « mademoiselle ».

— Je m'appelle Sona, dis-je d'un ton timide.

Elle ouvrit les yeux.

— Sona ? Comme…

Et elle désigna les minuscules créoles en or que je portais aux oreilles.

— Tout à fait, madame, dis-je en souriant. Cela signifie or.

J'aurais aussi pu lui dire que ma mère m'avait fait percer les oreilles trois mois après ma naissance. Parce que, selon le pandit, c'était *de bon augure*. Elle m'avait donc emmenée chez l'orfèvre – un choix plus judicieux que le tailleur. À l'aide d'une aiguille en or, le bijoutier avait fait passer un minuscule fil noir dans mes lobes, puis il lui avait demandé de me ramener deux semaines plus tard. Si j'avais été en âge de parler, j'aurais dit à ma mère de s'abstenir d'une telle dépense. Les minuscules créoles en or qu'il avait insérées quand elle m'avait ramenée chez lui avaient coûté en effet deux mois de salaire.

Mais je ne racontai rien de tout cela à ma nouvelle patiente. Je ne parlais d'ailleurs de ma vie à personne, à part à Indira. Et même à elle, je ne révélais que peu d'informations à la fois, à la façon dont Gandhi filait le coton sur sa *charkha*, ajoutant sur la bobine juste la quantité dont il avait besoin.

Mira poussa un nouveau cri de douleur, plus aigu cette fois. J'en tressautai. Je ne lui porterais pas préjudice en lui donnant une petite dose supplémentaire, n'est-ce pas ? Dès que je la lui eus administrée, Mira ferma les yeux, et je la surveillai jusqu'à ce que sa respiration redevienne régulière. Après quoi je sortis de sa chambre pour m'occuper de mes autres patients.

Dans son pyjama en coton rayé, Ralph Stoddard était en train de lire le journal à la lumière de sa lampe de chevet. Il s'était cassé la jambe gauche en glissant sur le sol de son bungalow. Son domestique venait juste de le cirer, mais le docteur Stoddard ne l'avait pas remarqué, car il feuilletait son courrier tout en marchant. Médecin à la retraite, il avait quatre-vingts ans, ou à peu près, âge auquel il est facile de se briser un os ou deux.

—Il est 3 heures du matin, docteur, le grondai-je.

Baissant un coin de son journal, il me regarda à travers ses verres épais qui lui donnaient l'air d'une chouette.

—J'ai la jambe cassée, mademoiselle. Je suis dans l'incapacité de savoir l'heure qu'il est.

Sur cette déclaration, un sourire flotta sur ses lèvres – des lèvres si fines qu'elles étaient aspirées par sa bouche.

—Et puis avec ce tintamarre… (il désigna du menton son compagnon de chambre qui ronflait, M. Hassan) qui pourrait fermer l'œil ?

Après quoi il reprit sa lecture. La une du journal était encore consacrée à l'accident du Hindenburg. On continuait à retrouver des victimes à Lakehurst, dans le New Jersey, un endroit si loin et si exotique que jamais je ne le verrais.

— Il est écrit que l'Angleterre a mis en place un service d'urgence à appeler, poursuivit-il en tapotant son journal. Si l'Inde en avait eu un, j'aurais pu y recourir quand je suis tombé comme un fichu domino dans ma maison, au lieu de devoir attendre que Ramu rentre du marché.

Il plia le journal et le mit de côté.

— On fait une petite partie ? demanda-t-il, plein d'espoir.

J'hésitai. Le personnel était restreint et je devais m'occuper de nombreux autres patients. Mais comme je n'avais pas pris de pause depuis trois heures, ce petit répit me ferait du bien. En outre, il était difficile de résister à l'humeur enjouée du docteur Stoddard. C'était un insomniaque qui parvenait toujours à me convaincre de jouer au backgammon avec lui quand je disposais d'un peu de temps. Il avait insisté pour que son neveu Timothy lui apporte ce jeu de société, qu'il laissait à présent sur sa table de nuit.

Je lui demandai malgré tout si nous ne risquions pas de réveiller M. Hassan, dans le lit d'à côté. Il haussa les sourcils, et déclara d'un ton sec :

— Rien ne pourrait réveiller cet homme, pas même l'explosion du Hindenburg.

La première fois que le docteur Stoddard m'avait demandé si je savais jouer au backgammon, j'avais répondu que oui. À Calcutta, une camarade d'école avait tenté de m'en inculquer les règles. Mais la cloche sonnait toujours pour le cours suivant avant que nous ne puissions terminer une seule partie. En outre, elle jouait très vite, j'arrivais difficilement à la suivre.

— Formidable, avait-il dit avec un sourire espiègle.

Lors de notre première partie, j'avais remarqué qu'il avait avancé son pion de six cases au lieu de cinq comme le lui indiquait son dé. Toutefois, je l'avais laissé faire. Après tout, j'étais ici pour l'aider à passer le temps, pas pour le mettre au défi. La cinquième fois, il avait gagné rapidement, puis levé les mains en l'air.

— Mais bon sang, pourquoi me laissez-vous tricher ?

Trop stupéfaite pour répondre, je m'étais contentée de le regarder.

Alors il avait ôté ses lunettes afin de les essuyer à son haut de pyjama en disant :

— Je triche. C'est plus fort que moi. Il faut que quelqu'un me dise que je suis un crétin.

J'en avais été choquée.

— Je ne pense pas être en droit de vous dire cela, docteur.

— Qui l'a décrété ?

— Eh bien… La cheffe ne permettrait jamais…

Il s'était penché sur le plateau du jeu et avait remis ses lunettes, de sorte que ses yeux en avaient été grossis.

— Elle n'est pas là, n'est-ce pas ? Sauf si elle est cachée derrière la porte…

Automatiquement, je m'étais retournée vers la porte. Quand j'avais de nouveau pivoté sur moi-même, tous les jetons étaient de son côté, et il avait de fait remporté la partie.

Il m'avait adressé un sourire charmeur.

— Vraiment, quelle malchance pour vous ! On remet ça ?

Ce soir-là, alors qu'il installait le plateau, je tournai le poignet pour regarder ma montre. Mme Mehta ne prenait son prochain comprimé que dans une demi-heure.

— Concentrez-vous, mademoiselle, concentrez-vous, dit le docteur.

Maintenant, les parties étaient rapides. Depuis que je l'avais rappelé à l'ordre pour les libertés qu'il prenait avec les jetons, il avait arrêté de tricher. De mon côté, je scrutais d'un œil vif le plateau et élaborais des stratégies. Ralph Stoddard avait fait de moi une redoutable adversaire.

Au bout de dix minutes de jeu, j'entendis qu'on m'appelait. Je jetai un coup d'œil par-dessus mon épaule : c'était mon amie Indira, avec dans les bras une pile de draps pliés qui lui masquait à moitié le visage. Nous travaillions toutes les deux de nuit, et nous rentrions souvent ensemble à la maison ; toutefois, je ne l'avais pas encore vue depuis mon arrivée à 18 heures, ce jour-là.

Je m'excusai auprès du docteur tout en l'avertissant :

— Ne vous avisez pas de déplacer le moindre pion en mon absence. J'ai des yeux derrière la tête.

— Croix de bois, croix de fer, si je mens j'irai en enfer, comme un bon chrétien, répondit-il.

Nous savions tous les deux qu'il mentait : il était athée.

Je suivis Indira dans le couloir. Elle avait sans doute besoin de moi pour refaire un lit. Mais elle ouvrit la porte de la réserve et me dit :

— Ferme la porte.

Intriguée, j'obtempérai.

Alors elle se tourna vers moi et baissa la pile de draps : sa lèvre supérieure était entaillée et elle avait un hématome sur la joue.

— Oh, Indira !

Je me précipitai vers elle, lui pris les draps des bras pour les poser sur le banc, au milieu de la pièce.

— Fais-moi voir.

Avec précaution, je lui touchai la joue à l'endroit où une tache rouge commençait à se former.

— Assieds-toi, lui ordonnai-je.

Elle m'obéit telle une enfant et se mit à pleurer.

La réserve consistait en un mur d'étagères qui abritaient des draps, des serviettes et des oreillers. Tout au bout, il y avait un placard réservé aux trousses de secours. Le mur opposé était destiné aux casiers des infirmières. (Les docteurs avaient leur propre pièce pour se changer.) J'adorais l'odeur de frais qui régnait dans la réserve, celle de la lavande, du lin, de l'eau de rose ainsi qu'une pointe d'antiseptique.

Je me ruai vers le placard pour prendre une solution d'hypochlorite de sodium, une pommade antiseptique et de la gaze. Quand je revins vers Indira, elle essuyait discrètement ses larmes ; elle fit la grimace quand sa main toucha son hématome.

Tout en nettoyant sa plaie, je demandai :

— C'est Balbir ?

Elle hocha la tête.

Je serrai les dents. Ce n'était pas la première fois que son mari levait la main sur elle.

— La pommette n'est pas atteinte. C'est au moins ça.

Je séchai l'entaille avec de la gaze, la désinfectai, puis mis un peu de pommade.

— C'est pour la même chose que la dernière fois ?

— *Hahn*, répondit-elle avant de poursuivre en prenant un timbre plus grave pour imiter son mari : « Trois filles et pas de fils. C'est quoi ton problème ? »

Elle reprit une voix normale pour ajouter :

— Comme si j'y pouvais quelque chose !

Elle pleurait à chaudes larmes, maintenant, sans chercher à les retenir.

— Tu es en train d'abîmer tout mon travail, tu en as conscience ? lui dis-je gentiment.

Puis je me plantai devant elle et lui pris les mains.

Elle voulut me sourire, mais sa coupure l'en empêcha.

— Je sais ce que tu vas dire, Sona.

— Quoi donc ?

Je la relâchai pour découper un bout de gaze et m'en servir de compresse pour ses cernes gonflés.

— Qu'avoir un fils ne dépend pas de ma volonté. Je suis infirmière, Sona ! Je le sais. Mais il ne me croit pas. Tu veux que je quitte. Tu ne le dis pas, mais je le sais. Cependant, où irai-je, alors ? Sa mère et son père me mettront à la porte et garderont les filles.

Elle renifla. Je lui donnai encore de la gaze pour qu'elle se mouche.

— Tu imagines ce que serait leur vie ? C'est impossible.

Je soupirai. À part soigner ses blessures, je ne pouvais pas faire grand-chose pour elle. Des siècles de tradition avaient transformé les filles, les épouses et les mères en êtres dont on pouvait se passer. Soit elles se conformaient aux ordres de leur mari et de leur belle-famille, soit elles en payaient un prix intenable. Cela dit, il aurait été ridicule d'affirmer que ma mère avait été chanceuse de ne jamais rencontrer ses beaux-parents anglais, dans la mesure où elle en avait aussi beaucoup souffert. Quand elle s'était mise en ménage avec mon père, sa propre famille avait coupé tous les ponts avec elle de façon aussi nette que l'on coupe un fil qui dépasse d'un sari.

Dans mon casier, j'avais un poudrier. Ma mère mixait du cèdre, des graines de sésame et des racines de costus pour obtenir une poudre destinée à éclaircir le teint. Elle avait toujours été très fière de ma peau claire : les Indiennes estimaient que c'était une qualité qui attirait les bons partis. Malgré tout, elle insistait pour que j'utilise de la poudre. Elle ne jurait que par l'Afghan Snow, une crème de beauté promue par le roi d'Afghanistan. Je refusais de m'en mettre, mais, pour temporiser, j'acceptais ses cadeaux et les conservais dans mon casier, au travail. À présent, je saupoudrais légèrement la joue d'Indira ainsi que sa lèvre du fard de ma mère.

Indira me regarda.

— Tu sais, Balbir n'a pas toujours été ainsi. Jusqu'à la naissance de notre deuxième fille, il m'achetait des *laddoo* chez le vendeur au bout de la rue, ou des saris au bazar. Je l'aimais alors. Mais c'était avant qu'il ne se mette à fréquenter le Mahalaxmi.

Sous la pression de toutes ses filles et des dots qu'il aurait à payer pour leur mariage, le mari d'Indira avait commencé à tenter sa chance aux courses de chevaux. Jusque-là, il avait toujours perdu.

Je posai la main sur les siennes. Je me réjouissais qu'elle ait de bons souvenirs avec son mari, mais ceux-ci étaient bien pâles face à l'homme qu'il était devenu.

Tout à coup, quelqu'un toqua à la porte et nous sursautâmes avant de nous lever bien vite. Je lui lançai un regard interrogateur et elle hocha la tête, rajustant son tablier d'infirmière. Ôtant le verrou, j'ouvris la porte.

C'était Rebecca, l'autre infirmière anglo-indienne qui travaillait à l'hôpital. Elle étrécit les yeux en les dardant sur nous.

— Vous n'avez pas de travail à faire, vous deux ?

Elle me scruta la première, puis ce fut le tour d'Indira, qui se trouvait derrière moi. Je tentai de protéger mon amie de son regard inquisiteur en adressant un sourire très chaleureux à Rebecca.

— Comment vas-tu, Rebecca ? m'enquis-je. Et tes parents, se portent-ils bien ?

Lors de mon embauche à Wadia, j'avais cru que, en raison de notre héritage commun, nous deviendrions amies. Mais finalement, ce fut entre Indira et moi que se créa une intimité. Peut-être était-ce parce que notre cheffe me confiait tous les patients qui requéraient les soins les plus délicats, alors que Rebecca travaillait ici avant moi. En outre, il n'était pas exclu que les rumeurs qui circulaient sur le compte de Rebecca et auraient influé sur l'attitude de notre cheffe soient fondées, à savoir que Rebecca avait entretenu une liaison avec un docteur marié, lequel avait été en conséquence muté dans une autre ville. Cependant, pour avoir été moi-même la cible de médisances pendant fort longtemps – « Le père de Sona est un escroc en fuite qui a été renvoyé en Angleterre ; il a volé l'armée avant de partir ; il a drogué sa mère pour coucher avec elle » –, je savais qu'elles vous écorchaient la peau et vous faisaient saigner à l'intérieur. Je n'avais nulle envie de prendre la défense de mon père, et je ne voulais pas non plus que Rebecca croie que je colportais des rumeurs sur son compte. Parfois, je lui apportais des tranches de cake au beurre de caramel que confectionnait ma mère ou une pivoine rose de notre jardin pour l'amadouer, m'en faire une amie. Jusqu'ici, mes tactiques n'avaient pas marché.

Rebecca me décocha un étrange sourire, qui révéla toutes ses dents, mais sans laisser poindre le moindre sentiment.

— Nous allons tous bien, merci. Ma sœur est de nouveau enceinte. Et ta mère, Sona ? Comment se sent-elle ? Pas trop seule, j'espère.

Je tressaillis. Rebecca avait toujours ses deux parents. Sa mère, une Anglaise, était tombée amoureuse de son professeur de maths indien quand elle était au pensionnat et l'avait épousé. Ils avaient eu deux autres enfants, et formaient une vraie famille, ici, au cœur de Bombay. Mon père à moi avait abandonné ma mère et ses deux enfants en bas âge. Je m'en étais ouverte à Rebecca juste après mon embauche à Wadia ; à l'époque, elle me semblait sympathique, elle m'avait même offert un exemplaire de *Jane Eyre*. Maintenant, elle prenait plaisir à me rappeler que mon père avait déserté notre foyer, et je regrettais de m'être confiée à elle.

— Elle a sa couture, lui répondis-je, le rouge aux joues.

Rebecca se rapprocha de moi, assez près pour que je puisse distinguer les cicatrices d'acné sur ses joues.

— Une couturière payée à la tâche, dit-elle en inclinant la tête comme si elle en était désolée. La pauvre.

Elle posa alors une main censément empathique sur mon épaule ; j'en frissonnai et reculai pour m'en détacher.

— Je dois aller à la pharmacie, dis-je subitement.

Et, la contournant, je sortis de la réserve.

Derrière moi, je l'entendis demander d'une voix faussement chaleureuse :

— Tu es encore tombée, Indira ?

La pharmacie de l'hôpital était une petite pièce dépourvue de fenêtre où s'alignaient des étagères remplies de comprimés, de plantes médicinales et de flacons. Elle était approvisionnée par Horace, un homme de petite taille et dépourvu d'humour. Selon la rumeur, il était spécialisé en potions ayurvédiques avant de devenir le pharmacien de l'hôpital. Bien qu'il n'ait pas de titre officiel, il avait toute la confiance de la cheffe, avec qui il collaborait depuis vingt ans, et nous accordait la sienne pour signer à sa place le registre de sortie des médicaments dont nous avions besoin lorsqu'il était parti déjeuner ou prenait un jour de congé. Celles qui parmi nous étaient de service de nuit avaient l'habitude de noter les médicaments qu'elles prenaient et d'indiquer à quels patients ils étaient destinés. Je laissai donc un mot sur le tableau accroché à la porte de son domaine : *Mme Mehta* et *Miss Novak*.

Je me rendis ensuite dans la chambre de cette première. Âgée de quarante-cinq ans, elle séjournait régulièrement à l'hôpital. Parfois pour des maux de dos, d'autres fois pour des indigestions ou encore des migraines qui requéraient une prise en charge immédiate. J'appris avec le temps qu'elle avait un beau-père très exigeant qui habitait avec sa famille et trouvait à redire sur tout ce qu'elle préparait pour le dîner, ou sur la façon dont elle repassait ses chemises, ou encore sur la température du thé qu'elle lui servait. La seule solution qu'elle avait trouvée pour avoir un peu de répit consistait en ces séjours à l'hôpital.

Son mari, un homme exquis à l'air angélique, gérait une entreprise de poterie ; il adorait sa femme mais redoutait plus que tout son père, le propriétaire de la société. La famille Mehta était bien connue dans les cercles mondains, qui comprenaient de nombreux clients de l'hôpital Wadia, aussi la cheffe détournait-elle le regard sur les séjours fréquents de sa femme.

Quand j'entrai dans sa chambre, Mme Mehta, qui avait le sommeil léger, se redressa sur son lit.

— Je n'ai pas pu fermer l'œil ! dit-elle. Je n'ai pas arrêté de m'imaginer préparer du thé toute la nuit afin qu'il soit assez chaud pour Sa Majesté.

Je lui souris et calai des oreillers dans son dos.

— Pourquoi ne demandez-vous pas à Bippi de s'en charger ?

La famille de Mme Mehta m'était devenue familière et j'en savais beaucoup sur son foyer : le nom de sa domestique préférée, son plat favori, ses regrets de ne pas avoir eu d'enfant.

Elle ressembla les doigts de sa main, les porta à son front, puis secoua celle-ci comme si elle répandait du sel.

— Sa Majesté n'accepte pas qu'une domestique se charge de son thé. Il doit être préparé par mes mains, si maladroites soient-elles d'après lui.

Ce n'était bien sûr pas la première fois que j'entendais ces propos.

— Moi, je trouve vos mains fort belles, madame.

Son visage s'éclaira, et elle me fit signe d'avancer vers elle. Comme c'était devenu une sorte de routine, j'inclinai spontanément la tête pour qu'elle y pose les paumes et me bénisse. Je ne croyais en aucun dieu, indien ou chrétien, mais j'appréciais son geste de bienveillance. Je lui rendis son sourire.

J'avais apporté un comprimé dans une petite tasse que je lui tendis, ainsi qu'un verre d'eau. Elle avala le médicament comme une bonne patiente. La cheffe m'avait dit que, en réalité, c'était juste du sucre.

Mme Mehta tourna ensuite un regard exalté vers moi.

— J'ai entendu dire que nous avions la visite d'une patiente célèbre dans le monde entier.

Sa remarque me fit rire. Pour Mme Mehta, ses séjours à l'hôpital s'apparentaient réellement à des vacances !

— Je sais que c'est une femme, enchaîna-t-elle. Or, l'Inde n'a qu'une peintre connue de tout le monde.

Elle me regarda, attendant que je confirme ses dires.

Je pinçai les lèvres pour éviter de sourire.

— Donc ce soit être Mira Novak.

— Vous savez que je ne peux ni confirmer ni infirmer.

Elle hocha la tête avec sagesse.

— « Il suffit d'un *chowkidar* véreux pour conduire un village entier à sa ruine. »

Même si Mme Mehta souffrait de sa situation familiale, elle bénéficiait de tout le confort que j'aurais souhaité pour ma mère. Une grande maison, un mari aimant, une armada de domestiques. Une quantité suffisante de saris pour remplir cinq armoires. Ce qui n'était pas le cas de ma mère ! Toutefois, malgré ses ressources limitées, celle-ci m'avait tant donné ! Serais-je un jour en mesure de lui offrir une vie comme celle que menait Mme Mehta ?

Je secouai la tête : mes rêves étaient des fils d'araignée tissés d'or, c'était ce que ma mère aurait dit.

Je m'arrêtai dans la chambre du docteur Stoddard pour lui dire que nous reprendrions la partie le lendemain, mais il désigna le plateau du doigt. Il avait mis tous les jetons du même côté. Prenant mon expression la plus méprisante, j'articulai sans émettre de son :

— Crétin.

Il se mit à rire.

— Le docteur Mishra a joué à votre place.

À cet instant, celui-ci surgit de derrière la porte, un porte-bloc à la main. Il devait être en train de noter des informations dans le dossier de M. Hassan quand j'étais entrée. Je fus surprise de constater que le gentleman musulman, à présent réveillé, était plongé dans le roman de Tagore, *Chokher Bali*, que j'avais lu à Calcutta.

— Je m'occupais de M. Hassan et on m'a incité à jouer, dit le docteur Mishra, portant le regard sur ma coiffe, puis mes chaussures, et enfin vers le plateau de backgammon posé sur la table du docteur Stoddard.

Étais-je la seule infirmière qui le rendait nerveux, ou se comportait-il de la même manière avec les autres ? C'était notre médecin de garde, un jeune célibataire. Il avait été recruté en Angleterre l'année précédente. J'avais entendu dire qu'il aurait pu continuer à exercer la médecine là-bas, mais qu'il avait décidé de revenir en Inde. Les infirmières – tant les religieuses que celles qui avaient suivi une formation médicale comme moi – l'aimaient beaucoup.

— On peut dire que Stoddard est un joueur appliqué, reprit-il. Il m'a facilement battu.

La fossette sur son menton se creusait quand il souriait. Dans un murmure moqueur, il ajouta :

— C'est presque certain qu'il triche.

Ses deux incisives se chevauchaient légèrement, ce qui lui donnait un air humble.

Je haussai un sourcil.

— C'est une opinion très répandue, renchéris-je.

Le docteur Mishra se mit à rire, ce qui fit voleter les mèches de ses cheveux.

— « Puisqu'on ne peut pas changer la direction du vent, il faut apprendre à orienter les voiles », mademoiselle Falstaff.

J'ignorais qu'il connaissait mon nom. Le chirurgien de garde et le chef de service hospitalier nous appelaient toutes « mademoiselle » sans préciser notre nom de famille, comme si nous étions interchangeables.

— Dehors, dehors, vous deux !

Et Stoddard remua les mains comme s'il était agacé par nos taquineries, alors qu'en réalité il souriait.

Le docteur Mishra se tourna alors vers M. Hassan pour lui dire au revoir ; celui-ci leva son livre et l'agita en guise de réponse. Puis le docteur Mishra désigna du menton la jambe du docteur Stoddard.

— Le processus de guérison se passe bien. Nous pourrons ôter le plâtre dans une semaine.

Stoddard se frotta les mains et me regarda, un sourire malicieux aux lèvres.

— Formidable ! J'ai donc du temps devant moi pour vous aider à perfectionner votre maîtrise du backgammon.

— Et moi la vôtre, renchéris-je avec un sourire.

— Bon, je vais poursuivre ma ronde, annonça le docteur Mishra en s'approchant de moi, les yeux rivés à ma coiffe.

Je me tenais toujours sur le seuil. Il tenta de me contourner, souriant timidement au sol en granit. Je fis un pas de côté, et me retrouvai de nouveau dans son passage. Nous devions avoir l'air d'un couple de danseurs maladroits. J'inhalai soudain un effluve de cardamome et de citron émanant de sa blouse blanche quand il finit par glisser devant moi.

— Oh, bonsoir, mademoiselle Trivedi, l'entendis-je dire dans le couloir.

C'était le nom de famille de Rebecca. Donc il connaissait d'autres noms que le mien, ce qui me fit me sentir en un sens plus banale.

Ma garde commençait le soir à 18 heures et se terminait à 4 heures du matin. Avant de partir, je me rendis dans la chambre de Miss Novak pour lui administrer la morphine à laquelle elle avait droit. Elle se réveilla en m'entendant bouger dans sa chambre.

— Je vous donne le reste de la dose maintenant, avant de partir, dis-je.

Puis je passai du coton imbibé d'antiseptique sur la zone où j'allais l'injecter. Elle me retint brusquement le bras et ferma les yeux.

— Parlez-moi de votre père. J'étais en train de penser au mien.

Je restai d'abord muette. Jamais un patient ne m'avait posé une question aussi personnelle, et je n'avais jamais parlé de mon père à personne, à part à Rebecca, à l'époque où nous partagions le pain perdu que faisait ma mère. Je plaçai la seringue dans le récipient en émail destiné à cet effet, et appliquai de l'antiseptique à l'endroit où j'avais fait l'injection.

Mira attendait patiemment une réponse. Je finis par marmonner :

— Pourquoi, madame ?

Elle ouvrit les yeux.

— Était-il à ce point odieux ?

Je ne répondis rien.

— Il vous maltraitait ?

Je serrai les mâchoires.

— Je vois.

À cet instant, nos regards se croisèrent. *Laquelle de nous deux clignera la première ?* me demandai-je. S'il lui était facile d'aborder des sujets intimes la concernant, elle n'était en rien fondée à attendre de moi la réciproque. D'autant que je n'aimais pas qu'on me force à révéler des choses sur ma famille dont même ma mère et moi ne parlions pas.

J'allai au pied du lit pour noter, dans son dossier, les médicaments que je venais de donner.

— Avez-vous besoin d'autre chose, madame ?

Elle secoua la tête, et ferma de nouveau les yeux.

— Nous n'en avons pas fini, mademoiselle Falstaff, dit-elle.

Son souffle était redevenu régulier.

— Alors à demain soir, Miss Novak.

Dans la réserve, je troquai mon uniforme contre un pull et une jupe, et mis ce premier dans mon casier. Depuis que j'étais sortie de la chambre de Mira, sa question m'obsédait. À Calcutta, tout le monde était au courant pour mon père. Je n'avais que trois ans quand il était parti, mais j'avais entendu les chuchotements lorsque j'accompagnais ma mère chez ses clientes. Il était venu du Royaume-Uni pour encadrer des soldats indiens – nombre d'entre eux avaient combattu aux côtés de l'Angleterre pendant la Première Guerre mondiale ; un jour, il avait eu besoin de faire réparer son uniforme déchiré. C'était ainsi qu'ils s'étaient rencontrés. Je fus leur premier enfant, puis ils donnèrent le jour à mon frère et, à mes trois ans, il retourna en Angleterre d'où il ne revint jamais. Je n'avais pas beaucoup de souvenirs de lui. Ma mère n'en parlait pas, et je ne posais pas de questions.

Six mois après son départ, notre famille ne comptait plus que deux membres, ma mère et moi. Mon frère mourut en effet avant son deuxième anniversaire. Pourquoi Mira voulait-elle que je revive la douleur de l'abandon ? Qu'est-ce que cela pouvait bien lui faire de connaître ce que je savais de mon père et ce que je pensais de lui ?

J'étais perdue dans mes pensées quand l'infirmière qui prenait ma relève arriva. Roopa était l'une des dernières recrues indiennes de notre structure médicale anglaise. Elle était pleine d'entrain, toujours le sourire aux lèvres. Elle aimait bien taquiner les autres et appréciait qu'on lui rende la pareille. Elle était aussi bien la préférée des médecins que des aides-soignantes.

— Comment va notre vieux bonhomme ? demanda-t-elle en enfilant son uniforme. Toujours fauteur de troubles ?

Je me mis à rire.

— Le docteur Stoddard t'attend pour que tu illumines sa journée.

— Tu as gagné, aujourd'hui ?

— Pas vraiment. Mais j'ai quand même empoché dix *paise*.

Le vieux docteur et moi avions commencé à parier – juste des petites sommes – quand nous jouions.

Elle fit claquer son tablier sur mon bras.

— Attention à ne pas tout dépenser en une fois !

Et son rire la suivit quand elle sortit de la pièce.

Le cœur plus léger, je me dirigeai vers le local technique, à l'arrière de l'hôpital, pour récupérer ma bicyclette. La plupart du temps, je raccompagnais Indira à pied jusqu'à son quartier, puis j'effectuais le reste du trajet à vélo. À 4 heures du matin, il n'était pas possible de prendre le tramway. Ma mère s'inquiétait de me savoir dans la rue à l'aube, mais les gardes de nuit rapportaient plus que celles de jour. En outre, les rues étaient pratiquement désertes, au petit matin. Tout était calme et paisible.

Le sol du local technique était en ciment et ses murs peints en gris. Ici régnaient des odeurs de produits chimiques fort différentes des arômes médicinaux des étages au-dessus – et pourtant, d'une certaine façon, agréables elles aussi. Plus d'une fois, je m'étais demandé si j'aurais aimé travailler avec mes mains, fabriquer des objets au lieu de soigner les gens. Mais ma mère avait dépensé toutes ses roupies pour me payer ma formation d'infirmière, comptant aussi sur mon salaire pour nous faire vivre. Quand j'avais obtenu mon diplôme, je lui avais pris la main et j'avais pressé mon front contre le sien, notre signe privé pour signifier que tout irait bien. Que n'aurais-je pas fait pour apaiser ses inquiétudes concernant nos revenus ! Je mangeais le mouton qu'elle tenait à cuisiner pour moi, convaincue que cela me donnerait des forces (bien qu'elle-même n'en prît jamais), je portais les chaussures d'infirmière requises, comme elle le voulait (la seule partie de mon uniforme qu'elle ne pouvait pas coudre) ! Je voulais lui offrir la vie qui aurait dû être la sienne au lieu de celle à laquelle elle avait été réduite à cause de moi. Et mon métier d'infirmière me permettait de mettre de l'argent de côté et représentait pour moi un moyen d'arriver à mes fins la concernant.

Mohan travaillait ici, il entretenait le matériel, huilait les roues des lits à roulettes, faisait marcher le gril et réparait tout ce qui devait l'être. Cette nuit-là, il était en train de repeindre une table d'appoint en bois, et me tournait le dos. Je l'observai un instant : ses coups de pinceau réguliers et lisses m'apaisèrent.

Je me dirigeai ensuite vers l'endroit où se trouvaient les vélos. Quand il m'entendit, il leva la tête, se redressa et m'adressa un sourire en coin. Chaque fois qu'il venait à notre étage apporter du matériel ou un meuble, je sentais ses yeux posés sur moi. Il me recherchait pour me dire bonjour et essayait toujours de discuter avec moi. Je freinais ses ardeurs : une femme de vingt-trois ans sans mari (ce qui en soi constituait une anomalie) n'avait pas besoin de susciter des rumeurs de rendez-vous qui n'auraient jamais lieu.

Malgré tout, Mohan était gentil. Il inspirait un sentiment de sécurité. De haute taille, il avait des cheveux épais qui commençaient bas sur le front. Son menton était noir bleuté, d'impatients follicules pileux commençant déjà à faire pousser sa barbe (même s'il s'était sans doute rasé avant de commencer le travail). Sa chemise était imprégnée d'huile, de graisse et de solvants pour la peinture – le parfum du local.

Comme moi, il travaillait de nuit, sans doute pour gagner davantage. J'avais toujours aimé le calme de la nuit, le bourdonnement à peine perceptible des couloirs sans visiteur, sans source de dérangement. Peut-être qu'il en allait de même pour lui.

Mohan essuya ses mains maculées de peinture à un chiffon, qui était usé jusqu'à la corde. Je regardai ses ongles, toujours soulignés de graisse noire. Il avait beau les laver et les relaver, l'huile était une locataire tenace. Et ces ongles étaient l'une des raisons pour lesquelles je ne pouvais m'imaginer au lit avec lui. L'idée de ces cuticules noircies posées sur mes hanches me donnait des frissons – mais pas dans le sens qu'il aurait aimé.

J'étais presque arrivée au seuil de la porte avec ma bicyclette à la main quand je l'entendis s'éclaircir la voix.

— Ils projettent *Duniya Na Mane* demain après-midi, au Regal.

Sur ces mots, il afficha un sourire plein d'espoir.

Je rougis de gêne. J'avais senti, la veille, ce qu'il mijotait et je m'étais vite éloignée à vélo en lui lançant un rapide au revoir, comme si j'ignorais ce qu'il s'apprêtait à me demander. À présent, à un mètre de lui, il m'était impossible d'ignorer sa requête implicite. Je regardai le guidon de mon vélo. Une cliente de ma mère le lui avait donné au lieu de lui régler la robe qu'elle lui avait commandée. Celle-ci méritait plus qu'une bicyclette usagée ! Mieux qu'un studio de dix-huit mètres carrés situé si près de la gare Victoria que les trains menaçaient d'en briser les carreaux. Mohan ne représentait pas la réponse à ce que j'espérais pour elle. Et je ne voulais pas donner de faux espoirs à ce dernier.

Je passai mes paumes sur l'acier lisse du guidon.

— Ma mère et moi allons au marché demain après-midi. Elle a besoin de nouveaux ciseaux.

Jetant un coup d'œil à Mohan, je vis ses épaules s'affaisser.

Il regarda le chiffon qu'il tenait à la main.

— Bien sûr, je comprends, dit-il avant de relever la tête, un sourire de défi aux lèvres. Nous irons une autre fois.

Je hochai la tête et roulai mon vélo hors du local. Oh, ce qu'il m'était difficile de le laisser tomber alors qu'il était si bon, si honnête ! Quand il se marierait, il serait le genre de mari qui ferait tout pour sa femme, ses enfants, ses parents. Mais Mohan resterait un employé chargé de l'entretien. Il ne nourrissait aucune ambition de devenir quelqu'un d'autre. Il estimait avoir atteint le sommet de sa carrière : un emploi stable dans un hôpital réputé. Un poste que personne ne pourrait lui prendre. Moi, je voulais une vie plus grande. Je ne savais pas très bien ce que cela voulait dire, ni comment y arriver, mais ce dont j'étais certaine, c'était que je ne travaillerais pas toujours comme infirmière. Et, non, je n'avais aucun avenir avec Mohan.

Indira m'attendait quand j'arrivai à la porte. Elle demeura silencieuse et songeuse tandis que nous effectuions le trajet jusque chez elle.

L'air de la nuit était paisible, libéré de la sourde rumeur des voitures et des tramways, du « cataclop » des chevaux, de la vente à la criée des marchands de fruits. Un croissant de lune était suspendu au ciel de la nuit. Des pigeons roucoulaient, s'affairant sur les restes d'un morceau de viande. Nous passâmes devant la boutique d'un tailleur où deux hommes activaient leurs machines à la lumière d'une faible ampoule pour répondre aux demandes insatiables de l'armée de *Burra Sahib*. La boutique voisine était aussi ouverte. Un homme pesait du grain qu'il prenait dans un grand sac en jute pour en remplir de plus petits destinés à la vente.

— Ce que j'aimerais être comme toi, Sona.

Indira marchait avec grâce dans son sari, comme ma mère. Elle resserra son cardigan et croisa ses bras fins autour de sa taille. Le petit matin était le moment le plus frais de la journée, même si l'humidité était déjà présente. Plus tard, les températures atteindraient trente-sept degrés à l'ombre.

— Pourquoi dis-tu cela ?

Je ne connaissais personne qui aurait pu dire qu'il m'enviait. Pas les filles de l'école publique que j'avais fréquentée, à Calcutta. Ni mes camarades de l'établissement catholique où j'avais obtenu ma bourse. Ni celles de mon école d'infirmières. Qui aurait voulu échanger sa place avec une métisse ? Qui aurait aimé entendre des insultes de type *Chee-Chee* ou Café au lait ? Qu'on lui lance des pierres après l'école, sur le trajet de la maison ? Moi, j'aurais aimé échanger ma place avec Indira. Elle habitait dans un pays qui l'acceptait comme elle était. Sa famille vivait en Inde depuis des générations, priait dans des temples hindous. Elle avait le teint d'une amande grillée et des cheveux très noirs qui brillaient à la lumière. Elle avait une famille aussi longue qu'un mois et aussi large qu'une année.

— Ta mère ne t'a pas forcée à te marier à dix-sept ans, Sona. Tu en as aujourd'hui vingt-trois et tu peux aller où tu veux toute seule. Tes voisins ne commèrent pas sur l'endroit où tu as bien pu aller, ni sur ce que deviendront tes enfants. Tu es libre.

Je poussai un petit rire méprisant.

— Pas vraiment, non.

Ma mère faisait des allusions au mariage depuis plusieurs années. Jusque-là, personne ne s'était présenté. Il y avait bien eu un interne à Calcutta, et un enseignant que j'avais rencontré grâce à une de mes camarades, à l'école d'infirmières ; tous les deux m'avaient attirée, mais l'un était fiancé, et l'autre marié.

— Pourquoi veux-tu constamment me sauver de Balbir ? demanda subitement Indira. Tu ne vas faire que t'attirer des ennuis.

Je m'immobilisai et regardai mon amie.

— Tu te souviens de ma première journée à l'hôpital ? Tu m'avais accueillie avec une plante dans un petit pot. Tu m'avais dit qu'il en pousserait des piments et que, quand je les aurais récoltés et séchés, je devrais les accrocher avec des citrons verts pour que cela attire la chance sur notre nouvelle maison. J'ai toujours cette plante, Indira. Et maman veille chaque année à confectionner une nouvelle guirlande qu'elle accroche au-dessus de notre seuil. Et depuis, elle s'est mise à manger des piments crus.

Je secouai mon amie par l'épaule pour lui soutirer un rire.

— À part toi, personne n'a compris combien il avait été difficile pour nous de s'installer ici, si loin de Calcutta, notre ville.

Ma voix s'étrangla.

— C'est grâce à toi que je me suis sentie chez moi à Bombay. Et pour cela, je te serai toujours reconnaissante.

Elle me sourit et me tapota l'épaule.

Un peu plus loin, un groupe de jeunes gens discutaient avec ferveur sous la faible lueur d'un lampadaire. L'université de Bombay était sur notre chemin ; à toute heure, des étudiants se rassemblaient à ce carrefour.

— Il faut que tu viennes, Nikesh ! disait avec insistance un jeune homme portant des lunettes en acier, semblables à celles de Ghandi. Toi aussi tu dois être fatigué de les voir asphyxier notre industrie textile, celle que nos ancêtres ont construite, les tiens comme les miens, à leur unique profit !

— À quoi sert-il de manifester ? Les Britanniques ont emprisonné cinquante mille Indiens pour avoir protesté, avec Ghandhi-ji, contre la taxe sur le sel…

— Et il a fallu que le reste du monde les montre du doigt pour qu'ils arrêtent, interrompit un étudiant barbu. Mais voilà qu'ils veulent maintenant taxer tout ce que nous fabriquons. Où est le progrès ?

Celui qui portait des lunettes sourit.

— Il vient, mes amis. Et vous, vous viendrez tous à la manifestation. Et maintenant, qui veut du *chai* ? demanda-t-il en brandissant sa Thermos.

C'était partout la même chose, à Calcutta aussi. Chez le *subji-walla*. Le *paan-walla*. Le grondement montant d'un peuple patient qui ne l'était plus. Du balai, les parasites britanniques ! Mon père avait été l'un d'eux, n'est-ce pas ? Je percevais pleinement l'ironie de mon existence.

Une fois que nous eûmes dépassé les étudiants, je dis :

— Indira, si tu as besoin de venir vivre chez nous, tu sais que tu es la bienvenue.

Maman et moi partagions le même *charpoy*, mais j'étais certaine que l'on parviendrait à s'arranger.

Elle secoua la tête.

— Et mes enfants ? Où iraient-ils ? Non, Sona. C'est gentil, je te suis reconnaissante de ton amitié, mais ce n'est pas possible. Cette vie, c'est ma destinée. C'est la volonté de *Bhagwan*.

Je la comprenais ; je savais que les femmes indiennes avaient le sentiment que leur vie relevait du destin. Qu'elles ne pouvaient rien changer à ce qui devait fatalement arriver. Leurs enfants, comme les filles d'Indira, subiraient le même sort. Je me sentais à la fois impuissante et sans espoir pour elles.

Nous nous dîmes au revoir à l'entrée de son quartier. Un peu plus loin, il y avait un panneau publicitaire pour *Jeevan Prabhat*, un film à succès. J'en connaissais l'intrigue. Un couple est incapable de concevoir, alors le mari prend une seconde femme. Balbir serait-il tenté de l'imiter ? Je roulai à vélo jusqu'à la maison, attristée par cette pensée.

Je me devais de ne faire aucun bruit en entrant dans la cour de notre immeuble de si bon matin. La famille du propriétaire habitait au rez-de-chaussée et le couple qui occupait l'appartement en face du nôtre, sur le palier extérieur, travaillait toute la journée et avait besoin de dormir la nuit. En montant l'escalier, j'entendis les lourds ronflements de mes propriétaires. Une fois sur le palier, aux gémissements excités et aux cris aigus qui me parvinrent, je compris que le couple d'en face était en train de concevoir une famille. Je m'arrêtai un instant pour les écouter. Leurs ébats firent monter en moi un sentiment qui s'épanouit depuis ma poitrine jusqu'à l'endroit où s'écoulaient mes menstrues. Jamais je n'avais ressenti cela avec un homme. Pas même avec le jeune employé qui m'avait invitée à voir un film au *Eros Cinema* et avait ensuite tenté de me voler un baiser, mais sans éveiller en moi le moindre désir.

Dès que j'ouvris la porte de notre petit appartement, ma mère vint me saluer. Elle était toujours éveillée quand je rentrais. Je lui disais systématiquement de ne pas m'attendre, mais elle ne m'écoutait pas. Elle prétendait faire une petite sieste en soirée, juste après mon départ pour le travail, pour rattraper son sommeil. Je n'étais pas certaine de pouvoir la croire.

— Tout va bien ? s'enquit-elle avec, à la main, la manche d'une chemise qu'elle devait être en train de coudre.

Elle me demandait en réalité si j'avais encore mon poste. C'était là l'un de ses plus grands soucis. À Calcutta, j'avais déjà perdu ma place et nous ne pouvions pas nous permettre que cela recommence. Ses travaux de couture et de ravaudage pour les *salwar kameez* des femmes, les vestes en lainage des hommes et les uniformes scolaires des enfants payaient notre nourriture. Mais c'était mon salaire qui réglait le loyer, la vaisselle, les marmites, les chaussures, les manteaux et les médicaments pour le cœur de ma mère, sur lesquels le pharmacien de l'hôpital me faisait gentiment une remise. Vu ses absences répétées à la pharmacie, il m'aurait été facile de me servir ; j'aurais pu en prendre sans le noter dans le registre, mais je n'avais jamais été tentée de le faire.

J'ôtai mon pull et l'accrochai à la patère derrière la porte.

— Oui, maman, tout va bien, dis-je en imitant son dodelinement de la tête.

Cela la faisait toujours rire et j'aimais l'entendre rire ; son visage se dérida et les couleurs lui revinrent. Elle scruta cependant le mien pour s'assurer que je proférais bien la vérité, puis me tâta le bras. Elle abandonna alors sa manche à moitié cousue et se dirigea vers notre réchaud Primus afin de réchauffer du riz et du *baingan* curry, et de préparer du thé. Je m'assis sur une chaise autour de la table à manger, qui servait aussi de table de couture. De l'autre côté se trouvait une machine à coudre, et la manche jumelle de celle qu'elle tenait quand elle était venue me saluer.

Je posai un coude sur la table et considérai mon entourage. Notre appartement n'avait qu'une seule petite pièce. Nous partagions les toilettes extérieures avec le couple du même palier. Contre un mur se trouvait le petit lit que ma mère et moi partagions. Sur celui d'en face, il y avait un mini comptoir pour le réchaud Primus et la préparation des repas (même si la table à manger avait aussi cette fonction). Une bibliothèque contenait, outre mes manuels d'infirmière, *Les Grandes Espérances*, *Contes populaires du Bengale*, *Emma*, *Swami et ses amis* de R.K. Narayan, *Jane Eyre* (l'exemplaire que m'avait donné Rebecca), *Middlemarch*, les revues de couture de ma mère, des numéros du magazine *LIFE* que nous donnait de temps à autre la voisine d'en face et une pile de *Reader's Digest*. Après avoir entendu les histoires de patients comme Mira, le docteur Stoddard et Mme Mehta, je revenais, abattue, dans cet appartement. Il sentait le curcuma, l'huile de machine à coudre, le savon au bois de santal et les médicaments de ma mère. Ce n'étaient pas des odeurs désagréables, juste familières. Le reste de mon existence serait-il aussi exigu et confiné ? Dès que cette pensée s'immisçait dans mon esprit, j'étais boursouflée de honte. Ma mère ne menait-elle pas cette vie-là ? De quel droit dénigrais-je ce qu'elle avait fait pour nous nourrir, nous loger et s'assurer que j'aurais une profession qui rapporterait bien ? Pourtant, je ne pouvais m'empêcher de me demander ce que serait ma vie si je brisais les barreaux de cette cage.

Je n'avais pas partagé mes pensées avec ma mère, ne voulant pas qu'elle soit aussi triste que moi face à notre avenir. D'instinct, je savais que si je partais, ce serait sans elle. Or, je représentais tout ce qu'elle avait ; elle serait dévastée par ma désertion. Après avoir été abandonnée par son mari, son petit garçon, elle devrait aussi l'être par sa fille ? L'idée de lui infliger ce supplice m'était intolérable.

Quand elle posa le thé et mon dîner devant moi, elle cala une de mes mèches derrière mon oreille : sa peau chaude contrastait avec la mienne, froide. Elle s'assit de l'autre côté de la table et reprit sa couture.

— Raconte-moi ta journée.

Elle aimait entendre les histoires de mes patients. Les hôpitaux privés comme le mien accueillaient ceux qui avaient vécu dans des lieux exotiques et venaient de mondes que ma mère n'avait jamais vus. Ses clientes à elle étaient des femmes d'ici dont les maris vendaient des assurances ou étaient employés de banque.

Je lui parlai de Mira Novak. Comme elle ne la connaissait pas, je décrivis les reproductions de ses peintures que j'avais vues dans *Bombay Chronicle*. Elle voulut savoir à quoi ressemblait Mira, de quoi nous avions discuté, toutes les deux.

— Elle m'a demandé mon prénom, maman. C'est bien la première patiente à s'en enquérir. Même la cheffe m'appelle mademoiselle Falstaff. Et elle me connaît depuis deux ans !

Des yeux, ma mère suivait le trajet de ma cuillère jusqu'à ma bouche comme pour s'assurer que j'avalais bien ma nourriture. Je mastiquai le curry aux aubergines, qui était épicé à mon goût. Ma mère préférait les piments forts.

— Et le docteur Stoddard, comment va-t-il ? Tu as gagné la partie, aujourd'hui ?

Je secouai la tête et pris cette fois une bouchée de riz à la cardamome.

— Il a pour projet de faire en sorte que l'Inde ait son propre 911 à appeler en cas d'urgence. Comment aurait-il pu atteindre le téléphone avec sa jambe cassée, ça, c'est une autre histoire !

Le rire de ma mère était synonyme de joie pure. Elle le trouvait si drôle. Pour je ne sais quelle raison, j'omis de lui raconter que le docteur Mishra avait fini ma partie de backgammon. Ou qu'il m'appelait lui aussi par mon nom. Je gardais certaines choses pour moi, comme de charmants petits secrets qui n'appartenaient qu'à moi, au moins pour quelque temps.

Je lui parlai ensuite de Mme Mehta, de M. Hassan et de son appendicite, ainsi que d'un garçon de seize ans qui devait se faire opérer des amygdales. Elle parut satisfaite de mon rapport scolaire, ainsi qu'elle le nommait.

Elle porta alors mon assiette vide dans l'évier. Elle la laverait le lendemain matin pour ne pas déranger nos voisins la nuit, avec le bruit de la tuyauterie. Elle revint avec un piment rouge qui provenait de la plante qu'Indira m'avait donnée. Je la regardai mordre dedans et imaginai la chaleur torride dans mon œsophage ; cela me donna envie de me gratter le nez.

— Sona, je dois te parler de quelque chose.

Je sentis une sorte de déchirement dans ma poitrine, comme un pull qui reste accroché à un clou.

Elle termina son piment, et nettoya la table à l'aide d'un torchon mouillé.

— Le père de Mohan est venu me voir, aujourd'hui.

— Mohan ?

Elle s'arrêta de frotter et me regarda, sourcils froncés.

— Tu sais, ce jeune homme qui travaille à l'hôpital, dit-elle.

Et elle posa son torchon sur le rebord de l'évier.

— Au local technique ? C'est de ce Mohan que tu parles ?

Elle s'était à présent assise en face de moi, derrière sa machine à coudre, ce qu'elle possédait de plus précieux. Elle reprit la manche inachevée, la plaçant entre le pied presseur et la plaque de gorge, puis baissa le levier de marche arrière pour maintenir le tissu en place.

— Oui, Sona, ce Mohan-là. Et ne fais pas l'étonnée ! Tu m'as dit que ce garçon te regardait avec des yeux rêveurs.

Elle tira la roue à main vers elle pour assembler les coutures de la manche.

— Son père est venu me demander ta main.

La pièce se mit à tournoyer. Donc, quand Mohan m'avait invitée au cinéma, il pensait déjà – ou espérait – que j'allais faire partie de sa famille. Il n'avait jamais eu le courage avant de me demander de sortir avec lui.

Mes oreilles bourdonnaient sous l'effet de mon sang qui affluait à mon cerveau, qui, me semblait-il, allait exploser. Je secouai la tête.

— Non, maman. C'est définitivement non.

Elle cligna des yeux.

— Pourquoi fais-tu cette tête ? C'est un homme bien, tu l'as dit toi-même. Il gagne correctement sa vie, il est gentil. Que te faut-il de plus ?

Je la regardai, atterrée.

— Qu'est-ce que je veux de plus ? La même chose que toi quand tu as rencontré mon père.

Elle se raidit.

— Que veux-tu dire ?

Je poussai un soupir.

— Maman, je suis fatiguée.

Nous ne parlions jamais de mon père, et je ne voulais pas commencer maintenant.

Elle s'adossa à sa chaise, oubliant sa manche inachevée.

— Je veux savoir pourquoi, Sona.

Quand elle était bouleversée, elle se frottait le torse, juste au-dessus du cœur. Elle le fit à cet instant.

— Je ne veux pas épouser Mohan, voilà tout.

Sur ces mots, je me levai et glissai ma chaise sous la table.

— Je vais me préparer pour me mettre au lit.

Il y a tant que j'aurais pu dire. À commencer par le fait que, si elle n'avait pas accepté celui que ses parents lui prédestinaient, pourquoi le ferais-je ? Elle n'aurait pas voulu s'engager avec un homme qui avait de la graisse sous les ongles, pourquoi attendait-elle que moi je le fasse ? Elle avait eu la liberté de choisir son mari, pourquoi ne l'aurais-je pas ? Allons, c'était une bonne personne ! Elle ne méritait pas ma colère. Elle avait aimé un homme avec qui elle avait conçu deux enfants, et il l'avait quittée. Fin de l'histoire !

Je pris ma serviette, ma brosse à dents et me rendis, songeuse, dans la salle de bains commune, située sur le palier. À qui ressemblais-je le plus, à ma mère ou à mon père ? Et si je détestais mon père, cela signifiait-il que je détestais ce qui en moi lui ressemblait ? J'étudiai mon reflet dans le miroir. Mes cheveux bruns étaient encore attachés, comme ils se devaient de l'être au travail. J'en retirai les épingles et les laissai retomber. Alors, pour la première fois, je remarquai que la naissance de mes cheveux formait une ligne droite sur mon front au lieu de suivre les courbes de mes tempes. Un héritage maternel. La ligne de mes sourcils, qui retombaient vers le bas, me prêtait un air de perpétuelle tristesse – ou était-ce de la déception ? De la résignation ? Et cette expression-là, me venait-elle de mon père ? Je m'efforçai d'en prendre une autre en écarquillant les yeux, ce qui eut pour effet de hausser mes sourcils, et de me donner l'air d'un animal apeuré. Dans mes yeux en amande, je voyais là encore ma mère. La couleur de ma peau se situait-elle à mi-chemin entre celle de mon père et celle de ma mère ? Toutefois, jamais on ne me prendrait pour une Britannique, mais en raison de mon accent et de ma peau claire, je pouvais passer pour une Iranienne. Mes lèvres n'étaient ni fines ni charnues. Je devais les tenir de mon père. Je tentai un sourire : il était de travers. Pourquoi personne ne me l'avait-il encore dit ? Ce n'était pas du tout le sourire de ma mère.

Une fois mes dents brossées et mon visage lavé, je rentrai dans notre appartement. J'embrassai la joue de ma mère, si douce et si chaude. Elle n'avait que quarante et un ans, mais paraissait plus âgée. Je posai mon front contre le sien.

— Il y en aura d'autres, maman. Mohan n'est pas le seul.

C'était la première fois qu'on me demandait en mariage, donc les chances semblaient minces, et je lui sus gré de ne pas le souligner.

Elle se contenta de me pincer la joue, comme quand j'étais enfant et qu'elle voulait m'entendre rire. Ce que je fis.

À l'extérieur, on entendit le cliquetis des bouteilles de lait. Il était 5 heures du matin, à présent. J'ouvris la porte et vis Anish, notre *doodh-walla*, poser deux bouteilles sur notre seuil.

— *Theek hai*, Anish ?

— *Hahn-ji*. J'ai veillé à ce que le lait soit particulièrement savoureux pour toi, aujourd'hui.

Là-dessus, il éclata de rire. C'était un jeune homme jovial, qui n'avait pas encore vingt ans, et qui avait hérité ce poste de son père quand celui-ci était décédé.

— Ta sœur a-t-elle trouvé du travail ?

Sans père, sa famille ne pouvait pas fournir la dot nécessaire pour trouver un mari convenable à sa sœur. Or, Anish m'avait confié que sa jeune sœur de quatorze ans, Anu, recherchait du travail.

Avec un sourire gêné, il répondit :

— *Bhagwan* a été bon avec nous. Elle a trouvé un *naukaree* près d'ici.

— *Accha* ? Où ?

Du menton, il désigna le sud. Et évita de croiser mon regard quand il précisa que c'était un *haveli* de femmes.

— Nous sommes sept à la maison, dit-il à voix basse.

Ils avaient besoin d'argent, ce qui se concevait. Anu travaillerait donc dans une maison close. J'avais vu la *kotha* en allant au travail, au moment où on livrait des légumes et des fruits aux cuisines pour les agapes du soir. Les courtisanes nourrissaient bien leurs clients, et étaient réputées pour leurs plats comparables à ceux du *Bombay's Café Leopold*, le lieu le plus prisé des Britanniques, des Iraniens, des musulmans et des hindous ; nombre d'entre eux fréquentaient aussi régulièrement la *kotha*.

Que pouvais-je répondre à Anish ? D'un côté, sa famille serait assurément bannie par ses parents et ses voisins en raison de leur fille qui chantait et dansait devant des hommes. D'un autre côté, les courtisanes gagnaient bien leur vie, ce qui signifiait qu'Anu pourrait généreusement entretenir sa famille, bien mieux que celle-ci aurait pu l'espérer. Elle rassasierait leurs estomacs de currys copieux. Je savais que les courtisanes avaient fait partie de la Cour royale avant que le Raj britannique n'absorbe l'empire moghol. Maintenant, les femmes de la *kotha* où travaillait Anu possédaient leurs propres fabriques, des bijoux, des immeubles. Leurs enfants étaient scolarisés de façon privée dans la maison. Les chances d'un mariage arrangé pour Anu en souffriraient sans doute, mais elle pourrait acquérir une indépendance financière qui lui éviterait une union traditionnelle. Je n'allais certainement pas juger son choix. Elle faisait ce qui était le mieux pour sa famille.

— J'irai rendre visite à Anu un de ces jours, quand je passerai par-là, *accha* ? assurai-je à Anish.

À ces mots, il m'adressa un beau sourire et la fossette de sa joue gauche parut me faire un clin d'œil. Puis il se tourna et livra le lait à Fatima de l'autre côté du palier, avant de dégringoler l'escalier.

Cette dernière ouvrit alors sa porte, et je la saluai.

Elle me décocha un sourire et demanda :

— Comment se passe ton travail, à l'hôpital ? Tu rentres si tard.

Je me mis à rire.

— C'est parce que je commence si tard, renchéris-je. Toi aussi tu as travaillé tard, *ji*, ajoutai-je dans un murmure.

Elle gloussa, leva les épaules d'un air de conspiratrice avant de prendre ses bouteilles de lait et de refermer la porte. Elle serait mère bien avant son vingt-troisième anniversaire.

Chapitre 2

Quand je pris ma garde, le soir suivant, ma première tâche consista à changer les draps de Mira. Au moment où j'entrai dans sa chambre, le docteur Mishra était en train de lui appuyer sur le ventre. Mira avait les traits tirés, et le souffle haletant.

— Mademoiselle, pouvez-vous m'aider un instant ? demanda le docteur lorsqu'il me vit.

— Bien sûr, dis-je en posant les draps sur l'unique chaise de la chambre.

Dès que Mira se rendit compte de ma présence, elle s'exclama :

— Sona ! S'il vous plaît…

Et elle tendit une main vers moi. Elle semblait effrayée. Son front luisait de sueur. Je lui étreignis la main.

— Ici, dit alors le docteur.

Et il plaça ma main libre juste en dessous du nombril de Mira. Surprise qu'il me demande d'effectuer une tâche qui n'entrait pas dans celles des infirmières, je pressai légèrement le ventre de Mira.

Elle poussa un cri qui me noua la gorge ; je m'efforçai de retenir une grimace. Le docteur me tendit son stéthoscope. Il était si proche de moi que je l'entendais respirer tout comme je sentais son après-rasage au citron vert. Je posai la tête du stéthoscope dans la zone où j'avais la main, tout en m'efforçant de conserver une expression neutre afin de ne pas alarmer Mira. Je remis ensuite son instrument au docteur Mishra, lui jetai un regard et inclinai légèrement la tête vers le bas. *Oui, je l'entends moi aussi.* Un gargouillement indicateur d'une inflammation. Il prit une profonde inspiration.

— Que se passe-t-il ? demandait-elle à présent, les yeux rivés sur nous.

Le docteur Mishra lui adressa un sourire rassurant.

— Sans doute rien. Quand vous êtes arrivée à l'hôpital, vous étiez dans les premiers mois d'une grossesse et votre corps a subi un traumatisme significatif avec la fausse couche. Le docteur Holbrook vous a opérée, mais il arrive qu'après ce genre d'intervention, on constate un gonflement résiduel. C'est sans doute ce qui explique vos douleurs.

Je constatai qu'il s'adressait aux patients sans la timidité que je lui connaissais.

Mira poussa le soupir qu'elle retenait et hocha la tête.

— Nous vous examinerons de façon plus approfondie dans quelques heures, lorsque le chirurgien de garde arrivera.

Il lui tapota l'épaule.

— Pour l'instant, reposez-vous.

Il griffonna dans son dossier, me lança un vague regard pour me remercier et sortit de la chambre.

— Respirez profondément, Miss Novak. Je vais vous mettre sur le côté, maintenant.

Cette position lui arracha un nouveau cri. Les points de suture, vraisemblablement. Le chirurgien avait réparé son corps de l'extérieur, et il fallait à présent que l'intérieur se remette. Avec douceur, je relevai sa chemise et retirai sa culotte trempée de sang ainsi que son linge menstruel qui l'était tout autant, et veillai à placer le tout dans le récipient destiné à cet effet, sous le lit, hors de la vue. Je pris du désinfectant et une petite serviette. D'une main délicate, je la nettoyai, la changeai et lui enfilai une chemise propre. Après quoi je la décalai vers l'un des bords du lit afin de pouvoir changer les draps en commençant par le côté le plus proche de moi. Elle fit la grimace et m'agrippa la main pour que j'arrête.

— Ma mère a découvert Paolo à la Biennale de Venise en 1924, déclara-t-elle comme si nous n'avions pas fait de pause dans notre conversation depuis la veille. Elle est tombée follement amoureuse de lui. L'a suivi ensuite jusqu'à Florence avec moi. Quand j'ai fini par le rencontrer, j'ai compris ce qu'elle voyait en lui. Il est très beau.

Mira soupira.

— Bien sûr, ma mère ne cessait de tomber amoureuse. Ce qui explique sans doute pourquoi je n'en suis pas capable. Cela la mettait dans tous ses états. Nous avions droit à des colères, des évanouissements, des concours de hurlements. Mon père se tenait en général le plus loin possible d'elle quand elle était *innamorata*.

Je dégageai ma main de son étreinte, et continuai à faire le lit. Sa mère entretenait des liaisons et ne les cachait pas à son mari ? Qu'en pensait ce dernier ? Avait-il lui-même des aventures avec d'autres femmes ? J'avais entendu que des stars de film, à Bombay, vivaient ce genre de mariage ; des rumeurs circulaient aussi sur des arrangements inhabituels entre couples fortunés.

— Quand j'étais enfant, disait à présent Mira, mon père prenait des quantités de photos de moi, me mettait de beaux costumes, ce que ma mère n'appréciait pas. Lorsque j'ai débuté dans la peinture, elle lui a demandé d'arrêter et a pris la relève. Je commençais à devenir célèbre, voyez-vous. Elle voulait m'exhiber. Comme un prix qu'elle aurait gagné au *mela*… J'avais attendu si longtemps qu'elle m'accorde son attention, mais… pourquoi avait-il fallu que je me mette à peindre pour qu'elle me voie ?

Des larmes roulaient à présent sur ses joues tandis que je la remettais sur le dos. Je les essuyai avec un linge propre. Étaient-ce des larmes de douleur ou de nostalgie ?

Mira renifla.

— Mon père, bien sûr, avait ses propres passions.

Elle changeait de sujet aussi souvent qu'un pic s'attaque à un cocotier.

— Savez-vous qu'il est en train de faire construire une synagogue ici, à Bombay ? Il a dû lever des fonds importants. Mais il est bon dans ce domaine.

À cet instant, je me dirigeai vers l'évier dans l'angle de la pièce pour me laver les mains et repensai à ce que j'avais lu sur les Juifs qui, comme son père, s'étaient installés à Bombay. L'Inde représentait un refuge pour eux ; ils y étaient plus en sécurité que les Indiens colonisés qui y vivaient depuis soixante-cinq millénaires.

— Il a un emploi du temps extrêmement chargé. Je suis certaine qu'il ne sait même pas que je suis à l'hôpital.

Je haussai les sourcils. Si accaparé soit-il à construire sa synagogue, ne pouvait-il pas trouver un peu de temps pour rendre visite à son unique enfant, qui venait de perdre son unique petit-enfant ? On aurait presque pu croire que son absence à son chevet était intentionnelle. Cruelle, même. Ce qui me rappela mon père.

J'eus soudain besoin de respirer de l'air frais. J'ouvris la fenêtre de sa chambre et me penchai par-dessus. La délicate fragrance de l'arbre à orchidées à l'extérieur pénétra alors la pièce, d'abord hésitante, puis s'y installa pour la nuit. J'écoutai ensuite les hululements lugubres des chouettes, le bruissement des animaux nocturnes qui glissaient dans la nuit en quête de leur dîner.

Derrière moi, Mira déclara :

— C'est comme une musique, vous ne trouvez pas ? La musique de la nuit.

Je voulus bien vite refermer la fenêtre, mais elle m'en empêcha en me tendant la main pour que je la saisisse. Je commençais à m'habituer à cette requête de sa part.

— *Eine Kleine Nachtmusik*, une petite musique de nuit, reprit-elle. Une musique pour séduire. Censée se dérouler la nuit. J'imagine les animaux sous l'effet de la sérénade. Le cerf dans la forêt. Les papillons de nuit autour des lumières. Les souris des champs.

Elle avait enchevêtré ses doigts aux miens et balançait légèrement nos mains tout en fredonnant. Comme les animaux de la nuit, j'avais la sensation qu'elle me courtisait. Elle se mit alors à parler de Petra, son amie d'enfance, à Prague.

— Ce fut ma première. Nous étions juste des écolières qui tentaient une expérience. Elle est tombée amoureuse de moi. S'est mis à me suivre comme un mouton. Mais je ne partageais pas ses sentiments. Comme je vous l'ai dit, je ne peux pas tomber amoureuse. Je crois que j'en suis incapable.

Je tentai de ne pas le montrer, mais une balle de ping-pong rebondissait dans ma cage thoracique. Avait-elle couché avec une autre fille ? Les femmes couchaient-elles avec d'autres femmes ?

Mira, qui m'observait, se mit à rire et m'adressa un bref sourire.

— Vous ressemblez plus à Pip qu'à Estella, c'est ce qui me plaît chez vous.

Je revis *Les Grandes Espérances*, dans ma bibliothèque, à la maison. Mira était bien sûr Estella. Et en tant que Pip, chaste et qu'un rien choquait, je me demandai comment Mira pouvait parler si ouvertement de ces choses que la plupart d'entre nous gardaient pour eux. Ce que les autres pensaient d'elle et de sa famille lui était-il donc égal, alors que j'étais pour ma part obsédée par ce que les gens pouvaient bien penser de mon père anglais qui avait abandonné sa famille ? À cet égard, j'étais comme la majorité des Indiens, consumés par le jugement d'autrui, en redoutant les répercussions. Je connaissais Mira depuis deux jours et j'en savais déjà plus sur sa vie que sur celle des centaines de patients dont je m'étais occupée depuis des années.

— Vous connaîtrez l'amour, Sona. Je vous le garantis.

Mira m'embrassa la main avant de la relâcher. Elle soupira, perdue dans la musique qu'elle était la seule à entendre et dans ses souvenirs intimes.

Était-ce une prédiction ? Une demande ? Je croisai les mains pour retenir la chaleur et l'esprit libre de Mira Novak un peu plus longtemps.

Il y avait de l'agitation dans la chambre de Mme Mehta, ainsi que je m'en rendis compte en passant devant sa porte ouverte alors que je cherchais Indira, que je n'avais pas encore vue depuis mon arrivée. M. Mehta, vêtu d'un costume, se tenait au bout du lit, les doigts croisés devant lui, dans un geste de supplication.

— Il faut que tu rentres, Rani. Bippi menace de donner sa démission. J'adore son biryani. Je ne veux pas qu'elle s'en aille.

Le visage de Mme Mehta s'assombrit, ce qui n'était pas bon signe. Elle avait de l'hypertension.

— Tu trouves son biryani meilleur que le mien ? C'est ce que tu es en train de me dire ?

Sans bruit, je me glissai dans la chambre et versai un verre d'eau à ma patiente, le pichet se trouvant sur la table de nuit.

— Non, Rani, non !

M. Mehta s'en remit alors à moi.

— Mademoiselle Sona, vous savez combien la situation est délicate. Je sais que Rani se confie à vous. Mon père peut être… exigeant. Bippi ne le supportera pas.

Sa femme gonfla les narines.

— Moi non plus. Mais tu ne m'entends jamais quand je le dis. Il suffit en revanche que Bippi se plaigne, et c'est vers moi que tu te tournes.

Son mari parut alors au bord des larmes.

La fenêtre était entrouverte. Je l'ouvris en grand et contemplai le ciel de la nuit.

— N'est-ce pas un inséparable que j'entends chanter, Monsieur Mehta ? Vous qui êtes spécialiste en la matière, qu'en pensez-vous ?

Je ne savais pas différencier le chant des oiseaux, mais j'avais entendu Mme Mehta mentionner leur couple d'inséparables.

Sa curiosité éveillée, M. Mehta me rejoignit à la fenêtre. Il se tourna vers sa femme, tout excité.

— Rani, viens les écouter. On dirait nos Dasya et Taara.

Se tournant vers moi, il ajouta :

— Dasya est l'inséparable bleu, Taara est verte.

J'aidai Mme Mehta à sortir de son lit (même si elle n'en avait pas besoin, mais elle appréciait les attentions). Elle vint se placer près de son mari, et posa la main sur son bras.

— Tu les nourris suffisamment ? Ou laisses-tu cette paresseuse de Bippi s'en charger ?

— Comment peux-tu imaginer que je laisse qui que ce soit s'en occuper à ma place ? C'est moi qui te les ai offerts.

Sur ces mots, elle se remit au lit.

— Demain, dit-elle. Je rentrerai demain. Sona, je suis prête à prendre mes médicaments, maintenant.

Entre les soins aux patients et la distribution des repas, je cherchais toujours Indira. Je voulais vérifier si ses hématomes se résorbaient et lui parler de la demande en mariage de Mohan. Nous discutions au moins une fois pendant nos gardes, il arrivait aussi que nous dînions ensemble, mais ce soir-là nos chemins ne s'étaient pas croisés. Alors que je passais devant Rebecca, je lui demandai si elle l'avait vue. Celle-ci plissa les yeux et inspecta mon uniforme. Je baissai les miens vers ma jupe et mon tablier blancs : avais-je renversé quelque chose dessus ? M'étais-je frottée contre du sang quelque part ?

— Tu sais, tu passes bien trop de temps à bavarder. Avec Indira. Avec les patients. Avec le docteur Mishra. Tu n'as donc pas de travail ? Je te donne volontiers quelques-uns de mes patients, si tu veux.

Dans mon école catholique, à Calcutta, j'avais connu une fille comme Rebecca qui, pour des raisons qui m'étaient toujours demeurées incompréhensibles, m'avait prise en grippe. Elle s'appelait Charity. Elle faisait des commentaires méprisants à portée de voix sur mon père absent, sur mon inscription dans une école au-dessus des moyens de ma mère (les autres filles venaient de milieux aisés), sur mes chaussures éraflées (c'était une autre étudiante qui me les donnait et j'avais beau bien les cirer, les éraflures se voyaient). Qu'y avait-il en moi qu'elle ne supportait pas ? Qu'avais-je donc fait à Charity pour qu'elle me traite de cette façon ? À la maison, ma mère me soutira un jour les raisons de mon manque d'appétit, au dîner. J'avais cru qu'elle serait furieuse contre Charity, et me dirait combien cette fille était injuste. Au lieu de quoi elle m'avait prise dans ses bras et avait dit : « *Beti*, il te faudra du courage pour affronter cette vie. » Puis elle m'avait massé la tête avec de l'huile de coco, et chanté une chanson pour panser mes sentiments blessés.

Mais je n'avais plus dix ans, et je ne pouvais pas courir chez moi pour pleurer dans les jupes de ma mère.

— Personne ne t'empêche de discuter avec tes patients, Rebecca. Cela ne prend pas beaucoup de temps, tu sais, et je suis certaine qu'ils apprécieraient.

Sur ces paroles, je la contournai pour aller inspecter la réserve. Pas d'Indira ici non plus. Je ne me souvenais pas qu'elle m'ait dit prendre un jour de congé.

Alors que je sortais de la réserve, j'entendis le docteur Mishra crier : « Morphine », depuis la chambre du docteur Stoddard. Rebecca, qui était la plus proche de la porte, se dépêcha d'entrer.

— Oh non, non, non ! murmurai-je en croisant les doigts pour que ce ne soit pas le vieux docteur.

Et je me précipitai à mon tour à l'intérieur : assis dans son lit, les cheveux décoiffés, le docteur Stoddard s'efforçait de voir ce qui se passait. Le docteur Mishra s'occupait en effet de son voisin de chambre, M. Hassan, celui que l'on avait opéré de l'appendicite.

Rebecca me bouscula l'épaule en sortant à toute vitesse de la chambre ; et le docteur Mishra leva les yeux au moment où j'entrai.

— C'est le cœur, mademoiselle Falstaff, dit-il. Assurez-vous qu'il reste tranquille. Parlez-lui. Mlle Trivedi est partie à la pharmacie chercher la morphine. Tout va bien se passer. Il faut que je trouve le docteur Holbrook.

Holbrook était le chirurgien de garde.

Sur ces mots, il disparut au moment où Rebecca, tout essoufflée, revenait avec un récipient en émail dans lequel se trouvait une seringue, du coton et une solution antiseptique.

Je saisis la main de M. Hassan. Même si je sentais ma poitrine se contracter au même rythme que son pouls et que j'éprouvais quelque difficulté à respirer, je m'efforçais de garder mon calme.

— Tout va bien se passer, monsieur Hassan, répétai-je. Vous avez entendu ce qu'a dit le docteur ? L'infirmière a apporté votre médicament. Et le docteur est également là.

Je ne voulais pas qu'il croie que le docteur Mishra l'avait abandonné.

M. Hassan était un homme corpulent. Mâchoires serrées, paupières étroitement closes, il se tenait le torse d'une main, tout en secouant la tête d'un côté puis de l'autre. Rebecca désinfecta rapidement le creux de son bras, mais, au moment où elle allait lui injecter la morphine, M. Hassan se tordit de douleur, et lui heurta le bras. Elle manqua de perdre le contrôle de la seringue, qui fut à deux doigts de percer le poumon du patient, ce qui aurait pu lui être fatal. J'écartai vivement le bras de Rebecca du torse de M. Hassan, tout en maintenant ce dernier avec mon coude pour l'empêcher de bouger et de rouvrir la cicatrice de son appendicite. Bouche ouverte, Rebecca demeura d'abord tétanisée par ce qui aurait pu se produire.

— Rebecca ! lui dis-je.

Elle se ressaisit et procéda à l'injection dans la veine, à l'intérieur du coude. Il se calma instantanément. Rebecca et moi respirions toutes les deux bruyamment, mais notre patient sombrait déjà dans le sommeil.

Je pus enfin le relâcher et pris une profonde inspiration. Après quoi je rajustai mon tablier, et fronçai les sourcils eu égard à la scène qui venait de se déroulait. Rebecca était en train de nettoyer la zone de l'injection. Son visage était recouvert de marbrures rouges et rose.

— Ce n'était pas la peine de faire ça, tu sais, me dit-elle d'une voix tendue.

— Faire quoi ? demandai-je, confuse.

— Écarter mon bras comme ça. Je savais ce que je faisais.

J'en restai d'abord bouche bée, puis répliquai :

— Rebecca, une injection dans les poumons aurait pu le tuer, murmurai-je.

— J'étais très loin de ses poumons.

Sur ces paroles, elle se saisit du récipient en émail, les doigts si crispés qu'ils en étaient blancs.

— Quand je raconterai la scène à la cheffe, poursuivit-elle, elle prendra forcément ton parti, comme toujours. Il faudrait que tu tues quelqu'un pour qu'elle ne prenne plus ta défense.

Sur ces mots, elle sortit de la pièce à une telle vitesse que je sentis le souffle de son passage.

Je demeurai immobile, le cœur battant à tout rompre. Il n'y avait qu'une personne qui me créait des difficultés à Wadia, et c'était Rebecca. Sinon, j'entretenais de bonnes relations avec tout le personnel. Bien qu'en sous-effectif, nous travaillions de façon efficace, notamment parce que la cheffe nous gérait comme un bataillon de militaires.

— Eh bien, votre geste m'a moi aussi soulagé.

Je pivotai sur mes talons : le docteur Stoddard me souriait gaiement depuis son lit. J'en avais oublié sa présence !

— Vous m'avez épargné ses redoutables ronflements, cette nuit. Vous pensez qu'il va dormir silencieusement jusqu'à demain matin ?

Je hochai la tête, ressassant les paroles de Rebecca. Tout à coup, j'entendis des voix dans le couloir, et me ressaisis. Prenant le dossier de M. Hassan au pied de son lit, j'y inscrivis l'injection que Rebecca lui avait administrée, la quantité, et à l'initiative de qui.

Le docteur Mishra pénétra bientôt dans la pièce en compagnie du docteur Holbrook, qui était en train de dire :

— Vous auriez dû me demander avant.

Le docteur Mishra cligna des yeux.

— Il était en train de faire un infarctus. Il fallait agir vite. Et je suis venu vous trouver dès que j'ai compris ce qui se passait.

Avec une patience feinte, l'autre docteur répondit :

— D'où vous venez, il se peut que l'on appelle cela un infarctus. En médecine anglaise, on dirait plutôt une crise d'asthme, des ballonnements douloureux ou encore un ulcère.

Le docteur Mishra posa sur lui un regard incrédule.

— J'ai étudié dans la plus réputée des universités en Angleterre, docteur Holbrook. Le patient présentait tous les symptômes d'une crise cardiaque.

Mais son interlocuteur ne l'écoutait pas. Il examina le patient avec son stéthoscope, lui ouvrit les paupières, inspecta sa cicatrice.

— Il va mieux, maintenant, on dirait.

— Parce que nous avons réagi à temps, monsieur.

— Sachez, Mishra, que ça aurait pu tourner très mal pour vous ! Vous avez eu de la chance.

Là-dessus, il tapota l'épaule du docteur Mishra et sortit de la chambre, laissant le jeune médecin vert de rage.

Comme je comprenais sa frustration ! Le docteur Holbrook, avec ses airs patriciens, ne permettait à personne de donner son avis. La cheffe avait dit aux infirmières que Holbrook exerçait en Inde depuis trente ans, et qu'il faisait les choses à sa façon, même si ce n'était pas la bonne.

Le jeune docteur se tourna vers moi, son regard passant de mon visage à mon bras, puis au patient, avant de dire :

— Merci, mademoiselle Falstaff.

Je lui tendis le dossier pour qu'il le signe. Après quoi il sortit.

Le docteur Stoddard me fit alors signe de venir vers lui.

— Ma chère jeune fille, murmura-t-il, mon ronfleur vous doit la vie, à vous et à votre beau médecin. J'ajouterai : à mon grand désespoir.

Et il m'adressa un clin d'œil enjoué.

Je sentis une chaleur remonter le long de ma nuque, ce qui signifiait que j'allais devenir toute rouge sous peu.

— Ce n'est pas mon beau médecin. C'est un beau médecin. Enfin, non... Je ne suis pas en train de dire qu'il est beau. Oh, c'est juste que...

J'étais tout agitée, ce qui ne me ressemblait guère, et me frottai les paumes à mon tablier.

— Je vais visiblement devoir vous apprendre à bluffer quand on va commencer à jouer au rami.

Et, sur ces mots, il m'adressa un grand sourire, dévoilant ses dents qui se chevauchaient.

Lorsque je rentrai à la maison, mon « carnet de notes » était plein, entre la discussion de Mira sur Paolo et Mozart, la crise cardiaque de M. Hassan et la tirade de Mme Mehta.

Il y avait aussi, bien sûr, le docteur Mishra. Rien que de repenser au docteur Stoddard l'appelant mon « beau docteur », je sentis le rouge me monter aux joues. Mais je me gardai de rapporter ses paroles à maman. Tout comme je ne lui racontai pas ce que j'avais ressenti quand le docteur Mishra avait effleuré ma main. Elle aurait tout de suite tiré des conclusions hâtives, que je ne voulais pas encourager.

La nuit avait été épuisante ; après m'être restaurée, je m'allongeai tout de suite pour faire une sieste, et me caressai la joue avec la main que le docteur Mishra avait placée sur le ventre de Mira. Le contact de la sienne avait été frais et neutre.

Deux heures plus tard, alors que le soleil filtrait dans la pièce, je résolus de me rendre à vélo chez Indira. Pendant ma garde, j'avais demandé à la cheffe si celle-ci avait appelé. Elle avait pris un air renfrogné : elle était déçue par l'attitude d'Indira. En effet, mon amie n'avait pas fait parvenir de message pour prévenir qu'elle avait un rhume, ou eu un accident, ou bien qu'elle avait dû rester auprès d'un enfant malade. Par conséquent, la cheffe avait dû rester tard, ainsi qu'elle en avait l'habitude et comme on l'attendait d'elle, pour rattraper le retard. Pourtant, ce comportement ne ressemblait pas à Indira, qui était très consciencieuse.

Quand j'arrivai chez cette dernière, j'avais le cou trempé et les genoux mouillés pour avoir pédalé. Sa famille vivait dans un *chawl*, construit pour loger les travailleurs des filatures, quarante ans auparavant. Les années et le manque d'entretien en avaient noirci les poutres et grêlé les briques. Je longeai des travailleurs épuisés, qui dormaient dans la rue. Les affiches du film que Mohan m'avait proposé d'aller voir avec lui, *Duniya Na Mane*, recouvraient les murs d'un *paan-wall* juste à côté. Ce n'était pas le Bombay que les Anglais connaissaient. Je cherchai l'immeuble où vivait Indira. Le rez-de-chaussée était occupé par un barbier. Sur le côté se trouvait une cage d'escalier qui empestait l'urine et le curcuma ; la promiscuité renforçait leur âcreté. Je montai au quatrième étage en me recouvrant le nez de la main et ne pus m'empêcher de remercier le sort : ma mère et moi avions eu en effet la chance de trouver une pièce bon marché – que nous appelions généreusement un appartement – dans une maison à un étage, calée contre des rails. À toutes les heures de la journée, nous entendions le hululement mélancolique des trains, leur sifflement, le chuintement de la vapeur, leur crissement. Au bout de quelques mois, nous nous étions habituées au bruit, mais pas aux tremblements de la maison quand les trains passaient à toute vitesse. Malgré tout, la seule odeur que nous devions supporter était celle liée aux jaillissements de la fumée du charbon, odeur que j'avais appris à supporter.

Je frappai à la porte, autrefois peinte en vert et qui laissait aujourd'hui apparaître la peinture bleue précédente. Là où les deux couches de peinture s'étaient écaillées, on voyait le bois. Les murs étaient balafrés des crachats des mâcheurs de *paan*, qui répandaient du jus rouge partout où ils passaient.

Un homme aux joues rebondies avec des cicatrices de petite vérole sur le nez vint répondre, mais entrebâilla juste la porte. Une petite fille – qui devait avoir entre deux et trois ans – se cramponnait à sa jambe. Elle m'adressa un sourire timide en tirant sur sa jupe rose. Je pensai alors à Rajat et à son sourire édenté : le cœur m'élança. Comme j'avais aimé sentir le petit corps de mon frère pressé contre le mien pendant son sommeil. Il m'avait affreusement manqué après sa mort, mais pour épargner ma mère, j'avais enfoui mon chagrin. Toutefois, quand je me retrouvais en tête à tête avec des enfants, les souvenirs remontaient à la surface – comme des plongeurs qui, avides d'oxygène, sortent la tête de l'eau ; j'entendais alors son rire semblable à un hoquet, je le revoyais jouer avec mes cheveux pour lesquels il nourrissait une vraie passion. Je déglutis.

Le mari d'Indira portait un tricot de peau qui avait dû être blanc un jour sous une chemise à manches courtes et à carreaux, avec un pantalon brun clair. Il était en train de mettre une montre couleur argentée, les coins révélant des attaches en cuivre à l'intérieur. À force de froncer, il s'était ciselé deux creux permanents entre ses sourcils épais. Il me toisa de haut en bas : ma jupe longue et ma chemise avaient dû trahir mon métissage *angreji*. Je regrettai aussitôt de ne pas avoir emprunté le sari de ma mère pour venir dans ce quartier.

— *Namaskar*. Je cherche Indira.

— Elle est malade.

— Oh… Elle n'a pas appelé l'hôpital. Nous étions inquiets.

— Trop malade pour appeler, dit-il en me transperçant de ses yeux noirs.

Je sentis mes genoux trembler. Moi qui m'enorgueillissais de ma hardiesse, je fus soudain effrayée, comme devait l'être chaque jour Indira. Je regardai la petite fille. Elle se gratta le nez et rentra dans la maison, maintenant lasse de cette inconnue.

— Puis-je la voir ? Je veux lui demander si je peux compter sur sa présence ce soir pour me relayer auprès des patients.

C'était un petit mensonge, mais au fond, il n'en était pas vraiment un. Il se trouvait juste qu'Indira et moi ne partagions plus les mêmes patients. Je serrai tant les poings que mes ongles creusèrent des demi-lunes dans mes paumes, et une alarme aiguë se mit à siffler dans mes oreilles, alarme que j'étais la seule à entendre, comme les chiens sentent le danger avant les humains.

— Elle dort. Et moi, je dois aller travailler.

Il parvint à se glisser par l'entrebâillement de la porte et à la refermer derrière lui. Il la verrouilla ensuite à clé. Tendant le bras pour m'indiquer de le précéder dans l'escalier, il ne me laissa pas d'autre choix que de repartir sans avoir vu mon amie.

Quand je repris mon vélo, qu'un vieux musulman avait surveillé pour moi, mon corps tremblait tellement que je ne montai pas dessus tout de suite, mais le fis rouler en marchant jusqu'à ce que je me sente assez stable pour l'enfourcher.

Chapitre 3

Ce soir-là, la cheffe vint me trouver alors que j'enfilais mon uniforme, et me demanda d'aller la voir dès que je serais prête. Je crus qu'elle voulait que je m'occupe des patients d'Indira. Mon amie avait-elle appelé pour signaler qu'elle était de nouveau malade ?

Le bureau de la cheffe ressemblait au sanctuaire d'un moine. Une grande croix en bois était accrochée au mur, derrière son bureau. Une autre, plus petite, était suspendue près d'une statue de Jésus, à un autre mur. Tous les documents sur sa table étaient soigneusement rangés. Rien ne traînait, pas le moindre appareil médical ni même un crayon. Je n'aurais pas été surprise d'apprendre que ses classeurs se rangeaient tout seuls. Elle avait été formée à l'école de Florence Nightingale et suivait à la lettre ses principes en matière d'obéissance, de discipline et de strict respect des protocoles.

Elle était actuellement assise à son bureau, et écrivait. La cheffe était une Anglaise bien charpentée, qui se tenait droite comme un i et avait une marque de naissance brune semblable à une croix sur la joue. Quand elle me vit, elle me désigna la chaise en bois devant sa table de travail. Reposant son stylo, elle ôta ses lunettes à monture dorée. Comme le voulait la coutume, j'attendis qu'elle parle : nous restâmes quelques instants à nous regarder. Son uniforme était impeccable, soigneusement repassé. L'attention qu'elle portait aux détails tout comme sa gestion d'une précision parfaite de ses infirmières lui valaient le respect des docteurs de l'hôpital.

— J'ai appris des nouvelles troublantes, finit-elle par dire.

Les battements de mon cœur s'accélérèrent.

— Au sujet d'Indira ? Est-ce qu'elle va bien, cheffe ?

Elle se mit à jouer avec les branches de ses lunettes.

— À votre sujet.

Mon cœur battit encore plus fort. Je me redressai sur ma chaise. Qu'avais-je donc fait ? Avais-je négligé un de mes patients ?

— Hier, Rebecca et vous avez connu un moment délicat. Il impliquait M. Hassan.

J'acquiesçai.

— En effet, il a eu une crise cardiaque.

Elle inclina la tête.

— Le docteur Holbrook n'est pas du même avis que le docteur Mishra. Quoi qu'il en soit, vous avez mis en danger un patient en repoussant la main de Mlle Trivedi qui tenait, à cet instant, une seringue remplie de morphine.

Sur ces mots, elle posa les mains l'une sur l'autre sur sa table.

J'ouvris la bouche. Puis la refermai. Un vif élan de colère brûlant remonta le long de mon dos. Rebecca avait donc mis ses menaces à exécution. « *Quand je raconterai la scène à la cheffe, elle prendra forcément ton parti…* » Au lieu d'être félicitée pour un travail brillamment accompli, ce que je ne recherchais même pas, je devais rendre des comptes pour une erreur imaginaire. J'aurais voulu hurler : « La vie d'un homme a été sauvée ! » Mais je m'efforçai de compter jusqu'à dix, comme ma mère me l'avait appris. Je ne pouvais pas me permettre de perdre une autre occasion de mettre un peu d'argent de côté en vue de vivre dans un appartement plus grand avec ma mère. J'attendis que la cheffe enchaîne.

— Il est de ma responsabilité de veiller au bien-être de nos patients quand ils sont dans mon service. Votre geste d'hier aurait pu causer un accident fatal dont, en tant que gardienne de nos patients, j'aurais été tenue pour responsable. Vous êtes une bonne infirmière. Efficace. Appréciée des malades. En qui on peut avoir confiance. Que s'est-il passé ?

Mes mains étaient toutes froides. Je les repliai, les mettant l'une sur l'autre. Je pris le temps de rassembler mes pensées, de choisir mes mots avec précaution.

— C'est une chance, cheffe, que Rebecc… que Mlle Trivedi et moi ayons pu nous soutenir dans cette situation critique.

Je marquai une pause.

— C'est une excellente infirmière. Et tout se serait bien passé si M. Hassan ne lui avait pas donné un coup de coude alors qu'elle lui administrait l'injection. L'aiguille s'est alors retrouvée dirigée vers ses poumons.

Je regardai mes mains, comme si elles pouvaient me souffler la suite.

— Ce qui aurait été désastreux.

Sur ces mots, je relevai la tête, croisai son regard et l'implorai de comprendre ce que je ne pouvais dire à voix haute : que Rebecca s'apprêtait à commettre une terrible erreur, et que j'avais empêché le pire d'advenir.

La cheffe fronça les sourcils.

— Je vois.

Elle décroisa les mains, se détendit les doigts.

— En ce qui concerne l'autre point…

Il y en avait *un autre* ?

— On a attiré mon attention sur le fait que vous sympathisiez excessivement avec les patients. Discuter un peu avec eux est tout à fait acceptable, mais vos responsabilités vous laissent peu de temps pour sociabiliser.

Je retins une exclamation. Encore l'œuvre de Rebecca ! Je voulus dire à la cheffe que je ne passais jamais de temps à bavarder si je n'avais pas déjà fini mon travail. Insinuait-elle que j'avais oublié de donner ses médicaments à un de mes patients ? Négligé de les laver ou de changer leurs chemises ? Oublié d'inscrire leurs constantes dans leur dossier ? Je vérifiais systématiquement une deuxième fois les tâches que je devais accomplir. Mes patients avaient toujours des draps propres et leurs chambres étaient bien aérées, alors que, pendant ce temps, des infirmières comme Rebecca répandaient des rumeurs comme on aurait généreusement beurré des toasts. J'enroulais les bandages et je rangeais les fournitures dans la réserve. Je n'arrivais jamais en retard, je ne partais jamais avant l'heure. Et si, après avoir effectué mon travail, j'essayais de distraire quelques patients, où était le mal ? Ils étaient à l'hôpital parce qu'ils souffraient, ne pouvait-on leur apporter du réconfort de toutes les façons possibles ?

Je ravalai mes mots, me contentant de dire :

— Si j'ai failli à mes devoirs, j'y remédierai volontiers.

Elle pinça les lèvres.

— Le problème, c'est que, en tant qu'infirmière, si vous vous liez trop à vos patients, cela affecte votre travail, votre jugement. Vous pouvez être la meilleure des infirmières – et je pense que c'est le cas, étant donné que les patients ne tarissent pas d'éloges sur vous –, mais si ceux avec qui vous travaillez se méfient de votre jugement, il y a un problème. Quand je reçois une plainte de cet ordre, je me dois d'y prêter attention. Je vais demander qu'on déduise deux jours de votre salaire.

Sur cette déclaration, elle détourna les yeux, comme s'il lui répugnait de la mettre à exécution.

Deux jours de salaire ? Mais j'avais besoin de cet argent. Chaque roupie comptait si je voulais économiser suffisamment d'argent pour que maman vive dans un appartement plus confortable et lui offrir des vêtements en velours et en satin, qu'elle confectionnait en général pour les autres. La chaleur que je ressentis tout à coup dans les yeux me prévint que les larmes n'étaient pas loin. « Pourquoi suis-je encore punie ? » aurais-je voulu demander à la cheffe. *Ce n'est pas moi qui ai commis une faute.* Qu'avais-je donc fait à Rebecca pour qu'elle me déteste tant ?

La cheffe remit ses lunettes.

— Avez-vous d'autres questions ?

Je secouai la tête. La conversation était terminée.

La discussion avec la cheffe m'avait ébranlée. Je courus me réfugier dans la réserve, où je plaquai le poing sur ma bouche pour étouffer un cri. Je m'efforçai de ne pas penser à ce qui s'était passé à Calcutta. Depuis que j'étais en mesure de me déplacer toute seule, j'allais livrer les commandes de ma mère dans toute la ville. Parfois c'était le *chowkidar* qui essayait de me tripoter, parfois un domestique, et il arrivait même que le mari y parvienne. Quand cela se produisit alors que j'étudiais à l'école d'infirmière, j'en eus assez. Mon corps m'appartenait : pourquoi les hommes pensaient-ils donc que c'était aussi le leur ? Ici, à Bombay, dans ce petit hôpital, il en allait différemment. Peut-être parce que j'étais plus âgée et que j'avais l'air moins vulnérable. Il n'empêchait que, aujourd'hui, j'avais un nouveau problème : Rebecca était décidée à me compliquer la vie. Et la cheffe, si à cheval sur la discipline, serait encline à l'écouter.

Quand je me sentis plus calme, je lissai mon uniforme, rajustai ma coiffe d'infirmière, et me rendis auprès de Mira.

Elle se plaignait encore de douleurs à l'abdomen, et on m'avait dit de lui administrer de petites doses de morphine à de courts intervalles. Quand j'entrai dans sa chambre, sa pâleur me frappa. Elle était bien plus accentuée que d'ordinaire. Elle avait des cernes foncés sous ses grands yeux. Je vis alors le docteur Mishra qui se trouvait devant l'évier, où il se lavait les mains.

Mira sembla tout à coup s'adresser au mur derrière moi.

— Oh, Filip, ne pars pas déjà ! Tu dois faire la connaissance de Sona. Tu te souviens ? Je t'ai tellement parlé d'elle.

À cet instant, je me retournai : un gentleman en trois-pièces couleur ivoire se tenait à gauche de la porte. Il se fondait littéralement dans le mur. Il était un peu plus petit que le docteur Mishra, mais plus robuste. Il avait les cheveux blond platine, autre raison pour laquelle le mur blanc l'absorbait. J'avais fini par assimiler le mari de Mira à un fantôme ; or, voilà qu'il était en chair et en os dans la chambre, en train de fumer la pipe. Il se tourna vers moi, et hocha la tête, l'air plaisant, mais absent.

Mira me tendit la main.

— Filip est un amour ! Il m'a apporté mes quatre tableaux préférés. Bien sûr, j'aime tout ce que je peins, mais ceux-ci comptent particulièrement pour moi. Sinon, Amit et moi étions en train de nous quereller affreusement, Sona.

Elle appelait le docteur Mishra par son prénom ?

Le jeune docteur se trouvait près de son lit, maintenant. Il sourit, et sa fossette au menton se creusa.

— Allons, je ne parlerais pas de querelle ! D'une préférence, peut-être.

Et il regarda Filip, en quête de son approbation. Le mari de Mira hocha la tête avec un sourire. Il semblait lui être égal que le docteur Mishra se tienne si près de sa femme – près au point de pouvoir éventuellement lui donner un baiser – alors qu'il était à l'autre bout de la chambre, comme un membre de la famille éloignée ou un portier.

— Quel tableau préférez-vous, Sona ?

Mira leva alors le menton pour désigner le mur en face de son lit.

Je pivotai sur mes talons. Quatre peintures y étaient appuyées. Toutes étaient de couleur sombre – évoquant la cannelle, le caramel, le café, les noix. Les thématiques en revanche étaient différentes. Détachant sa main de la mienne, je m'en approchai pour les observer de plus près. Sur la première devant laquelle je m'arrêtai, cinq personnages étaient assis par terre, préparant une personne au teint fort clair pour son mariage. La femme à la peau la plus foncée s'occupait de ses cheveux. Celle qui se trouvait en face de la mariée tenait un récipient rempli de poudre blanche et s'apprêtait à lui éclaircir encore le teint. Les mains de la mariée étaient recouvertes de henné. Deux enfants, à la peau aussi foncée que celle de la coiffeuse, observaient la scène.

Je passai au deuxième tableau, celui au fond couleur cannelle. Cinq jeunes étaient assis en demi-cercle, et le cinquième, le plus petit, détournait le visage des autres. Chacun portait juste un *dhoti*. Un fil blanc partait de l'épaule gauche des jeunes gens, traversait leur poitrine jusqu'à leur hanche droite. Les trois garçons les plus âgés avaient les cheveux attachés en un chignon haut. J'avais déjà vu des ascètes brahmaniques comme eux priant en silence pour le bien-être d'autrui ou étudiant des textes sacrés le long de Queen's Necklace, près de Black Bay. Seul le personnage du milieu, celui au teint le plus clair, avait de longs *tilak* peints sur le front. Il devait être leur professeur.

Derrière moi, Mira murmura :

— Ces marques sur le front me fascinent.

Je me tournai vers le docteur Mishra : bras croisés, il était penché vers elle comme s'ils étaient seuls dans un musée, en train de discuter d'une exposition.

— Savez-vous, Mira, qu'ils représentent les déités Narayana et Lakshmi ?

Lui aussi l'appelait par son prénom ? Étaient-ils devenus amis ? Mira tenait-elle la main du docteur Mishra en mon absence ? La jalousie qui jaillit subitement en moi me surprit, car j'en éprouvais rarement. Puis je rougis, honteuse. Pourquoi n'auraient-ils pas entretenu une amitié ? J'avais déjà vu des liens se créer entre médecins et malades, aussi pourquoi aurait-ce été inhabituel ? N'avais-je pas moi aussi des patients préférés ?

Je tournai cette fois la tête vers Filip : il n'était plus là ! À cet instant, je me rappelai que les infirmières l'avaient baptisé « le mari invisible » ; maintenant, je comprenais pourquoi. Personne ne s'était aperçu de son départ. C'était comme s'il n'était pas venu.

Le docteur et Mira continuaient à conférer à voix basse. Je les avais déjà vu converser ainsi alors que je m'apprêtais à fermer les rideaux, à remettre de l'eau fraîche dans la cruche, ou à préparer une dose de morphine. Ils parlaient d'art, des endroits où elle l'avait étudié, des tableaux qu'il avait vus à Madrid, à Padoue ou à Amsterdam. Ils évoquaient la musique des nombreux pays qu'ils avaient visités – en quoi elles différaient et en quoi elles se ressemblaient. Ils vivaient dans un univers qui m'était étranger, un monde rempli de souvenirs qu'ils pouvaient soudain sortir, comme on brandissait un as d'un paquet de cartes. J'en ressentais de l'envie. Si j'étais née dans d'autres circonstances ou bien si mon père ne nous avait pas abandonnés, ou s'il nous avait emmenés avec lui en Angleterre, j'aurais pu moi aussi participer à leur conversation, citer avec désinvolture le nom du dernier opéra que j'avais vu à Londres, ou parler de la façon dont la Vienne scintillait au coucher du soleil, dans la capitale autrichienne éponyme, ou bien dire pourquoi je préférais le *David* de Donatello à celui de Michel-Ange. Nous aurions formé un beau trio, tous dans la vingtaine : la peintre douée, le beau docteur et la mystérieuse infirmière. Quelle rêveuse j'étais !

M'efforçant de ne pas leur prêter attention, je me concentrai sur le troisième tableau. Trois filles, dont la chevelure noire avec une raie au milieu dépassait de leurs *dupattas* aux couleurs variées, regardaient le sol d'un air triste. Je ressentis de manière tangible leur résignation muette, leur capitulation face à un sort qu'elles n'avaient pas choisi. L'une d'entre elles aurait pu être Indira.

Le quatrième tableau se distinguait des autres. Un homme aux cheveux bruns et en chemise blanche, à l'expression sombre, y avait été représenté ; son regard ne se portait sur rien en particulier. Dans les mains, il avait trois pommes. En dépit de son nez allongé et de son menton pointu, il émanait un charme certain de lui. Il se dégageait de la sensualité de la peinture, voire de l'érotisme. Le fond se déclinait en subtiles nuances d'ocre.

Je scrutai de nouveau les toiles, puis me tournai vers Mira, qui était en train d'expliquer quelque chose au docteur, gestes à l'appui. Devais-je les interrompre ?

Ce fut le docteur Mishra qui me vit le premier. Il détourna aussitôt les yeux et se gratta la joue. Les yeux de Mira se posèrent alors sur moi.

— Eh bien ?

— Le premier.

Mira s'étreignit les mains.

— *L'Acceptation*. Cette série est ma dernière en date. Je recherchais cette dimension plate propre à Giotto et, bien sûr, à Gauguin. Les personnages ne sont pas très détaillés. Vous avez vu les mains de la mariée ? Elles sont rouges à cause du henné, mais on ne voit pas de motifs particuliers. Je veux que ceux-ci sortent de l'imagination de ceux qui regardent le tableau, pour que chacun en crée un différent.

Son visage s'animait quand elle parlait de peinture, des différences de style entre un peintre et un autre.

— Certains diraient – ou ont dit – qu'un enfant pourrait les peindre, mais vous seriez surprise de voir combien il est difficile de peindre avec simplicité. Il suffit de regarder les tableaux de Picasso.

— Et vous, quel est votre préféré, docteur Mishra ?

Sans doute était-ce la jalousie qui m'avait brusquement donné l'audace de m'en enquérir.

Il était rare que je m'adresse à lui pour autre chose qu'une question médicale. S'il en fut surpris, il ne le montra pas.

— Les trois jeunes femmes. J'ai vu leur air sur les visages d'adolescentes qui ont mis au monde des enfants à un âge bien trop jeune.

La peintre posa la main sur son bras, et lui sourit.

— Exactement.

Soudain, le docteur Mishra se redressa.

— Il ne m'arrive pas souvent de discuter de peinture, en revanche, je dois encore et toujours parler de santé, dit-il d'un ton cette fois sérieux à Mira. Expliquez à Mlle Falstaff comment vous vous sentez. J'ai augmenté votre dose de médicament, cela devrait vous soulager. Je suis un peu préoccupé par cette douleur qui persiste. Le docteur Holbrook est-il venu vous voir ?

Mira secoua la tête, puis lui tendit la main.

— Vous viendrez me rendre une dernière visite avant de partir, cette nuit ?

Cette fois, il ne lui prit pas la main, mais lui tapota le bras.

— Je ne fais jamais de promesse, dit-il.

Sur ces mots, il nous adressa un sourire, à Mira d'abord, puis à moi. Il inclina légèrement la tête, ses yeux gris s'attardant un instant sur les miens ; un courant électrique me parcourut et je sentis mes jambes flageoler un peu tandis que ma respiration s'accélérait. Quand il sortit de la chambre, je secouai la tête pour en chasser cette impression étrange.

Mira me considéra, un sourire rusé aux lèvres.

— Beau parti, n'est-ce pas ?

— Vraiment ?

Je ne voulais pas poursuivre cette conversation avec elle. Après la demande en mariage du père de Mohan, j'étais sur mes gardes en la matière. Je pris le thermomètre dans mon tablier d'infirmière et en retirai le capuchon. Elle ouvrit la bouche afin que je puisse l'insérer sous sa langue. Je sentis que son regard était posé sur moi alors que je me rendais à l'autre bout de la chambre pour ouvrir légèrement la fenêtre et rafraîchir l'air de la pièce.

Derrière moi, Mira déclara :

— Trente-huit. C'est un peu élevé.

Revenant vers elle, je repris le thermomètre.

— Où en est votre douleur ?

Je secouai le thermomètre pour effacer le relevé et le notai dans son dossier.

— Tolérable tant que je n'y pense pas.

Elle changea de position, de toute évidence mal à l'aise dans son lit. J'eus l'impression qu'elle avait minimisé sa douleur en présence du médecin.

— Restez encore un peu, dit-elle d'une voix faussement légère dans laquelle j'entendis une supplication.

J'hésitai. La cheffe observerait-elle désormais mes moindres faits et gestes ? Enverrait-elle Rebecca m'espionner pour vérifier si je sympathisais avec Mira ? Je regardai l'horloge au mur pour calculer combien de patients je devais voir dans l'heure suivante : je pouvais passer dix minutes supplémentaires avec Mira.

Je désignai son quatrième tableau.

— Il est différent des autres.

Elle se mit à rire. Un son rauque comme celui d'une personne qui aurait fumé toute sa vie.

— C'est Paolo. Il m'a montré le travail de Giotto à Florence – ces grandes fresques remplies de personnages aux toges volumineuses. J'ai adoré. Et j'ai tenté de l'imiter.

Elle leva l'index comme si elle soulevait un point important.

— Paolo disait toujours que si l'on était capable d'imiter les grands artistes, on en devenait un soi-même. J'ai imité le style de Giotto mais, au lieu de représenter des personnages religieux, j'ai peint les gens dans les rues de Florence, en rang pour visiter le Duomo. Ou en train d'acheter des pommes au marché San Lorenzo. Certaines toiles comptaient parmi les préférées de Jo – Joséphine. Elle voulait que j'en peigne davantage dans ce style, mais avec pour cadre le marché aux fleurs, ou la gare de Lyon.

Elle s'interrompit, comme si elle voyait ces peintures.

— Je n'avais que dix-huit ans, voyez-vous, quand je suis arrivée à Paris. Moi, je voulais rester à Florence avec Paolo, mais lui affirmait que ce serait du gâchis de ne pas saisir la formidable occasion qui s'offrait à moi de me rendre à Paris.

Elle soupira. Peut-être se le représentait-elle, à ce moment-là… S'il ressemblait un tant soit peu au portrait qu'elle avait peint, je comprenais pourquoi.

— Paris vous a-t-il plu ?

J'aurais adoré y aller, mais c'était un rêve inaccessible.

Elle écarta grand les bras.

—Oh, Sona ! C'était à peine croyable. C'est là où j'ai vu pour la première fois les impressionnistes. J'ai alors tenté d'imiter le style de Gauguin. Je suis tombée amoureuse des pommes de Cézanne. Des danseuses de Degas. C'était vraiment fabuleux quand Petra m'a rejointe à Paris. Elle posait pour moi pendant des heures. C'était un formidable modèle. C'est celle qui a les cheveux longs sur *Deux Femmes*. Ce tableau m'a permis d'accéder au Salon.

Elle marqua une pause.

—Elle voulait devenir peintre, elle aussi. Peut-être parce que j'en étais une moi-même. Elle voulait faire tout ce que je faisais. Elle possédait une certaine technique, mais son travail manquait de… de regard, d'une thématique centrale.

Mira rougit, l'air gênée.

—Je suis désolée d'avoir été si dure avec elle. Si critique. Si impatiente. En ce temps-là, il m'arrivait d'être impitoyable. Je lui ai conseillé d'abandonner la peinture, lui ai dit qu'elle ne serait jamais bonne.

Elle poussa un soupir de regret.

—Je revois encore son visage, la façon dont elle a laissé tomber ses paupières, dont les commissures de ses lèvres se sont affaissées. Elle me mettait sur un piédestal, et voilà que je l'écrasais comme une mouche.

Elle regarda ses mains, qui entortillaient les draps.

—Je ne sais pas pourquoi j'ai réagi ainsi. Je le regrette tellement.

Elle ne m'avait pas semblé aussi malheureuse quand elle s'était enquise de son bébé le jour de son arrivée. De fait, elle n'en avait pas reparlé depuis. Je ne m'étais jamais occupée d'une mère qui paraissait aussi indifférente à la naissance ou à la mort. Mira était bien plus passionnée quand il s'agissait de peinture que de l'enfant qu'elle avait porté.

Elle secoua la tête comme pour chasser la mélancolie et arbora un sourire.

— Vous avez aimé le portrait de Po, mais vous n'en avez rien dit en présence du docteur Mishra.

À ces mots, mes joues me brûlèrent. Elle s'en était donc aperçue ?

— Le docteur Mishra aurait pu penser que…, commençai-je.

Mira éclata de rire.

— Que vous étiez dévergondée ? Que vous désiriez un homme ? Sona, ne savez-vous donc pas que vous pouvez être tout à la fois, sans que ça vous retire rien ? Regardez-moi. Je suis tout cela : dévergondée, franche, dépravée, dévorée par le désir, éternellement insatisfaite. Je ne serais pas une artiste si je ne pouvais exprimer ces sentiments dans ma peinture. Ou en personne !

Je me demandai alors ce qui se passerait si je révélais aux autres ce que je pensais vraiment… *Madame Mehta, dites à votre beau-père qu'il doit cesser d'être un abruti !* Quelle idée ! Cela me donna néanmoins le courage de demander à Mira :

— Pourquoi avez-vous choisi de peindre des femmes aussi tristes ? Comme si la vie ne leur apportait aucun plaisir ? Les villageoises n'éprouvent-elles donc jamais de joie ?

Ses yeux pétillaient littéralement quand elle me répondit :

— Mais je vous signalerais, ma chère Sona, qu'il y a de la joie dans l'immobilité de mes tableaux. La sérénité des Indiens – aux antipodes des Européens toujours obsédés par ce que leur réserve l'avenir – m'apaise. Comme quand les femmes roulent des chapatis. Ou que les *dhobis* fouettent des vêtements mouillés contre les pierres. Ou bien que les artistes de henné dessinent sur les mains d'une mariée. Il y a de la joie dans tout cela, de la chaleur, de la tranquillité comme je n'en ai jamais vu en Europe. J'avais besoin de venir en Inde pour les trouver.

Elle étrécit les yeux, puis mit sa bouche en cul-de-poule.

— Vous êtes à moitié indienne, comme moi, non ?

La question contenait la réponse.

C'était donc cela ! Cette chose qui me différenciait de ceux qui avaient le droit de revendiquer leur appartenance à ce pays. Si les gens ne me le disaient pas en face, ils parlaient derrière mon dos. Ils étaient soit curieux soit dédaigneux. Je lui lâchai la main et me mis à lisser le drap du côté où je me trouvais.

— Ma mère est indienne, dis-je, sans préciser que je détestais mon nom de famille.

Ni que je n'avais pas vu mon père depuis l'âge de trois ans. Et que j'espérais qu'il était mort. Ni que sans lui, ma mère aurait eu une vie bien meilleure.

Elle m'observait alors que je glissais le drap sous le matelas, m'appliquant un peu trop autour des angles du lit.

— Ma mère est de Lucknow et mon père est tchèque. Je me sens indienne et européenne depuis si longtemps que je ne sais pas très bien quelle part prime chez moi.

Pourtant, en dépit de notre héritage métissé, il existait une différence essentielle entre nous : elle considérait son altérité comme une source de fierté. Elle s'en enorgueillissait tel un paon faisant la roue. Cela la rendait spéciale. Faisait d'elle une artiste. Une peintre. Moi, au contraire, je portais cette altérité comme une blouse qui me démangeait et que j'avais hâte de retirer à la fin de la journée.

Je regardai ma montre, me rendant compte que j'étais en retard auprès de la patiente enceinte qui avait pris la place de Mme Mehta, maintenant que son mari l'avait ramenée à la maison.

Je remerciai Mira de m'avoir montré ses peintures et pris congé d'elle. Lors de notre première rencontre, j'avais pensé que Mira et son mode de vie étaient bien trop prestigieux pour le monde que j'habitais. Mais, comme l'air, ma vie semblait se dilater chaque fois que j'étais auprès d'elle.

Je me rendis à la réserve pour déposer les draps souillés de Mira et en prendre de nouveaux pour Mme Roy, dont la grossesse était très avancée. Je découvris alors Indira en train de pleurer sur le banc qui se trouvait au milieu de la pièce. Quand elle me vit, elle détourna la tête. Je déposai les draps dans le panier en toile et me rendis auprès d'elle. Elle avait les mains froides et claquait des dents.

— Balbir m'a dit que tu étais venue à la maison, dit-il. Il a cru que c'était à ma demande. Tu ne dois pas revenir, Sona. Jamais.

Ses larmes mouillaient son uniforme.

— Mes filles, elles voient tout. Elles voient leur père battre leur mère. Il leur dit que c'est parce que je me comporte mal. Mais je n'ai rien fait de mal. Je vois bien le regard de mes filles. Elles n'ont pas envie de le croire, mais comme personne n'est là pour prendre ma défense, elles ne peuvent pas faire autrement. Si tout le monde autour de toi te dit que le ciel est rouge, tu vas commencer à le croire.

Je lui frottai les mains pour les réchauffer.

— Oh, Indira ! Je suis désolée. Je suis allée chez toi parce que personne à l'hôpital ne savait où tu étais. Je pensais que tu avais eu un accident.

— J'aurais préféré. Alors les filles n'auraient pas eu à assister à…

— Fais-moi voir tes blessures.

— Non, Sona. Tu en as assez fait. Tu n'as pas l'air de comprendre que ta vie sera toujours différente de la mienne.

Tu n'es pas vraiment indienne. Moi si ! J'ai promis de vivre sept vies avec Balbir. Peut-être que, dans la prochaine, il sera plus gentil avec moi.

Elle renifla.

— Peut-être qu'il se réincarnera en l'une de mes filles au lieu d'être mon mari. Ou qu'il sera ma mère. Nous ne savons pas ce que nous réserve notre destinée. Mais tu dois cesser de vouloir l'inverser, Sona.

À ces mots, je me mis à la regarder fixement. Et dire que je pensais l'aider alors qu'en réalité il semblait que j'aggravais ses souffrances – ou du moins que j'encourageais Balbir en ce sens.

— Promets-moi que tu ne t'en mêleras plus, me supplia-t-elle. Balbir est en colère. Je ne pense pas qu'il soit raisonnable de continuer à rentrer ensemble à la maison, Sona.

J'eus la sensation qu'elle venait de m'assener un coup de poing dans l'estomac. Je lui lâchai les mains et m'accroupis. Indira était mon amie la plus proche, ma seule véritable amie à Bombay. Je sentis les larmes me piquer les yeux, mais pas question que je les laisse rouler sur mes joues.

Indira laissa échapper un gémissement quand elle enfila son uniforme et le boutonna, grimaça en bougeant son bras gauche. Je sentis presque les contusions sur son épaule, dans son dos. Elles étaient douloureuses, à vif.

La porte s'ouvrit subitement. J'avais oublié de la fermer à clé. Rebecca entra et s'immobilisa aussitôt, scrutant la pièce, puis nous deux. Je me mis debout. Indira se leva aussi du banc, s'essuya les yeux.

Rebecca pinça les lèvres et tourna le regard vers moi.

— Cette fois, il faut le dire à la cheffe.

D'un ton aussi calme que possible, je répondis :

— Non, on ne fera rien. Sinon, Indira va perdre son travail.

— Ce n'est pas votre problème, dit alors celle-ci en nous regardant tour à tour. Je vais bien.

Au prix d'un effort, elle leva alors le bras pour ajuster sa coiffe d'infirmière. Puis, après un salut de la tête, elle sortit de la réserve.

Je voulus lui emboîter le pas, mais Rebecca me retint par le bras.

— Ce que tu refuses de comprendre, Sona, c'est que l'on n'est pas censées sympathiser avec les malades.

— Indira est l'une des nôtres, elle n'est pas malade.

— Si, Sona. Regarde-la.

Pourquoi était-il si difficile pour Rebecca d'être juste une amie ? Cependant, au lieu de répondre, je resserrai mon tablier autour de ma taille et me dirigeai vers la porte.

Rebecca me dit tout à trac :

— Tu te rends compte, j'espère, qu'il est plus facile pour nous, je veux dire toi et moi, de faire ce que tu suggères que ça ne l'est pour Indira ? Nous, nous sommes protégées. Nous pouvons faire des choses interdites aux Indiennes.

Je pris une grande inspiration.

— Je sais. Mais si nous n'essayons pas d'apporter notre aide, à quoi sert-il d'être privilégiées ?

Plus tard ce soir-là, je surpris le docteur Mishra et le docteur Holbrook en grande discussion dans le couloir. Le docteur Mishra disait :

— Il n'est pas normal qu'elle souffre autant trois jours après sa fausse couche. Elle peut avoir mal, bien sûr, mais les douleurs qu'elle ressent sont au-delà de la normale.

Le docteur plus âgé fronça les sourcils et secoua la tête.

— Vous êtes toujours prisonnier de ce galimatias indien, mon vieux. Ces fichus yogis et hakïms. La médecine est la seule façon de guérir ce genre de problème. Je n'arrête pas de le répéter à la cheffe. Elle aussi est conciliante avec les pratiques indiennes. Regardez ce qu'elle autorise ce pharmacien à faire. Il distribue des herbes médicinales qui, en Occident, sont des drogues, bon Dieu ! Écoutez-moi, Mishra. La morphine va la remettre sur pied et elle sera en excellente forme dans quelques jours.

— Docteur Holbrook, avec tout le respect que je vous dois, je vous demande de comprendre que je pratique la médecine moderne. Comme vous le savez, j'ai été recruté par l'hôpital en Angleterre, une fois mon internat terminé. Je me sens encore…

— En colère contre le *Burra Sahib*, n'est-ce pas ?

Et avant que le docteur Mishra, qui avait refermé les poings, ne puisse répondre, Holbrook ajouta :

— Écoutez, j'ai prescrit ce protocole des milliers de fois. La mère sera remise dans une semaine, c'est simple comme bonjour.

— Docteur, elle a fait une fausse couche à quatre mois de grossesse. Il y avait énormément de caillots. Et si nous n'avions pas tout retiré ?

Le docteur Holbrook regarda sa montre.

— Je dois accoucher une femme dans l'heure qui vient… Donc, je vais vous expliquer les choses simplement. Lors d'une fausse couche, le fœtus se détache automatiquement de la muqueuse utérine. Ce dont souffre Miss Novak, c'est de constipation. Ce qui est logique à cause de la morphine.

Ce fut alors qu'il remarqua ma présence et me sourit.

— Ah, l'une de nos infirmières modèles ! Modèle étant en l'occurrence le maître mot.

Et là-dessus, il agita ses épais sourcils blancs en me regardant, de sorte que le docteur Mishra se tordit le cou pour voir à qui il s'adressait. Quand il m'aperçut, il dirigea les yeux vers le sol, de toute évidence gêné par le comportement du chirurgien.

— Ah, si seulement j'étais plus jeune ! poursuivit le docteur Holbrook en s'éloignant. Et vous, Mishra, n'oubliez pas : la chirurgie, c'est mon domaine.

Il tapota alors son nez bulbeux et bifurqua pour rejoindre le service de chirurgie.

Tête baissée, le docteur Mishra s'adossa au mur. Il venait de s'entretenir avec son collègue au sujet de Mira pour tenter d'améliorer son état. Moi aussi je voyais bien qu'elle n'allait pas mieux. Ce que je notais dans son dossier le prouvait. Sa douleur était permanente et sa température variait, ce qui était inhabituel ; tout aurait dû rentrer dans l'ordre après l'intervention chirurgicale.

Des hommes comme Holbrook pelotaient et lutinaient des jeunes femmes comme moi, et en riaient. Ils lançaient aussi fréquemment de manière à peine voilée – ou pas du tout – des insultes aux infirmières et docteurs indiens. Ce devait être si épuisant pour le docteur Mishra de subir leurs remarques grossières jour après jour. Des insultes variées, mais qui détenaient le même pouvoir d'humiliation.

Je toussotai pour lui indiquer que j'étais encore là s'il avait besoin de moi. Le jeune docteur – enfin, combien d'années avait-il de plus que moi ? Trois ? – redressa la tête et la tourna vers moi. L'espace d'un instant, ses yeux gris parurent transpercer l'obscurité du couloir. Il se détacha du mur, fit quelques pas vers moi, ouvrit la bouche comme s'il voulait me parler. Et brusquement, il s'immobilisa, rivant de nouveau ses yeux agités au sol. Puis, sans même me lancer un dernier regard, il pivota et se dirigea à l'autre bout du couloir.

S'il avait fait un pas de plus, je me serais aussi approchée.

Et cette idée me surprit.

Je jetai les dés et observai le plateau. Le docteur Stoddard se mit à se tortiller.

— Bon sang, ça me gratte ! Justement à un endroit que je ne peux pas atteindre.

Il était irritable, ce jour-là. La perspective de devoir rester encore plusieurs jours à l'hôpital le contrariait. De l'autre côté de la chambre, M. Hassan ronflait. On lui administrait un somnifère depuis son infarctus.

J'avais effectué mes rondes, changé les draps, distribué des bassins, lavé les patients, leur avais donné leurs médicaments. J'avais un quart d'heure devant moi avant de devoir refaire la visite des chambres. Aussi, quand le docteur Stoddard me l'avait demandé, avais-je accepté de jouer une partie de backgammon avec lui, tout en gardant un œil alerte au cas où Rebecca surgirait.

Alors qu'il réfléchissait à la meilleure façon de déplacer son pion, je pensais à la manière dont formuler au mieux ma question.

— Docteur, je suis certaine que vous en avez vu, des personnes souffrantes.

— Hum, hum.

Il était accaparé par le jeu. Depuis que je m'étais améliorée, il lui fallait plus de temps pour déplacer ses pions.

— Et certaines étaient sans doute des femmes ?

— Bien sûr.

— Souffraient-elles à cause des hommes ?

À cet instant, le docteur Stoddard releva la tête, ôta ses lunettes noires et les plaça sur son crâne.

— Bon, où voulez-vous en venir ?

Je me sentis comme une traîtresse de parler ainsi d'Indira. Elle avait droit à une vie privée, comme tout le monde.

— J'ai une amie qui a souvent des bleus. Son mari la bat parce qu'il veut un fils. Jusque-là, elle n'a eu que des filles.

— Mais ma chère, ce sont des choses qu'on ne peut contrôler.

— Oui, oui, je le sais bien. Elle aussi. Mais comment peut-elle l'expliquer à son mari pour qu'il comprenne ?

— Sona !

Je tournai la tête : Indira se trouvait sur le seuil, un récipient en émail à la main, avec un air pincé.

— Comment oses-tu ?

Et, sur ces mots, elle s'éloigna d'un pas lourd ; jamais je ne l'avais vue aussi furieuse.

Le docteur Stoddard et moi regardâmes pendant quelques instants le seuil, comme si elle était encore là.

D'un ton sec, le docteur dit alors :

— Je présume que c'était la femme battue ?

Comme d'habitude, il avait tapé dans le mille.

J'avais le cœur lourd, quand je pénétrai dans notre appartement, après ma garde. Ma mère avait préparé du *malai kofta* et du *bhindi masala* avec des galettes de pain. Elle m'avait dit une fois qu'elle n'aimait pas la nourriture anglaise, car celle-ci n'avait ni saveur ni couleur, sans préciser ce qu'elle servait à mon père quand il vivait avec nous. Il préférait visiblement ce genre de nourriture, sans quoi il ne serait pas reparti en Angleterre.

Ma mère vit tout de suite que je n'avais pas envie de parler, aussi me prépara-t-elle une assiette en silence. Elle avait aussi fait du *chaach*, cette boisson au babeurre épicée de cumin et de sel que j'adorais. Elle s'assit devant moi, et se mit à coudre des attaches à un chemisier de femme pendant que je mangeais.

Je m'étais excusée plusieurs fois auprès d'Indira pour ce que j'avais confié au docteur Stoddard. Elle s'était adoucie quand je lui avais expliqué que j'essayais juste de trouver une solution pour qu'elle puisse elle-même parler avec son mari sans susciter sa colère. Néanmoins, alors que nous sortions de l'hôpital, Indira m'avait demandé de ne pas marcher avec elle dans la rue, et j'en avais déduit qu'elle m'en voulait encore.

— Je m'inquiète pour toi, maintenant, Sona. Balbir t'aura à l'œil, m'avait-elle dit en se mordant la lèvre.

J'aurais dû être effrayée, mais je me sentais juste perdue : mon unique amie au travail me rejetait.

— Pour notre sécurité, il vaut mieux qu'on ne nous voie plus ensemble, avait ajouté Indira.

Et maintenant, j'étais devant mon *thali* en train de repenser à ma conversation avec Indira. Le *kofta* de ma mère était délicieux, comme toujours, mais je n'arrivais pas à avaler.

Ma mère mordit son fil pour le casser quand elle eut fini de coudre une attache.

— Fatima est enceinte.

La nouvelle me remonta le moral. Notre jeune voisine ferait une merveilleuse mère. Elle était joyeuse, en bonne santé et toujours d'humeur égale. Je crois n'avoir jamais entendu le couple se disputer.

— Comment le sais-tu ?

— Je suis allée lui apporter du *kofta*, et comme je sais qu'elle l'adore épicé, je rajoute toujours du piment, mais aujourd'hui, dès que j'ai soulevé le couvercle, elle a vomi sur le palier. Je lui ai alors annoncé qu'elle était enceinte.

Je me mis à rire, comme ma mère s'y attendait. Elle savait comment me réconforter.

— Donc, dit-elle en prenant une autre attache dans sa boîte à couture, que s'est-il passé aujourd'hui ?

Tout d'abord, je lui parlai de Mira.

— Son état ne s'améliore pas, maman. Le docteur Mishra est du même avis que moi.

À la mention de ce nom, ma mère me jeta un vif coup d'œil.

— Je l'ai entendu discuter avec le docteur Holbrook à son sujet. Holbrook pense que ce n'est rien. Pour lui, les seules complications possibles résultent soit d'une indigestion, soit d'une constipation. Plus vite il prendra sa retraite, le mieux ce sera. Si tu voyais comme il parle au docteur Mishra.

— Le verrai-je un jour ? répondit-elle d'un ton malicieux.

Je ne relevai pas et enchaînai avec les hématomes d'Indira et le fait qu'elle m'avait dit qu'on ne rentrerait plus ensemble, désormais.

— Ne t'occupe pas de cette fille, Sona. Cela ne te rapportera que des ennuis.

Je me levai pour mettre mon assiette et mon verre dans l'évier.

— Comment peux-tu me dire cela, maman ? Si j'avais un mari qui me frappait, tu ne m'aiderais pas ?

Ayant terminé de coudre les agrafes, elle leva le chemisier devant elle, en quête d'éventuelles imperfections.

— Son mari m'a l'air dangereux, *beti*, et je ne veux pas qu'il s'approche de toi.

Au bout d'une seconde, elle ajouta :

— Mohan ne ferait jamais une chose pareille.

Je fulminai. La petite voix dans ma tête – celle que ma mère me disait toujours d'écouter – me prévint : « *Non, Sona, arrête.* » Seulement, ma journée avait été épuisante. À cause d'hommes comme le docteur Holbrook, dont le regard semblait transpercer mon uniforme et qui traitait le docteur Mishra comme si l'indianité de son jeune collègue le plaçait bien en dessous de sa britannicité, comme le mari d'Indira, qui la battait tel un chien des rues à qui il aurait donné des coups de pied pour l'envoyer dans le caniveau quand l'envie lui prenait. Et puis il y avait aussi Rebecca, qui estimait que son métissage anglais lui servait d'infaillible bouclier et la protégeait du malheur. Sans compter la cheffe, qui pensait que je méritais une punition pour une faute que je n'avais pas commise.

Je me retournai, et m'appuyai contre l'évier pour faire face à ma mère.

— Maman, les gens font des choses – des choses blessantes – qui ne cesseront jamais de me surprendre et de me dégoûter. Ils peuvent être charmants un instant, et te trahir la seconde d'après. Qui te dit que Mohan n'est pas ainsi ? Aujourd'hui, il est gentil. Mais que se passera-t-il si j'échoue à lui donner des garçons et n'ai que des filles ? S'il se met à penser que le comportement répréhensible des Anglais est aussi enraciné dans la part britannique qui coule dans mon sang ?

Voilà, ils arrivaient, ces mots que j'avais retenus en moi du plus loin qu'il m'en souvienne. J'avais ouvert le verrou. Maintenant, ils se déversaient de ma bouche à une vitesse effrénée.

— Et qu'en est-il de mon père ? Qui t'a séduite pour entrer dans ta vie et te laisser ensuite avec deux enfants, sans rien te donner pour nous élever ? N'est-ce pas à cause de lui que nous ne voyons jamais ta famille ? À cause de lui que nous vivons dans une pièce exiguë où l'on ne peut pas respirer ? À cause de lui que nous devons surveiller la moindre roupie que nous dépensons ? Et malgré tout, nous n'avons pas les moyens de t'acheter de nouveaux *chappals*. Quel genre d'homme se comporte ainsi ? Je le déteste, maman, je l'ai toujours détesté depuis mes trois ans. Et, même si je pensais que c'était impossible, ma haine envers lui s'est renforcée après la mort de Rajat. Il me manque toujours, maman, c'était juste un bébé. Il ne méritait pas de mourir.

Je secouai la tête en la regardant, la respiration saccadée.

— Tu as eu tort de penser que mon père était un homme bon, car ce n'était pas le cas. Sinon, il serait toujours avec nous aujourd'hui, et on ne vivrait pas dans cet affreux appartement où les trains nous réveillent toutes les heures et où la puanteur de leur fumée envahit nos bouches.

Mon cœur battait si fort dans ma poitrine que je crus que j'allais m'évanouir. J'avais mal au ventre. Je me pliai en deux, mains sur les genoux. J'aurais aimé que les cinq dernières minutes ne se soient jamais advenues. À peine furent-elles sorties de ma bouche, je regrettai mes paroles. Je n'avais pas le droit de blesser ma mère de la sorte. Critiquer mon père revenait avant tout à lui reprocher d'avoir vécu avec lui. En quoi étais-je meilleure que les gens dont je lui avais parlé – ceux qui vous souriaient tout en vous poignardant aux endroits les plus sensibles ? N'était-ce pas précisément ce que je venais de lui faire ?

Quand je relevai la tête pour la regarder, ma mère avait les yeux rivés à moi, bouche entrouverte, front plissé. Je la voyais à présent comme d'autres la voyaient : vaincue, l'échine courbée. Les coudes noueux, les genoux anguleux, le crâne apparent sous ses cheveux fins, avec plus de mèches grises que de noires. Ses doigts, si fins autrefois, étaient désormais gonflés d'arthrite. Bientôt, elle ne pourrait plus enfiler une aiguille ni coudre un ourlet. C'était *lui* qui l'avait rendue ainsi. Elle avait payé au prix fort son amour pour le père de ses enfants.

— Tu n'avais que trois ans. Je ne pensais pas que tu te souvenais de lui.

Elle se mit à se masser le buste, à l'endroit du cœur.

— Du moins était-ce ce que je voulais croire. J'ignorais que pendant tout ce temps…

Elle considéra son giron, le vêtement abandonné, les fils argentés qui scintillaient sous la lumière crue de l'unique ampoule du plafond. Elle confectionnait de beaux habits pour les autres, des habits qu'elle-même ne pouvait pas nous offrir. Quand elle releva les yeux, ils étaient mouillés.

— Mais, Sona… je pensais que tu étais heureuse de la vie que nous menions. Bien sûr, nous n'avons pas autant d'argent que nous le voudrions, mais il n'en sera pas toujours ainsi. C'est pour cela que je souhaitais que tu deviennes infirmière. D'ailleurs, tu te débrouilles très bien, nous pouvons économiser de l'argent.

Elle marqua une pause, de la salive s'accumulant aux commissures de sa bouche.

— J'ignorais que tu détestais tant cet appartement. Que tu le détestais à ce point.

La dernière fois que je l'avais vue pleurer, c'était pour la mort de Rajat ; or, une larme roulait de son œil, puis sur sa joue émaciée. Je me précipitai vers elle, m'agenouillai devant elle, posai les mains sur ses genoux.

— Oh, maman, je suis désolée ! Je n'aurais jamais dû te dire ces choses-là. Je ne les pensais pas. Vraiment pas. Je suis tellement désolée.

De mes paumes, j'essuyai ses larmes.

— S'il te plaît, pardonne-moi.

Elle reprit d'une voix étranglée :

— Tu n'as pas tort. Il nous a trahis. Quand il est parti, vous étiez tous les deux si petits. Comment aurais-je pu te le dire ? Et puis tu as grandi et… Eh bien, jamais le bon moment pour t'en parler ne s'est présenté. Alors j'ai pensé que si tu ne me posais aucune question, on pouvait prétendre que rien n'était jamais arrivé. Je ne voulais pas te blesser, *beti*. Juste te protéger.

À présent, elle pleurait ouvertement, ses larmes mouillaient mes mains.

— Il avait promis, Sona. Il avait promis qu'il resterait avec nous pour toujours. Qu'il nous aimait. Il me le répétait constamment. J'ignorais qu'il avait une autre famille. Jamais il ne me l'a dit. Et pas un instant je n'ai imaginé que, s'il ne voulait pas m'épouser, c'était parce qu'il était déjà marié en Angleterre. Or, il l'était depuis cinq ou six ans quand je l'ai rencontré. S'il avait été honnête, jamais je ne me serais mise à le fréquenter.

Mes parents n'étaient pas mariés ? Mon père avait une autre famille ? En Angleterre ? Mon torse se contracta. *Rajat et moi étions des enfants illégitimes ? Je n'ai pas d'existence légale ?* Mes tempes tambourinaient, j'avais la migraine. Qu'ignorais-je encore de cet homme dont j'avais hérité la bouche et la couleur de peau ?

Maman avait tant froissé le chemisier sur lequel elle travaillait qu'elle l'avait réduit à une boule.

— J'étais si jeune, Sona. Et si naïve. Il a attendu le jour de son départ pour tout me raconter. Je n'arrivais pas à le croire. Je n'arrivais pas à croire qu'il allait partir. Je n'arrivais pas à croire qu'il avait une autre famille. Qu'il nous avait fait ça. J'aurais voulu lui arracher les yeux. Je l'ai giflé, lui ai frappé les tempes. Donné des coups de poing. Des coups de pied. Je lui ai jeté au visage tout ce qui me tombait sous la main. Une casserole. Des ciseaux. Les jouets de Rajat. Il me laissait faire. Je l'ai poussé si fort que sa tête a heurté le mur. Quand il s'en est écarté, il y avait du sang. Il avait l'air pitoyable. Mais il n'a rien dit. Et puis il est parti.

Elle en hoquetait, cherchait à reprendre sa respiration.

— Maman.

Je lui pris non sans mal le chemisier des mains et recouvris celles-ci des miennes.

Elle considéra nos mains et se mit à me frotter le pouce.

— Malgré tout cela, Sona, je l'ai aimé. Tout n'a pas été négatif. Peut-être que tu ne peux pas comprendre, pas pour l'instant en tout cas. Mais un jour viendra où tu comprendras. Pendant tout le temps qu'il a vécu avec nous, il a été un homme bon.

Il vous aimait, Rajat et toi. Et sans lui, je n'aurais pas eu deux enfants à chérir. Il fabriquait des fleurs en papier pour toi, que tu semais autour de ton lit. Il mettait Rajat sur ses épaules, et il vous emmenait tous les deux au zoo. Tu adorais les paons. Quand ils faisaient la roue, Rajat riait.

Ce souvenir la fit sourire.

Je sentis quelque chose de dur se former en moi, de petit et rond, comme une bille. Elle était en train de le défendre. Après tout ce qu'il lui avait fait, ce qu'il nous avait fait.

— Oui, et Rajat serait encore en vie s'il avait été un père responsable.

Sous l'effet de l'anxiété, le front de la mère se plissa.

— Non, Sona. Rajat n'aurait de toute façon pas survécu. Il avait des problèmes cardiaques depuis sa naissance. Les docteurs disaient qu'il n'y avait rien à faire.

Elle s'interrompit, et balaya la table du regard : le chemisier froissé, les ciseaux crantés, la pelote à épingles en forme de tomate. Elle s'essuya ensuite le visage avec le bas de son sari et me regarda pendant quelques instants. Puis, comme si elle avait pris une résolution, elle hocha la tête.

— Il est temps que je te montre, Sona.

— Me montrer quoi ?

Au lieu de répondre à ma question, elle se leva et alla au pied de notre *charpoy*, où se trouvait un coffre en métal rempli de chutes de tissu qui lui venaient de commandes précédentes. Elle s'en servait pour nous fabriquer des draps, des taies d'oreillers, et pour mes robes Une fois, je lui avais demandé si Mme Rao, qui avait tenu à savoir comment maman avait utilisé chaque millimètre de son tissu pour son habit, ne serait pas bouleversée si elle apprenait que sa couturière utilisait son élégant coton pour faire des rideaux. Ma mère s'était tapoté un côté du nez.

— J'ai un secret, avait-elle répondu.

Et elle avait sorti un *kameez* pas encore terminé de la pile de vêtements en cours pour m'en montrer la couture intérieure.

— Certaines couturières laissent du tissu dans la couture de sorte que toutes les Mme Rao de ce monde puissent prendre quelques kilos. La couture peut en effet être élargie et les gens n'y voient que du feu. Mais notre Mme Rao est si *patali-dubali* qu'elle ne pourrait pas prendre un gramme même si elle dévorait un plat de *pakoras* tous les soirs. Je fais en sorte que le tissu donne l'impression de contenir du surplus dans la surpiqûre. Mais en réalité, je me sers de ce tissu pour fabriquer chaque année un nouveau *rajai* pour notre lit. Celui en cours est presque terminé !

Sur ces mots, elle m'avait souri, révélant ses dents en avant.

À présent, elle revenait s'asseoir à la table. Elle était un peu essoufflée, la bouche entrouverte, le teint gris. Elle tenait à la main un paquet de lettres d'une épaisseur de quinze centimètres environ, maintenues par un fil de jute.

Je me levai instantanément pour l'aider à s'asseoir. Elle avait quelques problèmes cardiaques, mais aussi un traitement adapté.

— Tu as pris tes médicaments aujourd'hui, maman ? Je vais te faire un thé à l'eau de rose. Je mettrai aussi un peu d'hibiscus.

Alors que je m'avançais vers le Primus, ma mère m'arrêta.

— Je vais bien. Assieds-toi, dit-elle en tapotant la table.

Je ne la crus pas, mais j'obtempérai.

Elle posa le paquet sur la table.

— Elles sont à toi.

Lentement, elle les glissa vers moi, yeux baissés.

C'était la première fois qu'elle sortait ces lettres. Je la regardai, sourcils froncés.

— Tous les ans depuis son départ, ton père a envoyé de l'argent pour ton anniversaire, et celui de Rajat.

Sa lèvre se mit à trembler. Elle désigna les enveloppes.

— Il n'y a pas de mots à l'intérieur, pas d'adresse de retour. Si tel avait été le cas, je lui aurais dit que Rajat n'était plus de ce monde. Uniquement de l'argent anglais. Les premiers envois contenaient quelques shillings, puis une livre. Pour vos derniers anniversaires, il vous a envoyé à chacun trois livres par an. Je n'ai jamais touché à cet argent. Je l'ai gardé pour toi.

Elle posa les mains entre ses genoux, dans le creux créé par son sari.

— Pour ton mariage. Il te devait bien ça, dit-elle à voix basse.

Je la regardai. Mon père envoyait de l'argent depuis… *vingt ans* ?

— Mais comment a-t-il trouvé notre adresse à Bombay après notre déménagement de Calcutta ?

— Je l'ignore. Peut-être qu'un de nos anciens voisins la lui a donnée.

Ma mère riva les yeux à ses mains noueuses.

— Pardonne-moi de te les avoir cachées.

Sa voix se brisa.

— Je pensais faire au mieux. Et… pour être franche, je ne voulais pas que tu aies une meilleure estime de lui parce qu'il essayait de nous soutenir. J'ai été égoïste, je sais. Mais je lui en ai voulu pendant si longtemps. Comme toi maintenant. Pourtant, il est temps de te libérer de ta colère, Sona, comme moi je l'ai laissée partir. Parce que ça finit par faire plus de mal que de bien.

Et elle s'essuya les yeux avec un bout de tissu, sur sa machine à coudre.

Je considérai le paquet d'enveloppes, petit mont au milieu de notre table.

— Mais… ne devrions-nous pas plutôt acheter de la nourriture avec cet argent ? Ou payer un loyer en avance ? On pourrait aussi t'acheter de nouvelles lunettes pour te permettre de coudre plus facilement ?

Elle secoua la tête.

— J'ai économisé suffisamment sur ton salaire et ma couture pour parer à nos besoins. Cet argent t'appartient. Fais-en ce que tu veux.

Je regardai fixement la pile sur la table : c'était comme s'il y avait une autre présence dans la pièce, au cœur battant, se contractant et se gonflant. Je me levai brusquement de ma chaise, manquai de la renverser, puis me mis à arpenter la pièce.

De si nombreuses pensées se pressaient dans mon cerveau, s'y déployaient, y tournoyaient. Mon père se rappelait le jour de mon anniversaire – et celui de Rajat – chaque année depuis son départ ? Nous avait-il écrit ? Puis décidé à la dernière minute de ne pas envoyer la lettre ? Avait-il pensé que cela nous ferait souffrir d'avoir de ses nouvelles après tout ce temps ? Mon père avait-il une épouse anglaise ? Quelle tête avait-elle ? Avait-il eu des enfants avec elle ? Des garçons ? Des filles ? Quel âge avaient-ils ? Étaient-ils au courant de notre existence ? Comment avaient-ils réagi en la découvrant, à supposer que ce soit le cas ? Lui avions-nous manqué ? Cet argent était-il censé compenser toutes ces années de négligence ? Allait-il apaiser un peu ma colère ?

Ce que j'avais sous les yeux, c'était l'argent de la culpabilité. Il se sentait coupable de nous avoir menti. De nous avoir abandonnés. De ne pas nous avoir dit s'il nous aimait encore. Ma mère avait-elle inventé les souvenirs des fleurs en papier et des visites au zoo ? Aurait-elle aimé que ces choses existent alors que rien de cela ne s'était produit ?

Je ne voulais pas de son argent – ni le garder ni le dépenser. Je ne voulais même pas le toucher.

Mais quand je regardais ma mère, quand je pensais au traitement pour le cœur dont elle avait besoin, à ses *chappals* usés qu'elle insistait pour porter sous prétexte qu'ils étaient plus confortables que de nouveaux, au sari qu'elle avait si souvent porté que le tissu était transparent par endroits, je savais que nous aurions besoin de plus d'argent que celui qu'elle avait économisé.

Je poussai un lourd, très lourd soupir, puis me plantai devant elle. Elle leva les yeux vers moi.

À cet instant, je me penchai vers elle, posai mon front contre le sien. Puis, tirant ma chaise, je me rassis à la table.

— Comptons cet argent, lui dis-je.

Chapitre 4

J'espérais qu'après sa discussion avec le docteur Mishra, le docteur Holbrook modifierait le traitement de Mira, mais à la fin de ma garde, la veille, j'avais constaté dans son dossier qu'il était inchangé. Les cernes de Mira étaient encore plus apparents, sa peau plus pâle. Ses cheveux étaient mous, son haleine fétide. Personne ne se souciait-il donc d'elle ? Où était son mari ? Pourquoi n'exigeait-il pas un meilleur traitement, à l'instar du docteur Mishra ? D'ailleurs, arrivait-il à Filip Bartos de rendre visite à sa femme ? La veille, quand il avait apporté les tableaux, c'était la première fois que je le voyais.

Aujourd'hui, tout en enfilant mon uniforme pour ma garde, j'étais bien résolue à aider Mira, si son mari n'intervenait pas.

J'entrai avec un chariot dans sa chambre : j'avais apporté deux récipients en émail remplis d'eau chaude, une bouteille de shampoing au santal, des serviettes et un gobelet en émail.

Mais Mira n'était pas seule. Elle était en train de dessiner Indira. Dès que celle-ci me vit, elle rougit et saisit sa coiffe d'infirmière.

— Non, je n'ai pas fini ! s'écria Mira.

— Madame, Sona est arrivée, répondit-elle. Ce qui signifie que ma garde vient de commencer.

Et elle épingla sa coiffe sur ses cheveux.

Mira me jeta un regard impuissant.

— J'ai demandé à Indira de venir plus tôt aujourd'hui, pour poser. Elle a une telle personnalité. Une telle profondeur. Regardez ça.

Et elle brandit son dessin.

Indira et moi nous rapprochâmes alors. L'esquisse au fusain représentait cette première. Mira avait saisi sa souffrance, la façon dont elle luttait pour la dissimuler. Son regard à la fois sur le qui-vive et abattu. Ses lèvres formaient une ligne mince, sans se relever ni s'affaisser aux commissures. Mais les traits d'Indira sur le dessin étaient moins précis, voire atténués. Elle aurait pu être n'importe quelle autre femme. C'était Indira, sans être vraiment elle.

Pour l'heure, celle-ci regardait le dessin, émerveillée.

— J'ai vraiment cet air-là ? demanda-t-elle, tandis qu'une larme tombait de chacun de ses yeux.

Elle semblait si impuissante. Si triste.

Elle tourna brusquement la tête vers moi.

— J'ai cet air-là ?

Je l'enlaçai par la taille.

— Oui, mais ce n'est qu'un aspect de ta personnalité.

Indira s'apprêtait à sortir de la pièce quand je lui dis :

— J'ai du lassi à la mangue dans ma Thermos, aujourd'hui. Tu en voudras un peu ?

Elle secoua la tête et sortit. Je me tournai vers Mira et me rendis compte qu'elle nous observait en silence.

J'ouvris la fenêtre pour laisser entrer une légère brise. Elle me sourit.

— Nous allons laver nos cheveux, aujourd'hui ?

Elle éclata de rire.

— Il n'y a pas de « nous ». On dirait plutôt que c'est vous qui allez me laver les cheveux aujourd'hui.

Gênée de m'être adressée à elle comme à mon jeune patient précédent, hospitalisé pour une ablation des amygdales, je m'en excusai et parodiai un salut militaire.

— Ce n'est rien, Sona. Je suis toujours si heureuse de vous voir.

Elle agita la main devant son visage avant de poursuivre :

— Dites-moi, de qui cherchez-vous à protéger votre amie ?

— Qui ? Indira ? demandai-je en la regardant.

Elle acquiesça.

J'aurais dû m'en douter. Certes, Mira adorait parler, mais elle savait aussi écouter. Elle percevait les non-dits. Ce qui n'était pas énoncé à voix haute. C'était d'ailleurs une des qualités que j'appréciais chez elle.

— Elle a une vie privée difficile, dis-je avant de prendre la bouteille de shampoing et de l'ouvrir.

Elle haussa les sourcils.

— Quand j'ai commencé à peindre des femmes au travail, beaucoup avaient des bleus en raison de leur dur labeur, ou bien de maltraitance ou de négligence. J'aurais aimé les aider, mais ce n'était pas mon rôle. En outre, elles ne voulaient pas non plus que je m'en mêle. Elles me disaient que cela pourrait leur valoir de plus grands ennuis encore à la maison si j'intervenais. Au début, je ne comprenais pas pourquoi, et puis j'ai fini par me rendre compte que je pouvais leur apporter davantage en représentant sur la toile ce qu'elles vivaient et ressentaient, afin que le monde les voie. Mon travail s'emparait alors de moi, et je cessais d'exister. Les tableaux prenaient vie sous mon pinceau. Sona…

Elle attendit que je la regarde.

— Laissez Indira vivre sa vie.

Une partie de moi fut étonnée par sa clairvoyance : elle me disait la même chose qu'Indira, que ma mère. L'autre partie de moi se hérissa face à ce conseil que je ne voulais pas entendre.

À cet instant, Mira reposa ses crayons et son carnet de croquis sur le côté.

— Je suis heureuse que vous soyez là. Je voulais vous demander quelque chose.

Quelle limite de mon intimité allait-elle encore franchir ? J'étais à la fois sur mes gardes et curieuse.

— Très bien. Mais d'abord, pensez-vous être en mesure de vous asseoir dans un fauteuil ?

Elle fronça les sourcils, et secoua la tête. À la place, je l'aidai à se mettre en position assise dans le lit. Un gémissement lui échappa. Je jetai un coup d'œil aux draps pour voir si elle avait saigné. Il y avait quelques traces de la taille d'une pièce de monnaie ; je changerais les draps après lui avoir lavé les cheveux. Je lus dans son dossier que l'infirmière précédente lui avait donné une dose de morphine, peu de temps auparavant. Peut-être le produit ferait-il effet bientôt. Je retirai les oreillers derrière elle, et les remplaçai par une pile de serviettes pour qu'elles absorbent l'eau. Puis je recouvris son cou et ses épaules d'une autre serviette.

— Si vous pouviez recommencer votre vie, la mèneriez-vous de façon différente ? demanda-t-elle.

Encore une fois, elle me sondait, perturbant la surface impeccable de mes devoirs et responsabilités pour pénétrer les couches plus délicates, imparfaites, compliquées de mon être. Mais, au lieu de rejeter sa tentative pour me faire parler, j'admirai la façon dont elle s'y prenait. Comme une flèche se dirigeant droit vers sa cible. Pas de façon malveillante, mais parce qu'elle était réellement intéressée.

— Pourquoi me posez-vous cette question ? lui demandai-je en versant de l'eau chaude sur ses cheveux, soucieuse que pas une goutte ne coule sur son visage.

— Parce que, avec vous, tout comme avec Amit, je peux discuter de ce qui me tient à cœur.

Je me félicitai qu'elle ne soit pas en mesure de me voir rougir. Pourquoi sa proche relation avec le docteur Mishra me tracassait-elle donc ? C'était ridicule puisque lui et moi... Peut-être étais-je troublée par le fait qu'elle l'ait lui aussi adoubé, lui ait donné comme à moi l'impression qu'il avait le privilège d'appartenir à son cercle. Elle savait s'y prendre pour que les gens se sentent appréciés, aimés d'elle. C'était ce don qui avait dû attirer Petra et Paolo – et tous les gens qu'elle rencontrait.

Je versai du shampoing dans ma paume, et massai son crâne puis ses cheveux bruns et ondulés. Ils étaient huileux, maintenant, mais quand nous eûmes fini, ils brillaient de nouveau, et l'apaisante fragrance du santal emplissait la chambre.

— Si je pouvais revivre ma vie, je serais plus gentille avec Jo, poursuivit-elle. Joséphine. Je pense beaucoup à elle. Elle ne méritait pas ce que je lui ai fait.

Elle inclina légèrement la tête.

— Jo était... est, se reprit-elle, une galeriste très réputée à Paris. Elle a vendu de nombreux tableaux que j'avais peints...

Mira marqua une pause.

— C'était quand j'étudiais à l'Académie des arts, là-bas. Jo et son mari, Jean, m'avaient pour ainsi dire adoptée. Ils m'invitaient à dîner, m'emmenaient au Louvre – nous y passions des heures et des heures. Je dessinais tandis qu'ils flânaient dans le musée. Ils m'ont fait découvrir le Jeu de paume, le palais de Chaillot, l'Orangerie, les impressionnistes. Je suis tombée amoureuse de Gauguin et de Cézanne. Jo et Jean étaient si gentils. Ils écoutaient patiemment mes diatribes contre Paolo. Et puis j'ai commis le pire. C'était inexcusable.

À nouveau, elle s'interrompit.

— Je les ai trahis sans raison valable, Sona. J'ai tenté de séduire Jean. Pourquoi ? Je l'ignore.

Encore une fois, elle avait réussi à me choquer. Était-ce son intention ? Elle venait de me confier qu'elle avait trahi une proche amie de la façon la plus horrible possible. Cherchait-elle l'absolution auprès de moi ? Franchement, qui étais-je pour accorder le pardon à quiconque ? J'attendis qu'elle me raconte la suite tout en lui rinçant les cheveux à l'eau claire à l'aide d'un autre récipient.

— Jean et moi avons eu une liaison. Quand Jo l'a découvert, elle était furieuse, naturellement. Et blessée. Jean a fini par la quitter et Jo m'a renvoyée. Je ne l'en blâme pas, Sona. Je me suis comportée de façon atroce, alors qu'elle ne le méritait absolument pas, bien au contraire. Grâce à elle, je m'étais fait un nom dans le domaine de l'art. Seulement, après cette affaire, aucun agent ne voulait plus s'occuper de moi. Je me sentais affreusement mal. Je n'arrivais plus à peindre. Je n'avais plus d'argent. J'ai fini par revenir à Prague, où je me suis mise à flirter avec Filip.

J'entendais à présent de la culpabilité dans sa voix.

— Ma mère en était blême. Elle estimait que je pouvais trouver un meilleur parti. Un prince ou à tout le moins un diplomate.

Un bref sourire lui monta aux lèvres.

— Il n'était ni l'un ni l'autre, et c'est sans doute la raison pour laquelle je l'ai épousé, et suis venue en Inde.

J'assemblai ses cheveux dans une serviette, que je tordis aussi fortement que possible. J'ignore d'où surgirent les mots que je prononçai alors, mais j'étais certaine de leur véridicité.

— Vous n'étiez pas amoureuse de Filip.

Elle tendit le cou vers moi pour me regarder et acquiesça.

— Tout le monde a pensé que j'étais courageuse de défier ma mère, mais la vérité, c'était que je ne voulais pas aller en Inde – où je n'avais jamais mis les pieds – toute seule. J'avais besoin qu'on m'y accompagne et Filip était la personne idéale.

Elle regarda de nouveau devant elle, prit une profonde inspiration, puis expira lentement.

— Je cause des ravages partout où je passe, Sona.

Je ne sus que répondre. C'était sans doute la raison pour laquelle nous n'étions pas censées nous rapprocher des patients. Rebecca ne m'avait-elle pas mise en garde ? J'avais été si impressionnée par Mira, si fascinée par son expérience, son raffinement. Maintenant, je voyais en elle une femme des plus compliquée qui, bien qu'adorable avec moi, avait trahi des personnes qui l'aimaient. Et de façon intentionnelle. Se comporterait-elle ainsi avec moi, un jour ? Elle avait eu conscience de franchir des limites, et pourtant, elle ne s'en était pas privée. Elle semblait à présent contrite, mais elle ne l'avait pas été jusque-là. En temps normal, j'aurais tenté de remplacer la noirceur qui minait ma patiente par de la lumière, je l'aurais incitée à retrouver sa bonne humeur. Mais avec Mira, j'en étais incapable. Elle m'avait envoûtée. Autorisée, encouragée à devenir intime avec elle. Ne m'en étais-je pas sentie plus importante ? Et voilà qu'elle me décevait. Était-ce un peu ce que ma mère avait ressenti quand elle avait découvert que l'homme qu'elle adorait, celui qui avait encouragé leur relation, était en réalité un mystificateur ?

Je rassemblai mes accessoires – les serviettes mouillées, les récipients en émail, le shampoing – et les replaçai sur le chariot. Alors que je me retournais pour lui dire que j'allais revenir changer ses draps et l'aider à s'apprêter pour la nuit, je vis des larmes couler des deux côtés de son nez puis sur sa bouche.

Sa culpabilité – bien qu'un rien tardive – fit fondre un peu plus ma résistance. Ne suffisait-il donc pas que notre corps, nos membres soient douloureux ? Pourquoi fallait-il aussi que notre cœur soit source de souffrance, une souffrance qui se diffusait si profondément en nous que nous ne pouvions plus l'en déloger ? Sortant un mouchoir de ma poche, je lui essuyai le visage. Puis je pivotai pour sortir. Elle me saisit alors le poignet pour me retenir.

— Merci.

Je hochai la tête. Elle me remerciait de l'avoir écoutée sans la juger. Pourtant, au fond de moi, je n'avais pas pu m'en empêcher : comment aurait-il pu en aller autrement ? Je comprenais ce qu'avaient dû ressentir l'amie de Mira, Jo, son autre amie Petra, son amant Paolo, je voyais la façon dont elle les avait manipulés. Il fallait dire que je me tenais sur l'autre rive de la trahison : je savais l'atrocité de ce sentiment, la douleur de ses griffes, la profondeur de ses cicatrices.

Mon père incarnait cette trahison.

Timothy Stoddard aidait son oncle à s'installer dans un fauteuil roulant au dossier en osier. La partie inférieure du siège pouvait se déployer à quatre-vingt-dix degrés pour s'adapter aux patients ayant une jambe cassée. Plus tôt dans la journée, on avait retiré son plâtre au docteur Stoddard.

— Ma chère, votre carrosse vous attend, déclara le bon docteur alors que j'entrais dans sa chambre.

Timothy éclata de rire.

— Je ne vois pas très bien comment elle pourrait s'asseoir sur tes genoux, mon oncle.

Celui-ci fit les présentations. Timothy, qui avait le sourire facile, avait environ mon âge. Je posai le bras du docteur Stoddard sur mon épaule pour soulever la moitié de son poids. Timothy le maintint de l'autre côté afin de l'aider à sortir du lit.

— D'où cela vient-il ? demandai-je en tenant le fauteuil roulant pendant que Timothy y déposait le docteur.

— Il y a encore quelques personnes qui m'accordent de petites faveurs, répondit-il. J'ai prié Timothy de demander à Mohan, qui est à l'entretien, de me l'apporter après les heures de visite.

Là-dessus, il lança un coup d'œil à son compagnon de chambre, M. Hassan.

— Qu'en dis-tu, Fahid ? On roule jusque chez le vendeur sur gages si tu arrives à t'arracher à ton pavé ?

M. Hassan, dont j'étais venue m'occuper, était coutumier du sens de l'humour de son voisin de lit. Il reposa son roman de Tagore, *La Maison et le Monde*.

— J'en suis à la moitié, mon ami. Je peux difficilement m'arrêter maintenant.

Pour l'heure, son état de santé était stable. Nous gardions un œil sur son cœur pendant qu'il récupérait de son opération de l'appendicite.

— Bon voyage ! ajouta-t-il en riant.

— En avant, Timothy !

Le docteur Stoddard, fatigué de son plâtre, était avide de repartir pour de nouvelles aventures.

Les lunettes de Timothy Stoddard abritaient des yeux d'un marron velouté ombrés de cils épais. Il me sourit.

— Oncle Ralph a toujours été un sacré numéro. Je ne suis pas certain que sa domestique soit ravie de le voir rentrer à la maison.

— Je pourrais tout à fait avoir envie d'aller ailleurs, mon bonhomme. Je pensais justement à Istanbul.

Tout à coup, son visage s'illumina et il poursuivit à mon adresse :

— Pourquoi ne viendriez-vous pas avec moi, ma chère ? Ce serait plaisant d'avoir une charmante infirmière à mes côtés sur le bateau. Pendant le voyage, je vous apprendrais à jouer au gin rami, ce jeu de cartes dont je vous ai parlé.

Timothy, qui se trouvait à présent derrière lui, les mains sur les poignées du fauteuil, me fit un clin d'œil en passant devant moi.

— Il triche au jeu, vous savez.

— J'en suis tout à fait consciente, jeune homme, répondis-je avec un sourire.

Je les accompagnai jusqu'à la porte :

— Pleins gaz ! s'exclama le docteur Stoddard.

Et Timothy se mit à rouler le fauteuil à toute vitesse dans le couloir. J'applaudis doucement. C'était comme une course avec un unique participant, et Timothy faisait un excellent temps. Quand il atteignit le bout du couloir, il retourna le fauteuil vers moi. Je regardai autour de moi pour m'assurer qu'aucun patient ne traînait dans le couloir. Et ce fut alors que je la vis.

D'un pas redoutable, la cheffe s'avançait vers nous, ses yeux bleus lançant des éclairs.

Poussant à nouveau le fauteuil de toutes ses forces, Timothy parvint à l'immobiliser juste à ses pieds. Alors à son tour elle me vit. Je regardai le docteur Stoddard, puis Timothy. Mon cœur battait comme un fou dans ma poitrine, mes oreilles bourdonnaient terriblement. J'allais encore une fois être réprimandée devant le grand tribunal de la cheffe. J'en avais les aisselles toutes moites. D'un bras, je pris appui contre la porte, affolée de sentir mon cœur cogner si fort.

La cheffe croisa les bras sur sa poitrine.

— Je suppose qu'il s'agit d'un fauteuil conforme, approuvé par le corps médical ?

Nous savions tous que l'hôpital Wadia n'avait pas de fauteuils roulants à sa disposition.

À cet instant, le docteur Stoddard lui décocha son plus charmant sourire.

— Bien sûr, cheffe. Prendrais-je le risque de m'asseoir dans quelque chose d'autre ?

Le docteur et l'infirmière en chef se regardèrent en silence. Puis elle se tourna vers moi.

— Mademoiselle, vous viendrez me voir quand vous aurez terminé dans cette chambre.

— Ce n'est pas elle qui a commandé ce fauteuil ni qui m'a forcé à m'y asseoir, déclara le docteur Stoddard. Elle est juste venue s'occuper de mon vieux copain Hassan.

Il baissa alors la voix et ajouta, comme s'il partageait une confidence :

— De vous à moi, Mlle Falstaff est le soleil de ses jours.

— Mlle Falstaff a bien tenté de nous arrêter, mais mon oncle n'a rien voulu entendre, renchérit Timothy.

Le docteur pressa les mains l'une contre l'autre dans un geste de supplication.

— Je suis une brute, cheffe. S'il vous plaît, faites-moi la faveur de ne pas pénaliser cette pauvre jeune fille.

— Docteur Stoddard, dit-elle en pointant un doigt vers lui, ce que je fais ou pas avec mon personnel ne vous regarde pas.

— Oh, mais si, chère madame. Je fais partie du conseil d'administration de cet hôpital, l'ignoriez-vous ? Et je demande que cette jeune fille ne soit pas punie pour ce dont je suis responsable. Et maintenant, Timothy, tu peux me rouler jusqu'à mon lit.

Ce dernier s'exécuta, m'adressant un petit clin d'œil au passage.

Ragaillardie, je levai les yeux vers la cheffe.

— Je dois finir de m'occuper de M. Hassan, déclarai-je.

Et, sans attendre son approbation, je tournai les talons et me dirigeai vers le lit de mon patient, m'affairant ensuite avec le tensiomètre. Je redoutais de regarder vers le seuil et quand j'en eus enfin le courage, elle avait disparu.

Comme Timothy éprouvait quelques difficultés à extraire son oncle de son siège, je lui prêtai main-forte. Il était clair que si le voyage avait été exaltant, il avait épuisé le vieux docteur. Il avait les joues et le nez tout rouges. Timothy lui servit un verre d'eau.

— Docteur, dis-je, pardonnez ma curiosité, mais si vous faites partie du conseil d'administration, pourquoi n'avez-vous pas demandé une chambre privée ?

— Parce que j'aime la compagnie, ma chère. Et Hassan est un excellent compagnon.

Je revins m'occuper de lui : il semblait n'avoir rien vu ni rien entendu. Il reposa calmement son roman, tandis que je lui donnais ses médicaments et un verre d'eau.

— Je ne sais pas comment remercier une femme qui m'a sauvé la vie et qui surveille aussi les courses de fauteuils.

Sur ces mots, le vieux musulman sourit, ce qui fit danser sa moustache poivre et sel.

Je lançai un coup d'œil au docteur Stoddard.

— Les héros doivent être reconnus comme tels, ma chère, répondit-il avec un sourire affable.

Puis il ajouta :

— Portons-lui un toast, Fahid.

M. Hassan leva alors son verre d'eau vers moi, et le docteur Stoddard l'imita.

L'hôpital fournissait de la nourriture à son personnel, mais ses cuisines fermaient à 18 h 30. Le réfectoire restait cependant ouvert pour ceux qui travaillaient la nuit. Ma mère me préparait chaque jour un tiffin pour mon repas du soir. Et ce qu'elle cuisinait était franchement bien meilleur que ce que j'avais pu goûter à l'hôpital. Je dînais en général à 22 heures, de sorte que je n'avais pas faim avant l'aube, à la fin de ma garde.

Je me dirigeai vers le réfectoire avec mon tiffin et l'intention de lire *Une chambre à soi*. J'en avais trouvé un exemplaire de seconde main au Bhendi Bazar. J'aurais préféré prendre mon repas à la réserve, c'était plus privé. Mais la cheffe interdisait l'odeur du curry dans cette pièce, affirmant qu'elle imprégnerait les draps et les serviettes de toilette.

Je venais juste de passer devant le bureau du docteur Mishra quand je l'entendis m'appeler. Je revins sur mes pas : il était assis à son bureau. Mon cœur fit un petit saut dans ma poitrine, tandis que ma respiration s'accéléra. Il se leva dès qu'il m'aperçut et me fit signe d'entrer.

— Je vous en prie.

Puis son regard passa du stylo-plume qu'il tenait à la main à l'abat-jour posé sur un coin du bureau, avant de venir se river à mes chaussures.

À part ses cheveux décoiffés, il avait fière allure avec sa chemise et sa blouse impeccablement repassées. Son bureau, en revanche, était une tout autre affaire. Des ordonnanciers, des formulaires médicaux, un encrier, une lettre qu'il était en train d'écrire et une tasse de thé à moitié vide jonchaient sa table de travail. Une revue médicale, ouverte à un article dont la page avait été cornée, était posée de façon précaire sur une pile de livres non alignés. Mue par l'envie de sauver le journal, je compris aussi d'instinct qu'il n'aurait pas apprécié que l'on réorganise son sens bien particulier de l'ordre. Des photos de Gandhi et de Nehru, entourés des leaders du Congrès national indien, étaient accrochées au mur derrière lui. Son odeur bien particulière de cardamome et de citron vert flottait dans le bureau.

Incertaine, je me tenais sur le seuil. Comme j'aurais aimé pouvoir obéir à sa demande ! Je me rappelais ce que j'avais ressenti alors que je me tenais tout près de lui, sa main sur la mienne, lorsque nous avions examiné Mira – mais le protocole m'en empêchait. Était-il correct de s'asseoir dans le bureau d'un médecin ? Les infirmières et les religieuses s'adressaient toujours aux docteurs du seuil de leur bureau ou bien se tenaient debout devant leur table de travail pour recevoir des ordres ou répondre à une question. La cheffe apprécierait-elle que je sois assise en face du docteur Mishra ? J'en doutais fort. Que se passerait-il si elle imaginait un comportement inapproprié de ma part ? J'avais déjà été dans sa ligne de mire un peu plus tôt dans la soirée, avec l'histoire du docteur Stoddard et de son fauteuil roulant ; je ne voulais pas commettre deux infractions en l'espace de deux heures.

— Je dois vous demander quelque chose.

Il avait un air des plus sérieux, presque suppliant. Il passa ses doigts dans ses mèches, ce qui n'arrangea pas sa coiffure.

Je m'assis avec précaution, posant mon livre et mon tiffin sur mes genoux. J'avais les mains moites, mais résistai à l'envie de les essuyer sur mon tablier.

Ses yeux se dirigèrent vers mon dîner et il rougit.

— Oh, je suis désolé ! Je n'avais pas vu… Vous alliez vous restaurer… Je n'aurais pas dû…

Ses phrases m'évoquèrent alors les coups de bec d'un pic à dos rouge : « toc-toc-toc », pause, « toc-toc-toc ».

— Voudriez-vous…

Je soulevai le couvercle de ma première boîte.

— Il y en a assez pour deux. *Chole*, *karela*.

J'ouvris la deuxième.

— Chutney. Riz.

Je me rendis compte que je blablatais. *Arrête de parler, Sona.*

— Très bien. Moi, j'ai du thé…

Et il brandit sa tasse. Les religieuses venaient régulièrement servir du thé aux docteurs.

— Cela dit, merci.

Eu égard à sa silhouette dégingandée, je me demandais s'il lui arrivait de se sustenter.

Je sentis mon cou me brûler en refermant le couvercle de ma boîte, puis attendis sa question, attentive aux pas dans le couloir.

Il posa les mains sur son bureau.

— À votre avis, comment va Miss Novak ?

Devais-je lui avouer le fond de ma pensée ? La cheffe n'allait-elle pas me créer des ennuis si je discutais de l'état d'un patient avec un docteur ? Cela n'entrait absolument pas dans mes fonctions. Néanmoins, le docteur Mishra me posait une question précise, et la santé d'une patiente était en jeu. Après une hésitation, je répondis :

— Elle ne va pas mieux. Je ne perçois chez elle aucun signe d'amélioration. La morphine sert juste à masquer son inconfort.

Là-dessus, je croisai son regard pour m'assurer que je n'étais pas allée trop loin.

Mais il acquiesça.

— Je suis d'accord avec vous. La morphine n'est pas la bonne solution, contrairement à ce que pense Holbrook. Seulement, je n'arrive pas à le faire changer d'avis.

Sur cet aveu, il se frotta le front.

Je ne m'étais encore jamais rendu compte que même les médecins avaient une sorte de cheffe, une autorité supérieure à laquelle ils n'osaient pas désobéir.

— Que recommanderiez-vous ? demandai-je.

— Selon moi, un résidu de tissu fœtal s'est infecté. Et la seule façon de s'en assurer, c'est de regarder à l'intérieur.

— Mais le docteur Holbrook ne veut pas l'opérer, n'est-ce pas ?

Il secoua la tête, puis se mit à triturer son stylo à plume. Il demeura silencieux un si long moment que je me demandai s'il était conscient que j'étais toujours là. Mon ventre émit alors des borborygmes.

— Je suis revenu en Inde pour enseigner aux étudiants en médecine indiens ce que j'avais appris en Angleterre, commença-t-il. Ici, les Britanniques n'autorisent qu'un programme des plus élémentaire dans les écoles de médecine. Imaginez ma surprise quand j'ai débarqué à Wadia, tout excité à la pensée de transmettre mon savoir, et que Holbrook m'a affecté aux gardes de nuit, alors que les opérations n'ont lieu que la journée. Cela signifie que moins de médecins indiens à Wadia auront la formation nécessaire.

Il me jeta un coup d'œil, pour s'assurer que je comprenais. Ses yeux gris voletèrent ensuite de mon visage à son stylo, puis à l'encrier.

— L'indépendance est inévitable, et alors les choses changeront. Les docteurs comme Holbrook pensent que cela n'arrivera pas. Sous prétexte que le Bombay Gymkhana a finalement accepté certains Indiens parmi ses membres il y a quelques années, les Britanniques pensent qu'il s'agit d'un réel progrès. Mais nous savons tous que c'est faux.

Subitement, il cessa de triturer son stylo et me regarda, l'air inquiet.

— Oh, ma chère, je vous ai peut-être offensée ! Il se peut que vous preniez le parti des Britanniques… Je vous présente mes excuses.

Il me fallut alors quelques instants pour rassembler mes pensées.

— Je ne prends le parti de personne, docteur. Tout ce que je sais, c'est que l'Inde est mon pays à moi aussi. Mon père est venu d'Angleterre pour servir l'armée britannique. Puis il nous a laissés, ma mère, mon frère et moi, quand il est reparti, de sorte que je ne lui voue pas un grand amour. Mes origines sont complexes.

Sur ces mots, je lui souris pour qu'il sache que je ne lui tenais pas rigueur de ses propos.

— Oh ! dit-il en haussant ses fins sourcils.

— Donc qu'allez-vous faire pour Mira ? Je veux dire Miss Novak ?

Il s'éclaircit la voix.

— Dans de tels cas, c'est souvent aux patients d'insister pour que le chirurgien en chef trouve une solution. C'est ce que je leur ai suggéré, à elle et à son mari. Ce sont les seuls qui peuvent faire changer Holbrook d'avis.

Et, sur ces mots, il me lança un regard empli d'espoir.

— Je vois, dis-je.

Si je saisissais bien le sens caché de ses paroles, il me demandait d'encourager Mira à se battre pour obtenir un nouveau traitement. Toutefois, je m'interrogeais : pour quelle raison elle et son mari ne l'avaient-ils pas encore fait ? En outre, était-ce mon rôle de lui souffler une telle suggestion ?

— Vous aimeriez donc que je...

— Exactement.

Je hochai la tête.

— Bien, enchaîna-t-il, je suis vraiment désolé pour... En tout cas, bon appétit.

Et il désigna mon tiffin.

Là-dessus, il se leva et me raccompagna à la porte, comme s'il était un maître d'hôtel. Je dus contenir ma vive envie de lui indiquer quelle table je voulais.

J'avais très peu de temps devant moi pour avaler mon repas avant de reprendre le service. J'étais résolue à parler à Mira de son traitement, mais quand j'arrivai au niveau de sa chambre avec de la morphine, j'entendis des voix à l'intérieur. Ne sachant si je devais entrer, je m'immobilisai derrière la porte.

— *Princezno*, tu sais comment est ta mère. Elle est folle d'inquiétude à ton sujet, mais elle est également blessée. Tu n'as fait que lui désobéir. En te mariant avec Filip. En t'installant en Inde. Elle est furieuse. Ton comportement la rend folle.

— Papa, c'est toi qui le premier es venu vivre en Inde. Pourquoi mon emménagement ici est-il si problématique ?

Mira semblait en colère.

— Eh bien…

— Donc, non, elle ne va pas venir ?

Maintenant, elle était irritée, comme une enfant déçue. Son attitude me surprit. Chaque fois qu'elle avait mentionné sa mère en ma présence, elle avait semblé indifférente, comme si elles étaient deux amies qui se seraient éloignées l'une de l'autre.

— Comment le pourrait-elle, *broučku* ? Elle prend actuellement les eaux à Genève.

Je l'entendis déplacer sa chaise, comme s'il se rapprochait un peu plus du lit.

— Bon, tu veux que je te parle de mon projet ? Rabbi Abraham a convaincu trois autres philanthropes de donner des fonds pour la nouvelle synagogue. Il ne nous manque plus grand-chose pour commencer sa construction. Et tu ne sais pas encore le meilleur, Mira.

J'entendis de l'excitation dans sa voix.

— On va demander à Ruby Myers de couper le ruban !

J'entendis Mira émettre un ricanement moqueur.

— Franchement, papa ! La royauté de Bollywood ? Est-ce l'inauguration d'une synagogue ou d'un spectacle burlesque ?

Soudain, elle s'interrompit, puis sa voix s'éleva de nouveau.

— Sona, c'est vous qui êtes devant la porte ?

À ces mots, j'entrai dans la chambre. Mira tendit la main vers moi, et je la lui pris automatiquement. Elle semblait en meilleure forme. Ses yeux brillaient, et elle avait repris des couleurs.

— Je vous présente mon *otec*, dit-elle en désignant du menton le vieux gentleman qui se tenait dans la chambre.

Son père se leva de sa chaise pour me saluer en bonne et due forme, son chapeau à la main. C'était un homme costaud, d'environ soixante ans, avec un nez imposant et des joues roses. Sa barbe, coupée ras, était soignée. De la brillantine maintenait solidement sa fine chevelure sur son crâne. Il portait un costume en lainage trois pièces et une montre à gousset attachée par une chaîne en or comme de nombreux Européens de sa génération. Quand j'étais enfant, et que j'accompagnais ma mère chez de riches clientes pour qu'elle prenne leurs mesures, je voyais des hommes comme lui engoncés dans des fauteuils rembourrés, qui lisaient le journal.

Mira sourit à son père.

— Papa, voici Sona, mon infirmière préférée. Tu vois comme mes cheveux brillent ? C'est elle qui me les a lavés.

Elle avait à peine prononcé son dernier mot qu'elle serra les mâchoires et ferma très fort les yeux.

— Je suis très honorée de faire votre connaissance, monsieur Novak, dis-je. Je suis désolée d'écourter votre visite, mais votre fille a besoin de se reposer, à présent.

— Bien sûr, mademoiselle. J'y vais, alors.

Sur ces mots, il s'avança vers le lit de Mira, son chapeau à la main, et lui baisa le front.

— *Brzo se uzdrav.*

Une fois qu'il fut sorti, je commençai à préparer son injection, mais elle m'arrêta dans mon geste.

— C'était une feinte pour qu'il s'en aille. Il ne trouve rien de mieux à faire que de chercher des excuses à ma mère.

— Oh…

Elle prit alors le carnet de dessin et le fusain sur sa table de chevet.

— Papa ne cesse de parler de Filip.

Elle tapota un bâton de charbon sur son carnet.

— Nous avons grandi ensemble, Filip et moi. Il était comme mon frère aîné. J'espérais presque que nous tomberions follement amoureux, mais cela ne s'est pas produit. Filip me laisse tranquille, et finalement, j'y ai trouvé mon compte.

Elle s'arrêta un moment pour me regarder, puis se remit à dessiner.

— Il n'a jamais paru montrer d'ambitions particulières, ni de désir pour quoi que ce soit. Alors que moi, j'ai des quantités d'ambitions. Des tonnes d'ambitions. Mes rêves ne tiennent pas dans cette chambre, Sona. Ils sont plus grands que cet hôpital, que l'Inde. Je veux tant de choses. Tout le temps.

Elle soupira.

— Avez-vous déjà ressenti cela ?

— Oui.

Ma réponse me surprit moi-même. C'était la première fois que j'exprimais mes envies à haute voix. Cela la mit de bonne humeur.

— J'en étais sûre. Je voulais l'entendre de votre propre bouche.

Elle reprit son dessin de façon très concentrée.

— Pendant un certain temps, je me suis demandé si Filip ne me cachait pas le meilleur de lui-même au lieu de le partager avec moi…

Elle tourna ses larges yeux vers moi.

— Mais était-ce vraiment le cas ? Et s'il n'y avait rien de plus en lui ? « S'il n'y avait rien là-dedans ? » comme pourrait dire Gertrude Stein. J'avais supposé qu'il ne pratiquait pas la médecine parce qu'il y avait en lui un plus grand Filip, qui voulait accomplir des choses extraordinaires pour lui-même, comme moi. C'est ce que j'avais dit à ma mère, mais elle n'avait rien voulu entendre. « Épouser ton cousin germain, quel scandale ! Vos enfants seront des attardés. Pourquoi ne pouvais-tu donc pas te marier à un baron ou à un prince ? »

Mira donna de petits coups de fusain sur son carnet ;

— Il se trouve que je ne voulais épouser ni un baron ni un prince. Tout ce que je voulais, c'était peindre. Devenir une grande peintre. C'est tout. Pourquoi ne pourra-t-elle jamais le comprendre ? Pourquoi ne veut-elle pas me voir telle que je suis ? Et non comme elle voudrait que je sois ?

Mira lança les bras en l'air, laissant échapper son bâton de charbon qui vola par terre et se cassa en deux.

— Et maintenant, alors que j'ai besoin d'elle, elle ne veut pas venir me voir parce que je l'ai déçue. Je ne suis pas devenue telle qu'elle avait prévu que je sois.

Elle en avait les joues rouges, je percevais sa frustration. Elle débordait de sentiments, de désirs, d'énergie et voulait exprimer le tout à travers son art. Elle aurait aimé être comprise de ceux qui étaient censés la connaître. Qui auraient dû se soucier davantage d'elle. Je m'assis alors sur son lit, ce que je n'avais encore jamais fait avec aucun patient, et, pour la première fois, ce fut moi qui cherchai sa main, sans me préoccuper que ses doigts noircis salissent les miens. Elle me regarda, et je vis de la douleur inonder ses yeux pourtant si lumineux. Puis elle relâcha ma main, passa son bras autour de mon cou et, me serrant contre elle, se mit à pleurer à gros sanglots. Je lui caressai alors les cheveux : elle était si jeune, si apeurée, si seule. Comment sa mère pouvait-elle s'obstiner à ne pas venir au chevet de sa fille ? Et son père, si accaparé par sa propre vie qu'il ne lui avait rendu qu'une seule visite ! Et ce fantôme qui lui servait de mari ? Où était-il, dans tout ça ? Il avait apporté les tableaux qu'elle lui avait demandés. Les carnets de dessin et les bâtons de charbon. Mais où était son cœur ? Son amour ?

Je la berçai jusqu'à ce qu'elle se calme, puis l'aidai à s'allonger sur ses oreillers.

Elle déclina l'injection qu'elle devait recevoir, affirmant ne pas en avoir besoin. C'était peut-être le signe qu'elle était sur la voie de la guérison, du moins voulais-je le penser. En réalité, j'étais réticente à l'idée de lui suggérer, comme l'aurait souhaité le docteur Mishra, de remettre en question le traitement du docteur Holbrook. Ce n'était pas mon rôle.

Au moment où je sortis de sa chambre, j'entendis des chuchotements dans le couloir. Je reconnus les voix de la cheffe et du docteur Holbrook. Quelque chose dans leur façon de murmurer me retint sur le seuil…

Le chirurgien de garde était en train de dire :

— … vous l'ai déjà dit. Horace ne s'approvisionne pas auprès de respectables Britanniques. Sans doute achète-t-il des médicaments frelatés aux Indiens…

— Horace ne ferait jamais une chose pareille ! l'interrompit vivement la cheffe. Il tient cette pharmacie depuis vingt ans, maintenant.

— Oui, et c'est aussi votre beau-frère. De quoi aurions-nous l'air, si elle mourait ? Je subis déjà une pression terrible de la part de Mishra. Réglez cette affaire, ou nous serons tous les deux coupables.

La cheffe marmonna quelque chose que je ne compris pas.

— Sa méthode… C'est son porte-bloc, en fait !

— … a toujours fonctionné jusque-là.

— Vraiment ? Qu'en savons-nous… Tous ces morts… Ah, si seulement elle n'était jamais venue ici ! Elle ne sait même pas peindre correctement. Par pitié, je préfère voir du John Constable. Et puis on ne sait pas, n'est-ce pas, ce qu'elle a pu faire au bébé. Ce genre de femme…

La cheffe avait baissé la voix : je n'entendais plus ce qu'elle disait.

— Pas fiable, je suis d'accord. Elle n'est pas anglaise. Kipling avait raison. Ce sont tous des sauvages.

J'entendis le docteur Holbrook s'éloigner d'un pas lourd, tandis que la cheffe demeurait clouée sur place, les yeux rivés au sol, plongée dans ses pensées.

Brusquement, elle se tourna dans ma direction et me vit. Alors elle blêmit ; l'espace d'un court instant, ses yeux reflétèrent de la peur à l'état pur. Mais elle se ressaisit bien vite et retrouva tout son aplomb.

— Vous m'espionnez, mademoiselle ?

— Je… je me rends dans la chambre du bébé qui vient de naître, madame.

Mon pouls battait très fort. Je venais peut-être d'entendre pourquoi l'état de Mira, au lieu de s'améliorer, empirait.

— Eh bien dépêchez-vous ! Ce bébé a un poids trop bas. Vous devez gérer la situation.

Elle parlait calmement, comme si la conversation que j'avais entendue n'avait pas eu lieu. L'avais-je imaginée ? Non, ils parlaient vraiment de Mira. Pourquoi n'étais-je pas intervenue ? En me taisant, j'étais devenue complice. Elle méritait mieux que cela. Devais-je rapporter au docteur Mishra la conversation que j'avais surprise ? Où se situait la frontière entre le bien et le mal d'une part et ma responsabilité d'autre part ? La question me faisait mal à la tête.

La journée avait été longue. Le fauteuil du docteur Stoddard, la requête du docteur Mishra et la discussion que j'avais surprise entre le docteur Holbrook et la cheffe – tout cela m'avait épuisée. Je n'avais pas pu mettre la main sur le docteur Mishra avant la fin de ma garde pour lui rapporter ce que j'avais incidemment entendu. Peut-être devais-je me confier à Indira ?

À 4 heures du matin, au local technique, Mohan était en train de remplacer les roues d'un brancard, qu'il avait mis à l'envers. Il faisait plus d'heures que moi ; souvent, je me demandais s'il ne dormait pas dans le local.

Au lieu de me saluer timidement mais joyeusement, comme il en avait l'habitude, il me jeta à peine un regard quand je m'avançai vers lui.

— Est-ce que tu as vu Indira, Mohan ?

Il leva la tête et me lança un regard absent. Je compris vite pourquoi : il me snobait en raison de ma réponse à sa demande en mariage. Il fallait que j'étoffe mon refus pour éviter que la question n'envenime notre relation. Je me rapprochai encore de lui, au point de voir les poils noirs dans ses oreilles. Ne me prêtant aucune attention, il s'empara d'un tournevis et ôta une vis d'une roue. Comme d'ordinaire, la pièce était remplie de vieilles chaises et tables, ainsi que de matériel cassé, mais c'était la première fois qu'elle me paraissait étouffante – en raison de l'humeur de Mohan.

— Mohan, je ne suis pas encore prête à me marier, quel que soit le prétendant. Et je ne sais pas si je le serai un jour. Je ne suis pas certaine d'avoir envie de signer pour ce genre de garde.

J'espérais que ma petite plaisanterie aiderait à détendre l'atmosphère et, de fait, il me sembla que son regard s'adoucit un peu.

— Tu es très bon de me proposer de partager ta vie et de m'offrir une sécurité. Je tiens à ce que tu le saches.

Je lui adressai alors un humble sourire.

— Cependant, je ne suis pas convaincue que tu saches vraiment à quoi tu t'engagerais avec moi. J'ai des avis bien tranchés. Je fais les choses à ma façon, sauf quand la cheffe me surprend en flagrant délit.

Cette dernière remarque fit naître un léger sourire sur les lèvres de Mohan et, à cet instant, il me regarda enfin, en plissant le coin des yeux.

— Tu mérites une meilleure épouse que moi. Une femme qui te préparera tes dîners quand tu rentreras le soir. Qui te massera les pieds après une longue journée de travail. Qui te fera du thé quand tu en auras envie. Qui saura ce que tu désires avant même que tu ne le saches. Et tu sais bien que je ne suis pas cette femme-là, que je ne le serai jamais. Mais quelque part il existe une fille qui te convient et t'attend. Tu vas finir par la trouver. Il se peut même qu'elle vienne te donner un coup de main, ici, pour réparer les brancards et peindre les tables.

— *Accha, Accha !* Arrête.

Il riait, à présent.

— Indira est passée au local, mais elle est partie, maintenant, poursuivit-il. Son mari est venu la chercher.

Mohan haussa les sourcils jusqu'à la naissance de ses cheveux.

— *Maderchod.* La façon dont il la traite est une honte. Il a dit que désormais il viendrait chaque jour la chercher.

Mes oreilles commencèrent à bourdonner.

— Qu'a-t-il dit exactement ?

Mohan détourna le regard, gêné.

— « Je ne veux pas que cette *gori randi* s'approche de toi. »

Tiens donc ! Maintenant, j'étais *la putain blanche*. C'était à la fois ridicule et cruel. Si seulement le mari d'Indira avait su que je n'avais jamais couché avec un homme !

— Avait-elle l'air effrayée ? demandai-je.

Mohan se mit à réfléchir.

— Elle était surtout surprise de sa présence ici, car je ne crois pas qu'il soit déjà venu. En tout cas, je ne l'avais jamais vu. Elle a commencé à lui dire qu'il n'avait pas besoin de s'inquiéter, qu'elle t'avait dit qu'elle ne rentrerait plus avec toi à la maison, mais il l'a frappée et secouée.

Mohan reporta les yeux sur le brancard, comme s'il ne voulait pas croiser mon regard.

— C'était une scène difficilement supportable, Sona. Après quoi elle l'a suivi vers la porte, comme en transe.

Je serrai les dents pour ne pas hurler : *Comment des hommes comme Balbir peuvent-ils agir en toute impunité ?* À la place, je pris une profonde inspiration.

— Merci, Mohan, dis-je.

Et je me dirigeai vers mon vélo.

— Tu veux que je t'accompagne ?

Je tournai la tête vers lui. À l'expression de mon visage, il dut voir que je ne comprenais pas sa question.

— Chez Indira ?

Il acquiesça. Et à cet instant, si Mohan m'avait demandé de l'épouser, je lui aurais peut-être répondu oui. Comme il était noble de sa part de vouloir me protéger des hommes comme Balbir.

Mais je déclinai.

— Ça ira, merci.

Je n'étais qu'à une centaine de mètres de l'hôpital quand je vis de jeunes étudiants indiens sous le lampadaire. Ils se faisaient passer un paquet de cigarettes Scissors. L'odeur de la fumée rivalisait avec les forts effluves médicinales d'un cassier, dont maman faisait infuser les fleurs dans de l'eau de riz pour apaiser ma gorge irritée.

— Mais Gandhi-ji dit que la violence n'est pas la solution pour...

— Peut-être, mais comment montrer, sinon, à ces fichus Anglais que nous n'accepterons plus d'être maltraités ? Les élections ont prouvé que l'on pouvait se gouverner seuls et pourtant ils nous ignorent.

— Vous venez au rassemblement, vendredi ?

Quand j'arrivai à leur hauteur, je tournai la tête pour mieux écouter leur conversation, mais tout à coup mes roues parurent s'immobiliser. Dans la foulée, mon corps fut projeté en avant et je manquai de perdre l'équilibre. Je regardai devant moi pour comprendre ce qui s'était passé : le mari d'Indira, Balbir, avait agrippé mon guidon. Il sentait le *paan* et les cigarettes. Ses yeux brillaient de colère.

— Ne t'approche plus de ma femme ! Indira n'a pas besoin que tu lui pervertisses l'esprit. Ne viens plus jamais chez nous, et ne lui parle pas au travail. Sinon, tu vas le regretter.

Sur ces mots, il leva la main, comme s'il allait me frapper. La peur me saisit, mais je m'efforçai de ne pas flancher. Nous nous regardâmes droit dans les yeux pendant un bon moment. Puis, se penchant vers moi, il murmura avec une pointe de menace dans la voix :

— Et n'oublie pas que je peux te suivre chez toi si j'en ai envie.

— Cela ne te donnera pas le fils que tu attends, Balbir, répondis-je à voix basse.

Il ouvrit grand la bouche, visiblement choqué. Il n'était pas habitué aux femmes qui lui répondaient. Il en desserra les mains de mon guidon.

— Hé toi, qu'est-ce que tu fais ? cria l'un des étudiants.

Je me rendis alors compte qu'il s'adressait à Balbir. Me jetant un dernier coup d'œil menaçant, il lâcha mon vélo et s'en alla bien vite.

Les jeunes étudiants accoururent vers moi.

— Tout va bien, mademoiselle ?

Je les remerciai de leur gentillesse et m'éloignai à grands coups de pédale. Une fois à la maison, dès que mes doigts cessèrent de trembler, j'attachai mon vélo. Puis je lissai ma jupe et essuyai la sueur de mon front avant de monter les marches de notre appartement.

Chapitre 5

Le lendemain soir, je me rendis dans la chambre de Mira pour prendre sa température. Elle était calée contre les oreillers, l'air alerte. Elle avait les joues rose et de la lumière dans les yeux. Quel soulagement de constater qu'elle allait visiblement bien mieux ! Peut-être la cheffe avait-elle parlé à Horace et celui-ci avait-il changé de fournisseur.

À côté de Mira se tenait un gentleman vêtu d'un costume bien taillé. Il était jeune, environ de l'âge du docteur Mishra, mais un petit peu moins grand. Son visage était anguleux – son nez droit, son menton pointu et ses pommettes saillantes. Les cheveux sur ses tempes commençaient à s'estomper, signe assurément annonciateur d'une calvitie précoce. Ses yeux marron étaient chaleureux, il avait le sourire facile, et l'allure décontractée – tout en lui irradiait la bonne humeur. C'était un homme qui avait l'habitude qu'on l'aime.

Mira était en train de rire aux propos qu'il venait de tenir.

— C'est pour cela que nous avons besoin que vous reveniez à Bombay, Dev. Pour y mettre de l'ambiance.

Elle lui donna un coup d'œil en biais.

— Pour me revigorer.

Et leurs rires communs firent allusion à un passé intime. J'en conçus de la gêne, mais ne détournai pourtant pas les yeux de lui, d'eux.

Il lui baisa la main.

Ce fut alors que Mira remarqua ma présence, sur le seuil.

— Sona ! Entrez, que je vous présente un ami qui m'est très cher.

Et, comme d'habitude, elle tendit la main vers moi pour que je la prenne.

— Je vous présente Dev Singh, un homme adorable quand il ne flirte pas avec une autre femme que moi.

Dev prit la pique avec affabilité. Il m'adressa un sourire enjoué, révélant des dents parfaitement blanches.

— Sona est la plus merveilleuse des infirmières, enchaîna Mira. Vous ne la trouvez pas magnifique ?

À cet instant, mes joues durent se colorer d'un rose vif peu séduisant.

Dev croisa les bras, tel un scientifique, et me considéra comme si j'étais un objet d'étude. Et même si j'eus l'impression d'être à nue, comme dans le bureau du docteur Holbrook, je n'éprouvai pas le besoin de me recouvrir.

— Elle n'est pas dépourvue de charme. L'uniforme. La coiffe. Et ces chaussures blanches. Une vraie bombe.

— Cessez de faire le coquin, dit Mira.

— Et elle a l'air tout à fait posée, renchérit-il en regardant cette dernière. Je suis certain qu'elle n'hésite pas à remettre à sa place une personne qui dépasse les bornes. Et de la punir.

Là-dessus, il fit un geste de la main comme s'il donnait une gifle imaginaire. Cependant, son sourire, la façon dont il plissait les yeux donnaient à penser que ses plaisanteries étaient inoffensives. Malgré moi, je lui souris, ravie de l'attention qu'il m'accordait.

— Et elle aurait raison.

À cet instant, nous nous retournâmes tous les trois pour voir qui venait de parler : le docteur Mishra entra dans la chambre.

— Amit ! s'écria Dev en contournant le lit pour aller lui serrer chaleureusement la main. J'ai appris que tu travaillais ici. Comment vas-tu, vieille branche ?

Le docteur Mishra lui sourit, mais ses yeux demeurèrent méfiants.

— C'est Mme Mehta qui m'a appris que tu exerçais dans cet hôpital, enchaîna Dev. Les Mehta connaissent ma famille depuis toujours. Elle m'a également dit... (il jeta un coup d'œil à Mira) qu'une peintre célèbre séjournait dans ton service. Une personne que j'ai déjà eu le plaisir de rencontrer une ou deux fois.

— Deux fois, si je me souviens bien, renchérit Mira en riant.

Puis elle secoua la tête pour imiter les Indiens.

Dev lui sourit et agita vers elle un doigt faussement menaçant.

Quant à moi, j'eus l'impression d'être entrée dans une fête privée, avec ce trio des plus glamour. Je relâchai la main de Mira.

— Je dois y aller, dis-je vaguement avant de me diriger vers la porte.

— Revenez, revenez, mademoiselle Sona, s'écria alors Dev, geste du bras à l'appui pour me convaincre de faire demi-tour.

Il tombait sous le sens que cet homme obtenait toujours ce qu'il voulait.

— Ne voyez-vous pas que notre bon docteur Mishra préférerait que vous restiez ?

Tétanisée, je lançai un coup d'œil à ce dernier : il avait foncé d'un ton, et avait à présent les yeux rivés au sol.

— Laissez-moi vous apprendre quelque chose sur ce bel homme.

Le docteur Mishra agita aussitôt les mains en signe de protestation.

— C'est inutile, Dev. Mademoiselle Falstaff, je vous en prie, allez voir vos autres patients.

— S'il vous plaît, permettez-lui de rester un peu avec nous, intervint Mira, qui appréciait ce badinage. Juste un petit moment. Moi aussi je veux en savoir plus sur mon docteur.

Ce dernier haussa les épaules, et je restai.

— Nous avons étudié ensemble à Oxford. Amit avait toujours les meilleures notes. J'aurais pu obtenir les mêmes, mais j'étais trop occupé à pourchasser les jolies dames.

Là-dessus, il adressa un sourire à Mira.

— Et le pire, c'est qu'il ne devait de comptes à personne. Il n'avait pas de famille. Mais un gros héritage. C'est lui qui aurait dû sortir et se pavaner comme un coq. Alors que moi (Dev se désigna), je devais toujours répondre aux questions de tous. Celles de mes parents. De la fiancée qu'ils avaient choisie pour moi. Même à celles du chauffeur qui me conduisait chez elle.

Le docteur Mishra fit la grimace.

— Et pourtant, tu te pavanes toujours comme un coq, dit-il.

Dev posa la main sur son cœur.

— « L'or véritable ne craint pas le feu. »

Je me questionnais sur les hommes – et les femmes – qui se liaient si facilement et intimement les uns avec les autres. Je ne pouvais m'imaginer à leur place, encore moins me confier si aisément. Comment serait-ce d'être l'un d'entre eux ?

Dev enfouit les mains dans les poches de son pantalon, et reprit :

— J'étais donc en train de dire à Mira que mes parents organisent une réception pour mes fiançailles.

Le visage du docteur Mishra s'illumina.

— Félicitations, Dev. Est-ce pour cette raison que tu es à Bombay ? Tes parents ont arrangé un mariage pour toi ?

— Oui, avec une belle femme de Jaipur. Elle s'appelle Gayatri Kaur. J'ai vu sa photo, mais je ne l'ai pas encore rencontrée.

Ce sera chose faite ce soir. Elle a l'air formidable, comme notre jeune infirmière ici présente.

Paroles qui me donnèrent le cran de rétorquer, sourcil relevé :

— Si j'étais aussi formidable que vous le proclamez, je vous aurais demandé de sortir de la chambre de Miss Novak afin de pouvoir prendre sa température.

Dev leva les mains en signe de capitulation.

— Oh oh ! Me voilà remis à ma place. En réalité, il se peut que Mlle Falstaff soit la plus intimidante de nous tous.

Il se mit à rire de bon cœur : il donnait l'impression que rien ne pouvait le faire renoncer à sa posture enjouée. Après quoi il se frotta les mains.

— Donc tout est arrangé. Mishra viendra à la réception de demain.

— Et Sona l'accompagnera, renchérit Mira avec un sourire, nous regardant tour à tour, le docteur et moi.

J'en laissai presque échapper mon thermomètre.

— Pardon ? Non… Je dois travailler.

Je me tournai alors vers le docteur Mishra.

— Pas vous, docteur ?

Il hocha la tête.

— Si ! Je ne pourrai pas venir moi non plus, désolé.

— Regardez-les, ces deux-là. Faits l'un pour l'autre, déclara Dev en riant. Mme Mehta m'a promis qu'elle réglerait la question de votre emploi du temps avec l'hôpital. Elle a dit qu'elle vous était redevable, mademoiselle.

Il pointa alors le doigt vers le docteur et moi.

— Vous viendrez tous les deux.

Sur cette affirmation, il se tourna vers Mira.

— Et vous aussi, bien sûr, ma chère. Maintenant que vous vous sentez mieux. À propos, la patronne des Bombay Talkies figurera parmi nos invités, le saviez-vous ?

Mira écarquilla les yeux.

— Devika Rani ?

— En personne !

La peintre tapa dans ses mains.

— Je meurs d'envie de faire sa connaissance. Peut-être qu'elle aura envie de tourner un film sur mes femmes – les femmes d'Inde du Sud. Oh, ce serait phénoménal, non ?

Dev regarda le docteur Mishra.

— Donc c'est entendu ?

Ce dernier tenta de faire valoir des objections.

— Je n'ai pas encore permis à Miss Novak de sortir. Nous devons d'abord voir si…

— Regardez derrière vous, l'interrompit Mira, ravie. Filip m'a apporté mon sac, car je sors demain. Je lui ai dit que jamais je ne m'étais sentie mieux.

Chacun se retourna pour découvrir une valise en cuir brun au pied du lit. Je soupirai de soulagement. Mira se sentait mieux ! Elle allait retrouver ce qu'elle aimait le plus : la peinture.

Le docteur semblait plongé dans ses pensées : peut-être que le prompt rétablissement de Mira l'avait pris par surprise. À moins qu'il ne s'inquiète pour le lendemain soir : qui allait le remplacer à l'hôpital ?

Mira frappa dans ses mains.

— Je suis si impatiente. Cela fait une éternité que je ne suis pas allée à une fête. Sona, vous devrez m'aider à choisir ma robe.

Dev lui baisa de nouveau le dos de la main.

— Ce sera une grande fête. Tout le gratin de Bombay est convié. La plupart sont des amis de mes parents, des collègues en affaires, de la famille, des tantes et ainsi de suite. Donc ce sera fantastique de voir vos têtes familières dans la foule. À demain soir, Mira-ji, Amit-ji.

Il tapota l'épaule de ce dernier.

— Et mademoiselle Sona.

Il se pencha alors vers moi pour ajouter dans un murmure théâtral :

— Et si celui-ci ne fait pas attention à vous, je peux vous garantir que d'autres s'en chargeront. C'est à cela que servent les fêtes de fiançailles.

Puis, faisant ondoyer ses doigts, il inclina la tête à la cantonade.

Quand il fut parti, je sentis un courant d'énergie s'en aller avec lui. Quel charisme possédait cet homme ! Je regardai Mira, qui rayonnait. Pendant que le docteur Mishra vérifiait son dossier, je plaçai le thermomètre sous sa langue de ma patiente.

Trente-sept degrés, tout était normal.

Mira sourit.

— Donc c'est bon, je peux sortir, n'est-ce pas ?

— C'est possible, en effet, mais je ne vous le recommande pas, répondit le docteur Mishra. Pour l'instant, votre état s'est stabilisé, mais j'aimerais que l'on vous garde encore un jour ou deux pour qu'on en soit bien certains. Votre corps a subi une grande épreuve, il y a cinq jours.

Mira lui décocha son plus charmant sourire.

— Tout ira bien, docteur. Croix de bois, croix de fer, si je mens, je vais en enfer.

C'était ce que disait toujours le docteur Stoddard. Mon cœur fit un petit bond. Dans son cas, je le prenais toujours pour une blague entre nous. Les paroles de Mira me firent l'effet d'une déclaration.

Le docteur Mishra fronça les sourcils, mais Mira refusa d'entendre parler d'une prolongation de son séjour.

— Et vous, Sona, venez chez moi demain après-midi. Nous allons bien nous amuser à choisir nos tenues.

Elle semblait tellement heureuse. Comment aurais-je pu lui dire non ?

Le docteur Mishra s'éclipsa après avoir signé le bon de sortie dans le dossier et dit à Mira qu'elle allait manquer à tous, à l'hôpital. Puis lui et moi nous évitâmes pendant le reste de la garde.

Au cours du repas avec ma mère, je ne parlai que de Dev Singh. De ce à quoi il ressemblait, de la façon dont il se comportait avec Mira, et elle avec lui.

— Si je n'étais pas entrée dans la chambre, maman, il l'aurait rejointe dans le lit, dis-je.

J'avais fait mine de prendre un air blasé, mais toutes mes connaissances en la matière venaient du *Saraswati Magazine.*

— Eh bien moi, j'ai l'impression que ce M. Singh t'a tapé dans l'œil.

Je me mis à rire.

— Non, maman. Sa compagnie est amusante, mais il est trop rapide pour moi. J'ignore comment sa nouvelle femme va gérer cette manie qu'il a de flirter avec tout le monde. Il faisait même de l'œil à l'évier, dans la chambre.

Ma mère débarrassa la table en riant.

Je me retournai sur ma chaise pour la regarder.

— Oh, et M. Singh est revenu d'Oxford – c'est là où il a étudié avec le docteur Mishra – pour annoncer ses fiançailles avec une certaine Miss Gayatri Kaur. Il a dit qu'elle était très belle, mais il n'a vu qu'une photo d'elle. Ce soir, ils vont donner une grande réception. Devika Rani y sera avec d'autres stars de cinéma. Mira y va aussi. Le docteur Mishra y va. Moi aussi j'ai été invitée…

Je m'interrompis. Comme il était égoïste de ma part d'aller à une fête à laquelle ma mère n'assisterait pas ! Je secouai la tête et ajoutai :

— Mais je n'ai pas l'intention d'y aller. Je ne connais personne.

— Bien sûr que tu vas y aller ! Combien de fois as-tu été invitée à de tels événements ? Ce serait offensant de ne pas t'y rendre alors que le futur marié t'a invitée, Sona. Viens, nous allons voir ce qu'on peut te trouver comme robe.

Sa réponse me soulagea. Elle ne semblait pas du tout irritée, mais la pensée d'assister à cette fête me donnait des crampes à l'estomac. Rencontrer de nouvelles personnes me mettait mal à l'aise. À l'hôpital, mon métier me fournissait une excellente couverture. Mes patients avaient besoin de se sentir pris en charge et je pouvais être pleine d'entrain dans mon rôle d'infirmière pour les ramener vers la santé. Ils ne soupçonneraient jamais que j'aurais préféré m'asseoir sur une chaise dans un coin, le nez plongé dans un livre.

À présent, ma mère était en train de fouiller dans son coffre-fort.

— Ah ah ! s'exclama-t-elle tout à coup avant de revenir avec un sari en soie couleur émeraude, ourlé d'un *zari* doré.

— Comment tu t'es procuré ça, maman ? C'est épatant ! Je ne t'ai jamais vue dedans.

Elle attendit que j'aie débarrassé la table pour y poser le sari et passa la main sur le tissu tout doux.

— Je ne l'ai jamais porté. Je le réservais pour mon mariage avec ton père, dit-elle avant de pousser un soupir.

Aussitôt, je lui frottai le bras et nous demeurâmes silencieuses quelques instants.

Elle déplia ensuite le tissu.

— *Accha*. Je sais que tu n'aimes pas franchement les saris, aussi nous allons le transformer en une robe qui va attirer tous les regards.

Elle considéra ma poitrine.

— Nous allons même faire un décolleté.

— Maman ! Qu'est-ce qui te prend ? C'est juste une réception. Je peux porter une vieille robe. Et puis ce sari est si onéreux. Pourquoi le retaillerais-tu ?

Elle prit un air grave.

— Pas question que tu mettes une vieille robe, Sona. Je ne laisserai pas ma fille se rendre à la réception de l'année habillée comme une mendiante. Nous allons faire les choses correctement.

Elle maintint le tissu au niveau de mes épaules, puis de ma taille. Elle s'amusa à faire des plis, à rassembler la jupe, à le monter et le baisser devant mon torse. Elle n'utilisa pas de mètre ruban, elle connaissait par cœur mes mensurations dans la mesure où elle m'avait toujours confectionné mes vêtements. Après avoir esquissé rapidement quelques patrons, elle en travailla un plus précisément, puis hocha la tête, sachant visiblement ce qu'elle allait faire. Je la regardai prendre de grands ciseaux et couper la soie.

— Je peux t'être utile à quelque chose ?

Je n'avais jamais eu de grand talent en matière de couture. Pour l'aider, il m'était arrivé de faufiler des ourlets à la main, ou bien d'acheter les fournitures dont elle avait besoin ou encore de livrer la marchandise terminée.

Elle me scruta d'un air songeur.

— Tu pourras cueillir quelques fleurs du kapokier rouge. Elles formeront un contraste parfait avec ta chevelure.

— Je le ferai en me rendant chez Mira. Est-ce que je t'ai dit qu'elle était sortie hier ? Elle va beaucoup mieux. Elle m'a demandé de l'aider à choisir sa robe.

J'adressai un sourire espiègle à ma mère.

— Est-ce que tu nous recommandes une robe qui dévoile aussi sa poitrine ?

— Petite insolente ! s'exclama ma mère en cachant son sourire.

Mira et Filip habitaient dans un building Art Déco le long de Marine Drive, à Black Bay. J'avais vu les élégantes publicités de ces appartements dans le journal, parmi d'autres réclames pour des meubles en acier provenant des stocks des magasins Army & Navy Stores, des radios, des carreaux modernes destinés au sol. Une exposition d'Ideal Homes avait promis cette année aux semblables de Dev Singh une amélioration de leur style de vie grâce à des casseroles et des poêles en aluminium, des réfrigérateurs à gaz et des toilettes aux lignes pures.

Je sonnai à l'appartement de Mira. Un bourdonnement et un clic plus tard, je montai au quatrième étage par l'escalier. Elle m'ouvrit la porte en peignoir. Elle venait de se laver les cheveux et avait la peau encore humide. J'étais tellement habituée à la voir dans un lit d'hôpital que je faillis presque ne pas la reconnaître. Elle m'attira à l'intérieur et tendit les bras.

— Qu'en pensez-vous ?

Je considérai mon environnement : un canapé et des fauteuils élégants, des lampes en acier, des carreaux au motif géométrique – tout ressemblait énormément aux publicités que j'avais vues.

— C'est comme dans *L'Introuvable* ! répondis-je.

Au Eros Cinema, pas loin d'ici, j'étais tombée amoureuse du charmant couple que formaient à l'écran Myrna Loy et William Powell alors qu'ils buvaient du Martini et résolvaient des crimes ayant eu lieu à New York. Leur appartement dans le film aurait tout à fait pu inspirer celui de Mira.

Sans rien m'offrir à boire ni à manger (mais peut-être était-ce une coutume indienne ?), Mira se rendit dans sa chambre et me désigna le lit. Elle y avait déposé quatre robes.

— Je porterai celle que vous choisirez.

Je touchai le tissu de celle qui se trouvait le plus près de moi. C'était un riche satin couleur noisette avec des manches bouffantes et un corsage de style Empire. La suivante était dans un crêpe en soie ivoire, dotée d'un haut col arrondi et de manches papillon qui devaient suivre gracieusement chaque geste de qui la portait. Je ne pus m'empêcher de lisser de la paume celle au col écharpe ornée d'une jupe en satin bouffante. Mais ce fut la dernière qui me coupa le souffle.

— Celle-ci, décrétai-je en la brandissant pour la maintenir devant la frêle silhouette de Mira.

Elle était taillée dans un satin chatoyant couleur pêche. Le dos nu dévoilait la peau jusqu'à la taille, où une jupe en biais épousait les hanches.

Mira pinça la bouche.

— Je ne suis pas trop plate, pour celle-ci ? J'ai perdu tant de poids à l'hôpital. La morphine m'a vraiment coupé l'appétit.

Je lui souris.

— Justement. La coupe de cette robe convient parfaitement à votre silhouette actuelle.

Sur ces mots, je regardai ma montre. Je devais filer à la maison pour essayer la robe que ma mère était en train de confectionner pour moi.

— Choisissez une robe pour vous. Je ne... Ne croyez surtout pas que je vous fais la charité.

Mira m'adressa un sourire incertain.

— C'est juste que cela me ferait plaisir de vous voir dans une de mes robes.

En temps normal, j'aurais pu me sentir offensée par cette proposition, mais je savais que Mira ne pensait pas à mal, aussi lui souris-je.

— Il se trouve que ma mère a une surprise pour moi et pour vous.

Mira s'assit sur le banc recouvert d'un tissu en satin, au pied de son lit, et me considéra quelques instants. On aurait dit qu'elle me scrutait l'âme.

— Sona, votre vie aura l'ampleur que vous lui donnerez. Vous aurez des souvenirs intenses et profonds qui combleront le vide que l'on ressent ici.

Et, ce disant, elle forma avec sa paume un cercle au niveau de son sternum.

Je ravalai une petite exclamation : je retrouvais bien là son habitude de me forcer la main, de chercher au-delà de ce que j'étais. J'eus la subite sensation de ne jamais être vraiment à la hauteur de ses attentes.

— Tout le monde n'est pas comme vous, madame.

Se levant du banc, elle vint se planter devant moi. Elle posa alors la paume sur mon sternum, le massa en formant un cercle, et laissa sa main dessus.

— Je veux que vous viviez de grandes expériences, Sona. Et vous aussi, vous le souhaitez. En vous et à l'extérieur de vous. Foncez.

Je concevais qu'elle m'encourage à explorer le monde, comme elle l'avait fait, à découvrir des choses dont je ne soupçonnais même pas l'existence. Seulement… elle avait grandi dans un milieu privilégié. Ne cherchait-elle pas à voir comment une personne comme moi s'en sortirait, dans son monde ? Où étais-je censée aller ? Avec quel argent ? Celui issu de la culpabilité de mon père ? Ce serait au-dessus de mes forces. Si tentant que cela semble, mon côté pratique, celui qui refusait de perdre du temps à se poudrer le visage, eut un mouvement de recul. Pourquoi me donnait-elle l'espoir de ce qui ne pourrait jamais advenir ?

— Si je ne pars pas maintenant, dis-je en la contournant, ma mère va être furieuse. Et vous, ça va aller ?

Je venais de me rendre compte que je n'avais pas vu son mari.

— Où est M. Bartos ? ajoutai-je dans la foulée.

Elle porta le regard sur ses robes, toujours sur le lit, puis se mit à ranger celles qu'elle ne porterait pas dans sa garde-robe avec miroir.

— Par monts et par vaux, seul Dieu sait où. Mais il sera là ce soir. Il est possible qu'il soit allé faire cirer ses chaussures.

Je me dépêchai de rentrer chez moi à vélo, repensant à ce que la peintre m'avait dit. Même si j'avais dit à ma mère que cela ne me gênait pas de porter une de mes vieilles robes, après avoir vu les tenues de soirée de Mira j'avais envie de plus de glamour. Il était à présent 17 heures, heure à laquelle je partais normalement au travail. Sous l'influence conjuguée de Mme Mehta et de Dev Singh, il avait été possible de trouver des remplaçants pour le docteur Mishra et moi-même, ce soir-là.

Quand j'arrivai à la maison, ma mère était penchée sur sa machine à coudre, des épingles dans la bouche et un crayon derrière l'oreille. La table était recouverte de pièces de satin émeraude et d'un satin vert pour le jupon.

— Le dîner est sur le comptoir, me dit-elle. Mange d'abord puis viens essayer cette robe afin que je puisse la faufiler.

C'était une couturière qui travaillait prestement et remettait toujours ses commandes en temps voulu, mais je savais que, en l'occurrence, le délai était particulièrement court. Je devais être chez les Singh dans trois heures, et il me fallait au moins trois quarts d'heure pour m'y rendre, d'abord en bus à impériale, puis en rickshaw. Ce serait le moyen de transport le moins cher. J'avais l'habitude de faire du vélo en jupe, mais vêtue d'une robe longue, c'était une autre affaire !

Je n'avais pas grand appétit, tant j'étais fébrile. Je mangeai un chapati avec un peu de dahl, puis allai me laver dans le cabinet de toilette du palier. À mon retour, ma mère me demanda de me déshabiller, et de ne garder que ma culotte. Elle se leva de sa chaise, entraînant dans son sillage les différentes pièces de la robe. Elle leva les deux côtés du corsage et les assembla pour former une couture centrale entre les seins. Je baissai alors les yeux… et découvris un immense décolleté.

— Maman, je ne peux pas sortir comme ça !

Sur cette déclaration, je me mis à resserrer la couture afin qu'elle commence cinq centimètres au-dessus de la première épingle de ma mère.

Elle me tapa sur la main.

— C'est la première fois que j'ai l'occasion de fabriquer une robe de soirée à ma fille, dit-elle. Laisse-moi décider de la coupe et nous nous disputerons à son sujet plus tard.

Elle sourit en regardant son travail, ce qui tempéra ma résistance. Je ne l'avais pas vue aussi excitée depuis qu'elle avait confectionné mon premier uniforme d'infirmière – elle était alors si fière ! Je lui embrassai le front.

Du haut du corsage, deux longues bretelles serpentaient sur mon épaule et dans mon dos. Elle les avait confectionnées à partir de l'ourlet *zari* de son sari. Avec un bâton de craie, elle fit quelques marques, puis enleva le corsage. Ensuite, elle plaça devant moi la longue jupe qui y serait attachée pour voir quel ourlet elle devait faire. Elle comptait le fignoler avec ce qui restait de bord doré. La jupe, d'une forme ajustée, s'évasait toutefois au niveau des genoux. Avec le haut, elle formait une élégante colonne qui me grandissait. Comme nous n'avions pour miroir que celui qui se trouvait au-dessus de l'évier, je ne pouvais pas me voir en entier, mais ce que reflétait le visage de ma mère était suffisant.

— Tout le monde aura les yeux rivés sur toi, ma merveilleuse enfant. Et maintenant, enlève ça et laisse-moi terminer.

Je l'ôtai prudemment, afin que les épingles que ma mère avait enfoncées ne tombent pas.

— Et les chaussures ? m'écriai-je.

Je ne possédais aucune paire s'accordant à ce genre de robe !

— Fatima ! répliqua ma mère. Va la voir.

Je me rhabillai en toute hâte et courus de l'autre côté du palier. Fatima, avec ses joues roses et l'énergie que lui donnait sa grossesse, ouvrit la porte. Quand elle me vit, elle prit un air soucieux.

— Maman *theek hai* ?

— Oui, maman va bien.

Je lui expliquai alors que je me rendais à une soirée et que ma mère était en train de me confectionner une robe du soir, mais que je n'avais pas de chaussures qui allaient avec.

Fatima sourit.

— Viens, dit-elle.

Et elle m'invita à entrer dans son appartement, qui était bien plus spacieux que le nôtre. Un angle était occupé par une armoire en palissandre. Elle l'ouvrit, me révélant un arc-en-ciel de *salwar kameez*, nombre d'entre eux étant cousus de fils d'or et d'argent. Au bas de l'armoire était soigneusement alignée une rangée de chaussures, dont une paire d'escarpins en satin noir.

— Mes chaussures de mariage, dit Fatima.

J'étais presque effrayée de les toucher tant ils étaient élégants. Ils étaient comme neufs. Et si, de façon accidentelle, je marchais dans du crottin, ou si un cycliste les éclaboussait de boue ? Dans les rues de Bombay, il y avait mille façons de salir ce qu'on portait. Fatima parut sentir mon hésitation.

— Essaie-les, m'encouragea-t-elle.

Je ne voyais vraiment pas comment elles auraient pu m'aller : elle avait de bien plus petits pieds que moi. Les escarpins étaient un peu étroits, mais notre jeune voisine m'assura qu'ils prendraient la forme de mon pied car ils étaient en tissu.

— Mais, Fatima…, commençai-je.

— Sona, honnêtement, m'interrompit-elle en désignant ses pieds qui commençaient déjà à gonfler à cause de sa grossesse. Quand les porterais-je, à ton avis ?

Et elle se mit à rire.

Sa générosité me toucha. Je fermai très fort les yeux et les rouvris pour m'assurer que je ne rêvais pas. Puis je lui touchai l'épaule.

— Merci, Fatima. Je te promets d'en prendre grand soin.

Elle me tapota l'épaule.

— Salam alaykoum.

— Alaykoum salam.

Ma mère n'avait pas ménagé sa peine. À présent, elle reculait pour apprécier le résultat.

— Oh, Sona ! Cette robe te va bien mieux qu'elle ne m'allait comme sari.

Elle décrocha le petit miroir du mur et l'éloigna de moi pour que je puisse voir la tenue dans toute sa longueur. Comme notre appartement était petit, elle dut sortir sur le palier.

— Éloigne-toi encore un peu, maman. Encore.

Je remarquai tout de suite que si je me déplaçais d'une certaine façon, on voyait la moitié de mes seins ! Je resserrai les deux côtés du corsage.

— Arrête, maintenant ! ordonna ma mère en reculant encore vers la porte de Fatima, le miroir toujours à la main.

— Donc je peux sortir nue dans la rue ?

— Ne t'avise pas de fermer ce décolleté ce soir. Ça détruirait toute la coupe.

Fatima sortit bientôt de chez elle pour voir ce qui causait l'agitation sur le palier. Quand elle me vit, elle écarquilla les yeux. Puis elle recouvrit son sourire d'une main et prononça des paroles en ourdu. Elle montra alors mon décolleté et applaudit, de toute évidence ravie par la robe.

Gênée, je m'avançai vers ma mère pour lui prendre le miroir des mains.

— Tu vois, maman ? Les gens vont me regarder avec de grands yeux !

— Et pour de très bonnes raisons.

Nous nous retournâmes toutes pour voir qui avait parlé. Le docteur Mishra se tenait dans la rue, derrière notre cour. Il portait un costume noir avec un col mandarin, une chemise blanche et une cravate.

Je rougis, me sentant ridicule de porter une robe qui attirait ce genre de remarques.

Il regarda Fatima, ma mère puis le ciel au-dessus de nous.

— J'espère que cela ne vous dérange pas, mais le trajet me semblait… long à effectuer pour une femme seule… surtout en tenue de soirée. Un *tonga* nous attend. Je n'ai pas encore pris le temps de m'occuper de l'achat d'une voiture.

Je sentis mes joues virer au rouge. Je dirigeai les yeux vers ma mère, qui semblait aussi surprise que moi.

— Co… Comment vous êtes-vous procuré mon adresse ? demandai-je.

— Ah ! J'ai accès à de nombreux dossiers. Je pourrais même savoir votre poids de naissance.

Aucune repartie ne me vint à l'esprit. Ma mère rentra dans l'appartement pour ressortir rapidement avec un châle noir. Elle me sourit, tout en me jetant un coup d'œil malicieux.

— Prête ?

Le docteur Mishra désigna alors la carriole qui attendait sur la route.

— *Jao*, prononça ma mère en silence en posant le châle sur mes épaules.

— *Joa*, me dit Fatima de la même façon.

Et ses yeux maquillés de kôhl étincelèrent.

Je descendis les marches et franchis la grille avant.

Le docteur Mishra m'aida à monter dans la carriole. Je serrai les mâchoires, mortifiée qu'il ait vu où j'habitais – l'endroit où nous louions une pièce aux peintures écaillées et aux murs moisis. Il avait vu ma rue, si étroite qu'un tonga ne pouvait pas y passer. Que devait-il penser ? C'était une chose de me voir au travail dans mon uniforme bien repassé avec les cheveux attachés et une autre de me découvrir dans mon environnement misérable.

Toutefois, si cela le choqua, il n'en laissa rien paraître.

— Peut-être êtes-vous déjà allée à des centaines de réceptions, mais quand les Singh en donnent une, tout est toujours un peu démesuré. Je me suis dit… qu'un peu de soutien ne serait pas de trop. Pour moi non plus, d'ailleurs.

Et il émit un léger rire.

Je ne m'étais toujours pas remise de le voir dans mon quartier. Devant mon silence, il cessa de parler et regarda droit devant lui.

Je resserrai le châle autour de mes épaules. Quand j'eus retrouvé ma voix, je déclarai :

— J'ai juste été surprise de vous voir ici.

— Bien sûr, bien sûr. Je vous prie de m'excuser. Je pensais vous être utile. J'ai peut-être outrepassé la bienséance. Nous travaillons ensemble et peut-être ne devrions-nous pas… S'il vous plaît, acceptez mon…

Il passa le doigt sur son col, comme s'il l'étranglait.

— Préférez-vous que je descende pour que vous puissiez faire le trajet seule ? Je peux toujours héler un autre tonga…

L'imaginer bondir de la carriole me fit rire. Il avait juste voulu faire une bonne action ; il avait à peine regardé le quartier.

— Merci, dis-je en tournant les yeux vers lui, et en sentant ma bonne humeur revenir. Prince Rama.

Il sourit.

— Donc maintenant, je suis le héros de *Ramayana* ?

Je souris à mon tour.

Il me considéra encore un bon moment.

— Très bien, finit-il par dire.

Puis il dirigea le regard vers la route.

Nous restâmes d'abord silencieux, puis je me lançai.

— Docteur, je ne connais de vous que ce que M. Singh m'en a dit. Où avez-vous grandi ?

— À Shimla.

J'attendis.

— Parmi les loups ?

— Très bien. Mon père était juge. Mes parents sont morts dans un accident de voiture il y a fort longtemps. C'est ma tante qui m'a élevé.

— Vous n'avez ni frère ni sœur ?

— Non. Mais ma tante m'a appris les jeux qu'elle aimait, comme le bridge, le pachisi, le gin-rummy.

À cet instant, le docteur Mishra me tapa sur la main avec son index.

— « Protégez bien vos cartes et encore mieux votre argent. »

Puis il sourit.

Le contact me procura comme une sensation électrique, au point que j'en restai muette quelques secondes.

Il tourna la tête.

— Oh, ma chère, j'ai encore dépassé les bornes ? Vous êtes peut-être une flambeuse cachée ? C'est ça ? Avouez ! « Quand on a un âne parmi ses amis, on ne peut s'attendre qu'à des coups de pied. » Je dois être l'âne de l'équation.

Je me mis à rire. Je ne l'aurais pas cru si drôle. Il était toujours tellement sérieux à l'hôpital.

— Dites-m'en plus sur votre ami Dev Singh.

— Dev... Eh bien, nous avons fait connaissance à Bishop Cotton. C'est une école près de Shimla. J'ai deux ans de plus que lui. On s'est revus à Oxford, où il y avait juste une poignée d'étudiants indiens. On est vite devenus un petit groupe soudé, et on se voit toujours. Dev s'est d'abord intéressé à l'histoire, moi j'ai étudié la médecine. Et maintenant, il étudie l'architecture. Moi, je travaille désormais à Bombay en compagnie d'excellentes infirmières – de surcroît très belles.

Sur ces paroles, il se mit à scruter ses mains.

C'était censé être un compliment et je le pris comme tel.

— Vous n'habitez pas à Bombay depuis très longtemps, n'est-ce pas ? demanda-t-il.

— En effet.

— Avez-vous déjà visité le réservoir de Banganga ou les Jardins suspendus ?

Je secouai la tête.

Il regarda alors sa montre.

— Nous avons un peu de temps devant nous. Avez-vous envie d'y aller ?

Et il donna des indications au conducteur du tonga.

— Le réservoir d'eau est un ancien lieu de pèlerinage pour les Jains. Et maintenant les adeptes de Shiva s'y rendent. Moi, j'aime ce lieu pour sa présence obstinément calme au milieu de toute cette richesse.

Nous arrivâmes bientôt à un réservoir d'eau rectangulaire sis parmi les demeures de Malabar Hill. D'un côté, une série d'escaliers menait vers l'eau. Des *diyas* étaient disposés sur le bord, là où les fidèles venaient prier. Je jetai un coup d'œil au docteur. J'aurais pu lui révéler à cet instant la conversation que j'avais surprise entre la cheffe et le docteur Holbrook, mais il semblait si détendu. Ses yeux étaient pour une fois immobiles, ne cherchant pas sur quoi se poser. Peut-être me tracassais-je pour rien : Mira avait eu l'air en si bonne forme, la veille. Pourquoi sonner l'alarme ? Je laissai passer.

La demeure à trois étages des Singh était située à l'extrémité de Malabar Hill. Notre attelage longea une pelouse impeccable avec un étang en son centre avant de s'arrêter devant un imposant escalier en pierre – d'une largeur telle que dix personnes pouvaient le monter en même temps. La maison était impressionnante, et évoquait un petit palais doté de vingt chambres. Des hommes et des femmes dans leurs plus beaux atours fourmillaient sur la véranda tandis que des serveurs en uniforme faisaient circuler les hors-d'œuvre et les cocktails. Des *dyas* en argile étaient alignés sur la balustrade, leurs flammes scintillantes prêtant une douce lueur à l'ensemble.

Nous traversâmes la véranda pour entrer dans la maison, où des roses de damas, réparties dans des vases en céramique, embaumaient les lieux. Mira se tenait au centre de la pièce, entourée d'admirateurs. Elle nous fit signe d'avancer et nous présenta à un critique d'art, un promoteur, un musicien et un restaurateur. Des yeux, je cherchai son mari, mais ne le vis pas.

— Filip est dans le coin, là-bas.

Et elle indiqua le fond de la maison.

— Alors, comment me trouvez-vous, docteur Mishra ?

Sur cette question, elle pivota sur elle-même.

— En forme ? suggéra-t-il avec un sourire qui s'apparentait à une grimace.

Mira lui donna un petit coup sur le torse.

— Assez ! Au diable cette stupide morosité ! Je vais très bien, maintenant.

Se tournant vers moi, elle ajouta :

— Sona ! Ôtez ce châle ridicule ! Je veux voir le travail de votre mère.

Je lançai un coup d'œil au docteur Mishra. Comment Mira avait-elle pu être aussi inconséquente ? Maintenant, le docteur savait que ma mère taillait mes robes. *Et alors ?* me morigénai-je. Étais-je devenue snob au point d'avoir honte que ma mère exerce un travail manuel, comme le commun des travailleurs ?

Avec réticence, je retirai mon châle, vérifiant le devant de ma robe pour m'assurer que je n'exposais pas toute ma poitrine aux regards.

— Magnifique ! Notre Sona a grandi, vous ne trouvez pas, Amit ?

Le docteur Mishra, qui avait les yeux rivés à moi, les dirigea tout de suite vers ses chaussures, puis le sol en marbre.

— Beau travail, mademoiselle l'infirmière.

Mira lui adressa un regard courroucé.

— Amit, vous devez l'appeler Sona, sinon les gens vont penser que vous êtes venus pour sauver quelqu'un en urgence.

Elle me regarda et ajouta :

— Retournez-vous, que je voie le dos.

J'obtempérai et elle poussa un petit cri.

— Exquis ! Pas une femme ce soir ne peut rivaliser avec vous. Allons montrer ça à Dev. Il est quelque part près d'ici.

Alors que nous nous frayions un chemin dans la foule – il devait y avoir plus de deux cents invités –, j'aperçus des hommes en habit de maharaja, en costume anglais ou vêtus de veste à col mandarin, à l'instar du docteur Mishra. Mais c'étaient les femmes, dans leurs saris de soie, de satin et de mousseline chatoyants, parées de colliers en diamants bruts, qui scintillaient sous les chandeliers. Et éparpillées parmi tous ces gens se trouvaient des Anglaises, des hommes politiques ainsi que des hommes d'affaires en trois-pièces et une poignée d'Anglo-Indiens, comme moi. À première vue, les tenues féminines occidentales étaient moins chastes que les orientales ; toutefois, les tuniques habillées des Indiennes révélaient leurs chutes de reins, leurs nombrils, et leurs bras nus – encore que de façon plus subtile. Néanmoins, j'avais conscience que la robe que je portais serait scrutée avec un œil critique par les Indiennes, et déclencherait leurs murmures.

— Amit !

Nous nous retournâmes : Dev s'avançait vers nous dans son uniforme de maharaja blanc, aux poignets et au col brodés de fils d'argent. Il serra la main du docteur Mishra et donna à Mira un baiser sur la joue.

— Vous êtes merveilleuse, comme d'habitude, dit-il en décochant un sourire à Mira. Ashok Gupta meurt d'envie de vous rencontrer.

Mira parut impressionnée.

— Une autre vedette de cinéma ? Il est également ici ce soir ?

— Un de vos tableaux est accroché chez lui. Il vous appelle « la conscience de l'Inde ». Il vous compare à Tagore. Il affirme que tous les deux, vous comprenez la juste valeur des femmes.

— Vraiment ?

— Il dit que Tagore a fait entrer la littérature indienne dans la sphère mondiale et que vous œuvrez de la même façon avec l'art.

— Donc il estime que je suis plus indienne qu'européenne ? Parfait !

Elle se mit à rire et ajouta :

— Dans ce cas, je meurs d'envie moi aussi de le rencontrer.

À cet instant, Dev se tourna vers moi, et cligna des yeux.

— Mademoiselle Sona ?

Puis il me sourit.

— J'ai failli ne pas vous reconnaître, sans votre coiffe. Une vraie métamorphose !

J'aurais voulu croiser mes bras sur ma poitrine, là où son regard venait d'atterrir. Au lieu de quoi je fis comme si je portais une tenue aussi décolletée tous les soirs de ma vie et inclinai la tête pour accepter son compliment. Je fus alors surprise de sentir les doigts du docteur Mishra effleurer mon coude, comme s'il voulait m'écarter de Dev. Mais ce dernier fut plus rapide, et posa sa main chaude sur mes reins. J'eus un mouvement de recul, mais il ne parut pas s'en rendre compte. Puis il prit Mira par le coude.

— Il y a de nombreuses personnalités, ici, ce soir. Des représentants du gouvernement, des rédacteurs en chef, des administrateurs de santé, des réalisateurs. Je veux vous en présenter quelques-uns.

Pour Mira, ce fut un historien de l'art de Dehli désireux d'écrire un article sur elle. Pour le docteur Mishra, il s'agissait d'un gentleman parsi intéressé par la construction d'un autre hôpital privé, à Bombay. Une fois que chacun fut engagé dans une conversation, Dev m'attira vers le bar à cocktail, saluant avec effusion de nombreux invités au passage. Une fois au bar, il me demanda ce que je désirais qu'on me prépare. À part une bière occasionnelle, je n'avais jamais touché à l'alcool.

Sentant mon indécision, il reprit :

— Qu'est-ce qui sonne le mieux, pour nous ? Un Salty Dog, un Sidecar, ou Mort dans l'après-midi ?

Je me mis à rire.

— Sont-ce des noms de cocktail ou de nouvelles sordides ?

Il fit la grimace.

— J'ai l'impression que vous préférerez un Old fashioned.

Alors, se tournant vers le barman, il commanda un cocktail à base de whisky, de sucre et d'angostura.

— Je prendrai la même chose, Dev.

C'était le docteur Mishra, qui se tenait derrière nous.

— Ton père te cherche, ajouta-t-il.

Dev expira de l'air entre ses dents. Puis il s'inclina devant moi, tapota le dos du docteur Mishra et se mit en quête de son père.

— Qu'en pensez-vous ? me demanda ce dernier en désignant ma boisson.

— Horrible, dis-je en riant. Je préférerais boire un *nimbu pani*.

Le barman, qui m'avait entendue, pressa un citron dans un grand verre, ajouta de l'eau et du sucre et me le présenta, sans oublier d'orner le tout d'une branche de menthe. Je le remerciai.

Le docteur Mishra fit glisser mon Old fashioned vers lui et en but un trait. Il hocha la tête et prit une deuxième gorgée.

— Peut-être que je suis moi aussi de la vieille école, dit-il alors.

— Vous savez, docteur, chaque fois que M. Singh se trouve près de moi, j'ai l'impression que vous tentez de me protéger, dis-je.

— Moi ?

Il regarda son cocktail.

— Qui vous dit que ce n'est pas lui que je protège de vous ?

Je haussai un sourcil.

— Je ne m'étais pas rendu compte que j'étais impressionnante à ce point.

— Dev a pourtant dit que vous étiez intimidante, vous vous rappelez ?

Un trio de musiciens installé sur la terrasse arrière – sitar, harmonium et tabla – était en train de jouer une chanson de Kanan Devi, l'un de mes chanteurs préférés. Nous nous y rendîmes avec nos cocktails pour admirer les mille lumières qui scintillaient sur le bord de la pelouse. Des tables rondes recouvertes de nappes blanches étaient décorées avec du gardénia et de généreux feuillages.

— Je t'ai dit que je ne les vendrais pas !

Une voix de femme venait de résonner au-dessous de nous. Le docteur Mishra et moi jetâmes un coup d'œil dans cette direction : c'étaient Mira et Filip. Celle-ci avait l'air furieuse, ses joues étaient d'un rouge inquiétant. Quant à Filip, il fumait calmement sa pipe.

— Nous avons besoin de cet argent, *broučku*. Nous avons un loyer de retard, lui répondit-il.

— Et à qui la faute ? Ce n'est pas moi qui achète des vêtements onéreux...

À cet instant, elle donna une chiquenaude au costume de Filip.

— Tous mes habits ont au moins cinq ans, poursuivit-elle.

— Tu pourrais toi aussi t'acheter de jolies choses, renchérit-il d'une voix égale.

— Avec quoi ? Je suis la seule à créer et toi, tu dépenses tout l'argent. Je...

Elle poussa une exclamation.

— Tout va bien, Mira ? s'enquit-il, cette fois d'un ton inquiet.

— Oui, dit-elle.

Puis elle prit une profonde inspiration.

— Je vais bien. Je vais réfléchir à un plan pour l'argent. Profitons de la fête, maintenant.

Nous les regardâmes monter les marches et disparaître tout au fond du salon. Ils ne nous avaient pas vus. Le docteur Mishra et moi échangeâmes un regard. Je me sentais légèrement coupable et gênée d'avoir assisté à cette conversation privée, et me demandai si c'était aussi le cas du docteur.

Le groupe cessa de jouer. Quelqu'un se mit à tapoter son verre. Nous rejoignîmes d'autres invités dans le salon, qui eux aussi revenaient de la terrasse. Ici, une estrade avait été dressée ; s'y trouvaient actuellement Dev et un gentleman plus âgé, qui devait être son père – la ressemblance était frappante. Une dame en grande tenue, assurément la mère de Dev, se tenait sur le côté. Tous ceux qui venaient de l'extérieur, sur les autres terrasses, affluaient dans la pièce.

— Mes amis, merci de vous être joints à nous ce soir pour cet événement du meilleur augure – c'est ce que nous a assuré l'astrologue, et si ce n'est pas le cas il devra nous rembourser...

Le père de Dev attendit que les rires se calment. Un cocktail à la main, il tenait fermement de l'autre son fils par l'épaule.

— Nous sommes fiers de notre fils pour ses études à Oxford. Bientôt, il sera un architecte éminent en Inde. Un homme de sa trempe a besoin à ses côtés d'une femme à la fois intelligente, affable, compatissante et qui le soutiendra. Et ce sera encore mieux si elle est belle.

Son rire invita les convives à l'imiter, les hommes plus que les femmes. Dev masqua son sourire en baissant les yeux vers ses chaussures brodées.

— Voilà pourquoi nous sommes honorés de lier la famille de Krishna Kaur et leur belle, intelligente et compatissante fille Gayatri à la nôtre, pour ce qui sera assurément un mariage heureux et pérenne.

Les musiciens se remirent à jouer, le sitar prenant la tête. L'assemblée s'écarta pour laisser passer la procession formelle du père et de la mère de la fiancée, qui se trouvait derrière eux, la tête recouverte d'un *pallu* rouge violet orné de minuscules perles. Je jetai un coup d'œil en coin à Dev : lèvres entrouvertes, il était aussi curieux de découvrir sa future épouse que les invités. Tout le monde s'était rapproché pour apercevoir celle qui serait bientôt Mme Singh. Le docteur Mishra, tout comme moi, avait été poussé vers l'avant de sorte que nous étions pressés l'un contre l'autre d'une façon qui aurait dû me rendre mal à l'aise. Or, il n'en était rien. D'ailleurs, quand il posa une paume protectrice sur mon dos nu, ce contact chaud déclencha une douleur paradoxalement agréable entre mes jambes. Sans doute avait-il perçu que je m'étais détendue, car il tourna la tête vers moi : je soutins son regard, et sentis ma respiration s'accélérer. L'espace d'un instant, ce fut comme si nous étions seuls dans le salon et qu'il allait m'attirer contre lui... Je l'aurais laissé faire... Mais il finit par s'éclaircir la voix et détourna les yeux, ôtant la main de mon dos. Avais-je vu un éclair de culpabilité sur son visage ? Avais-je pris sa galanterie pour de l'intérêt envers ma personne ?

Je m'efforçai alors de porter mon attention vers l'estrade, où le père de la fiancée, vêtu avec la même élégance que les hommes de la famille Singh, était en train de tenir un discours sur le rapprochement favorable de leurs deux familles. Finalement, il fit un pas de côté pour que sa fille, Gayatri, puisse se retrouver face à Dev. Les invités tendirent le cou pour avoir une meilleure vue. Lentement, la jeune femme retira son *pallu*. Toutefois, au lieu de baisser les yeux comme une coquette, elle leva la tête et le regarda bien en face. Son port dénotait clairement que la fierté était une revendication innée chez elle : c'était une femme qui avait une fort bonne opinion d'elle-même. Elle n'hésiterait pas à mettre Dev au défi, insisterait pour être traitée sur un pied d'égalité. Ils se sourirent mutuellement. Était-ce un sourire de joie, de soulagement, de bravade ? Deux personnes qui ne se connaissaient pas allaient entreprendre un voyage au cours duquel ils découvriraient comment se comporter l'un envers l'autre, dans quelle mesure ils s'aimeraient et se mentiraient.

Dev lui prit la main et se tourna vers la foule, qui se mit à applaudir. À présent, je voyais les arcs noirs de ses sourcils, ses grands yeux soulignés de kôhl, ses lèvres, charnues et tentantes, sa sensualité évidente. Sa bouche, fardée en violet, était opportunément assortie à son sari. De lourdes boucles d'oreilles chargées d'améthystes taillées dansaient contre un ras-de-cou qui se déployait de sa nuque à ses épaules. Elle leur rendait justice, comme si elle avait l'habitude de porter ces parures au quotidien. Je touchai ma nuque nue, consciente que des bijoux aussi raffinés ne feraient jamais partie de mon avenir. Bien que sur une estrade, Gayatri Kaur releva le menton pour regarder les convives. Était-ce pour paraître plus imposante ou parce qu'elle s'estimait supérieure à nous ?

Derrière moi, j'entendis des invités murmurer :

— Je pensais qu'elle serait plus jeune.

Un autre gentleman à ma droite se demanda à son tour :

— Pourquoi ont-ils attendu si longtemps pour la marier ? A-t-elle des problèmes ?

Après quoi la foule se dispersa. Certains se dirigèrent vers le buffet et les boissons, d'autres félicitèrent les familles et saluèrent le jeune couple.

— Il paraît que le premier choix des Singh est tombé à l'eau, affirma une matrone qui se trouvait devant moi.

— Ce que j'ai entendu dire, c'est que les Kaur devaient marier leur fille aînée avant d'organiser les noces de Gayatri, répondit son interlocutrice. Or, celle-ci est *pagla*. Elle est tombée d'une balançoire quand elle était petite.

La femme fit la grimace.

— Finalement, ils ont trouvé une famille qui les en a déchargés contre une dot substantielle. Et maintenant, c'est au tour de Gayatri de se marier. Même si vingt-quatre ans, c'est vraiment la limite.

Vingt-quatre ans ? Elle n'avait qu'un an de plus que moi. Si les gens estimaient qu'elle était trop âgée pour se marier, que pensaient-ils de moi ? Que racontaient-ils derrière mon dos ?

Je suivis le docteur Mishra pour prendre ma place dans la file d'attente et féliciter les familles. Mira se joignit à nous.

— Gayatri n'est-elle pas incroyablement belle ? Et si souveraine ? dit Mira en imitant la posture de la rani de Jhansi, la fougueuse maharani qui avait osé s'opposer aux Britanniques lors de la rébellion de 1857.

L'enthousiasme de Mira, sa bonne humeur se reflétaient dans la couleur de ses joues.

— Il faut que je demande à la fiancée de Dev ce qu'elle pense des sculptures des grottes d'Ajanta. Apparemment, sa famille vit tout près.

Je scrutai attentivement la peintre en quête d'éventuels signes de fatigue ou d'une énergie vacillante. Et j'étais certaine qu'Amit – maintenant je l'appelais par son prénom dans ma tête ! – se livrait à la même inspection. Elle n'était sortie de l'hôpital qu'au matin, elle aurait dû se reposer. Néanmoins, à part des cernes gris sous ses yeux, elle semblait tout à fait remise.

Alors que nous approchions de Gayatri et Dev, qui étaient entourés d'admirateurs, il devint évident qu'ils avaient tout du couple moderne, comme l'Inde les adorait. Tous deux parlaient couramment anglais, affichaient à parts égales la grâce des Indiens et les manières occidentales, discutaient livres et politique. Ils semblaient aussi à l'aise avec les hommes d'affaires qu'avec les universitaires pour évoquer l'avenir de l'Inde. Oui, pensai-je, ils étaient bien assortis. Peut-être Gayatri serait-elle celle qui maîtriserait le regard vagabond de Dev.

Quand ce fut à nous de féliciter le couple, Amit fut prestement emporté par quelqu'un et je me retrouvai seule face à Gayatri. Ses yeux, si larges qu'ils dominaient son visage, m'observèrent avec curiosité. Pour je ne sais quelle raison, je balbutiai :

— Ma mère est indienne.

J'avais cru qu'elle se questionnait sur la couleur de ma peau, mais je me rendis compte que c'était ma robe qui l'intriguait.

— Était-ce le sari de votre mère ?

Je hochai la tête.

— Remarquable, dit-elle.

Je ne savais pas si je devais me sentir flattée ou insultée par son commentaire. Mais déjà elle se tournait vers un autre invité. Je n'eus même pas l'occasion de la féliciter pour ses fiançailles.

Dev, qui avait repris sa place près d'elle, me sourit.

— Salut, Old fashioned.

Puis il se pencha vers moi pour ajouter contre mon oreille :

— Votre robe met les vieux *sahibs* très mal à l'aise. *Shabash* !

Sur la pelouse arrière, des valets servaient des assiettes remplies de currys à la viande et aux légumes ou bien de nourriture anglaise roborative, en fonction de ce que les invités préféraient. Puis ils apportèrent des sorbets à la rose, *falooda*, des cocktails et de l'eau citronnée, comme il se devait. Mira buvait tous les cocktails qu'on plaçait devant elle et bavardait brillamment avec tous les invités à notre table.

Le ministre indien des Affaires culturelles était assis à sa droite. Il l'incitait à s'exercer la main sur une série de peintures montrant la splendeur de l'architecture indienne.

— Peut-être le palais d'Udaipur ? Ou, puisque vous préférez peindre en Inde du Sud, que pensez-vous du palais de Mysore ? Les deux sont splendides.

— Ce sont les gens qui m'importent, monsieur le ministre. Je ne peux pas exprimer, avec des constructions, ce qu'il m'est possible de transmettre quand je prends des personnes comme sujets.

— Mais ce que vous me dites, Miss Novak, ramène l'Inde en arrière. Ces anciennes coutumes que vous peignez sont destinées à raconter au monde que les Indiens sont… sont…

— Arriérés ? suggéra Mira en souriant. Pourquoi ne pas considérer mes peintures comme l'expression de ce qui est bon et authentique en Inde ? Des traditions qui remontent à des siècles. Des femmes les perpétuent au détriment de leur santé et de leur cœur.

À cet instant, elle regarda le ministre en plissant les yeux.

— Mais peut-être est-ce mon style qui ne vous plaît pas ?

Le vieil homme parut mal à l'aise. Il tira sur son col.

La matrone assise à côté de lui déclara :

— Les miniatures du Rajasthani sont connues dans le monde entier. Leur style est magnifique, vous pourriez vous en inspirer, Miss Novak.

— Et il est aussi connu comme un style intrinsèquement indien, n'est-ce pas ? Mais si nous limitons nos idées en matière d'art indien, nous limitons du même coup notre expérience de l'Inde. Or, ce pays dépasse notre compréhension. C'est lui qui doit définir ce qui le représente. Pas nous.

Les yeux de Mira brillèrent quand elle leva son verre de vin pour en boire une gorgée. Le ministre n'était pas convaincu, et la douairière pinça les lèvres, dubitative.

Le mari de Mira était assis en face d'elle, dans son costume trois pièces blanc, sans parler à personne ni ignorer quiconque. Quand il ne fumait pas sa pipe, il mastiquait une bouchée, tout en regardant sa femme. Un léger sourire dansait sur ses lèvres, comme si la scène lui plaisait.

J'avais peu d'appétit, ce soir-là, surtout depuis le sentiment qui s'était épanoui en moi quand Amit avait placé la main sur mes reins. À présent, être assise à côté de lui s'apparentait quasiment à une épreuve. Nous évitions de nous regarder. Je ne savais trop quoi lui dire ni que penser de ce qui s'était passé entre nous. Avais-je imaginé le regard qu'il m'avait adressé ? N'était-ce pas mon imagination de « vieille fille » qui me jouait des tours ? Alors que je pensais quitter la table, Mme Mehta m'aborda, de gros bracelets en or tintant à ses poignets. Je l'avais vue un peu plus tôt discuter avec des amis.

Elle posa une main sur le dossier de ma chaise et une autre sur celle du docteur Mishra.

— Eh bien, docteur, saviez-vous que notre Sona était spécialiste en résolution de problèmes ?

Amit tourna vers moi ses yeux gris interrogateurs.

Je sentais le même élan monter en moi chaque fois qu'il me regardait. Je détournai les prunelles.

— Cela a trait à un couple d'inséparables. Peut-être suis-je d'ailleurs en train d'en voir une autre paire devant moi, *hahn-nah* ?

À ces mots, je rougis tandis qu'Amit s'éclaircit la voix. Mme Mehta me tapota l'épaule et adressa un mystérieux sourire à Amit, puis elle jeta son dévolu sur Mira, avec qui elle avait une folle envie de parler.

Il m'était impossible de rester auprès d'Amit sans le toucher ni lui tenir des propos significatifs. Je me levai de ma chaise. Un domestique se matérialisa aussitôt derrière moi et l'écarta promptement. Amit me regarda.

— Vous partez ?

Je hochai la tête. Je ne pouvais pas lui dire qu'il était la raison de mon pouls irrégulier. J'avais besoin d'espace, loin de lui, loin de la forte excitation de cette réception ; il me fallait rassembler mes pensées.

À son tour, il repoussa sa chaise et reposa sa serviette près de son assiette.

— Je vais… Allons vous trouver un tonga.

J'aurais voulu lui répondre que j'allais m'en occuper, mais je n'avais pas envie d'attirer l'attention sur moi, de sorte que je me contentai de monter les marches pour regagner la terrasse et l'intérieur afin de récupérer mon châle. Il faisait bien plus frais, maintenant que la nuit était tombée. Je pénétrai dans le salon désert et bifurquai vers le vestibule, à gauche, en quête du vestiaire où les châles avaient été déposés. Ce fut alors que, derrière moi, résonnèrent les pas d'Amit. J'ouvris la porte la plus proche. Pas de châles. Je tentai la deuxième : c'était la salle de bains. Alors que je m'approchais de la troisième, j'entendis des voix qui s'exprimaient délibérément d'un ton bas.

— Je pensais qu'elle serait plus jeune.

— Que ferais-tu avec une plus jeune que tu ne peux faire avec une plus âgée ? Les deux pourront te donner des héritiers.

Je me rendis compte que je venais de surprendre une conversation entre Dev et son père. Revenant immédiatement sur mes pas, je me heurtai presque à Amit, qui était juste derrière moi. Il posa un doigt sur mes lèvres pour m'empêcher de crier.

— Par ailleurs, *beta*, sa famille nous sera utile.

— C'est-à-dire ?

— M. Kaur est un magistrat influent. Il s'arrangera pour que tes affaires… déplaisantes… restent en dehors des tribunaux.

Un silence s'ensuivit, puis Dev marmonna quelque chose que je ne parvins pas à comprendre.

Quand il reprit la parole, Singh père avait la voix grave.

— Je ne peux tolérer que cela se reproduise, Dev. Tu te comporteras correctement avec Gayatri. J'ai les mains liées.

Cela ressemblait à un ordre.

Amit me prit alors la main pour nous ramener là d'où nous venions. Dans le salon, nous croisâmes un valet, à qui Amit demanda de trouver mon châle. Le domestique acquiesça et prit un autre corridor.

— Nous n'aurions pas dû entendre cette conversation, ni celle de Mira et de son mari, dis-je, avec la sensation d'être une intruse.

— Sona, peut-être que je dois vous dire quelque chose… au sujet de Dev…

À cet instant, le domestique revint et me tendit mon châle. Mais Amit s'en saisit pour m'en recouvrir les épaules. Quand je me retournai pour le remercier, son visage n'était qu'à quelques centimètres du mien.

— Savez-vous que c'est la première fois que vous m'appelez par mon prénom ? Miss Novak et M. Singh m'ont tout de suite appelée Sona. Et vous, je vous connais depuis un an.

Il recula d'un pas. À Bombay, la ville de l'industrie cinématographique, on ne savait jamais si on n'allait pas être la vedette de la prochaine pièce de commérage croustillante. Il était toujours préférable de demeurer prudent. Il venait de franchir une ligne en m'appelant Sona, et il était conscient des répercussions.

— Venez. Allons chercher un tonga pour vous.

— Il est inutile que vous m'accompagniez.

Il recula la tête.

— Dans cette robe ? N'avez-vous donc pas remarqué la façon dont tous les hommes ont louché sur vous, ce soir ? Qui sait ce qui se serait passé, si je n'avais pas été à vos côtés ?

C'était donc la raison pour laquelle il ne m'avait pas quittée d'une semelle ? Non parce qu'il avait envie d'être près de moi, mais à cause de ma robe ? C'était un comble ! Au plaisir que j'avais ressenti en sa compagnie se substitua l'indignation. Je marchai rapidement vers la porte et appelai un valet.

— J'ai besoin d'un tonga, s'il vous plaît.

— Bien sûr.

Le domestique descendit l'escalier pour regagner la route, en bas.

— Sona, s'il vous plaît, ne m'en veuillez pas. Laissez-moi vous accompagner chez vous. Je ne plaisante pas. Il est dangereux d'être dehors à cette heure de la nuit. Il y a des manifestations dans les rues.

— Je quitte le travaille tous les jours à cette heure. J'ai l'habitude de circuler la nuit.

— Oui, mais à bicyclette. Ce n'est pas la même chose.

Il savait que je rentrais à vélo ? Mais que faisait-il ? M'observait-il de derrière la fenêtre de son bureau ?

Le valet réapparut à la porte d'entrée.

— Memsahib, la carriole est là.

Amit arriva à sa hauteur avant moi, lui donna quelques pièces, puis m'entraîna vers l'escalier.

— Pouvez-vous cesser d'être aussi obstinée et accepter de l'aide quand on vous en propose ?

Je ralentis le pas. N'était-ce pas là ce que je disais moi-même à Indira ? Je savais qu'elle avait besoin d'aide même si elle ne s'en rendait pas compte. Étais-je en train d'infliger la même chose à Amit ? Oui, j'avais été entêtée avec lui. Et mesquine.

Il perçut mon changement d'état d'esprit au moment où je m'immobilisai.

— Vous avez raison. J'ai besoin de vous pour rentrer chez moi.

Il ferma les yeux : son soulagement était palpable.

Quand il m'aida à monter dans le rickshaw, je me demandai ce que les invités s'imagineraient en nous voyant partir ensemble. Penseraient-ils que nous étions mari et femme, un couple qui se disputait comme de nombreux autres ? Ou bien que nous étions des amants qui se querellaient, et que tout s'arrangerait une fois la prise de bec terminée ? Comme les inséparables de Mme Mehta.

Il était toujours difficile dans un tonga de ne pas toucher les épaules de l'autre à moins d'y être réellement résolu. Le siège était étroit, et sous les tressautements que causait le trot des chevaux les passagers glissaient vers le milieu. Je ne fournis aucun effort pour ne pas glisser vers Amit. Chaque parcelle de ma peau sentait la chaleur qui émanait de son corps contre ma cuisse, mon buste, mon épaule, ma joue. Désireux de me protéger du cahotement de l'attelage, il étendit le bras derrière le dossier. La manche de sa veste me frottait à présent le dos, me donnant la chair de poule. J'éprouvai le besoin urgent de presser mon corps contre le sien. Comment allais-je pouvoir résister à cette envie durant les quarante-cinq minutes que durerait ce trajet ? Je croisai les mains, et pensai au fléau colonial en Inde, aux enfants des *kothas*, au curry à l'aubergine de ma mère. Tout était bon pour me distraire et me retenir de poser les mains sur lui.

Je m'éclaircis la voix.

— À votre avis, où vont s'installer Gayatri et Dev ?

Amit garda les yeux fixés droit devant lui, comme s'il s'efforçait d'éviter mon regard.

— J'aurais cru que ce serait Bombay – Dev aurait été près de sa famille –, mais j'ai entendu quelqu'un déclarer qu'ils vivraient à Jaipur. Que Dev n'avait pas envie d'habiter sous le même toit que sa famille. Et c'est probablement pour le mieux.

— Pourquoi dites-vous cela ?

— Dev est un homme compliqué. C'est ce que j'ai tenté de vous expliquer, tout à l'heure. Il est très avenant, mais parfois il peut dépasser les bornes… en ce qui concerne les femmes. Je l'ai sorti d'affaire une fois à Oxford – je venais juste de commencer à étudier la médecine. Je n'étais pas encore un médecin accompli. Il y avait une jeune femme qu'il… Bref, c'est un côté de lui auquel je préfère ne pas penser.

À cet instant, il se tourna vers moi. Ses lèvres étaient à un souffle de moi.

— Est-ce que j'ai détruit l'image que vous aviez de lui ? Peut-être que vous…

Alors ce fut plus fort que moi. Je posai les mains sur ses joues et pressai mes lèvres contre les siennes. Moi, mademoiselle Old fashioned ! Je savais que l'on n'était pas censé se comporter ainsi quand un conducteur de tonga se trouvait à moins de deux mètres de vous. Et encore moins avec un supérieur. Pas plus que prendre les devants lorsqu'on était une femme – c'était le domaine de l'homme. Mais je transgressai tous les interdits…

Soudain, je sentis ses lèvres remuer contre les miennes. Tendrement. Mon élan avait été frénétique, alors que je sentais chez lui le désir monter doucement mais sûrement. Je n'avais donc pas rêvé : il n'était pas insensible à mon initiative.

Il s'écarta le premier, prit mes mains dans les siennes et les reposa sur mon giron. Il me regarda ensuite comme s'il me voyait pour la première fois, et expira par la bouche.

— Dev Singh n'est pas ma tasse de thé, docteur, dis-je.

— C'est bon à savoir, mademoiselle.

À cet instant, il parut se souvenir que nous étions dans un véhicule public ; avec réticence, il relâcha mes mains. Les conducteurs de Tonga qui venaient de Malabar Hill avaient tendance à connaître toutes les maisons qui avaient recours à eux ainsi que leurs propriétaires, les gardiens et les chauffeurs. Si le nôtre nous voyait, nous lui donnerions matière à raconter. Lentement, Amit se remit droit sur le siège et posa à nouveau le bras derrière mon dossier. Cette fois, il ne fit pas mine de ne pas me toucher, mais au contraire se rapprocha de moi.

La carriole ne pouvait pas passer dans notre rue étroite, aussi Amit me reconduisit-il à pied devant notre porte. Il me guidait, sa main sur mon coude. J'aurais tant aimé qu'il passe son bras autour de ma taille, qu'il glisse les doigts sous mon châle pour que je sente la chaleur de sa peau sur mon dos nu. Mais il était 23 heures, et le moindre scandale – même la démonstration publique d'affection d'un couple marié – représentait un régal pour les yeux fureteurs. On vivait en Inde, pas à Prague, à Paris ni à Florence, dans aucun de tous ces endroits où Mira avait vécu et aimé librement. Où Amit et moi pourrions-nous donc aller ? (À supposer qu'il en ait envie ?) Pas chez moi, où ma mère m'attendait. Pas à l'appartement d'Amit, où l'indiscrétion se répandrait à une vitesse supérieure à celle d'un singe escaladant un figuier des banians. Le cireur de chaussures à l'entrée de son immeuble le répéterait au marchand de cacahouètes d'en face, qui le rapporterait à son cousin mécanicien, lequel le raconterait à sa femme, celle qui faisait le ménage chez une matrone mondaine, et avant qu'on n'en ait conscience, tout Bombay saurait que le docteur Mishra avait reçu une visite féminine – une femme de petite vertu, peut-être ? – tard le soir. *Et si vous aviez vu sa robe! Elle recouvrait à peine son corps.*

Par conséquent, Amit me déposa devant la porte d'entrée de notre immeuble sans un mot, mais avec un regard dépourvu d'ambiguïté : il aurait souhaité que la soirée se termine autrement.

Chapitre 6

Le lendemain soir, j'arrivai au travail d'excellente humeur. Mira était guérie et de retour dans son appartement moderne. Et moi, j'allais revoir Amit, ce qui suscitait à la fois de la nervosité et de l'excitation chez moi.

La veille au soir, quand j'étais entrée dans notre appartement, ma mère m'avait assaillie de questions. Je lui avais décrit en détail ce que portaient les femmes à la réception Singh, lui avait rapporté ce que les gens avaient pensé de ma robe émeraude, à quoi ressemblait Gayatri Kaur, les délices qui nous avaient été servies, quelques conversations que j'avais surprises. Je ne lui parlai pas de celles que je n'aurais pas dû entendre. Heureusement, ma mère mit mon bavardage exalté sur le compte de cette réception glamour et non sur le moment qu'Amit et moi avions partagé dans le tonga – ce que je garderais aussi pour moi.

Rebecca entra dans la réserve alors que j'étais en train de me changer.

— Mira Novak est de retour.

Et, sur ces mots, elle prit son uniforme dans son casier.

— De retour ?

— Oui, on l'a ramenée ici. Avec une fièvre élevée. J'ai entendu dire qu'elle était à une fête très chic hier soir. Ce qui n'est probablement pas une excellente idée, quand on a été aussi malade qu'elle.

Elle attacha ses cheveux, cala sa coiffe sur sa tête.

— Tu n'en aurais pas entendu parler, par hasard ?

Je me laissai lourdement tomber sur le banc, repensant à certains moments de la réception chez les Singh. Mira nous avait-elle caché qu'elle souffrait ?

Rebecca s'adossa contre la porte fermée de son casier, puis un sourire dansa sur ses lèvres.

— Elle a un côté princesse, tu ne trouves pas ? Elle fait tout ce qu'elle veut. Je me demande si le docteur Holbrook l'avait autorisée à rentrer chez elle.

Je fus tout de suite sur la défensive par rapport à Amit. Je voulus lui dire que j'étais présente quand Mira avait décrété qu'elle quittait l'hôpital et qu'il n'avait pas été possible de lui objecter quoi que ce soit – ce qui aurait renforcé Rebecca dans son idée que Mira se comportait comme une princesse. Bien sûr, cela n'était pas faux, mais la jeune femme avait tant d'autres qualités. Toutefois, au moment où j'ouvris la bouche, je me ravisai. Rebecca m'encourageait à parler. Or, si je répondais, je dirais sans doute des choses que je regretterais par la suite.

Rebecca se détacha de son casier.

— Cette fois, elle risque de ne pas s'en remettre.

Mon souffle ralentit.

— Que veux-tu dire ?

— Rien de plus. Elle est vraiment malade. Jamais elle n'aurait dû quitter l'hôpital. Mais tu aurais dû le savoir, puisque tu es son infirmière de nuit.

Était-ce un éclair de satisfaction que j'avais vu briller dans ses yeux avant qu'elle ne sorte de la réserve ?

Je nouai bien vite mon tablier, puis mis ma coiffe. Mon cœur battait fort, de plus en plus fort. Mira avait paru complètement remise à la réception. Comment avait-elle pu rechuter aussi vite ?

Je me précipitai dans sa chambre. Son front était couvert de sueur. Je l'essuyai à l'aide d'un linge froid, pris son pouls, qui était lent. Je vérifiai son dossier. Elle était arrivée deux heures avant que je ne prenne ma garde et on lui avait administré de la morphine contre la douleur. Le docteur Holbrook ne l'avait pas encore vue, mais Amit si, et il avait recommandé une autre dose dans une heure. Mira ouvrit les yeux quand je prononçai son nom.

— Je vais prendre votre température. Ouvrez la bouche, dis-je doucement pour l'amadouer.

— Sona, dit-elle, mes peintures.

Je regardai derrière elle. Elles n'étaient plus là, bien sûr. Elles avaient été enlevées la veille, quand Mira avait été autorisée à sortir. Elles se trouvaient probablement chez elle.

— En bas, dit-elle alors.

— En bas ?

Elle hocha la tête, remuant à peine la tête.

Il n'y avait qu'un étage en dessous de nous : le local technique.

Je tenais toujours le thermomètre à la main.

— Vos tableaux sont dans le local technique ?

Elle acquiesça de nouveau, puis déglutit et poussa un cri déchirant qui me retourna l'estomac.

Glissant le thermomètre dans mon tablier, je me saisis de la seringue. Je désinfectai sa peau et piquai sa veine, lui administrant la moitié de la fiole. Elle devrait attendre une heure avant d'avoir le reste. En quelques secondes, elle s'apaisa.

Je respirais avec difficulté, j'avais l'impression que mon cœur allait s'arrêter de battre. Je me dirigeai vers l'évier de la pièce, m'aspergeai le visage d'eau froide. *Bien*, me dis-je. Je devais faire quelque chose, entrer en action. Mira avait tellement transpiré qu'il fallait changer ses draps. J'irais à la réserve en chercher des propres ainsi que des serviettes. Mais d'abord, je parlerais à la cheffe, à Amit ou au docteur Holbrook, à celui que je verrais en premier, pour connaître la raison de sa rechute.

Cela se produisit au cours des vingt minutes où je fus absente de la chambre.

« Ne nouez pas de liens trop étroits avec les malades. » Eh bien, c'était trop tard maintenant ! Mira n'était plus une patiente comme les autres pour moi. Je me précitai dans le bureau de la cheffe. Il était vide. Le docteur Holbrook était au bloc opératoire. Je me mis à chercher Amit à tous les étages. Où était-il ? Je fonçai vers la réserve pour prendre une paire de draps et des serviettes avant de revenir auprès de Mira. J'étais à quelques portes de sa chambre quand je vis Rebecca en sortir et partir dans la direction opposée à la mienne. Je ralentis le pas. Pourquoi Rebecca était-elle venue voir Mira ? Celle-ci avait-elle eu besoin d'aide pendant que je m'étais absentée ?

Dès que j'entrai dans sa chambre, je perçus tout de suite que quelque chose clochait. Les draps toujours dans les bras, je me dirigeai vers son lit. Son teint pâle avait viré au gris et ses lèvres au violet. Son souffle était si court que son torse se soulevait à peine. Elle avait la peau moite. Je tirai sur la sonnette rouge à côté de son lit – celle qui déclenchait l'alarme générale – pour que quelqu'un vienne m'aider pendant que je vérifiais son pouls. Il était faible. Malgré tout, je demandai :

— Miss Novak ?

Elle était en si grande forme, la veille au soir. Qu'est-ce qui avait déclenché cette rechute ? Nous avions tous espéré un rétablissement total.

En l'espace de quelques instants, la cheffe déboula dans la chambre, suivie d'Amit. Je m'écartai pour attendre les ordres. Le torse de Mira ne bougeait plus.

Amit posa son stéthoscope sur la poitrine de Mira. Il vérifia l'intérieur de sa bouche, la marque de l'aiguille à l'intérieur de son coude, là où je lui avais fait la piqûre de morphine. Il lui souleva les paupières pour regarder ses pupilles. Il appuya plusieurs fois sur son torse, puis vérifia de nouveau les battements de son cœur avec le stéthoscope. Il répéta plusieurs fois ces gestes avant de pousser un soupir, et d'arrêter. Il jeta un coup d'œil à la cheffe, qui comprit le message : elle baisa en effet la croix qu'elle portait accrochée à une chaîne, autour de son cou. Je portai pour ma part la main à ma bouche afin de ne pas hurler. Amit me lança un regard, comme s'il s'excusait en silence.

À cet instant, le mari de Mira entra dans la chambre. Absolument immobile, Filip Bartos nous scruta tour à tour : Mira, la cheffe, le docteur, moi. Il semblait alarmé : c'était la plus vive expression que j'avais jamais vue sur son visage.

— Monsieur Bartos, dit Amit, je suis affreusement désolé. Je sais que ce doit être un grand choc pour vous, tout comme ça l'est pour nous.

Il s'avança vers le mari de Mira et lui prit gentiment la main.

— J'ai tenté de vous joindre plusieurs fois hier avant qu'elle n'obtienne son autorisation de sortie. J'ai tenté de la dissuader de quitter l'hôpital. Selon moi, des investigations supplémentaires étaient nécessaires, mais, comme vous le savez, elle était déterminée à sortir.

Il marqua une pause, sondant le visage de Filip pour voir s'il avait compris. Mais Filip Bartos se contentait de regarder le corps sans vie de Mira. Amit laissa retomber son bras.

— Nous savions que la morphine ne marchait plus aussi bien qu'elle l'aurait dû. Peut-être quelque chose nous a-t-il échappé. Je suis vraiment désolé. Elle va nous manquer. Elle va *me* manquer.

Je regardai son dossier. Le docteur Holbrook avait doublé la dose depuis qu'elle avait été réadmise à l'hôpital. Pourquoi n'avait-il pas pris en compte la suggestion d'Amit d'envisager d'autres possibilités pour le traitement de Mira ?

Le visage de Filip avait perdu le peu de couleur qu'il lui restait.

— Si Mira voulait rentrer à la maison, docteur Mishra, elle allait rentrer. On ne s'oppose… s'opposait pas à Mira.

Sa forte volonté était un trait de caractère qui m'avait énormément plu chez elle. Était-ce ce qui l'avait conduite à la mort ? Je fermai les yeux, tentant de contenir mes larmes. J'avais déjà vu des patients mourir, et j'en avais été attristée, mais jamais je n'avais été aussi intime avec eux.

— Allons discuter dans mon bureau.

Sur ces mots, Amit entraîna le mari de la peintre par le coude hors de la chambre. Quand il passa devant moi, Amit hésita, comme s'il voulait me parler. M. Bartos croisa alors mon regard. Je crus voir une supplication dans ses prunelles, comme s'il m'implorait de faire ou dire quelque chose. Je voyais qu'il souffrait, mais j'étais incapable de trouver des paroles de réconfort. Au lieu de quoi je me tournai vers le lit. C'était Mira et, en même temps, ce n'était pas elle. C'était une personne qui lui ressemblait, mais ce n'était plus Mira. Je ressentis alors ce que j'avais éprouvé en regardant le portrait d'Indira dessiné par Mira.

Tant de choses allaient changer, à présent. Nos conversations sur ce que Mira savait et moi pas cesseraient. Son rire. Son aptitude à rendre ma journée plus intéressante. La sensation qu'elle me donnait de faire partie de son monde. Je ne pourrais plus me régaler des histoires qu'elle me racontait sur les lieux qu'elle avait visités, sur les pays où elle avait vécu, sur les gens exotiques qu'elle avait connus. Elle avait été plus qu'une patiente ; elle avait été mon amie. Elle n'allait pas juste quitter l'hôpital : elle allait me quitter moi aussi. Je lui parlais dans ma tête comme je l'avais fait il y avait encore une demi-heure. *Mira. Pourquoi êtes-vous partie ? J'ai besoin de vous. J'ai encore tant à vous demander, tant à apprendre de vous, tant à vous raconter. Grâce à vous, je me suis sentie plus vivante. Vous m'avez fait ressentir les choses. Donné l'impression que je comptais pour vous, et pour moi aussi. S'il vous plaît, ne partez pas !*

Mais elle ne m'écoutait pas. Elle était déjà partie.

La cheffe recouvrit son visage avec le drap du dessus, puis autorisa les aides-soignantes à la sortir de la chambre. Il y avait tant de sang là où la peintre avait reposé. Sonnée, je restai assise sur une chaise, cramponnant toujours les draps propres que j'avais apportés. Mon cerveau s'agitait furieusement : je repassai en revue tous les gestes que j'avais effectués avant de sortir de la chambre pour me rendre dans la réserve. Je lui avais posé un gant froid sur le front. J'avais pris son pouls. J'avais tenté de lui donner un peu d'eau, mais elle avait refusé. Avant de m'en aller, je m'étais assurée que la température de sa chambre était à sa convenance et que la fenêtre était entrouverte pour permettre à l'air frais de rentrer.

Comme dans un brouillard, je regardais les draps dans mes bras, à présent froissés là où mes doigts s'agrippaient au tissu. Je desserrai soudain mon étreinte et considérai mes ongles, polis à en briller. Puis mon tablier d'infirmière, aussi blanc que les nuages himalayens dans les tableaux de Mira. Je ne voyais nulle part trace de la détresse de la peintre, sa mort. Tout cela était-il réellement arrivé ? N'étais-je pas en train de faire un cauchemar ? Je me pinçai le bras, puis rivai les yeux sur les marques rouges qui commençaient à apparaître. Je me pinçai plus fort. Cette fois, mes yeux se remplirent de larmes et, au lieu de cligner pour les retenir, je les laisser rouler sur mes joues.

Quand Mira parlait, je voyais le monde avec ses yeux, comme si j'étais elle. Vert chartreuse, azur, rouge sang ou turquoise : j'envisageais les couleurs de ses peintures sous le même prisme qu'elle, comme de l'énergie. C'était en ces termes qu'elle évoquait son travail. Comme si, sous l'effet d'une force mystérieuse, ses pinceaux et ses pots de peinture la poussaient vers la toile. Elle ne contrôlait plus ce qu'elle peignait, ni comment elle s'y prenait. *« Est-ce que vous comprenez ? »* me demandait-elle. Je hochais la tête. Parce que c'était bien le cas. C'était ainsi entre moi et les gens que j'aimais. J'étais attirée par eux, et me repaissais de leur compagnie, fascinée par leurs histoires. Je me rappelais mot pour mot ce qu'ils me racontaient, tout ce que Mira m'avait raconté. Les gens qu'elle avait évoqués, comme sa mère, et son expression hautaine quand elle l'avait imitée. Quand elle m'avait parlé de son père, elle avait caressé une barbe imaginaire, à la façon dont celui-ci le faisait lorsqu'il était profondément plongé dans ses pensées, ainsi qu'elle me l'avait confié. Elle était une formidable imitatrice, et ses imitations me faisaient rire...

La cheffe se tenait debout devant ma chaise. Je levai les yeux vers elle. Je vis sa bouche remuer, sans parvenir à entendre les mots qu'elle prononçait. Elle fronça les sourcils, me secoua le bras. J'eus un brusque mouvement de recul : le contact m'avait surprise, et ramenée au présent. Nous étions seules dans la chambre.

— Des questions vont être posées, mademoiselle Falstaff. Vous comprenez ?

Je me contentai de la regarder fixement, bouche bée.

— Hochez la tête si vous comprenez.

En silence, j'obtempérai.

— Nous devons savoir tout ce qui s'est déroulé, tout ce qui a conduit à la mort de Miss Novak. Vous pouvez l'écrire si vous préférez. Minute par minute.

— Je l'ai laissée seule dans la chambre pendant vingt minutes, dis-je, impuissante.

Puis je brandis les draps pliés vers elle, comme une réponse. Je voulais que la cheffe me dise que tout cela n'était pas la réalité. Que je rêvais, ainsi que cela m'arrivait souvent la nuit, comme quand je voyais Papa embarquer dans son train pour l'Angleterre, me laissant seule sur le quai, agrippée à la poupée *kathputli* qu'il m'avait offerte. Il partait sans se retourner.

Je ramenai les bras vers moi, et enlaçai les draps. *Pourquoi êtes-vous partie, Mira ?*

Gentiment, la cheffe déplia mes bras et en prit les draps.

— L'expérience vient avec le temps. Peut-être lui a-t-on injecté une dose deux fois plus élevée que celle prescrite ? Ou bien le temps entre les doses a-t-il été trop court ?

Mon cœur s'accéléra. Je levai les yeux vers elle, vigilante à présent, et secouai la tête. De mes paumes, je m'essuyai grossièrement les yeux.

— Non, cheffe. J'ai suivi précisément les prescriptions que le docteur avait inscrites dans son dossier. Miss Novak avait besoin d'une dose avant l'heure, alors je lui en ai donné la moitié…

Les larmes continuaient à inonder mon tablier, même si j'aurais vraiment préféré les retenir. Je sortis un mouchoir de ma poche pour les sécher correctement, cette fois.

— Vous effectuez de longues gardes sept jours sur sept. Cela peut perturber les facultés d'une personne à penser clairement. Peut-être étiez-vous exténuée…

— Madame, je ne pense pas – non, je sais que je n'ai pas…

Je cherchai les bons mots.

— Que je n'ai pas fait de mal à Miss Novak. Ces longues gardes ne m'épuisent pas. J'aime mon travail. J'aime m'occuper des patients.

Je regardai alors la cheffe à travers mes cils mouillés, la suppliant de me croire. Je voulais lui assurer que je ne pleurais pas parce que j'étais désolée d'avoir commis une erreur, mais parce que j'avais perdu une amie.

À cet instant, la cheffe porta les yeux sur le récipient en émail et la seringue, posés sur la table de chevet de Mira, puis s'élança dans cette direction. Le flacon de morphine était dans le récipient.

— Vous avez laissé un flacon de morphine et une seringue dans cette pièce ? Mais où aviez-vous la tête ? Ne vous a-t-on pas appris qu'il ne fallait jamais faire cela ?

La voix de la cheffe était gorgée de surprise.

Perplexe, je la rejoignis. J'avais enlevé le récipient et la seringue en sortant de la chambre. Mais je me rappelai aussi avoir vu Rebecca en sortir. Qu'était-elle venue faire ici ?

Ma vision se troubla. La pièce chavira. Mes jambes flageolèrent. Je me tournai vers la cheffe.

— Je ne sais pas comment cela est arrivé. Je ne lui ai pas administré une double dose, et je n'ai rien laissé dans cette chambre.

Un frisson me parcourut l'échine. En étais-je vraiment sûre ? Comment pouvais-je en être certaine ? Peut-être que j'étais si pressée que j'en avais oublié de rapporter le matériel à la pharmacie ? J'avais été si agitée en découvrant l'état de Mira. Peut-être avais-je réellement laissé la morphine dans la chambre ? Cela ne me ressemblait décidément pas !

La cheffe fronçait les sourcils à présent, le visage plissé. Elle semblait à la fois en colère, déçue et effrayée. Redoutait-elle d'être blâmée pour ma négligence ?

— Il est inutile de refaire le lit, maintenant. Il se peut que les autorités veuillent l'examiner, ainsi que la seringue, et que sais-je d'autre.

Elle se tut un instant, balaya la chambre des yeux, puis les porta de nouveau sur moi.

— Vous me croyez, cheffe ?

Je m'efforçais de ne pas laisser transpercer mon désespoir dans ma voix, mais j'avais besoin qu'elle sache que je n'aurais pas pu être négligente au point d'administrer une double dose à une patiente.

Elle détourna les yeux de ma personne.

— Cela ne dépend pas seulement de moi, répondit-elle. Nous laisserons le conseil d'administration en décider.

Elle allait me tapoter l'épaule, mais se ravisa au dernier moment. L'accusation resta suspendue entre nous.

— Vous devez vous occuper de vos autres malades. Allez-y.

Avec lenteur, je me levai de ma chaise, essayant de repenser au moindre détail de l'après-midi. Avais-je commis une erreur de dosage parce que j'étais trop perturbée du cours que prenaient les événements ? Avais-je juste cru suivre le protocole ? J'avais toujours été consciencieuse, je prenais mes responsabilités au sérieux. Les religieuses de l'hôpital Wadia étaient catholiques, comme la cheffe, ainsi que certaines infirmières indiennes ayant été élevées dans des couvents, mais, comme je n'avais pour ma part aucune religion, les autres infirmières me tenaient à distance. La seule avec qui je m'étais liée d'amitié, c'était Indira. Elle avait été comme une sœur pour moi, jusqu'à ce que son mari l'éloigne de moi. Mohan m'avait dit qu'elle avait accepté un poste dans un autre hôpital. Elle seule aurait pu comprendre ce que je ressentais actuellement. Qui, à présent, allait me soutenir, attester de mes compétences ?

L'idée qu'une autre personne allait occuper le lit de Mira me remplit soudain d'effroi : elle ne serait jamais aussi intéressante que Mira Novak. Comment pourrais-je compenser la petitesse de ma vie sans qu'on me parle d'une existence aux horizons bien plus vastes ? Le plus gros risque que j'avais pris dans ma vie, ç'avait été d'embrasser Amit, et j'étais certaine que je devais cette audace à Mira : elle m'avait fait comprendre que je pouvais réaliser des choses extraordinaires, des choses dont jamais je ne me serais crue capable. *« Vous connaîtrez l'amour, Sona »*, m'avait-elle dit.

Le doute, tel un serpent, s'immisça tout à coup dans mes souvenirs. Était-il possible que j'aie oublié de stériliser l'aiguille ? Je savais que Mira souffrait, aussi avais-je gardé le reste de la morphine pour le prochain moment où elle en aurait besoin. Avais-je oublié de l'inscrire dans le dossier ? Celui-ci avait été enlevé, de sorte que je ne pouvais pas le vérifier. Mais pourquoi aurais-je laissé de la morphine dans sa chambre ?

Et qu'en était-il du docteur Holbrook ? Il s'était plaint auprès de la cheffe que Horace commande des médicaments qui ne respectaient pas les normes d'une pharmacie. Avais-je injecté de la morphine frelatée à Mira ? Peut-être s'était-elle remise rapidement parce que la cheffe avait réprimandé Horace après son échange avec Holbrook ? Et si le docteur Holbrook avait vu juste sur le pharmacien, mais « omis » d'en parler à Amit ? Était-il complice de la mort de Mira ?

Je repensai à Rebecca. Aurait-elle pu donner une dose supplémentaire de morphine à Mira pendant que j'étais dans la réserve ? Mais pourquoi aurait-elle agi ainsi ? Pour me créer des ennuis ? Par malveillance envers Mira ? Après tout, Rebecca me méprisait. Elle pensait que je l'avais poussée délibérément alors que nous nous occupions de M. Hassan. Elle s'était plainte à la cheffe du fait que je sympathisais avec les patients. Elle avait toujours cru que cette dernière me préférait et m'avait même dit : « Il faudrait que tu tues quelqu'un pour qu'elle ne prenne plus ta défense. » Mais me détestait-elle au point de mettre en danger la vie d'une patiente ? Peut-être avait-elle eu juste l'intention de faire souffrir Mira, pas de causer sa mort ?

Bon sang, pourquoi étais-je sortie de la chambre ? Ce drame aurait-il eu lieu si j'avais été présente, et surveillé Mira pendant qu'elle dormait profondément ? Mais si j'étais sortie, c'était pour rechercher les trois personnes qui en savaient plus que moi à son sujet. Je voulais l'aider. Ce qui expliquait mon absence au moment de sa mort.

Je me mis en quête d'Amit. Je savais que j'aurais dû m'occuper des autres malades, mais j'avais la tête trop pleine du vide laissé par Mira. La porte de son bureau était ouverte, mais il ne se trouvait pas à l'intérieur. Déçue, je décidai de me tourner vers Ralph Stoddard. Il allait bientôt sortir, et je le regretterais.

— Qui est mort ? me demanda-t-il dès que j'eus franchi le seuil de sa chambre.

M. Hassan dormait paisiblement, son dernier roman, *Anandamath*, de Bankim Chandra Chatterjee, posé sur sa table de chevet.

Mes yeux se mouillèrent spontanément : j'aurais tant aimé retenir mes larmes !

— Oh, ma chère, ma chère, mon adorable enfant !

Il tendit les mains vers moi pour que je les saisisse. Puis il chercha un mouchoir dans son lit, mais je le devançai : je séchai alors mes larmes avec mon propre mouchoir, m'excusant pour mon émotion excessive.

— Je vous en prie. Et maintenant, racontez-moi ce qui s'est passé.

— Mira… Miss Novak… Elle…

Je ne pus finir ma phrase.

— Mais je l'ai vue hier. Timothy m'a promené dans le fameux fauteuil jusqu'au service des sorties, et elle semblait se porter comme un charme. Il y avait un grand type blond avec elle.

J'acquiesçai, m'efforçant de retrouver un ton normal.

— C'était son mari, Filip Bartos.

Je m'éclaircis soudain la voix.

— Et si je prenais votre pouls et votre température ? proposai-je au docteur Stoddard, qui me couvait d'un regard affectueux.

— Nous pourrons faire une partie de backgammon si cela peut vous aider.

Et, à travers les lunettes en écaille, je perçus les yeux bleu chassieux d'un homme qui avait vu son lot de tragédies. Qui étais-je pour en déposer une nouvelle devant sa porte ?

Je secouai la tête. Il me regarda noter ses constantes dans son dossier.

— Vous pourrez sortir dans deux jours. Vous devez être ravi.

— C'est vrai, seulement, vous allez me manquer, vous savez.

— Oh, vous aussi, docteur Stoddard !

Je m'efforçai de lui sourire, même si mes lèvres eurent du mal à bouger.

Après que je me fus occupée de mes deux autres patients, la nouvelle mère avec son petit bébé allongé près d'elle et une femme plus âgée qui souffrait d'hémorroïdes (elle avait remplacé le jeune garçon qu'on avait opéré des amygdales), je me rendis de nouveau dans le bureau d'Amit. Toujours vide.

La rôtissoire du local d'entretien produisait sa propre musique : un bas vrombissement ponctué par un bruit métallique aigu à intervalles réguliers. Mohan était en train de démonter une caisse, du genre de celles dans lesquelles arrivaient les instruments médicaux.

Je toussai poliment pour m'annoncer. Il leva les yeux, se redressa et haussa les sourcils.

— Je sais, dit-il seulement.

La nouvelle d'une mort voyageait vite dans un hôpital. Contrairement à Rebecca, il en semblait réellement bouleversé.

— Comment vas-tu ?

Je haussai les épaules, redoutant d'éclater en sanglots si je répondais. J'avais conscience que mes yeux étaient rouges d'avoir trop pleuré.

Mohan essuya ses mains maculées de peinture à un torchon, qui devait servir depuis de très longues années. C'était un soulagement pour moi que nous soyons de nouveau amis. Il aurait pourtant été compréhensible qu'il m'évite, sa déception concernant mon refus de devenir sa femme ayant jeté une ombre sur notre amitié.

— Est-ce que Miss Novak a demandé qu'on apporte ses tableaux ici, *bhai* ?

Il regarda au-dessus de mon épaule gauche, dans un coin du local.

— Oui. Elle me les a confiés. Je me demandais si quelqu'un allait venir les chercher.

— Avant de mourir…

Je dus me ressaisir pour continuer.

— Elle m'a dit que ses tableaux étaient ici. Je croyais qu'elle voulait que je les emballe pour les envoyer à son mari.

Mohan s'approcha des tableaux adossés au mur. Il avait pris soin de placer une planche de bois en dessous afin de les protéger d'éclats de peinture ou de graisse.

— Y a-t-il des feuilles de papier kraft, ici ? Assez grandes pour que je les enveloppe dedans ?

Je savais que tous les équipements de l'hôpital ou autres pièces arrivaient dans ce local, emballés dans du papier, de la toile de jute, ou une sorte de tissu rembourré. Mohan avait pour mission de les remettre à leurs destinataires, et je ne doutais pas qu'il conservait le matériau d'emballage. En Inde, on ne jetait rien, tout était recyclé.

Il hocha la tête, puis se dirigea vers les étagères du mur opposé et se pencha pour prendre une pile de cartons aplatis ainsi que des sacs de jute sur les étagères les plus basses. Il les déposa sur son immense plan de travail après l'avoir débarrassé de ce qui l'encombrait.

De concert, nous soulevâmes les tableaux du sol un par un, puis les posâmes contre son établi. Je me mis à contempler *L'Acceptation*, me questionnant sur les femmes qui préparaient l'une des leurs au mariage. Qui étaient-elles ? Est-ce que la mariée représentée appréciait sa vie d'épouse ? Avait-elle des enfants, à présent ? Qui allégeait son fardeau après une journée de labeur, après la préparation du dîner, après qu'elle avait nourri les poulets et les chèvres, comblé les besoins des enfants et assouvi les désirs de son mari ?

Je commençai à emballer *Homme dans l'abondance*, aux couleurs moins vibrantes que les autres. Je me demandai comment Mira choisissait ses sujets, ce qui l'avait inspirée pour peindre Paolo avec trois pommes. Que ne l'avais-je questionnée sur la signification de ces pommes !

Mohan prit *L'Acceptation*.

— Sona ? dit-il.

Je le regardai. Il posa le tableau sur un côté, le dos de la toile face à moi. Je remarquai alors un petit bout de papier coincé dans un angle : il était replié en un carré de la taille d'une boîte d'allumettes.

— Je l'enlève ? demanda-t-il.

Je ne savais trop que répondre. À qui était-il destiné ? À un galeriste, à Filip ou à moi ? Je pris une profonde inspiration, et l'arrachai à son emplacement. Je ne sais pourquoi, mais mes doigts se mirent à trembler alors que je dépliais le papier. C'était une feuille arrachée à son carnet de croquis. Le texte à l'écriture inclinée, que je reconnus car c'était la même que celle des titres des tableaux, semblait avoir été griffonné à la hâte.

Très chère Sona,
Je sais que vous en prendrez soin. Tout comme Jo, Petra et Po.
Avec toute mon amitié,

M.

Je tendis le mot à Mohan, dont les sourcils ne cessèrent de se hausser un peu plus, au fil de sa lecture.

— Penses-tu que… On dirait qu'ils sont pour toi, non ?

Il me redonna le mot et regarda les tableaux.

— Qui sont les gens mentionnés ?

Il me fallut quelques instants avant de répondre :

— De vieux amis.

Je considérai encore une fois les tableaux. Toutes ces peintures étaient d'une immense valeur. Je repensai aux derniers mots qu'elle m'avait dits : *« Mes peintures. En bas. »* Pourquoi avait-elle tenu à me les confier ? Pourquoi ne les avait-elle pas remis à son mari ? Encore une fois, je relus le mot. « Tout comme Jo, Petra et Po. » Est-ce que les tableaux leur étaient destinés ? Mais lesquels étaient pour qui ? Voulait-elle que je leur envoie les peintures ? Ou que je les leur remette en personne ? Peut-être y avait-il un message dans chacune ? Je les retournai et passai les doigts à l'intérieur des cadres, en quête d'une autre note. Mais il n'y avait rien. À ceci près que… des lettres étaient peintes au dos de *Homme dans l'abondance* : « Po ». Sur le tableau avec le groupe de moines qui écoutaient leur maître, *Les Promesses*, figurait un « J ».

L'Attente avait été gratifiée d'un « P ». Et le dernier, *L'Acceptation*, d'un « S ».

Je m'écartai de l'établi, comme si les tableaux m'avaient ébouillantée. Chacun était destiné à un ami différent. Joséphine, Paolo et Petra. Mais elle n'avait jamais mentionné un ou une amie dont le nom commençait par un S. S pour Sona ? Était-ce moi qu'elle désignait ? C'était une chose de gagner l'amitié de Mira – ç'avait été un privilège – mais c'en était une autre de recevoir un tel présent. Je jetai un coup d'œil à Mohan, qui me regardait. En échange de ce cadeau, étais-je censée envoyer les tableaux à leurs destinataires ? Mais comment ? À part les villes où Mira m'avait dit qu'ils habitaient, je n'avais aucune adresse. De quelle façon les retrouverais-je sans l'entremise de Filip ? Je me rappelai sa dispute avec Mira, en bas de la terrasse chez les Singh. Elle avait expressément dit à son mari qu'elle ne voulait pas vendre ces quatre tableaux. Elle devait déjà nourrir l'intention de les donner à ses amis.

J'avais connu Mira Novak six jours auparavant. Pourquoi m'aurait-elle confié une mission si énorme et si personnelle ?

— Sona, me demanda Mohan, comment vas-tu les apporter chez toi ?

Visiblement, il avait tiré les mêmes conclusions que moi sans que nous échangions un mot.

— Oh !

Je n'y avais même pas pensé. Chaque tableau mesurait soixante centimètres sur quatre-vingt-dix. Un format bien trop grand pour ma bicyclette !

— J'ai une idée ! s'exclama Mohan.

Et il commença à retirer les toiles des cadres en bois. Aplatis, les tableaux semblaient plus vulnérables. Il les empila les uns sur les autres, insérant prudemment des feuilles kraft entre chacun.

Avec les plus grandes précautions, il roula la pile jusqu'à ce qu'elle ressemble à un long tube. Il noua de la ficelle à chaque bout pour éviter que les toiles se déroulent.

— Je vais le fixer au porte-bagages de ton vélo. Si des hommes peuvent y transporter des échelles ou une famille de cinq, je pense que tu seras en mesure d'apporter ces toiles en toute sécurité chez toi.

Je lui souris. J'espérais que la femme avec qui il finirait par se marier apprécierait à leur juste valeur toutes ses petites attentions.

— Merci, *bhai*.

Il remua la tête. Alors que je pivotais sur moi-même pour quitter le local, il me dit simplement :

— *Bhagwan* prendra soin d'elle, Sona.

Encore une fois, je me retrouvai sur le point d'éclater en sanglots à cause de la mort de Mira et de tout ce que j'avais perdu, de la perte qu'elle représentait aussi pour ses amis et l'Inde. Remontant dans mon service, je repensai à ces magnifiques peintures, à l'ensemble de l'œuvre de Mira. Sa mort avait mis un terme à sa brillante carrière. Son talent avait été une source de fierté pour les Indiens. « Une des nôtres y est arrivée en dépit de tous ceux qui nous mettent des bâtons dans les roues, qui dénigrent toutes nos tentatives liées à la création, à la construction ou à l'amélioration de l'Inde pour les Indiens. » Je me surpris alors en flagrant délit d'hypocrisie : j'étais en train de me mettre du côté de la part indienne de moi-même tout en tenant le côté anglais de ma personne pour responsable. À cheval entre les deux mondes, comme il était commode pour moi de faire allégeance à l'un ou à l'autre en fonction de mon humeur. J'étais tellement absorbée par mes pensées que j'en bousculai presque la cheffe, qui arrivait dans le sens opposé.

— Pardon, madame, dis-je.

Elle me considéra, puis consulta sa montre à gousset.

— Mademoiselle Falstaff, je ne crois pas que vous soyez actuellement au meilleur de votre forme. Rentrez chez vous. Je vais demander aux autres infirmières de prendre en charge la fin de votre garde. Venez me voir demain dès votre arrivée.

Ces paroles sonnaient plus comme une réprimande que comme une suggestion sympathique. Mais sa remontrance n'était-elle pas un peu justifiée ?

— Oui, cheffe, dis-je.

J'avais pourtant hâte de discuter avec Amit de la mort de Mira, et de combien elle allait me manquer. Toutefois, des ambulances privées avaient amené deux patients qui avaient eu un accident : un jeune Anglais à scooter avait heurté une Indienne qui sortait d'une ruelle avec son sac de courses. Tous les deux étaient inconscients. Le docteur Holbrook et Amit avaient appelé des renforts en urgence de JJ Hospital pour qu'ils les aident à prioriser les blessures et stopper les saignements : à la cuisse pour l'homme, au ventre pour la femme. Les opérations dureraient des heures.

Je quittai l'hôpital à 20 heures ce soir-là. Je pédalai lentement, essayant de retarder le moment où j'arriverais à la maison et devrais raconter à ma mère ce qui s'était passé. Mon trajet depuis l'hôpital Wadia passait par la Haute Cour de justice de Bombay, où des manifestants s'étaient rassemblés pour protester contre les conditions de travail dans le secteur du textile. Dans un mégaphone, un homme hurlait :

— On travaille quatorze heures par jour et on ne peut malgré tout pas nourrir nos familles. Des hommes ont perdu des bras, des mains, des doigts dans de vieilles machines que ces maudits Anglais ne veulent pas réparer. On étouffe ! On travaille dans des pièces sans fenêtre, sans air…

Sa voix fut alors submergée par les cris de ralliement de la foule.

— Respectez nos droits !

Sur mon vélo, je croisai un Parsi en costume, un attaché-case sous le bras. Trois musulmans étaient en train de discuter devant une mosquée. Je m'arrêtai pour regarder un homme qui, sur le côté de la route, apprenait à un corbeau à prendre un *beedi* dans sa poche et à le déposer dans sa bouche. Nul doute que ce tour leur rapporterait à tous deux un repas ou deux. Un vendeur de glaces exerçait son commerce de l'arrière d'une charrette (la nuit avait certes un peu rafraîchi l'air mais, après une journée de dur labeur, on pouvait s'accorder un *kulfi*). Près de lui, assise sur un petit tapis, une personne sculptait des éléphants dans de l'ivoire.

Au bout d'un moment, même les protestataires et les vendeurs ambulants n'arrivèrent plus à me distraire. Je m'éloignai sur ma bicyclette et me retrouvai alors dans le sens opposé à celui de ma maison, en direction de Marine Drive où Mira avait habité. La promenade longeait Back Bay et la plage. Une fois à la hauteur de son immeuble, je m'arrêtai devant et levai la tête vers l'appartement où, la veille au soir, je l'avais aidée à choisir une robe pour la réception des Singh. Cela semblait remonter à si longtemps. Je crus apercevoir de la lumière, dans l'appartement. Peut-être que Filip Bartos se trouvait à l'intérieur, en train de faire son deuil. Il m'avait regardée d'un air si étrange quand Amit l'avait conduit hors de la chambre de Mira, ce soir-là.

Effectuant un demi-tour, je remontai sur mon vélo et me dirigeai vers Victoria Terminus, mastodonte gothique intimidant, construit à l'initiative des Anglais. J'étais si abattue que je me mis à pleurer sur les dizaines de milliers d'Indiens qui s'étaient cassé le dos à la bâtir sans avoir rien d'autre à rapporter le soir à la maison qu'une poignée de pièces qui ne suffisaient pas à nourrir leur famille.

Trois heures plus tard, en sueur et à bout de souffle, ayant pédalé à travers des sentiments de honte, de désespoir, d'injustice et tenté de les distancer, j'arrivai à l'appartement que je partageais avec ma mère. Ma garde aurait dû se terminer à 4 heures du matin, mais il était 23 heures quand je rentrai. Je redoutais de montrer les marches qui menaient à notre palier et de raconter à ma mère que Mira était morte. Et que je semblais être celle vers qui tout le monde se tournait pour obtenir des réponses.

Ma mère me jeta juste un coup d'œil puis se retourna, se dirigeant vers le Primus pour me servir une assiette de dahl et une galette *makki ki*, un de mes plats préférés. Puis elle m'accompagna jusqu'à la table comme si j'étais handicapée, et m'aida à m'asseoir. Elle tira la chaise qui se trouvait en face et s'y installa.

— Raconte.

Elle se comportait ainsi quand mes camarades de classe me harcelaient parce que j'avais un père qui ne m'avait pas assez aimée pour rester avec moi. Ou lorsque la cheffe des infirmières, dans mon hôpital de Calcutta, me traitait de fauteuse de troubles. Ma mère savait quand quelque chose me tracassait sans qu'il soit nécessaire que je prononce un mot.

Ma gorge semblait si nouée qu'elle m'en faisait mal. Je lui racontai pourtant le décès subit de Mira. Ce que la cheffe m'avait reproché : peut-être avais-je été imprudente concernant le dosage ? Pourquoi étais-je sortie de la chambre sans personne pour la surveiller alors qu'il y avait un flacon de morphine à l'intérieur ? Comment avais-je pu le laisser dans la pièce ?

Ma mère m'écouta les yeux froncés, ses plis se creusant davantage au fur et à mesure de mon récit. Elle posa la main sur la mienne.

— Je suis vraiment désolée pour ton amie.

— Oh, maman !

Et je m'élançai dans ses bras. Elle savait combien Mira me manquerait. Durant les six derniers jours, j'avais partagé tant de choses avec elle. Et le seul fait que ma mère ait employé le mot « amie » avait libéré quelque chose en moi que j'avais jusque-là tenté de contenir. Mira *avait été* une amie. Elle m'avait montré un visage d'elle-même que peu de personnes avaient eu la chance de voir, me semblait-il. Avant d'entrer à l'hôpital, elle était accaparée par ses tableaux, ses expositions et ses voyages intérieurs. Le fait de devoir garder le lit l'avait forcée à ralentir, à réfléchir à sa vie et à se confier à moi, à me raconter ses regrets et les souvenirs de ceux qui étaient le plus proche d'elle. Je l'avais écoutée avec bonheur. Ces six jours en sa compagnie m'avaient paru extensibles, comme si nous nous connaissions depuis des années.

Ma mère me berça, comme quand j'étais enfant et que je m'étais écorché le genou, qu'une de mes dents était tombée ou que ma poupée avait un bras cassé. Je la laissai me consoler jusqu'à ce que je me sois vidée de tous mes malheurs – pour l'instant du moins. Je savais que le chagrin venait par vagues, comme c'était le cas pour les familles des patients que nous perdions. Peut-être que le mari de Mira vivrait aussi son deuil de cette façon.

Finalement, ma mère me relâcha. Elle farfouilla parmi ses coupons sur ta table et en trouva un pour m'essuyer le visage. Puis elle brisa un bout de la galette au maïs, le trempa dans le dahl et le porta à ma bouche.

— Mange.

Je me forçai à avaler la bouchée. J'étais une fille obéissante. J'obéissais toujours. D'une certaine façon, après le départ de mon père, j'avais su qu'elle aurait besoin que je fasse ce qu'elle me demanderait sans protester. Elle ne pouvait se permettre de m'inscrire dans une école religieuse comme celle où l'avaient envoyée ses parents indiens issus de la classe moyenne. À la place, j'avais fréquenté une école publique gérée par l'État. À la maison, elle me faisait travailler mon anglais : je devais lire à haute voix ses manuels de couture pour que ma prononciation sonne moins indienne et plus anglaise. Je savais prononcer des termes comme « poche passepoilée », « pantalon palazzo » ou « point arrière » avant d'en comprendre la signification. À la fin, ces cours particuliers m'avaient valu l'obtention d'une bourse dans une école privée religieuse. Quand elle avait voulu m'inscrire dans une école d'infirmière, j'avais accepté.

La galette au maïs était délicieuse, même si je n'avais pas faim. La cuisine de ma mère reflétait ses humeurs. Quand elle était heureuse, ses currys étaient exquis. Quand elle était en colère, amère, ou bouleversée à cause d'une cliente, ses plats étaient trop cuits, trop épicés, trop aigres. Celui du lendemain serait sans doute affreusement épicé.

Elle me prépara une autre bouchée, et la tint devant ma bouche.

— Qu'en est-il de ces allégations sur le fait que tu travaillerais trop ? C'est vrai ? demanda-t-elle.

Et le timbre de sa voix trembla légèrement.

Je repoussai sa main.

— Toi aussi, tu es contre moi ? Tu penses que je suis coupable ?

— Pas du tout !

De sa main libre, elle me saisit le menton.

— Je suis dans ton camp, toujours. Je te demande comment tu vas te préparer pour les répercussions. Il y a une décennie, je me serais dit que tu ne risquais rien. Tu es à moitié anglaise. Mais maintenant… Il y a un tel tollé pour que les Britanniques s'en aillent. Beaucoup sont effrayés ; ils vont rentrer à la maison.

De sa paume, elle frotta la table abîmée.

—Non seulement il n'est plus aussi facile pour les Anglais de maltraiter les Indiens, mais il n'est pas non plus aisé de tourner le dos à des gens qu'ils dominent depuis deux cents ans. Les Eurasiens sont un souvenir des temps passés, qui ne rimaient pas avec bonheur pour les Indiens qui ont vécu pendant longtemps sous le joug britannique. Je regrette parfois d'avoir tant voulu faire de toi une Britannique. À insister pour que tu portes des robes au lieu de saris. Que tu parles l'anglais couramment et non l'hindi. Je pensais que les avantages l'emporteraient sur les inconvénients. Or ce qui aurait sans doute été vrai à ma naissance ne l'est certainement plus aujourd'hui.

Elle leva les yeux pour voir si j'avais compris le danger. Le message était bien passé. Ici, à Bombay, nous voyions des manifestations de désobéissance civile, mais dans d'autres endroits de l'Inde, j'avais entendu parler d'émeutes qui éclataient contre l'oppression, vite réprimées par les colons. Au travail, j'avais remarqué le délai pour la réception des fournitures que je commandais. J'avais senti le regard hostile des infirmières indiennes qui étaient moins payées que moi. Je gagnais plus parce que du sang britannique coulait dans mes veines, et parce que je ne montrais aucune réticence à toucher les patients qui m'étaient étrangers, contrairement aux Indiennes à qui les traditions l'interdisaient. Près d'ici, Grand College tentait de recruter plus d'infirmières indiennes, mais les progrès étaient lents. À Wadia, les patients avaient commencé à faire des sous-entendus sur mon départ *imminent* pour leur pays. En rentrant chez moi, j'entendais des murmures qui me ciblaient. *Moitié-moitié.* « C'est aussi mon pays », voulais-je dire. Je n'avais pas choisi mes parents. L'Inde était ma maison. J'étais née ici. Je voulais y rester.

L'insinuation de la cheffe sur le fait que j'aurais mal calculé les doses n'était-elle pas une excuse pratique pour se débarrasser de moi en raison de mon métissage qui était source d'inconfort pour le personnel ? Elle était anglaise, et elle irait passer sa retraite en Cornouailles, d'où elle était originaire. Amit était indien. Il resterait ici, où l'indépendance rendrait le pays aux Indiens comme lui. J'étais à moitié indienne, à moitié anglaise, métisse. Je n'étais de nulle part.

— Je ne sais pas quoi faire pour dissiper le doute qui plane sur ma tête, maman. Tout montre qu'elle a reçu une surdose, que moi seule ai pu lui administrer. J'ai repassé en revue chaque minute, chaque seconde de ma garde. Je ne vois pas comment j'aurais pu me tromper dans les calculs pour la morphine que j'étais censée lui donner.

Je lui racontai que j'avais vu Rebecca sortir de la chambre de Mira et lui rapportai aussi la conversation que j'avais surprise entre la cheffe et le docteur Holbrook. La morphine pouvait-elle être frelatée ? De bout en bout, ma mère m'écouta attentivement.

Puis elle tapota mon assiette.

— Mange.

Tout à coup, elle désigna du menton le rouleau de peintures que j'avais rapporté.

— Qu'est-ce que c'est ?

J'avais été si absorbée par ma douleur que j'en avais presque oublié le « tube » posé sur un coin de la table. Sur mes gardes, je le considérai.

— Tu veux bien le dérouler, maman ? Il faut que je te montre quelque chose.

Elle enleva tout ce qu'il y avait sur la table, sauf mon assiette. À l'aide de ses ciseaux, elle coupa la ficelle et déroula les toiles. *L'Acceptation* se trouvait sur le dessus.

Je farfouillai dans mon sac à dos pour en sortir la note de Mira et la lui montrai.

Elle la lut, puis la confusion empreignit ses traits. Elle prit ensuite la première peinture, la tint devant elle bras tendus. Elle les étudia une à une, tandis que je scrutais attentivement son visage.

— Mira te les a laissées ? demanda-t-elle.

— Oui.

— Et ces gens cités dans la note ? Jo, Petra, Po, ne sont-ce pas ceux dont Mira t'a parlé ?

Je hochai la tête.

— Petra était son amie d'enfance à Prague. Elle est allée à l'école avec elle avant de partir en Italie. Po – Paolo – l'a initiée à la peinture, à Florence. Ils étaient ensemble avant et après qu'elle a épousé Filip. Jo, c'est Joséphine, de Paris. Sa galeriste. Avec qui elle s'est brouillée.

Ma mère haussa un sourcil, me lança un regard oblique, mais ne dit rien. Je me devais de reconnaître qu'à aucun moment elle n'avait émis de jugement sur la vie de Mira.

— Et ces lettres, au dos des toiles ?

— Je pense qu'elles signifient laquelle est pour qui.

Ma mère désigna les peintures.

— Donc celle marquée d'un « S » est la tienne ?

— La note de Mira était coincée dans son cadre, et elle m'était adressée, donc oui, je pense que oui.

Maman prit *L'Acceptation* et l'étudia.

— Tu crois que tu es destinée à être la mariée à qui on fait un henné ?

Je rougis.

— Franchement, maman, je ne sais pas ce qu'il y avait dans la tête de Mira lorsqu'elle a écrit cette note.

— Et tu es certaine qu'elle ne voulait pas les laisser à son mari ?

— Sa note indique le contraire.

Ma mère leva un sourcil.

— C'est étrange, tu ne trouves pas ?

Je lui relatai la dispute que j'avais entendue entre Mira et Filip, à la soirée chez les Singh.

— Sona, si elle a écrit ce mot avant de mourir, crois-tu qu'elle... qu'elle savait qu'elle était en train de mourir ?

Je me mordis la lèvre. La pensée m'avait traversé l'esprit. Mais comment Mira aurait-elle pu savoir qu'elle reviendrait à l'hôpital, et surtout qu'elle y mourrait ? À moins que – mais je n'avais pas envie de retenir cette possibilité – elle n'ait délibérément pris une surdose... Pourquoi ? Parce qu'elle souffrait bien trop ? Quelle autre raison aurait-elle eue d'en finir ? Elle éprouvait de la mélancolie à propos de Jo, de Petra et de Po pour la façon dont elle s'était comportée avec eux. Était-elle plus abattue qu'elle ne le montrait ?

Ma mère entreprit d'enrouler à nouveau les toiles.

— Crois-tu que le docteur Mishra en saurait davantage à leur sujet ?

Je fronçai les sourcils. Mira avait-elle confié à Amit des informations qu'elle m'aurait cachées ?

— Je peux toujours lui demander.

Elle plissa soudain le front et se frotta le torse.

— Tu as pris tes médicaments ? m'enquis-je aussitôt.

— *Hahn*, répondit-elle d'un ton absent.

Je renouai la ficelle à chaque bout du rouleau, jetant de temps à autre un coup d'œil dans sa direction : pourquoi avait-elle l'air inquiète ? Quand nous eûmes fini, ma mère me demanda de m'asseoir. Puis, s'asseyant en face de moi, elle prit mes mains dans les siennes et se mit à me masser tendrement les phalanges.

— Ce que je vais te dire ne va pas te plaire, Sona, commença-t-elle de façon hésitante, mais le blâme risque de retomber sur toi. Le docteur Mishra ne sera pas mis en cause. Ta cheffe non plus. Ni le docteur Holbrook. Cependant, ils auront besoin de désigner un responsable de la mort de Mira. Je crains que dès demain, tu ne sois plus infirmière à Wadia.

L'image de ma mère se troubla, comme si je la regardais en étant sous l'eau. J'avais imaginé une punition, une baisse de salaire, mais pas un renvoi. Il m'avait fallu du temps pour trouver ce travail, il m'en faudrait aussi pour en retrouver. Que répondrais-je à une autre infirmière en chef quand elle me demanderait pourquoi j'avais quitté l'hôpital Wadia ? Écrirait-elle à la cheffe pour savoir ce qui s'était passé ? Ou devrions-nous encore une fois changer de ville ? Aucune de nous ne supporterait un nouveau déménagement. La disparition de Mira allait-elle aussi signifier ma propre destruction ? Je sentis mes cheveux se dresser sur ma tête. Si un tiers avait provoqué la mort de Mira, qui cherchait-il à punir : elle ou moi ?

Ma mère me parlait toujours. Au prix d'un effort, je me remis à l'écouter.

— Il faut que tu prouves ton innocence, *beti*, dit-elle. Pour ton propre salut. Cette accusation n'est pas suspendue au-dessus de ta tête comme une épée de Damoclès ; au contraire, elle représente pour toi la seule façon d'avancer. Peut-être qu'une de ces personnes ou toutes les trois… (elle désigna alors la note de Mira) pourront t'aider. Peut-être savent-elles des choses à son sujet que tu ignores. Ou bien ne savent rien du tout.

Du menton, elle indiqua les toiles.

— Mira t'a laissé un message dans lequel elle te demande clairement de remettre ces peintures à ses amis. Elle aurait tout aussi bien pu les leur envoyer. Mais elle ne l'a pas fait. Elle voulait que tu les rencontres. Pourquoi ? Il doit bien y avoir une raison.

Ma mère se mit à respirer plus lentement.

— Pour le savoir, tu auras besoin de l'argent de ton père.

Je n'arrivais pas à croire ce que ma mère était en train de me suggérer.

— Mais maman, nous avons besoin de cet argent pour régler le loyer, la nourriture, tes médicaments. Utilisons-le pour cela jusqu'à ce que je trouve un autre emploi.

Elle secoua la tête.

— Non, *beti*. Ce qui prime, c'est que tu prouves ton innocence pour pouvoir continuer à exercer ton métier. Donc, il faut que tu partes. Je te le demande.

Je considérai ma mère : elle me demandait rarement de faire quelque chose, mais effectuait en revanche de nombreuses tâches sans rien me demander. Elle enlevait la peau des raisins parce qu'elle savait que je n'aimais que la pulpe. Elle me massait les jambes après une longue garde, à l'hôpital, mais n'acceptait pas que je lui rende la pareille. Elle taillait, lavait et repassait mes uniformes, glissant toujours des pétales de rose dans les poches pour les parfumer. Elle achetait rarement des choses neuves pour elle. D'ailleurs, le col de son chemisier et ses manches étaient usés jusqu'à la corde, notai-je. Elle avait aussi besoin d'une nouvelle paire de lunettes, mais refusait de consacrer de l'argent à cet achat, même s'il lui fallait se pencher de plus en plus près du tissu pour vérifier que les coutures étaient droites.

— Je ne peux pas te laisser seule à Bombay, maman. Qui prendra soin de toi ?

Subitement, je ressentis un sentiment proche de la peur, comme celle que j'avais éprouvée après le départ de mon père. Qui allait prendre soin de nous ?

Elle m'étreignit les mains.

— Sona, je n'ai pas besoin que l'on s'occupe de moi. C'est moi qui m'occupe de toi depuis que tu es bébé. Aussi, tout ira bien pour moi. Toi, en revanche, tu dois apprendre à prendre soin de toi. Je t'ai trop couvée.

Ces paroles me surprirent. Je me considérais comme une personne forte, en mesure de gérer tout ce qui se présenterait à moi.

— Tu m'as trop couvée ?

— Pendant toutes ces années, je t'ai protégée de tous ceux qui voulaient te nuire. Le primeur qui te vendait des fruits abîmés. Le conducteur de bus qui ne voulait pas te laisser monter dans son véhicule. Je me rendais au marché pour réprimander le primeur. Allais voir le conducteur de bus pour le houspiller lui aussi. Et tous ceux qui te faisaient du mal. J'aurais dû t'inciter à te défendre toi-même. Je t'ai poussée à suivre des études d'infirmière afin que tu puisses subvenir à tes besoins, même si je n'étais plus là. J'ai voulu que tu sois plus britannique parce que je pensais que cela te protégerait. Je t'ai tellement couvée que tu as peur de saisir ta chance. D'imaginer ce que serait ta vie si tu n'étais pas effrayée.

Les mots sortirent brutalement de ma bouche avant que je ne puisse les retenir :

— Tu as tenté ta chance avec mon père et regarde où cela t'a menée !

Mon cœur battait à toute vitesse dans ma poitrine ; jamais je n'avais parlé sur ce ton à ma mère.

Elle me relâcha les mains. Était-ce de la pitié que je vis passer dans ses yeux ?

— Oh, Sona ! Ignores-tu donc que j'ai aimé chaque seconde du temps que j'ai passé avec lui ? Cela, je ne le regretterai jamais. J'ai détesté qu'il me mente. Qu'il nous quitte. Mais pas de l'avoir rencontré. Et il ne m'a pas laissée seule, mais avec deux êtres précieux, toi et Rajat. Comment aurais-je pu *ne pas* saisir cette chance-là ? Ta vie t'appartient et tu dois la vivre comme tu le veux. Va où tu veux. Découvre des choses que tu ne peux même pas encore imaginer. C'est possible grâce à l'argent de ton père.

Je la regardai fixement. Ma mère pensait que je vivais dans la peur ? Que j'étais trop effrayée pour sortir des sentiers battus, pour me défendre ? Je me revis alors à l'âge de treize ans... *Je suis près de ma mère dans le bureau de la directrice. Elle lui dit qu'on m'a reculée d'une place dans le classement parce que l'enseignante veut que cette place-là revienne à sa fille, alors que celle-ci n'a pas réussi son test aussi bien que moi. Ma mère s'exprime avec douceur, mais fermeté. Elle ne se plaint pas. Elle explique...* Le lendemain, l'enseignante m'attribua la place qui me revenait. Je savais qu'elle l'emporterait, car telle était son habitude. Pourquoi n'avais-je jamais remarqué les nombreuses fois où elle avait été forte quand je ne pouvais l'être ? Elle avait eu besoin de courage – et plus encore – pour surmonter la trahison de mon père. Comment aurait-elle pu sinon élever une enfant sans famille ni argent ?

Je repensai à la réflexion de la cheffe quand elle m'avait convoquée dans son bureau. Je n'avais pas voulu que Rebecca ait des problèmes par rapport à ce qui s'était passé lorsque M. Hassan avait eu sa crise cardiaque. Or, j'aurais dû le dire à la cheffe, c'était ainsi que ma mère aurait réagi. À sa façon très calme, elle aurait expliqué que sans ma présence d'esprit, un patient serait peut-être mort. Et quant aux critiques de la cheffe sur le fait que j'étais trop sociable avec les patients, pourquoi n'avais-je pas répondu que le réconfort émotionnel faisait partie de la mission d'une infirmière, que je le leur apportais en les divertissant de leur maladie et en pratiquant avec eux des activités qu'ils aimaient ? Mais je n'avais rien dit. J'avais été trop couvée.

Un coup frappé à la porte nous fit soudain sursauter. Nous ne recevions jamais de visiteurs. Ma mère voyait ses clientes chez elles, emportant un petit kit de couture : épingles, craie et mètre ruban. Elle faisait de son mieux pour entretenir notre appartement exigu en confectionnant, une fois par an, de nouveaux rideaux, une nappe au crochet ou une couette. Mais il n'était assurément pas envisageable que ses clientes voient notre modeste appartement. Parmi elles se trouvaient de riches Indiennes qui étaient loyales aux Anglais, du moins tant que cela servait leurs intérêts. D'autres étaient des Britanniques qui vivaient comme des têtes couronnées en Inde, mais auraient tout juste appartenu à la classe moyenne en Angleterre. Certaines étaient aussi des vadrouilleuses européennes pas assez douées pour aider sur la propriété de leurs pères au pays ou qui avaient commis de telles transgressions qu'on les avait envoyées ici, loin des yeux, loin du cœur.

J'allai répondre. C'était notre logeuse, la mère de la couvée du bas. Ce n'était pas la première fois que je notais qu'elle aurait dû élargir les coutures de son chemisier : de la chair débordait au niveau du nombril, du bas de son chemisier au haut de son jupon.

— Vous avez un visiteur, annonça-t-elle. Un homme.

Et elle resta devant notre seuil, un œil suspicieux rivé à moi. Elle serra plus étroitement son *pallu* autour de ses épaules rondelettes.

— Vous savez que je désapprouve les visites si tardives.

Je regardai ma montre. Il était presque minuit. À part Amit, qui était venu me chercher la veille pour m'accompagner à la réception des Singh, personne ne nous rendait jamais visite.

— Dans ce cas, c'est moi qui irai trouver ce visiteur, dis-je en contournant sa silhouette courtaude.

Et je dégringolai les marches, la laissant descendre lentement derrière moi.

Amit Mishra se tenait près de la grille. Je sentis mon cœur s'accélérer. La faible ampoule projetait des ombres sur son visage qui le faisaient paraître bien plus âgé. Ou bien avait-il cet air épuisé en raison des longues heures qu'il venait de passer au bloc chirurgical avec les patients arrivés en urgence ? Ou était-ce parce que Mira était décédée alors qu'il était de garde ?

— Je vais sortir avec vous, dis-je.

Et, ouvrant la porte, je le rejoignis sur le chemin. Je le conduisis vers un sentier étroit, un peu plus loin de la maison. Alors que nous nous dirigions vers la rue principale, il me demanda :

— Comment allez-vous ?

— Je… C'est juste que…

Je n'arrivai pas à finir ma phrase. Je pris mon mouchoir dans ma poche et me mouchai.

— Je ne m'imagine pas revenir demain et ne pas la voir, vous comprenez ?

Il leva le bras, peut-être désireux d'avoir un geste réconfortant envers moi, mais le laissa retomber et enfonça les deux mains dans les poches de son pantalon. Il baissa ensuite la tête. Mira avait aussi été son amie. Je compris tout à coup que, au travail, il avait été contraint de masquer la tristesse que sa mort lui avait inspirée. Nous marchâmes un moment en silence.

— Je sais que vous avez le cœur brisé, dit-il. J'ignore si mes paroles vous consoleront, mais sachez que ce qui est arrivé à Mira peut se produire avec n'importe quel patient. Nous sommes témoins de leurs souffrances tous les jours. Elle m'avait dit combien vous allégiez les siennes. Vous avez tant fait pour elle, plus qu'elle n'aurait pu espérer. Et elle vous aimait, me semble-t-il. Un jour nous parlions de… Oh, je ne sais plus… Oui, d'opéras que nous avions vus à Londres, du rayonnement du fleuve à Vienne au coucher du soleil, de la beauté d'un chant a cappella dans une cathédrale de Prague, et elle m'avait alors dit qu'elle aurait aimé se rendre en ces endroits avec vous. Elle voyait en vous une personne qui mourait d'envie d'explorer le monde, mais qui s'en empêchait.

Oh, Mira ! Pourquoi me pensiez-vous capable d'en faire plus que je ne le pouvais ? Je vous avais dit et répété que votre monde et le mien n'avaient rien à voir.

Amit ôta les mains de ses poches et s'immobilisa. Je me retournai vers lui pour lui faire face.

— Je suis... J'ai discuté longuement avec le docteur Holbrook et la cheffe. Ainsi qu'avec le directoire de l'hôpital. Nous avons envisagé les possibles causes de ce décès subit. Holbrook maintient toujours qu'elle souffrait juste d'une gastrite... et que la réception chez les Singh l'avait vraisemblablement exténuée.

Il hésita.

— Toutefois... Il y a le problème de la seringue qui a été laissée dans la chambre, de la morphine qui manquait dans le flacon... J'ai insisté sur le fait que vous étiez une infirmière exemplaire, dévouée à vos patients et à votre travail. Et que l'explication était à chercher ailleurs. Un certain nombre d'éventualités va encore être exploré.

À cet instant, un train passa à vive allure derrière la clôture grillagée. « Tchou-tchou-tchou-tchou. » Amit cessa de parler et nous reprîmes notre promenade.

— Sona, si cela peut vous réconforter, sachez que je me demande si je n'ai pas commis une erreur dans les soins que je lui ai apportés. Peut-être a-t-elle omis de mentionner un problème de santé – des troubles cardiaques, une maladie infantile ou que sais-je – qui aurait pu causer cette brusque... rechute. Si seulement j'avais pu convaincre le docteur Holbrook de l'opérer. Je n'arrête pas de me demander pourquoi... comment...

Étonnée, je compris qu'il se torturait de la même manière que moi. *Aurait-il pu empêcher la tragédie d'advenir* ?

Le moment aurait été des plus opportun pour lui rapporter l'échange que j'avais surpris entre la cheffe et le docteur Holbrook. Que le vieux docteur n'avait pas pris en compte la douleur de Mira parce qu'il ne l'estimait pas digne de son attention. Elle n'était pas assez britannique. Pas assez chaste. Pas le genre de peintre qu'il appréciait. J'aurais également pu lui raconter que le docteur Holbrook soupçonnait Horace le pharmacien de mégoter sur la qualité de la morphine. Mais comment prouver tout cela ? Et en quoi ces révélations auraient-elles aidé Amit ? Il aurait au contraire été encore plus malheureux de ne s'être pas assez battu pour Mira. Par ailleurs, rien à présent ne la ramènerait.

Amit s'arrêta soudain et se tourna vers moi, le front plissé et soucieux. Il me toucha le bras. Je regardai l'endroit où ses doigts étaient posés.

— Hélas, je ne serai pas à l'hôpital demain ! Ma tante est malade. Je dois prendre le train pour Dehli ce soir et, de là, me rendre auprès d'elle à Shimla.

Je retins de justesse un petit cri. *Ne me laisse pas toute seule pour affronter cela*, aurais-je voulu crier. Mais je me contentai de croiser les bras, comme pour me protéger. Ma mère avait-elle vu juste ? S'il n'y avait personne pour prendre ma défense le lendemain au travail, je serais tenue pour responsable de la mort de Mira. Je lui lançai un regard implorant.

— J'ai repensé de nombreuses fois à ce qui s'est passé. Je ne vois pas comment j'aurais pu commettre une faute. Je ne lui ai pas administré la dose fatale, et je n'imagine pas que quiconque puisse l'avoir fait.

Il se rapprocha de moi et posa les mains sur mes bras.

— Je vous crois.

Je scrutai son visage, désespérément en quête de son appui. Son opinion comptait tant pour moi : à la fois parce qu'il avait été l'ami de Mira, et parce que je sentais qu'il était aussi le mien.

Il laissa retomber ses mains.

— Si quelque chose devait se produire... Si l'hôpital... Ce que je veux dire...

Il passa les doigts dans ses cheveux.

— J'ai parlé avec Raph Stoddard, reprit-il. Peut-être vous a-t-il dit qu'il devait se rendre à Istanbul. Il aura besoin d'une infirmière pour l'accompagner. Le voyage et les dépenses seront pris en charge, outre le salaire versé.

Il me jeta un bref sourire avant d'ajouter :

— Sans compter la compagnie d'un adorable vieux bonhomme. Est-ce un poste que vous pourriez envisager d'accepter si... ?

Je crus défaillir. Comment pourrais-je laisser ma mère dans une ville que nous commencions tout juste à connaître ? Istanbul se trouvait si loin de la maison. C'était pourtant le genre d'opportunité sur laquelle Mira aurait sauté sans savoir où elle la mènerait. L'excitation liée à une nouvelle expérience lui aurait suffi.

— Réfléchissez-y, dit Amit.

Je hochai la tête d'un air absent et regardai la terre tassée derrière nous. Nous nous tenions l'un en face de l'autre en silence, écoutant le train suivant qui sifflait dans le lointain.

— Quand reviendrez-vous ?

— Je ne sais pas. Le temps que ma tante se remette. Bien sûr, j'espère que tout se passera au mieux, et que cinq jours suffiront. Mais cela pourra aussi prendre trois semaines. Si vous n'acceptez pas la proposition du docteur Stoddard, je vous aiderai à trouver un autre poste à Bombay, ce qui serait... préférable pour moi.

Je croisai alors ses yeux : ils étaient noyés de tristesse. La mort de Mira aurait pu nous permettre de trouver un réconfort mutuel l'un dans l'autre, mais la décence ne l'autorisait pas. Tout ce que je pouvais faire, c'était acquiescer. Je rebroussai chemin, regagnai l'appartement, consciente qu'il me regarderait jusqu'à ce que je sois en sûreté derrière la grille.

En montant les marches, je savais que je ne dirais pas à ma mère que j'avais perdu ma place, même si elle s'en doutait. Je lui mentirais et lui raconterais que le docteur Mishra était venu m'assurer que mon poste ne risquait rien. Je voulais qu'elle passe une nuit paisible supplémentaire avant mon inévitable chute.

Chapitre 7

Le jour suivant, j'arrivai plus tôt au travail afin de voir la cheffe, redoutant cette rencontre. Je la cherchai dans toutes les pièces des deux étages de l'hôpital avant de la repérer. Elle était en train d'apprendre à deux jeunes infirmières la méthode Nightingale pour faire la toilette au patient. Alors qu'elle n'était pas plus grande que les deux novices, elle semblait pourtant, en raison de sa présence imposante, les surplomber. Détachant les yeux de l'infirmière en chef, les deux novices les dirigèrent vers la patiente qui attendait, en l'occurrence une vieille dame au regard effrayé.

— De l'eau chaude et une serviette comme celle-ci.

En prononçant ces mots, la cheffe désigna un gant de toilette rêche près du lavabo, sur le chariot.

— Frottez, frottez bien fort. Pas de savon ni d'éponges douces. Sinon, les gens ont tendance à ne pas frotter aussi fort et la toilette est juste une illusion.

Elle regarda la malade, qui se cramponnait à présent à son drap.

Quand la cheffe se retourna pour sortir de la chambre, elle vit que je l'attendais devant la porte : elle me fit signe de la suivre dans son bureau.

Puis elle m'indiqua de m'asseoir sur la chaise devant sa table de travail, et prit elle-même place en face.

Elle ouvrit un dossier à sa gauche et en sortit quelques documents.

— Il est de ma responsabilité d'assurer le bien-être de nos patients à l'hôpital Wadia, tant qu'ils sont dans mon service. J'ai manqué à mon devoir concernant Miss Novak. C'était un personnage important, un trésor national, et beaucoup vont la pleurer.

» J'ai informé le directoire de l'hôpital que j'en assumais l'entière responsabilité. Bien sûr, les membres sont conscients que des erreurs peuvent survenir de temps à autre. Mais ils veulent être absolument certains que cela ne se reproduira jamais. Aussi, conformément à cette requête, ils demandent que vous soyez démise de vos fonctions avec effet immédiat.

À ces mots, son teint pâle se marbra de rose. Elle était soit furieuse d'être placée dans cette position, soit gênée que le blâme retombe sur moi. Elle baissa les yeux vers ses notes comme si elles contenaient une autre partie du scénario.

J'étais littéralement paralysée. Mon pouls ne s'était pas accéléré. Ma respiration était régulière. Je considérai mes mains. Elles ne tremblaient pas. Je regardai le sol. Son marbre blanc parsemé de mouchetures grises. Mes chaussures éraflées. Amit m'avait préparée à cette annonce. Malgré tout, une partie de moi-même s'était demandé si je n'avais pas imaginé sa visite – si Amit était bien venu chez moi la veille au soir. M'avait parlé de la réunion du directoire, du docteur Stoddard et d'Istanbul. Maintenant, une question me taraudait : serais-je donc renvoyée de tous les postes d'infirmière que j'occuperais ?

La cheffe ne croisa pas mon regard quand elle ajouta :

— Même si vous n'avez pas administré la dose fatale, vous avez laissé une seringue et un flacon de morphine à la vue de tout le monde, dans la chambre. C'était une négligence monumentale.

Là-dessus, elle toucha la croix de son collier. Recherchait-elle du soutien de l'au-delà ?

Pendant quelques instants, je ne fus pas en mesure de parler. Je m'étais absentée de la chambre plus longtemps qu'il n'était acceptable. La morphine était alors bel et bien à la vue de tous. En vingt minutes, n'importe qui aurait pu entrer dans la chambre et administrer la dose à la patiente endormie. Toutefois, avais-je vraiment laissé Mira sans protection ? Lui avais-je infligé cela ? Il arrivait fréquemment à d'autres infirmières de s'absenter d'une chambre pour aller chercher quelque chose dans la réserve, ou prendre un café. Rien n'arrivait à leurs patients. Il fallait croire que je n'avais pas de chance.

Cependant, qu'en était-il de la conversation entre Amit et le docteur Holbrook ? Ce dernier s'en était tenu à un jugement personnel sur l'état de santé de Mira.

Je m'éclaircis la voix.

— Pendant six jours, on a administré à Miss Novak un traitement qui n'a pas eu d'effet…

Elle fronça les sourcils.

— Que voulez-vous dire ?

Je sentis la rougeur envahir mon cou. La veille au soir, maman m'avait dit qu'elle m'avait protégée toute sa vie, qu'elle était toujours intervenue pour moi quand j'en étais incapable. Elle voulait que je sois désormais plus courageuse, plus déterminée, que j'ose. N'était-ce pas le moment ? Et même si l'ancienne et raisonnable Sona me sommait de me taire, ma bouche ne voulait rien entendre. Je toussotai de nouveau et plantai un regard dur dans celui de l'infirmière en chef.

— Miss Novak était une jeune femme qui souffrait, qui attendait de l'aide de notre part. Mais, à cause des préjugés dont elle était la cible, elle a été estimée indigne des soins les plus élaborés.

J'avais haussé la voix.

La femme en face de moi était devenue rouge écarlate.

— Mais que racontez-vous, ma fille ? Répandre des médisances sur notre personnel ne vous aidera pas à vous en sortir. C'est insultant et sans fondement.

— Sans fondement ? Vous et le docteur Holbrook parliez d'elle, l'autre jour. Vous estimiez que ce n'était pas une véritable peintre. Qu'elle n'était pas assez britannique. Que c'était une femme peu vertueuse. Mais elle était notre patiente, cheffe !

— Donc vous nous espionniez ?

— Sans mentionner le fait qu'on lui a probablement administré des médicaments de qualité inférieure issus de la pharmacie…

— Vraiment, c'en est assez !

Elle se leva, puis plongea son regard sur moi.

— Vous commencerez par vider votre casier. Et si vous cherchez une lettre de recommandation, ce n'est certainement pas moi qui vous la donnerai.

Je me mis à mon tour debout, sans la lâcher du regard. Il me fallut quelques secondes pour maîtriser le tremblement de mes jambes, mais je repris :

— Miss Novak était mon amie. Elle était bonne, bienveillante. Elle comptait. Pour moi et pour l'Inde. Elle va terriblement me manquer.

Elle détourna les yeux et toucha de nouveau sa croix.

Comme dans un brouillard, je regagnai le vestiaire des infirmières. Avais-je résisté pour moi ? Pour Mira ? Celle-ci incarnait à mes yeux la générosité et l'amitié, elle m'avait fait rire même quand elle souffrait, m'avait réchauffée avec ses paroles de gentillesse, m'avait remerciée d'avoir pris soin d'elle. Elle m'avait enseigné des choses.

Ses histoires semblaient chaotiques, allant d'un côté puis de l'autre, jusqu'à ce qu'elles arrivent au point où elle le voulait.

Une fois, je l'avais trouvée en train de dessiner dans son carnet. Sans lever la tête, elle avait dit :

— Il faut trois à cinq ans pour que les plants de cardamome produisent des gousses vertes et brillantes. Ces gousses n'ont rien à voir avec celles racornies et dures que nous ouvrons pour retirer les graines qui vont apporter de la saveur au thé, au *burfi* ou au poulet au curry. C'est une fermière du Kerala qui me l'a appris.

Elle s'était interrompue pour vérifier que je suivais avant de continuer :

— Un jour, Joséphine m'a demandé de produire à la hâte un tableau pour un client qui voulait impérativement acheter une de mes œuvres. Je lui ai répondu que ce n'était pas possible. Elle m'a rétorqué que Picasso peignait ou dessinait des centaines d'œuvres d'art par an. Alors je lui ai parlé des plants de cardamome. Du temps qu'il leur fallait pour arriver à maturité. J'avais même renchéri : « Je peux être européenne *et* indienne, Jo, mais pas en même temps. Ici en Inde, je suis indienne. Je suis la cardamome. »

Là-dessus, Mira avait tourné son carnet vers moi pour que je puisse voir ce qu'elle était en train de croquer. C'était une femme qui me ressemblait. Je m'étais emparée du carnet et avais regardé fixement le dessin. On aurait dit que je tenais un miroir. Les traits de mon visage pouvaient paraître aussi bien indiens qu'anglais.

À présent, les paroles de la cheffe résonnaient dans ma tête, comme une ritournelle cruelle : *« Vous avez laissé une seringue et un flacon de morphine à la vue de tout le monde, dans la chambre. »* Comment arriverais-je à surmonter une telle accusation ? Pourrais-je vivre avec la conscience de la faute commise ? *« Vous vous êtes absentée de la pièce, vous vous êtes absentée de la pièce, vous vous êtes absentée de la pièce. »*

Les paroles de ma mère me revinrent. *« Le blâme risque de retomber sur toi. »*

J'ouvris mon casier. Il y avait une jupe à chevrons confectionnée par ma mère, un chemisier beige hérité d'une collègue de Calcutta, des chaussures Bata à talon bas. Une paire de chaussettes couleur café. Un tablier de rechange. Aucune photo d'endroits exotiques. Ni de galants. Ni de groupe d'amies hilares. Pas grand-chose prouvant que j'avais passé ces deux années à Wadia. Oh, j'aurais tant aimé que Mira soit encore en vie ! Nous aurions ri de mon tablier qui m'arrivait presque jusqu'aux pieds. Je la voyais, les yeux brillants, les joues rouges. J'enfilai ma jupe, boutonnai mon chemisier, mis mes chaussettes en laine, pliai mon uniforme et le glissai dans mon sac à dos.

Au moment où je refermais la porte de mon casier, Rebecca entra dans la pièce.

— Donc tu nous quittes ?

Elle me posa la question sur un ton aussi plaisant que si elle était venue me demander si j'avais remarqué que les coquelicots étaient en fleur. Comme si ce départ relevait de mon choix. Elle ôta sa coiffe d'infirmière, se détacha les cheveux, puis mit les épingles dans ses poches tout en regardant son visage dans le miroir au mur. Elle secoua ses cheveux châtain clair détachés. Ils retombaient très joliment sur ses épaules.

— On dirait que c'est moi qui vais m'occuper des riches patients, maintenant, dit-elle.

Et elle se mit à rire.

De son casier, Rebecca sortit un grand peigne en écaille. Tandis qu'elle se coiffait les cheveux, je lui demandai :

— Que faisais-tu dans la chambre de Miss Novak avant le drame ?

Elle haussa les sourcils, sur ses gardes.

— Qu'est-ce que tu racontes ?

— Je t'ai vue sortir de sa chambre. Juste avant que je n'y entre et constate qu'elle était dans un état critique.

Elle redressa le menton et haussa ostensiblement les épaules.

— J'ai sans doute cru qu'elle m'appelait. Avant de me rendre compte que je me trompais.

Elle reposa son peigne dans son casier, évitant mon regard. Elle s'affaira alors avec ses épingles et sa coiffe pendant que je la regardais, attendant la suite.

Je resserrai ensuite le cordon de mon sac à dos. J'avais la gorge sèche, les yeux me piquaient. Je n'avais plus la force de me battre. À quoi bon, d'ailleurs ? Ma parole ne servait plus à rien.

— Tu devrais porter les cheveux détachés plus souvent. Ça te va bien.

Et là-dessus, je sortis du vestiaire.

Je m'efforçai de retarder le plus possible le moment où j'arriverais à la maison. Maintenant, j'allais devoir annoncer à ma mère que c'était fait. J'avais perdu. Encore que j'aie l'impression qu'elle le savait déjà.

Lorsque j'arrivai au niveau de notre rue, Chameli Marg (un nom ambitieux pour une rue dépourvue de fleurs odoriférantes), j'avisai un groupe de voisins rassemblé devant notre immeuble. Ma propriétaire tenait-elle salon ? Même à cette distance, je devinais au son de sa voix qu'elle était furieuse ou mécontente.

Alors que je me rapprochais, je l'entendis dire :

— ... J'ai dû payer le médecin. Qui va me rembourser ?

La chair de ses avant-bras ballottait à chacun de ses mouvements. Soudain, elle m'aperçut.

— Voilà la fille ! s'exclama-t-elle. Eh bien, mademoiselle l'infirmière de luxe, vous pouvez quitter les lieux maintenant. Je ne veux pas de *burree aatma* dans ma maison.

Je la contournai, mon cœur manquant un battement, et montai l'escalier à toute allure, tandis que mon sac à dos rebondissait derrière moi. La porte de notre appartement était ouverte.

Il n'y avait personne dans la pièce, à part ma mère, étendue sur le lit. Elle avait les yeux clos. Elle était complètement immobile.

— Non, non, par pitié, non ! implorai-je à voix haute.

Je lui pris le pouls, au poignet. Il n'y en avait pas. J'essayai au niveau du cou, juste sous la mâchoire. Rien.

— Le docteur est venu et reparti.

La propriétaire se tenait à présent sur le seuil de la porte.

— Il a dit que c'était une crise cardiaque. Pas besoin de l'emmener à l'hôpital.

À l'entendre, on aurait cru que c'était la faute de ma mère, si elle était morte.

— Sortez d'ici ! hurlai-je.

Me précipitant vers la porte, je la lui claquai au visage, puis fermai le verrou afin qu'elle ne puisse pas rentrer. Adossée contre la porte, je considérai le corps de ma mère, dans le lit. Comment cela avait-il bien pu se produire ? Elle avait le cœur faible, mais tant qu'elle prenait ses médicaments, elle allait bien. Était-ce à cause du décès de Mira ? Elle savait qu'il pourrait me coûter mon travail. J'avais vu de la résignation et de la peur passer sur son visage. *Oh, maman ! Est-ce moi qui t'ai fait ça ?*

De l'autre côté de la porte, la propriétaire s'époumonait.

— Il faut que vous sortiez ce corps d'ici. Je ne veux pas qu'il reste dans ma maison.

— Laissez-la tranquille, murmurai-je.

La personne qui comptait le plus au monde pour moi était morte. Des larmes brouillaient ma vue. Qui m'aimerait maintenant ? Qui me demanderait comment s'était passée ma journée ? Écouterait mes histoires ? Qu'allais-je faire sans elle ?

M'essuyant le nez du dos de la main, je me détachai de la porte pour m'approcher du lit que j'avais partagé pendant si longtemps avec ma mère. Je m'allongeai alors dessus, recroquevillai mon corps contre le sien, sur le matelas étroit, puis lui murmurai contre l'oreille :

— Tu te souviens quand j'ai été assez grande pour m'asseoir sur le cheval du manège toute seule ? Je devais avoir quatre ans. Tu avais dit qu'il était temps ! « Le temps pour quoi ? » avais-je questionné. « Le temps est venu pour toi de faire des choses par toi-même », m'avais-tu expliqué. « Mais j'aime les faire avec toi », avais-je répondu. « Je sais, avais-tu renchéri. Mais tu verras, il y a tant de choses que tu auras envie d'accomplir, et je ne serai pas toujours là pour t'accompagner. »

Les larmes coulaient du coin de mes yeux, roulaient sur mon nez, dans ma bouche. J'en percevais le sel, la tristesse, la solitude.

— Maman, je ne suis pas encore prête à faire toutes ces choses par moi-même. J'ai besoin de toi, que tu restes encore. Ne peux-tu rester juste un peu plus longtemps ? S'il te plaît ! S'il te plaît, reste.

Je l'enlaçai par la taille, et la serrai contre moi. Je sanglotai sur son épaule, mouillai son sari à imprimé fleuri, celui dont j'avais dit qu'il ressemblait à un champ de lavande quand j'avais neuf ans. J'avais tant à lui raconter : mon licenciement de l'hôpital, la promesse d'opportunité du docteur Mishra, ce que je ressentais pour lui – ce que je ressentais vraiment pour lui –, combien j'avais besoin d'elle, combien je l'aimais. Mais rien de tout cela ne changerait plus la situation, maintenant.

J'optai pour un enterrement à la place d'une crémation. J'avais le sentiment que ma mère s'était estimée plus anglaise qu'indienne en vieillissant, et un enterrement représentait un meilleur choix. Nos voisins d'en face – Fatima et son mari – ainsi qu'une riche matrone, cliente de ma mère, assistèrent aux ultimes rites. Cette dernière tenait à ce que je sache combien elle était désolée et voulait aussi savoir si la robe de mariée de sa fille serait prête en temps voulu.

Je payai un prêtre de l'église chrétienne voisine pour qu'il récite l'oraison funèbre, que j'écrivis pour lui. Et puis ce fut fini.

En une semaine, j'avais perdu ma mère, mon amie Mira et mon poste à l'hôpital. J'étais une orpheline sans amie.

Une fois que j'eus emballé les coupons et le peu de vaisselle que nous avions, l'appartement fut presque vide. Je ferais don du tissu et de la machine à coudre de ma mère à l'école qui se trouvait près du marché aux tissus Mohatta, là où elle donnait parfois des cours à de jeunes couturières novices. Je n'avais pas besoin de vaisselle. Le couple qui faisait le ménage dans l'immeuble hérita de notre lit, de la table et des chaises. À ma propriétaire, je remis le réchaud Primus pour compenser les honoraires du médecin. Le Primus était d'une valeur bien plus élevée, mais je préférais laisser un montant supérieur à ma dette plutôt que prendre le risque qu'elle vienne me réclamer davantage.

Ma dernière tâche consista à empaqueter ce qui se trouvait dans la vieille malle rapportée de Calcutta, c'est-à-dire des vêtements, des draps, des serviettes, quelques casseroles et poêles. Je fis le bilan de ce qui restait encore à l'intérieur. Sur le dessus il y avait la robe du soir que ma mère avait confectionnée à partir du sari de mariage qu'elle n'avait jamais eu la chance de porter. Je la dépliai devant moi afin d'admirer son travail. Une lourde pochette en tissu en tomba, ainsi qu'une photo. Je la ramassai. Elle était en noir et blanc, tirée sur un papier épais et aux bords ondulés. C'était la photo d'un Européen d'une trentaine d'années, en uniforme blanc, avec une raie au milieu.

Était-ce lui ? Je laissai d'abord échapper la photo comme si elle me brûlait les mains.

Avec précaution, je m'accroupis pour l'étudier sans la toucher. Je reconnus mes sourcils, qui formaient un angle marqué avec mes tempes. Mes lèvres ni fines ni charnues. La naissance des cheveux qui représentait une ligne toute droite au lieu de dessiner un M.

Du bout de l'ongle, je retournai la photo. *Owen Falstaff, artillerie de garnison royale.*

Je m'assis par terre. Ma mère avait gardé cette photo pendant tout ce temps. Pourquoi ? L'aimait-elle encore ? Après toutes ces années ? En dépit de sa trahison ? Pourquoi ne me l'avait-elle jamais montrée ? Je fermai très fort les yeux. Maintenant que j'avais une image de lui, des souvenirs de nous tous ensemble allaient-ils remonter en moi ? J'attendis. Rien ne vint.

Je rouvris les paupières. Ma mère avait-elle délibérément glissé la photo dans la robe verte afin que je ne la trouve qu'après sa disparition ? Mais elle ignorait quand elle mourrait, cela n'aurait donc eu aucun sens. Je fus tentée de déchirer le cliché et de le jeter. Il avait été un père et un mari affreux. Que lui devais-je, après tout ? Mais une petite part de moi – peut-être l'enfant de trois ans qui avait eu l'impression d'être aimée de lui avant qu'il ne parte – préféra la garder. À la fin, je l'enfouis dans la valise.

J'ouvris le porte-monnaie qui contenait l'argent anglais de mon père. « Il faut que tu prouves ton innocence, *beti*, avait dit ma mère. Et à cet effet, tu auras besoin de l'argent de ton père. »

La seule chose que je gardai de ma mère fut le sari vert – désormais transformé en l'unique robe du soir que je possédais. J'achetai trois roses, dont je semai les pétales dans les plis.

Elle n'avait pas de bijou, pas d'or à elle, pas de parents ni beaux-parents qui lui en auraient offert pour son mariage.

Une semaine plus tard, j'étais à bord du RMS *Viceroy of India*, appareillant pour Istanbul.

Chapitre 8

Je m'étais faite à l'idée que je n'avais pas d'autres options que la proposition du docteur Stoddard. La voix de ma mère, m'encourageant à tenter ma chance pour découvrir de nouveaux mondes, s'était ancrée en moi. J'allais quitter le confort d'un monde connu pour explorer des territoires étrangers – du moins pour moi. L'occasion de me rendre jusqu'à Istanbul m'amènerait à mi-chemin du trajet pour l'Europe. De là, je pourrais utiliser l'argent de mon père pour remettre les toiles aux amis de Mira à Florence, Prague et Paris. Et, bien sûr, il faudrait que je trouve d'abord où ils vivaient d'après les indices que comportaient les histoires que Mira m'avait racontées.

Le lendemain du départ d'Amit pour Shimla, j'avais reçu un message du docteur Stoddard.

Chère Mademoiselle Falstaff,

Quel plaisir ce fut d'apprendre que vous acceptiez d'accompagner un vieux fossile comme moi à Istanbul. Si vous n'y êtes jamais allée, sachez que c'est un lieu merveilleux où l'on peut savourer la baklava la plus divine et le café le plus fort que vous ayez jamais goûtés. Ce sera drôlement amusant. Et je suis si impatient de retrouver nos parties de backgammon. Rendez-vous sur la passerelle jeudi prochain à 10 heures. Je serai la personne qui traînera (temporairement) dans son sillage une infirmière à l'air aigri.

Cordialement vôtre,
R.S.

Je pris un train pour me rendre sur les docks de Bombay avec ma vieille malle, qui était assez grande pour contenir les toiles enroulées ainsi que quelques jupes, pulls et chemisiers. De nombreuses personnes s'y affairaient. Des Indiens en *dhoti*, torse nu, portaient des malles ornées de banderoles sur les bateaux. Un vendeur tranchait le haut de ses noix de coco vertes à la machette : les gens qui se rendaient au travail en versaient ainsi directement le jus dans leur gorge, en retournant la noix. Un superviseur britannique ordonnait à des hommes d'empiler des marchandises dans une charrette à bœufs qui attendait. Une Indienne d'une quarantaine d'années faisait frire des *bhaji* aux oignons pour des clients affamés. Des Européennes vêtues de robe, chapeau et gants couleur ivoire descendirent d'une Daimler bleu céruléen, leurs chauffeurs transportant leurs malles du quai pour les voyageurs au bateau à vapeur. Des familles britanniques, françaises et allemandes disaient au revoir à leurs bien-aimés qui prenaient la mer.

Le RMS *Viceroy of India* était encore plus grand que le palais du Taj Mahal, à Bombay. Les passagers agitaient les mains des quatre ponts à l'adresse de ceux qui étaient venus assister à leur départ. La coque du bateau à vapeur était d'un noir brillant strié d'une bande blanche, tandis que les ponts et les cabines avaient la couleur de Chowpatty Beach. Deux énormes cheminées rejetaient de la fumée – ou était-ce de la vapeur ?

Quatre jours plus tôt, alors que je cherchais de nouvelles chaussures pour mon voyage (j'avais désormais de l'argent pour remplacer les anciennes), j'étais passée devant une agence de voyage. Des affiches avec des images de palmiers incitaient les voyageurs à se rendre à Calcutta, Allahabad et Mysore. Sur une impulsion, j'étais entrée dans l'agence pour me renseigner sur le RMS *Viceroy*. N'ayant jamais embarqué sur un bateau à vapeur, je souhaitais me préparer un peu à ce qui m'attendait : il ne fallait pas que le docteur Stoddard me prenne pour une ingénue ! L'employé, un Parsi avec des lunettes en écaille, m'apprit que l'on pouvait réserver des compartiments privés première classe, décorés naturellement avec goût, avec une éventuelle pièce adjacente. À bord, il y avait des courts de tennis et de badminton, un bar, une bibliothèque, un fumoir, une salle à manger officielle, et des bains pompéiens. Une piscine ! Je ne m'étais jamais baignée dans une piscine.

À l'heure convenue, j'attendais sur le quai là où les passagers s'apprêtaient à embarquer. Quand je vis la stoïque infirmière rouler le docteur Stoddard dans le fauteuil que son neveu lui avait procuré, je m'avançai vers eux. Un plaid recouvrait les jambes du docteur. Il me regarda de derrière ses verres épais, puis désigna son infirmière.

— Mademoiselle Steele, dit-il. Une infirmière fiable. Totalement dépourvue d'humour, bien sûr. N'est-ce pas, Steele ? Elle va me manquer.

Se penchant vers moi, il ajouta en murmurant :

— Le 36 du mois.

Puis je vis ses yeux pétiller comme si nous venions de partager une blague.

Mlle Steele affichait une expression si neutre qu'elle semblait gravée dans le marbre. Je hochai la tête à son adresse, de professionnelle à professionnelle. *Celui-là n'est pas facile*, semblait-elle me prévenir.

— Bien, on y va, mademoiselle Falstaff ? demanda-t-il en me souriant.

Je pris le guidon à la place de Mlle Steele, qui était plus âgée que moi, et roulai le docteur Stoddard vers la passerelle.

— J'espère apprécier mon voyage à Istanbul. Je tenais à être accompagné par une personne enjouée et charmante. C'est ce que j'ai dit à Mishra. Un homme si attentionné ! Vous et moi allons passer douze jours sur ce vaisseau et nous allons sacrément nous amuser.

Avec son accent aristocratique, il martela plus particulièrement le mot *sacrément*.

Ma mère étant juste décédée, je me demandais vraiment si je serais de joyeuse compagnie. Allais-je décevoir le bon docteur ? Il était un peu tard pour m'en préoccuper.

Le bateau à vapeur mugit : nous quittions les docks de Bombay. L'aventure commençait.

Le docteur avait réservé un compartiment luxueux en première classe, avec une chambre adjacente pour moi. J'étais assez proche de lui pour l'entendre s'il avait besoin de moi la nuit, mais ma cabine me procurait aussi un espace privé. Elle offrait un confort et une opulence que je n'avais jamais connus dans l'appartement que je partageais avec maman. Les murs étaient plaqués du même acajou poli que les meubles. Je disposais d'un lit, d'un lavabo, d'une commode et d'un fauteuil. Je n'avais besoin de rien de plus.

Mon travail consistait à aider le docteur à se lever du lit et à s'y coucher, à enfiler son pyjama, à m'assurer qu'il mangeait, à l'aider dans ses exercices de rééducation pour sa jambe et à le préparer pour la journée. Je le roulais dans son fauteuil sur le bateau pour sa promenade du matin, puis pour les repas. Je n'étais pas aux petits soins pour lui, je savais qu'il aurait détesté être materné. S'il avait besoin de quelque chose, il me le demandait.

Cela dit, je n'avais pas prévu d'avoir le mal de mer. Les tout premiers jours furent les pires. J'étais en train de pousser le fauteuil du docteur quand je sentis la nausée monter en moi. Automatiquement, je ralentis. Ignorant mon inconfort, le docteur Stoddard déclara alors :

— J'aimerais qu'on s'approche du bastingage, mademoiselle.

Je vomis tout ce que j'avais dans le corps dans l'océan, puis m'essuyai la bouche avec mon mouchoir.

— Je suis vraiment désolée, docteur. C'est la première fois que je monte sur un bateau.

— Désolée pour quoi ? Je préfère la vue d'ici.

Et nous n'en reparlâmes plus. Mais, le soir, je trouvai un petit bout de gingembre sur un plateau, près de mon lit. Dès lors, j'en mis dans mon thé pour surmonter la nausée.

Le docteur dormait l'après-midi, et je pouvais alors laisser libre cours à mes pensées. J'étais obsédée par maman et par le vide que sa disparition avait laissé dans ma vie. Comme elle aurait aimé se trouver sur ce bateau à vapeur, y rencontrer les passagers qui venaient du monde entier. Mon petit carnet de notes ne me quittait pas, de sorte que, quand je m'allongeais dans un transat sur le pont, je pouvais y déverser mes sentiments.

Chère maman,

Tout me manque chez toi. Ton odeur – ce mélange d'eau de rose, de curcuma et de coton qui n'appartient qu'à toi. Les couronnes en papier que tu fabriquais pour mes anniversaires, même quand j'étais trop grande pour les porter. Tes caramels au lait en guise de surprise pour me récompenser d'avoir bien réussi un contrôle. Les vestes minuscules que tu confectionnais pour mes poupées. Les fermoirs que tu cousais à la place des boutons parce que tu disais que des boutons aussi minuscules n'existaient pas. Fascinée, je te regardais couper les fils avec les dents. Une fois, j'avais essayé de t'imiter alors que tu ne faisais pas attention, ce qui m'avait valu une dent de lait. Tu te souviens ? Tu m'avais dit qu'elle repousserait si je la mettais dans un bocal qu'on enfouirait dans la terre. Jour après jour, j'attendais qu'une nouvelle dent sorte du sol, jusqu'à ce que, un jour, tu désignes ma bouche. « Elle a poussé à l'intérieur, beti », avais-tu dit. Tu savais tout. Tout ce qui était important pour moi. Pourquoi ne m'avais-tu pas prévenue qu'un jour viendrait où je devrais moi aussi tout savoir ? Mais ce n'est pas le cas. Je ne sais pas ce que je fais. Je ne sais pas où je vais. Je ne sais pas où je vais finir, je ne suis sûre de rien. Pourquoi n'es-tu plus là pour me guider ?

Certains après-midi, je faisais le tour du bateau, errant d'un pont à l'autre, trompant mon chagrin en pensant qu'il ne m'intéressait plus. Je me mis à aimer l'odeur de l'océan – un mélange d'œufs marinés, de crevettes et de rance –, celle de la brise fraîche qui aspergeait ma peau trop chaude. Mon uniforme d'infirmière me valait quelques regards appuyés, mais je m'en servais comme d'un bouclier pour éviter des questions personnelles. Si un membre de l'équipe passait devant moi, j'engageais la conversation avec lui pour éviter les passagers curieux qui m'auraient piégée. Aux ingénieurs, je demandais : « Comment un bateau si lourd peut-il flotter ? » À un sergent de marine : « Combien le *Viceroy* effectue-t-il de voyages par an ? » Au bout de quelques jours, les passagers qui m'avaient vue pousser le fauteuil roulant du docteur cessèrent de me considérer avec curiosité. Une fois de plus, je devins invisible, ce qui était mon statut préféré. J'avais éludé toute ma vie les questions indiscrètes et les remarques sournoises sur mon métissage. Il m'arrivait aussi de croire que mes camarades de classe voulaient réellement être mes amies, et je baissais alors la garde. Mais au fil du temps, je me rendais compte qu'elles voulaient juste connaître l'histoire de ma mère et de mon père afin de jouir d'un statut encore plus privilégié parmi leurs amies. Je revenais à la maison en larmes quand, le lendemain, elles m'évitaient. Il suffisait que ma mère me regarde, et, sans mot dire, elle préparait le *suji ka halwa* que j'adorais, le plus simple, sans raisins ni noix. En grandissant, j'étais devenue plus prudente, et parfois je me demandais pourquoi ma mère et mon père m'avaient placée dans la position de *l'autre*. Ne s'étaient-ils pas rendu compte qu'il serait difficile pour moi de m'intégrer ? N'avaient-ils pas pensé aux questions que l'on me poserait ? Je m'étais entraînée à détourner les yeux toutes les fois où maman informait les commères que mon père avait succombé à une attaque cardiaque. Je savais que mon air la trahirait. Il était devenu plus sûr pour nous deux de nous tenir à l'écart de ceux qui alimentaient le moulin à rumeurs.

Le docteur Stoddard était parfaitement affable avec les autres passagers, souriant et peu avare de commentaires. « Vous vous portez comme un charme, jeune homme. Encore en forme et prêt à ruer dans les brancards, commandant ? Ça gaze, madame ? » Pourtant, si quelqu'un tentait d'engager la conversation, il inventait une activité à laquelle il devait se rendre incessamment ou bien un repos nécessaire, « n'est-ce pas, mademoiselle Falstaff ? » Je savais pour ma part pourquoi j'étais réticente au contact avec autrui, et je me demandais si lui aussi avait une bonne raison de l'être.

Il était souvent invité à la table du capitaine, ce qu'il acceptait rarement, mais quand c'était le cas, il insistait pour que je me joigne à lui. Les autres convives lançaient alors des regards alarmés autour de la table. Tout comme moi. Je savais que ma présence était déplacée, et le docteur Stoddard ne pouvait l'ignorer. J'avais l'impression que mon patient grincheux agissait de manière intentionnelle pour les agacer.

Ensemble, nous jouions au backgammon. À présent, je gagnais plus de parties que je n'en perdais. Ce qui expliquait sans doute qu'il ait commencé à m'apprendre le gin-rummy. Il tricha aussi aux cartes, jusqu'à ce que je connaisse suffisamment les règles du jeu pour m'en apercevoir. Je me rendis aussi compte qu'un jeu n'était pas drôle pour lui si son adversaire n'était pas à la hauteur. Alors je le devins. Bientôt nous parions des gorgées de porto qu'un steward apportait chaque soir dans sa cabine. Le gagnant avait le droit de le siroter, et le perdant de le regarder avec envie. Bien sûr, le gagnant devenait gentiment pompette. Nous pariions aussi des cuillerées de caviar, que le docteur commandait en cuisine. Je n'en avais jamais goûté jusque-là, pas plus que du porto d'ailleurs. L'alcool me montait facilement à la tête, me déliait la langue, et je riais alors plus que je ne l'aurais dû. Le docteur semblait ravi chaque fois que je le réprimandais ou que je prenais plaisir à gagner. Il y avait bien sûr des soirs où la journée avait trop éprouvé ses os, sa jambe et où il n'avait qu'une envie : se mettre au lit. Il était alors plus sérieux, moins désinvolte.

Un soir, alors que je bordais son lit, il déclara :

— Vous savez, j'ai voté contre le directoire.

Je m'immobilisai et le regardai.

— Je vous connais. Et Mishra aussi. Vous préféreriez vous couper un pouce plutôt que de jouer avec le dosage d'un patient.

Sur ces mots, il ôta ses lunettes, les regarda et se mit à jouer avec les branches.

— Quand j'étais jeune docteur, à Manchester, je m'occupais d'un patient en bonne santé à qui j'avais diagnostiqué la tuberculose. J'étais tellement certain d'avoir raison. Je lui avais prescrit du repos et quelques exercices faciles à réaliser.

Il se mit à triturer ses lunettes de plus belle.

— Il s'avéra qu'il avait une pneumonie que l'on aurait dû traiter avec de l'arsenic. Cela ne l'aurait pas forcément sauvé, mais quand il est mort... la culpabilité ne m'a plus lâché. Je me suis enfui en Inde pour y échapper. Et j'ai tout recommencé de zéro.

À cet instant, il remit ses lunettes.

— On commet des erreurs tous les jours dans notre profession, ma chère.

— Bien sûr, docteur, mais en l'occurrence, je suis certaine de ne pas en avoir commis. Je n'ai pas donné à Miss Novak une dose supérieure à celle prescrite. Quelqu'un d'autre s'en est chargé. Mais qui ? Et l'hypothèse selon laquelle j'aurais commis l'irréparable me poursuit partout.

Je me mis à me gratter le crâne.

— Et où pourrais-je aller pour repartir de zéro ? L'Inde est mon pays.

Il hocha la tête.

— Comment comptez-vous vous y prendre pour sauver votre réputation ?

Je me rendis dans l'autre pièce, d'où je revins avec les toiles et le message écrit de la main de Mira.

— Miss Novak m'a confié ces peintures et m'a aussi laissé une note.

Il la lut. Puis il examina les peintures une à une, en prenant son temps. Il les retourna toutes. Finalement, il déclara :

— C'était une peintre très douée, n'est-ce pas ? Quelle palette de couleurs ! Et la composition est également remarquable.

Il considéra le message.

— Les initiales au dos des toiles correspondent aux noms qui figurent dans le message, ajouta-t-il.

— Oui. Et je crois que le « S » correspond à mon prénom, Sona.

— Et qui sont ou que sont « P », « Po » et « J » ?

— Des personnes qui comptaient pour Miss Novak. Une amie de toujours. Un ancien professeur qui lui avait enseigné la peinture. Sa galeriste.

Je marquai une pause.

— Je crois que je suis censée remettre ces toiles à leurs nouveaux propriétaires. Et ils m'apprendront sans doute des choses que j'ignore encore à son sujet ou que j'ai besoin de connaître pour m'exonérer moi-même.

Il posa un doigt noueux sur sa bouche, profondément plongé dans ses pensées.

— Qui sont ces amis ?

— Petra habite à Prague, Joséphine à Paris, et Paolo à Florence.

— Et que se passera-t-il si ce que vous découvrez ne correspond pas à ce que vous attendez ?

— Que voulez-vous dire ?

Il marqua un silence, comme s'il organisait ses pensées.

— Vous semblez être tombée sous le charme de Miss Novak. Vous avez votre propre impression de sa personnalité. J'entends qu'elle était charmante, brillante, généreuse. Mais vous ne la connaissiez que depuis six jours. Plus vous fouillerez dans son passé, plus vous risquerez de découvrir des versions d'elle-même qui vous surprendront. Qui vous dérouteront même, peut-être.

Je me redressai toute droite.

— J'ai une fine perception du caractère d'autrui, docteur. Je la connaissais fort bien, et que je l'aie rencontrée six ans plus tôt n'aurait rien changé.

Il reprit d'un ton doux :

— Les gens ne sont pas toujours ce qu'ils semblent être, ma chère, c'est juste ce que je voulais vous dire.

Et son expression portait le poids de huit décennies.

— Où est votre famille, mademoiselle Falstaff ?

— Je n'avais que ma mère, répondis-je en sentant mes yeux me piquer. Elle est partie, maintenant.

— Et votre père ?

J'hésitai. Chaque fois que je pensais à lui, j'éprouvais de la honte, de la colère ou de la gêne. En guise de réponse, je me rendis dans ma cabine et en rapportai la photo d'Owen Falstaff.

Le docteur Stoddard me la prit des mains.

— Je vois la ressemblance, dit-il. Que lui est-il arrivé ?

Je sentis mon visage rougir de honte.

— Il vit en Angleterre. Avec sa famille.

Je ne m'étais pas rendu compte que j'étais en train de me frotter vigoureusement les mains l'une contre l'autre jusqu'à ce qu'elles commencent à devenir douloureuses.

Le docteur me considéra un long moment.

— Les conséquences du British Raj, commenta-t-il. Mais il y a plus, n'est-ce pas ?

Des yeux, je l'implorai de ne pas me forcer à en dire davantage. C'était trop pénible. Il aurait une moins bonne opinion de moi, par la suite. Il se pourrait qu'il me laisse au Caire et me renvoie à Bombay.

Ses yeux étincelèrent.

— À moins que vous n'ayez commis un meurtre, ma chère, je crois que vous pouvez parler en toute confiance. Vous n'en prévoyez pas un deuxième ?

J'étouffai un rire et me mis à tousser.

— Je pense, mon enfant, qu'il est temps que nous passions au Glenlivet. Le porto, c'est juste pour le backgammon et le gin-rummy.

Décrochant le combiné du téléphone, je demandai alors au steward d'apporter du whisky. Quand il arriva, j'avais rangé la photo dans ma malle. Le steward versa l'alcool dans deux verres à whisky. Quand il fut sorti, le docteur Stoddard m'ordonna de boire la première. Je pris une gorgée. Je n'avais jamais goûté au whisky. Il me brûla la gorge, mais me réchauffa l'estomac et me réconforta.

Le docteur guetta ma réaction, sourit, puis leva son verre.

— Allons-y !

Je lui racontai alors que mon père nous avait quittés quand j'avais trois ans. Je lui parlai aussi de mon frère, Rajat, mort peu de temps après son départ. De ma mère, qui n'avait pas eu la moindre idée que mon père était marié jusqu'au jour où il l'avait quittée en lui avouant tout.

— Hum, hum…

Comme moi, il sirotait son whisky.

— Donc, poursuivit-il, vous allez à Prague, Paris et Florence, n'est-ce pas ?

Là-dessus, son visage s'éclaira.

— Et que diriez-vous de vous rendre aussi à Londres ? ajouta-t-il.

— Pour quoi faire ?

— Vous ne voulez pas rendre visite à votre père ?

— Pourquoi ferais-je une chose pareille ? demandai-je d'une voix qui portait un ressentiment de vingt ans.

Je finis mon whisky d'un trait.

Il porta le regard sur mon verre vide.

— C'est peut-être ce qu'il faut chercher, répondit-il avant de lever les yeux sur moi. En tout cas, votre voyage va être onéreux, ma chère enfant.

— J'ai un peu d'argent… que je tiens de mon père.

Je lui parlai alors du don annuel et lui tendis l'étui rempli d'argent.

Il le compta, puis me considéra par-dessus ses verres de lunettes.

— Pas du tout suffisant, je suis désolé. Sauf si vous envisagez de ruser avec les contrôleurs de train.

En l'espace d'une minute, mon plan était passé de possible à absurde. Je me sentis ridicule. Le soir où maman et moi avions compté l'argent, j'avais éprouvé la même impression d'aubaine que le mari d'Indira poursuivait quand il jouait aux courses. Comment avais-je pu penser que cela marcherait ?

Le docteur essuya ses verres. Il semblait fatigué.

— Mettez-moi au lit, mademoiselle Falstaff. Nous aurons de meilleures idées demain. Oh, et n'oubliez pas de boire deux verres d'eau avant de vous coucher, mon enfant ! Faites-moi confiance.

Le lendemain matin, je me rendis dans la cabine du docteur Stoddard pour l'aider à se préparer. Quand je m'étais réveillée, j'avais eu l'impression d'avoir du coton dans la bouche et dans le cerveau. J'avais déjà vomi deux fois, et j'avais la migraine.

— On se sent en petite forme, n'est-ce pas ? me dit-il, les yeux pétillants.

Il était en train de tricoter, une pelote de laine duveteuse et bleu pâle reposant sur la couverture. J'en restai bouche bée. Je n'avais jamais vu un homme tricoter. Il ne fut ni embarrassé ni surpris par ma réaction.

— C'est pour ma petite-fille.

Avec dextérité, il faisait passer les mailles d'une aiguille à l'autre, ajoutant un nouveau rang. Le dos d'un pull était presque terminé. Il devait tricoter depuis le début du voyage sans le montrer. Enfonçant les aiguilles dans la pelote, il déclara :

— On joue ce soir. Dans le salon de musique.

Je repoussai ses couvertures pour qu'il puisse basculer ses jambes sur le côté du lit.

— Vous et moi ?

— Entre autres.

Il prit appui sur moi pour se rendre dans la salle de bains.

— Mettez une tenue ravissante, poursuivit-il.

J'inclinai la tête.

— Vous voulez dire mon uniforme d'infirmière et ma coiffe ? Ou bien ma coiffe et mon uniforme d'infirmière ?

— Très drôle. Et maintenant, laissez-moi utiliser la salle de bains.

À 21 heures, je roulai le docteur Stoddard vers le salon de musique. C'était une salle raffinée, recouverte de tapis persans et parsemée de chaises ; il y avait même une cheminée. Un piano se trouvait juste à côté, une harpe à l'autre bout de la pièce, et un gramophone mécanique près de la porte. Pour autant que je sache, le docteur Stoddard ne jouait pas d'un instrument de musique. Aussi, qu'allions-nous y faire ? lui demandai-je.

— Ah, cessez de m'importuner, jeune fille ! répondit-il.

Je poussai son fauteuil dans le salon de musique. Les clubs, qui se trouvaient autour de petites tables chaque fois que j'étais entrée dans cette pièce, avaient été rassemblés autour de la table en acajou, au bout de laquelle se trouvait le capitaine. Les autres gentlemen – à l'air prospère avec leurs gilets, leurs montres à gousset et leurs bajoues – étaient ceux que j'avais vus à sa table lors de la plupart des dîners. Chacun tenait en l'occurrence des cartes. La fumée des cigares montait en volutes jusqu'au plafond à moulures. Un tas de billets – des livres – se trouvait au milieu de la table.

— Docteur ! le salua le capitaine. C'est la première fois que je vous vois ici. Bienvenue, bienvenue. Je crois que vous connaissez tout le monde.

Le capitaine ne m'accorda pas le moindre regard. J'étais invisible, comme les matelots indiens du pont, comme les femmes de chambre indiennes. Il tolérait ma présence à sa table pour le dîner uniquement parce qu'il aurait été malvenu de se comporter autrement.

Je rapprochai le fauteuil de la table. Le docteur Stoddard tapota alors le club près de lui. Je lui jetai un coup d'œil paniqué. C'était une chose de dîner à la table du capitaine, c'en était une autre de jouer aux cartes avec des hommes d'affaires.

Le docteur Stoddard adressa au groupe un sourire charmant.

— Mes fichus yeux ne sont plus ce qu'ils étaient. Mon infirmière…

Et il se pencha alors sur la table avant de poursuivre sur le ton de la confidence :

— … n'est pas spécialement douée, voyez-vous, mais elle fait de son mieux.

Il se recula alors pour s'adosser à son fauteuil.

— Ça ne vous gêne pas, les gars, n'est-ce pas ? Je serai sa banque. Oh…

Et il fit signe au serveur d'approcher.

— Un verre de porto. Merci, mon brave.

Les autres hommes échangèrent des regards, puis acquiescèrent. J'étais choquée et plus que blessée par sa remarque sur mon manque de talent. La dernière fois que le docteur et moi avions joué, j'avais remporté chaque partie, et il m'avait complimentée sur ma rapidité de jeu et mes remarquables progrès.

— Êtes-vous certaine que vous n'avez pas repris mes mauvaises habitudes, mademoiselle ?

J'avais relevé un sourcil.

— Vous voulez dire tricher ? De façon aussi ostensible que vous ? Même un enfant aurait vu clair dans votre jeu.

Je m'étais enhardie depuis que j'avais compris qu'il aimait nos petites disputes.

Il avait plissé le coin des yeux, puis sourit.

— Touché, mon enfant, touché.

Son regard s'était attardé sur moi une seconde de trop, et j'y avais aperçu toute sa gentillesse – l'affection qu'un père aurait pu donner à sa fille. Quelque chose qui m'avait manqué toute ma vie. La chaleur m'était montée aux yeux, et j'avais détourné le regard.

Et voilà que, maintenant, il disait à tout le monde que tous pourraient lui voler de l'argent en dépit de ma présence à la table. Je sentis mon torse se contracter de colère, même si je gardais une expression impassible.

Le docteur se pencha soudain vers moi, et baissa la voix tandis que le capitaine redistribuait les cartes. Ses yeux bleus transpercèrent les miens.

— Comme je vous l'ai appris. Soyez brave.

Et le docteur Stoddard misa. Mes doigts tremblaient, j'avais les mains moites. Je les essuyai à mon tablier, craignant de faire tomber les cartes. Je sentais des perles de sueur couler sur mon front. Les hommes pouvaient constater ma nervosité. Et moi leurs expressions suffisantes, les regards sournois qu'ils échangeaient.

Le capitaine jeta l'argent au centre de la table.

— Il ne faudra plus longtemps maintenant pour que nous sachions ce qui est arrivé au *Hindenburg*.

— Ma femme dit que sa cousine a eu de la chance de survivre.

Ces paroles venaient d'un gentleman dont la joue gauche était striée d'une cicatrice.

— Quel désastre !

Il posa un shilling sur la table.

— Même le couronnement du roi George n'a pu éclipser cet événement.

L'homme qui avait la plus grosse panse jeta de l'argent sur la pile.

— Désolé d'avoir manqué cette broutille ! Mais on dirait que toute l'Angleterre s'est détournée de la cérémonie, déclara le docteur Stoddard.

Je perdis la première main. La deuxième. Je ne cessais de lancer des coups d'œil au docteur pour voir s'il était aussi fébrile que moi. Oh, comme j'aurais aimé qu'il me prévienne que j'allais jouer ce soir ! Ces hommes savaient ce qu'ils faisaient. Ils avaient l'habitude de gagner. Moi, j'étais une novice. Je repensai à mes différents échecs concernant Mira, ma mère, mon poste : tout ce que j'avais fait avait débouché sur un échec, et cela me consumait. Je sentis de la sueur couler sur ma nuque.

— Mademoiselle, pouvez-vous aller me chercher un verre d'eau ?

La voix du docteur s'immisça soudain dans mes folles pensées.

Le capitaine tendit le doigt vers le steward.

— Il va vous l'apporter.

Le docteur émit un léger rire.

— Seule mademoiselle Falstaff sait comment je l'aime. Pas trop froide. Pas trop chaude.

— Bien sûr, dis-je en me levant.

Je posai la main sur les plis de mon uniforme. Les hommes se mirent à discuter des récentes élections régionales en Inde et de la façon dont Nehru s'en sortirait en tant que chef du congrès national indien, tandis que je gagnais le buffet pour verser l'eau du pichet dans un verre.

— L'Inde ne sera jamais capable de gouverner son peuple sans nous, disait le capitaine, en tirant sur son cigare.

Le docteur Stoddard prit un air amusé.

— N'était-ce pas ce que l'Inde faisait avant que nous n'entrions en scène ?

Le capitaine le regarda en fronçant les sourcils.

— Docteur, au cas où vous l'auriez oublié, « le soleil ne se couchera jamais sur l'Empire britannique ». Je crois que tout homme présent dans cette salle le sait.

Et il regarda les autres, en quête de confirmation. Certains hochèrent la tête, d'autres firent mine d'étudier leurs cartes.

Le docteur laissa échapper un petit rire.

— Il se serait couché depuis longtemps si les Anglais n'avaient pas utilisé des soldats indiens pour mener ses guerres.

Le capitaine, dont les joues étaient devenues toutes rouges, décocha un regard noir au docteur Stoddard, qui lui sourit avec bonhomie.

— Allons, nous ne sommes pas là pour discuter politique, mais pour jouer aux cartes, n'est-ce pas, vieille branche ?

Près du buffet, je m'efforçai de me ressaisir, de surmonter une nausée. Quand je fus de nouveau en mesure de respirer, je revins vers la table avec l'eau, puis donnai son verre au docteur Stoddard. Il posa alors ses mains sur la mienne, ce qui me fit tressauter.

Je levai les yeux vers lui. Il soutint mon regard de ses yeux de chouette sans cligner.

— Rappelez-vous ce que je vous ai appris, dit-il à voix basse.

À cet instant, je ressentis encore une fois cet encouragement d'un père qui enseigne à son fils comment manier la batte au cricket. Ou coache sa fille pour qu'elle serve parfaitement au tennis.

Je rapprochai ma chaise de la table. Je mis l'argent du docteur dans la cagnotte et me concentrai sur le jeu au lieu de penser au fait que je ne me sentais pas à ma place. Je scrutai mes cartes. Je comptai celles qui restaient. Puis déduisis celles que chaque joueur tenait dans sa main.

Je remportai cette partie-là. Et la suivante. Puis toutes les autres. Les pièces et les billets éparpillés formaient à présent une pile devant moi. J'étais si absorbée par le jeu que je n'entendis pas le docteur dire aux autres qu'il était fatigué et avait besoin de s'allonger. Il me sembla sentir, plutôt qu'entendre, un soupir de soulagement collectif.

Le docteur Stoddard commença à faire glisser mes gains dans la couverture posée sur son giron. Ce fut alors que je me rendis compte que le jeu était terminé. Ou du moins, que j'avais fini de jouer.

Abasourdie, je roulai son fauteuil pour le sortir de la salle enfumée.

— Qu'est-ce qui s'est passé ? demandai-je dans son dos.

— Comment vous sentez-vous ?

Sa voix masquait un sourire.

— Fichtrement bien, vieux crétin !

Il éclata de rire et moi aussi.

Il avait été merveilleux de voir les egos de ces hommes se dégonfler l'un après l'autre. À un moment durant la partie, j'avais cessé d'être pétrifiée à l'idée de perdre l'argent du docteur et j'avais commencé à être – quoi ? – téméraire ? Courageuse ? Impudente ? Peu importait ! J'avais adoré. Était-ce ce genre de chance que ma mère m'avait incitée à saisir ? Avait-elle ressenti ce vertige lorsqu'elle avait rencontré mon père et décidé de prendre le risque ? Était-ce ce qu'éprouvait Mira chaque jour de sa vie ? Elle aurait estimé qu'il était lâche de craindre la vie, de se tapir dans l'ombre comme je l'avais fait. Si elle avait envie de peindre ce que personne d'autre n'avait peint avant elle, elle n'hésitait pas. Si elle voulait coucher avec quelqu'un, elle n'avait besoin de l'autorisation de personne.

Le docteur désigna sa couverture.

— Ceci devrait vous mener aussi loin que vous voulez, ma chère.

Je considérai les gains : je n'avais jamais vu autant d'argent ! Je me mordis la lèvre. Si seulement maman avait été là pour le voir elle aussi ! Mais alors elle m'aurait dit qu'il n'était pas juste de tout garder pour moi. Et elle aurait eu raison.

— C'est autant votre argent que le mien, docteur.

Il sourit, et agita un doigt crochu vers moi.

— Mon enfant, ne soyez pas contrariante. Vous avez été la championne de cette soirée. Appréciez votre victoire.

— Moitié-moitié ?

Il secoua la tête.

— N'y pensez même pas.

Il marqua une pause et ajouta :

— Et maintenant, concernant votre père…

Les battements de mon cœur s'accélérèrent. Avais-je tenu des propos inconvenants après une soirée arrosée de trop de porto et de whisky ? Comme je poussais son fauteuil, je ne pouvais voir l'expression de son visage.

— Nous, les Britanniques, avons causé de grands dommages à votre pays, ma chère. Je constate que vous en payez le prix.

Et il tendit le bras derrière le fauteuil pour me tapoter la main. Des larmes me montèrent aux yeux.

Très chère maman,

Le docteur Stoddard estime que je devrais retrouver Père. Enfin, il ne l'a pas exprimé en ces termes, mais je sais que c'est ce qu'il pense. Mais pourquoi, maman ? Il nous a laissés tout seuls à Calcutta, sans rien. Comment a-t-il pu nous faire ça ? Je vais te confier quelque chose que j'ai vu quand j'avais cinq ans et que je n'ai jamais dit à personne. C'était quand nous vivions sous le même toit qu'une autre famille et leurs quatre enfants. Toi et moi occupions une pièce minuscule, meublée uniquement d'un charpoy et d'une commode. La famille disposait de tout le reste de la maison. Nous restions confinées dans notre pièce, même si leur fille avait le même âge que moi. Elle m'avait craché dessus lors de notre première rencontre. (Tu te souviens, tu ne cessais de me demander pourquoi je ne jouais pas avec elle ?) Une nuit, j'ai fait un cauchemar dans lequel un chien me poursuivait. Je me suis réveillée et j'ai voulu te toucher. Mais tu n'étais pas dans le lit, alors je suis allée à ta recherche. La maison était silencieuse, car la famille était partie à un mariage pour quelques jours. Tout à coup, j'ai compris que je pouvais aller dans n'importe quelle pièce de la maison. Et je me suis mise à les visiter l'une après l'autre, oubliant mon cauchemar. J'ai touché les poupées en chiffon de la fille. J'ai déplacé des pièces sur le jeu d'échecs, même si je n'en connaissais pas les règles. J'ai fouillé dans leur garde-robe. J'allais entrer dans la cuisine en quête d'éventuels biscuits quand je t'ai vue, à la table de la cuisine. J'ai manqué de t'appeler, mais quelque chose m'a retenue. Tu étais penchée sur la table jusqu'au niveau de la taille, ton sari était amassé autour de tes hanches. Je ne voyais que sa silhouette, à lui, mais à sa barbe, j'ai compris que c'était notre logeur qui était penché sur toi, et grognait. Toi, tu n'émettais pas le moindre son. Mon cœur s'est mis à battre si fort qu'il m'a semblé que tu l'entendais. J'ai filé en vitesse dans notre pièce et remonté les couvertures jusqu'à mon visage. Mais je voyais encore la scène, et je savais que ce n'était pas bien. Que tu payais l'abandon de mon père, que nous en payions le prix. Il t'avait volé ta fierté, et m'avait transformée en témoin de ta honte. Si je révélais cela au bon docteur, m'encouragerait-il toujours à retrouver mon père ?

Il était prévu que le RMS *Viceroy* fasse une escale le long du canal de Suez afin que les passagers en route pour Le Caire puissent débarquer. Ensuite, le bateau continuerait son trajet vers la mer Méditerranée et Istanbul.

Amit me manquait lui aussi. Je lui écrivais chaque jour des lettres dans mon carnet. Mais je ne pouvais pas les envoyer à l'hôpital. Que penserait de lui le personnel s'il recevait du courrier d'une infirmière célibataire et tombée en disgrâce ?

Cher Amit,

Je n'ai jamais vu ni autant d'eau ni autant d'étendues désertiques ! Calcutta, Bombay et tout ce qu'il y a entre les deux villes que maman et moi avons vues se résument à de

simples champs verts et des forêts. Mais ici, le long du canal de Suez, il n'y a qu'une couleur : celle du sable. De temps à autre, on aperçoit des chameliers, des hommes qui déchargent de petits bateaux de marchandises et des ferries, des mosquées, un petit carré de verdure. Dans le lointain, on distingue de minuscules villages et de petites villes. Le long du bastingage, je suis souvent derrière le fauteuil du docteur Stoddard et il me montre les énormes vautours fauves qui traversent le ciel au-dessus de nos têtes. Il me dit que l'air chaud qui monte du désert leur permet de voler sans bouger un muscle.
Le docteur m'a fait jouer aux cartes avec des flambeurs, et je crains d'en devenir une moi-même. Il me fait également boire du whisky le soir. Que de choses j'ai manquées pendant toutes ces années ! Pourquoi personne ne m'a-t-il rien dit ?
À ce propos, savez-vous ce que j'ai imaginé à la réception des Singh ? J'ai juste eu l'audace de vous embrasser, mais j'aurais osé bien plus si nous avions été seuls. J'avais envie de sentir vos mains sur mon corps, le vôtre sous les miennes, et tout contre le mien. J'aurais aimé que…

Je sentis mes joues rougir tandis que ces pensées se déchaînaient en moi. Bien sûr, je ne pouvais pas m'imaginer prononcer de telles paroles à voix hautes. Je n'en aurais pas eu le cran.

J'aimerais tant que vous soyez ici, Amit, et que nous soyons tous les deux derrière le bastingage pour vivre cette très grande aventure. Je vous envoie mes meilleures pensées, ainsi qu'à votre tante à Shimla.

Le Caire était la destination de nombreux passagers. Après avoir débarqué, des hommes d'affaires, des marchands, des touristes et des archéologues montèrent dans des bus pour arriver jusqu'au Caire. Plusieurs des hommes avec qui nous avions joué au gin-rummy sautèrent dans des taxis qui attendaient sur le port. J'aurais aimé voir Le Caire, explorer ses marchés ouverts, ses ruelles étroites et bondées, goûter le café épais égyptien dont j'avais entendu les matelots parler. Mais le docteur Stoddard et moi allions directement à Istanbul. Je devrais donc me satisfaire de ce que je pourrais apercevoir de l'Égypte derrière le bastingage du *Viceroy*.

Alors que nous regardions les passagers quitter le port, le docteur Stoddard fit siffler de l'air entre ses dents.

— Vous savez... il y a un immense panneau publicitaire pour le whisky Dewar's sur le toit d'un immeuble cairois. Dans le square en dessous, des musulmans et des musulmanes vont et viennent dans leurs longues robes. Vous imaginez le contraste.

Il soupira.

— D'autres dommages collatéraux. C'est ce que nous créons, nous les Anglais.

Nous débarquâmes dans le port affairé d'Istanbul. Le fils du docteur Stoddard, aussi maigre que son père, fut des plus attentionné envers nous deux, mais avait aussi grande hâte de retourner à son bureau. Comme son père et son cousin Timothy, il portait des lunettes. Son costume en tweed et sa chemise blanche devaient être affreux à supporter par la chaleur turque.

— Mademoiselle Falstaff, je vous présente Edward, mon fils. Edward, voici ma très professionnelle infirmière attitrée.

Puis il se pencha vers son fils.

— Elle triche aux cartes. Fais attention.

J'éclatai de rire. Edward sourit, et une fossette apparut sur sa joue gauche. Il avait le même nez allongé que son père et le front haut comme lui, mais les traits plus doux, moins tranchants. Sa peau était un tout petit peu plus foncée que la mienne – parce qu'il travaillait sous le soleil turc, songeai-je alors. Je m'efforçai de ne pas le comparer à Amit, mais c'était impossible tant ce dernier occupait mes pensées. Le sourire d'Amit n'était-il pas plus séduisant ? Sa voix plus rauque ?

— Bien, je sais que maintenant tu aimerais retourner travailler, Edward, mais notre infirmière mérite de se détendre et se relaxer un peu. N'oublie pas qu'elle veille sur moi depuis une éternité. La pauvre enfant.

Mon train à destination de Prague partirait dans quelques heures. Le docteur Stoddard avait eu la grande obligeance de s'occuper de mon billet depuis le bateau à vapeur. Je ne pouvais lui en demander plus. Ma malle était emplie de pièces, de billets et de gratitude.

— Docteur, vous avez déjà été si généreux avec moi. Je ne peux pas…

Son fils tourna les yeux vers moi, et haussa un sourcil.

— Il a sorti son porto, n'est-ce pas ? Et il a triché ? Et vous avez joué au gin-rummy ?

Les plis autour de sa bouche indiquaient qu'il prenait la vie moins au sérieux que moi. Il me décocha un clin d'œil.

— J'ai eu droit au même traitement pour mon voyage inaugural.

Son père sourit.

Edward prit les rênes du fauteuil roulant.

— Nous sommes vos obligés, mademoiselle Falstaff. Mon père a raison. Le bureau peut attendre. Allons au Grand Bazar.

Les odeurs du marché couvert évoquaient l'Inde. Les épices étaient présentées en pyramide : du curcuma pimenté, de la poudre de moutarde, du cumin broyé ; il y avait aussi des tonneaux remplis de pistaches. De nombreuses boutiques vendaient des huiles essentielles – de l'essence de rose, de jasmin, de l'huile de bois de santal, d'oud. D'autres vendaient des tapis, des fez, des lanternes en cuivre et des meubles. Le vif arôme des sandales et des chaussures en cuir flottait dans toutes les allées. Et l'odeur opulente des chaînes en or étincelantes dans les rangées des bijoutiers était la même que celle du Zaveri Bazar, à Bombay. Toutefois, à Istanbul, on ne se sentait pas en Inde. Ici, les vendeuses portaient des tailleurs à l'européenne, et des chapeaux. Il n'y avait pas l'ombre d'un *dhoti*. Les vaches maigres et les charrettes à bœufs de Bombay me manquaient, tout comme les femmes rusées derrière leurs étals qui tentaient de me vendre un panier tressé dont je n'avais pas besoin.

Mon uniforme m'attirait de nombreux regards. À Istanbul, les infirmières devaient sans doute faire leurs courses dans leurs vêtements personnels. J'éprouvai une certaine gêne, ne sachant où regarder, comme quand les conducteurs de rickshaws me scrutaient dans les rues de Bombay. Je m'efforçais vaillamment de ne pas détourner le regard, mais en général je finissais par baisser les yeux, embarrassée.

Le docteur s'arrêta pour discuter avec un vendeur de friandises, en l'occurrence des loukoums déclinés dans des couleurs joyeuses : rose, jaune, violet. Certains étaient recouverts de pistaches, d'autres de noix de coco.

— Mon plaisir coupable, me dit le docteur Stoddard.

Alors qu'il questionnait le vendeur sur le parfum de chacun, Edward et moi attendions sur le côté, en le couvant d'un regard indulgent, un peu comme des parents avec leur enfant.

— *Pater* vous aime énormément, vous savez. Il m'a décrit avec force détails tous vos talents, dans ses lettres. Comme vous étiez charmante, jolie. J'en étais presque jaloux.

Je me tournai vers lui : je le vis sourire, et ses yeux brillèrent.

— Et je dois dire, poursuivit-il, qu'il était complètement à côté de la plaque. Vous n'êtes pas jolie, vous êtes belle.

Malgré moi, je me mis à rougir.

— Mais dites-moi, comment va *Pater* ? Je ne pensais pas le voir encore dans son fauteuil roulant. Dois-je m'en inquiéter ?

Je me mis à rire.

— Oh, il n'en a plus besoin ! Nous sommes arrivés à le refaire marcher. Seulement, il adore attirer l'attention sur lui. Ce fauteuil est un nouvel accessoire, alors il veut l'utiliser à fond. Votre cousin Timothy lui faisait faire des virées avec dans l'hôpital.

Edward se mit à rire, un accès de joie qui sembla balayer tout son corps. Comme si l'allégresse émanait de lui depuis sa bouche jusqu'à ses pieds. Je l'observai alors avec un regain d'attention. Sa façon d'exprimer sa joie ne ressemblait pas à celle de Dev Singh. Il n'y avait aucune arrogance chez Edward.

— Timothy n'est pas réellement mon cousin. Nous avons juste grandi ensemble. Nos mères étaient amies. Nous étions plutôt comme des frères. Il est un peu plus jeune que moi. Vous auriez dû voir de quoi on était capables, enfants. Quand Père nous a emmenés à Pushkar, à la foire aux chameaux, et a payé un chamelier pour qu'il nous laisse monter sur ses chamelons, Timmy et moi avons fait la course. On volait littéralement dans le désert, sans se soucier le moins du monde de tomber et de se blesser. Pater, lui, était dans tous ses états en nous regardant cahoter sur ces magnifiques créatures.

L'image me fit également rire.

— Votre mère vous accompagnait-elle, lors de ces excursions ?

Le rire d'Edward se transforma en un petit sourire.

— Elle est morte quand j'avais huit ans.

— Oh, je suis désolée, monsieur Stoddard !

— Je vous en prie, appelez-moi Edward. Elle était adorable. Mais Père a largement compensé, il est devenu à la fois le père et la mère. Il m'a appris à être courageux et aussi à danser correctement. Je sais être à la fois le cavalier et la cavalière, vous savez. Regardez, je vais vous montrer.

Et avant que je ne m'en aperçoive, il avait placé un bras dans mon dos, levé un des miens, et voilà que nous dansions chez le confiseur ! Il était si assuré dans ses pas qu'il nous entraîna vers d'autres étals, d'où les vendeurs sortaient pour nous regarder valser. Je n'avais jamais été une danseuse agile, mais Edward me donnait l'impression de l'être. Je perçus à un moment un reflet de nous deux dans un grand miroir extérieur, alors que nous tournoyions. *Est-ce vraiment moi ?* Mira aurait poussé des cris de joie et tapé dans ses mains si elle avait été là. Edward nous ramena, toujours en dansant, chez le vendeur de loukoums où le docteur Stoddard nous attendait dans son fauteuil roulant.

— Vous êtes une danseuse-née, me dit Edward.

Et il parut réticent à me lâcher la main ; de mon côté, je n'en avais pas non plus envie.

— J'espérais que vous finiriez par revenir à un moment ou à un autre, dit le docteur Stoddard.

Et il nous adressa un sourire malicieux.

Edward s'inclina devant moi comme si nous avions dansé à un bal de débutantes. Même si j'avais pour habitude d'être toujours sur mes gardes, je ne pus masquer mon plaisir d'être courtisée de cette façon. Me hissant sur la pointe des pieds, je déposai un baiser sur la joue d'Edward. Ce fut à son tour de rougir.

— Goûtez ceci, ma chère. C'est comme inhaler une rose.

Et le docteur me tendit un loukoum rose, dans lequel je mordis. C'était trop sucré et collant à mon goût, mais il avait raison : c'était comme inhaler une rose.

Edward et lui m'invitèrent ensuite à déjeuner dans un café situé juste en face du bazar, un endroit que ce premier fréquentait régulièrement. Il commanda pour nous. Des assiettes fumantes de *köfte* d'agneau nous furent bientôt servies, apportant dans leur sillage une odeur d'ail grillé, d'oignon, de cumin et de cannelle. Une salade de tomates, concombres, olives et poivrons verts assaisonnée au citron et au vinaigre ainsi qu'un plat de lentilles pilaf à la tomate accompagnaient le tout. Nous mangeâmes à l'indienne, c'est-à-dire en partageant la nourriture dans les assiettes. Edward se mit à rire quand je tombai en pamoison après avoir goûté l'agneau. Parfaitement bien relevé, ce plat ressemblait un peu aux *kofta* indiens.

À la table voisine, deux hommes jouaient à ce qui ressemblait à un jeu de backgammon sur un plateau en bois de rose incrusté de nacre.

Remarquant que je les regardais, Edward déclara :

— Ce jeu s'appelle le *tavla*. Le perdant doit emporter le plateau chez lui pour montrer à tout le monde qu'il a besoin de s'entraîner.

Le docteur se pencha alors vers moi.

— Vous, ma chère, n'auriez jamais besoin de l'emporter à la maison.

Ce qui était un grand compliment, venant de lui.

Mordant dans sa *köfte*, Edward me dit :

— Il ne m'a jamais fait un tel éloge. Vous devez lui avoir soutiré une coquette somme au jeu.

Et les yeux couleur acajou d'Edward s'attardèrent sur moi un peu plus que nécessaire, de sorte que je détournai le regard. Je n'étais pas amatrice de ce genre de joutes : comment aurais-je su m'y prendre, ne les ayant jamais pratiquées ? De fait, ma personnalité n'avait rien à voir avec celle de Mira, par exemple. Dev Singh et elle ne cessaient de se taquiner du tac au tac.

J'appréciais également l'humour pince-sans-rire d'Amit, même si je n'étais pas à la hauteur. J'avais vécu dans un monde qui comprenait ma mère, les infirmières à l'hôpital et les occasionnelles rencontres avec les voisins, comme Fatima de l'autre côté de notre palier, dans notre vieil appartement. Protégée. N'était-ce pas la raison pour laquelle ma mère souhaitait que j'aille à l'étranger ?

Je me creusai les méninges pour dire quelque chose à Edward. Soudain, je me rappelai le pull que le docteur tricotait.

— Quel âge a votre fille ?

Edward fronça les sourcils.

— Ma fille ? Mais je ne suis pas marié.

Mes joues devinrent toutes rouges. Je regardai le docteur.

— Le pull... Vous aviez dit que... qu'il était pour votre petite-fille...

Le docteur Stoddard émit un léger rire. De dessous sa couverture, il sortit un pull en mohair bleu clair.

— C'est un malentendu, ma chère. Ce pull est pour vous. Vous allez visiter des endroits où il fait plus froid que ce à quoi vous êtes habituée. Je pense que vous en aurez besoin.

— Oh !

Ce fut tout ce que je trouvai à répondre.

Il avait tricoté ce pull pour moi ? La seule autre personne qui m'avait jamais confectionné des vêtements, c'était ma mère. Je le dépliai. C'était un cardigan à manches longues avec des boutons en ivoire. Je caressai le mohair soyeux.

Quand je regardai le docteur, il me dit :

— Je vous en prie.

Je ne savais que dire. Alors, me levant de ma chaise, je lui donnai un baiser sur la joue.

Il se mit à rire.

— Bonté divine ! Un simple merci aurait suffi.

— Bien joué, Père, dit Edward. Et où est le mien ?

— Ne sois pas ridicule, Edward. Mais dis-moi plutôt… Tu travailles avec des diplomates, n'est-ce pas ?

Le serveur nous apporta des cafés turcs. Je n'en avais jamais goûté de si épais et amer. Une gorgée me suffit.

— Tu sais très bien que je travaille pour l'ambassade anglaise, Pater.

— Ah oui ! Alors cela ne te dérangera peut-être pas d'aider Mlle Falstaff pour une ou deux recherches qu'elle a besoin d'effectuer pour se rendre en Europe ?

— Où allez-vous ? me demanda Edward.

Je fus prise de court. J'ignorai où le fils du docteur travaillait, et ne m'étais pas attendue à ce qu'il requière son aide en mon nom. J'avais énormément pensé à ce voyage sur les traces de Mira qui passerait par Prague, Florence et Paris, mais maintenant que j'étais prête à me lancer, j'étais saisie par la peur. Peut-être était-ce dû au café ou à l'idée d'aller seule vers l'inconnu. Subitement, je n'étais plus certaine d'être capable d'entreprendre ce voyage sans personne sur qui compter. En compagnie du docteur Stoddard, j'étais entre de bonnes mains : il avait voyagé dans le monde entier, et il avait pu me guider sur le bateau, et à Istanbul. Dans une heure, j'allais devoir poursuivre ce voyage sans compagnie, dans un train qui me conduirait vers des villes que j'avais juste visitées en imagination. Je sentis mon courage flancher. L'agneau que je venais d'engloutir me pesait soudain lourd sur l'estomac.

Je ravalai une montée d'acidité.

— Euh… Prague… Paris… Florence.

Je m'étranglai sur le dernier nom et avalai un peu d'eau, d'une main tremblante. Le regard qu'échangèrent le docteur et son fils n'échappa pas à ma vigilance.

À cet instant, Edward prit ma tasse de café et la vida dans la sienne. Puis il versa le marc qui restait au fond dans ma sous-tasse.

— Ahmed va vous prédire votre voyage, dit-il. Je suis sûr que tout se déroulera à merveille.

Sur ces mots, il héla le serveur, que, en habitué, il connaissait bien.

Ahmad s'approcha de nous et inspecta ma sous-tasse avec un sourire.

Dans un anglais hésitant, il dit :

— Voyage… Très, très loin.

Soudain, son sourire disparut, et ses sourcils noirs se rejoignirent au milieu de son front.

— La famille. Pas bon.

Il lança un coup d'œil à Edward pour vérifier s'il devait continuer.

Je sentis les poils de mes bras se hérisser comme si j'avais soudain froid en dépit de la chaleur ambiante. Mon voyage était-il condamné à l'échec ? Qu'est-ce que j'allais entreprendre ? En avais-je vraiment envie ? Mais où pouvais-je me rendre, sinon ? La panique se mit à tournoyer en moi. Je n'avais plus de chez-moi. Ma mère ne m'attendait plus. Je n'aurais plus de poste d'infirmière à mon retour.

Le docteur éclata de rire après qu'Ahmed eut lu dans le marc du café. Il me tapota l'épaule et dit :

— Sornettes ! Comme ces magiciens sur les quais de Bombay. Edward, un homme a prétendu un jour soulever une pierre avec ses yeux. Pure fadaise, te dis-je ! Mettons-nous en route pour la gare, mon enfant, afin que vous puissiez poursuivre votre grande aventure.

Quand je remis la garde du docteur Stoddard à son fils au Sirkeci Terminal, il me regarda à travers ses verres épais, et ses yeux de chouette pétillèrent de malice.

— Un petit quelque chose pour que vous vous rappeliez de moi, ma chère, dit-il en glissant dans ma paume un objet en verre, de la taille d'une pièce.

Au centre se trouvait ce qui ressemblait à un œil bleu, avec une pupille noire.

— Pour vous protéger du mauvais œil, me dit-il en haussant les épaules. Je ne crois pas aux diseurs de bonne aventure, mais cela ne coûte rien de limiter les risques.

Et il prit ma main dans la sienne, chaude, comme s'il voulait m'insuffler du courage. Oh, comme j'aurais aimé ne pas partir, m'accrocher à sa compagnie si affable pour qu'il me rassure et m'affirme que tout allait bien se passer ! N'était-ce pas ce que faisaient les pères ? Les pères qui vous aimaient ?

Edward paya l'un des porteurs de l'*Arlberg Orient-Express* pour qu'il porte ma malle jusqu'à mon compartiment. Puis il m'aida à monter dans le train qui m'emmènerait directement à Prague. Avant de sortir, il me tendit un exemplaire du guide de voyage Baedecker.

— Selon Père, vous en pourriez en avoir besoin, aussi l'ai-je apporté aujourd'hui. Où que vous alliez, le premier endroit où vous devrez vous rendre, c'est à l'ambassade anglaise. Si vous avez besoin de quoi que ce soit, il vous suffira d'y mentionner mon nom. Je m'assurerai que vous l'obteniez.

Il soutint mon regard. Et l'agréable sensation qui avait été la mienne quand nous avions tournoyé dans le Grand Bazar me revint alors.

Du quai, le docteur agita la main.

— Bonne route ! Et faites attention à votre uniforme. Il vous va à ravir, mon enfant.

Longtemps après qu'Edward et lui furent partis, je me sentis rougir.

Prague

Chapitre 9

Avec l'argent que j'avais gagné au gin-rummy sur le *Viceroy*, je fis une folie en m'offrant un wagon-lit dans l'*Arlberg Orient-Express*. Néanmoins, il fallait que ma réserve dure, aussi, au lieu de prendre une cabine privée, je partagerais mon compartiment avec une autre personne. Le porteur en uniforme et aux gants d'un blanc immaculé avait placé ma malle sur le porte-bagages du dessus.

Ma compagne de voyage était déjà installée à sa place quand je pénétrai dans la voiture. Elle devait avoir une dizaine d'années de plus que moi. Son tailleur vert pâle et son chapeau assorti avec voilette étaient en parfaite adéquation avec le raffinement de notre compartiment au placage vernis, aux rideaux en velours et au tissu d'ameublement en mohair.

— Vous en avez, un beau jeune homme! me dit-elle en sortant une cigarette de sa pochette tout en désignant la fenêtre de sa main libre.

— Oh… Non, c'est juste le fils d'un patient… Enfin, un ancien patient.

J'en bredouillais : l'idée qu'Edward soit mien était… ridicule. Ce fut alors que j'entendis la voix de Mira dans ma tête : *« Mais non, Sona, il pourrait l'être ! »*

Le rire léger de la passagère résonna dans l'air et elle me tendit sa main gantée.

— Agnes Kelmendi, dit-elle.

Je n'avais pas l'habitude d'échanger des poignées de main avec les femmes. Cela me troubla tant que j'en oubliai de me présenter. À la place, je fis ce dont j'avais l'habitude avec les patients : je me mis à lui poser des questions. D'où venait-elle ? Qu'est-ce qui la conduisait à Belgrade ? De là, irait-elle ensuite à Prague, comme moi ?

— Je viens d'Albanie et je me rends à Belgrade, où se tient un salon important.

Elle alluma sa cigarette et secoua l'allumette jusqu'à ce que la flamme s'éteigne.

— Je suis décoratrice d'intérieur.

C'était donc une femme comme Mira, qui exerçait un métier que je pensais uniquement réservé aux personnages féminins des romans ou des films.

— Comme ça semble passionnant ! Et vous voyagez souvent ?

Elle hocha la tête.

— En Allemagne, en France, et en Italie, mon pays préféré en tout : nourriture, mode, art.

Elle tira sur sa cigarette et la fumée brouilla son visage.

— Vous connaissez ? ajouta-t-elle.

Je secouai la tête, gênée par mon manque de sophistication. Serais-je un jour aussi confiante qu'elle paraissait l'être, voyagerais-je en toute autonomie, sans redouter les coutumes ou les langues étrangères ?

Se penchant vers moi, elle me tapota le genou.

— Vous devriez y aller.

Le portier nous apporta le thé de 17 heures. Je ressentis un petit choc en voyant qu'il était servi sur un plateau en argent, accompagné de petits-fours et de sandwichs dont le bord avait été délicatement retiré. Pour mon anniversaire, ma mère m'offrait un thé anglais protocolaire. Quand j'étais petite, il s'agissait alors d'eau chaude sucrée, de mini sandwichs au concombre et de scones à la confiture d'abricot. À l'adolescence, elle avait commencé à me servir un vrai thé de Ceylan avec des génoises et des tartes au citron. J'adorais le soin avec lequel ma mère s'appliquait à rendre ce jour particulier. Mais le soir de mes anniversaires, dans le lit que nous partagions, je l'entendais étouffer ses sanglots. D'instinct, je comprenais que cette date lui rappelait chaque année l'être que mon père et elle avaient fabriqué et tout ce que nous avions manqué en tant que famille.

Agnes m'arracha à mes rêveries. Reposant sa tasse sur la petite table, elle désigna mon uniforme.

— Vous rendez-vous quelque part pour soigner un autre patient ?

— En réalité, je suis en route pour remettre des peintures.

Et soudain, j'eus envie de montrer à cette Européenne cosmopolite le travail de Mira. Nul doute qu'elle apprécierait les toiles ! Je pris une dernière bouchée de mon sandwich au cresson, puis descendis ma malle du porte-bagages, au-dessus de nos têtes. C'était une cliente de ma mère qui la lui avait donnée. Elle était en tweed usé avec deux fermoirs à boucle et des sangles. Elle n'était pas lourde, juste grande et encombrante. Le train freina légèrement et je perdis l'équilibre, de sorte que, lorsque j'ouvris ma malle, toutes mes affaires étaient en désordre. J'avais laissé les peintures enroulées dans le papier kraft afin qu'elles ne s'abîment pas. Prudemment, je le déroulai, et brandis *L'Acceptation* devant elle. Mais, au lieu de contempler la toile, c'était l'intérieur de ma malle qu'elle scrutait : mes sous-vêtements, mes chemisiers, ma sacoche avec mon argent, le tout emmêlé. Ma malle usagée et son contenu en fouillis offraient un spectacle mortifiant. Je la refermai rapidement.

— Vous voyez l'attention portée à la jeune femme que l'on prépare pour son mariage ? lui demandai-je. Ce que Miss Novak avait remarqué, c'était que, si la mariée semblait se résigner à son destin, l'atmosphère qui se dégageait de la scène était malgré tout celle d'une joie tranquille et de sérénité.

— Oh, je vois ! dit Agnes.

Puis elle me prit la toile des mains et se mit à l'examiner.

— Le travail au pinceau est charmant, poursuivit-elle. Elle s'appelle Mira Novak, c'est bien ça ?

— S'appelait. Oui, c'était son nom.

Je regardai par la fenêtre.

— Elle est morte récemment, ajoutai-je.

— Je suis désolée, dit-elle en me rendant la toile. Je vois que cette peintre comptait beaucoup pour vous.

Sa voix était emplie d'empathie.

Il me fallut un moment pour me ressaisir et je lui sus gré de ne pas chercher à combler le silence.

Le portier revint chercher le plateau et prendre nos réservations pour le wagon-restaurant. Agnes me demanda si 20 heures me conviendrait. Je restai d'abord sans voix, flattée qu'une femme aussi cultivée veuille dîner à la même table que moi. Je hochai alors la tête.

Une fois le portier sortit, elle me dit :

— Naturellement, vous avez autre chose à mettre ?

Et elle désigna de manière appuyée mon uniforme.

Je baissai les yeux vers ma tenue d'infirmière, toute blanche avec un tablier plus blanc encore.

À voix plus basse, elle ajouta :

— On est censé porter des vêtements habillés pour le dîner.

Brusquement, je me rappelai la robe verte que ma mère avait confectionnée !

— Oui ! J'ai ce qu'il faut.

Et je me mis à fouiller dans ma malle, l'ouvrant plus discrètement cette fois.

Agnes entrouvrit ses lèvres peintes en rose et sourit.

— C'est tout à fait adapté.

Des tables en merisier, des appliques en forme de tulipe, des fauteuils luxueux : la salle à manger de l'*Arlberg Orient-Express* était bien plus raffinée que celle du *Viceroy*. Agnes portait une robe du soir bleu turquoise et pour seul bijou un large collier en strass. Alors que je marchais derrière elle tandis que nous rejoignions nos places, je vis que des hommes en smoking avec cravate noire nous suivaient des yeux. Tout comme à la réception des Singh, j'éprouvai de l'embarras eu égard à mon décolleté trop large, mais en même temps, je ressentis une petite excitation liée à cette attention. Je repensai à Amit et à sa façon de vouloir me protéger des regards concupiscents des hommes. Cela me fit sourire.

Après un repas où l'on nous servit quatre plats – de la bisque de homard, du chapon rôti accompagné de pommes dauphine, une salade d'endives et des fraises en morceaux servies dans de la crème, j'étais repue comme jamais. Quand nous revînmes dans notre compartiment, il avait été transformé en cabine de nuit. Je pris le lit du haut et tombai rapidement dans un sommeil profond, rêvant d'hommes en cravate noire qui vendaient des lampes en laiton et des *ouds* à un étal du Grand Bazar.

Le lendemain, je me rendis au wagon-restaurant pour un petit déjeuner simple, composé d'un œuf dur et d'un toast accompagnés d'un thé. À mon retour, Agnes, qui était en train de siroter une tasse de café, m'informa qu'elle ne prenait jamais de petit déjeuner. Encore une fois, le portier avait transformé notre cabine, redevenue un compartiment où l'on pouvait s'asseoir : il n'y avait plus la moindre trace des lits présents encore une heure plus tôt. Un exemplaire du journal du matin se trouvait sur chaque siège. Agnes était en train de lire le sien. Je m'emparai du mien.

« Selon le dernier comptage, les corps de treize passagers et de vingt membres de l'équipage ont été retrouvés sur le site de la catastrophe du *Hindenberg*. Le dirigeable est détruit. »

« Le film américain *L'Entreprenant M. Petrov* avec Fred Astaire et Ginger Rogers a fait un tabac au box-office. »

« Une date a été fixée pour le mariage du duc de Windsor et de Wallis Simpson. »

« En Espagne, les républicains sont en train de perdre la guerre civile et Franco de la gagner. »

Je cessai de lire pour regarder les collines vertes et les petits villages qui défilaient derrière la fenêtre. Je tentai d'imaginer Mira assise en face de moi, au lieu de ma compagne de voyage albanaise. Une terrible nostalgie pour son amitié m'étreignit alors, ainsi que pour l'amour de ma mère.

Mira avait souvent évoqué des voyages en train comme celui-ci. Elle m'en avait décrit les moindres détails, jusqu'au miroir au-dessus du lavabo d'angle. Elle m'avait confié qu'elle coinçait toujours un minuscule dessin derrière le miroir de tous les compartiments dans lesquels elle dormait.

— Une fois, j'avais dessiné le portier qui s'occupait de mon compartiment et j'étais en train de mettre le croquis derrière le miroir quand il m'a prise en flagrant délit. Il m'a juste adressé un clin d'œil.

Elle avait alors gloussé, et j'avais ri avec elle. Elle m'avait dit qu'elle portait les tenues les plus extravagantes possible au wagon-restaurant – un bandeau en paillettes piqué de plumes de coq ou des couches de mousseline de soie si volumineuses que les clients devaient s'écarter pour la laisser passer.

Subitement, je me levai et me dirigeai vers le lavabo d'angle. Je passai mes doigts le long du miroir en quête d'un interstice où l'on aurait caché quelque chose. Mais il n'y avait aucun interstice. Et il aurait été impossible de glisser quoi que ce soit entre le miroir et le mur en placage. Curieux. Peut-être que Mira s'était jouée de moi.

— Que faites-vous ?

Agnes reposa son journal. Elle portait les mêmes tailleur vert et chapeau que la veille, et avait l'air… parfaite. Sa tasse vide était posée sur la table. Elle chercha ses cigarettes et en alluma une.

— Eh bien, dis-je en me rasseyant, je pense que l'on m'a raconté des histoires visiblement fausses.

Et tout à coup, je me sentis affreuse, comme si je venais de traiter Mira de menteuse.

— Mais il se peut aussi que j'aie mal compris.

Agnes me lança un regard pensif. Elle fit tomber la cendre de sa cigarette dans le cendrier en verre qui était encastré dans la table.

— Vous savez, les choses ne sont jamais telles qu'elles semblent être, dit-elle.

Curieux. Le docteur Stoddard m'avait tenu des propos similaires. Agnes fit rouler sa cigarette sur le rebord du cendrier.

— Prenez ma malle, par exemple. Que voyez-vous ?

Je levai les yeux vers le porte-bagages, et eut un mouvement de recul : ma malle en tweed avait des accrocs et des sangles ternies tandis que la sienne resplendissait. Tapissée d'un coton en wax dans les tons de marron, elle était ourlée de cuir, ornée de clous en laiton et frappée de trois initiales en or : « C.R.S. »

— C'est une malle magnifique. Je ne crois pas que je pourrais m'en offrir une semblable.

— Est-ce vraiment ce que vous voyez ?

Je haussai les sourcils. Qu'y avait-il d'autre à voir ? Et alors que je l'inspectai de nouveau, je compris.

— Les initiales ne sont pas les vôtres ?

À cet instant, elle exhala un nuage de nicotine, puis laissa la fumée tournoyer autour d'elle, comme si elle était un génie des *Mille et Une Nuits*.

— Encore faut-il que mon nom soit Agnes Kelmendi.

Je fronçai les sourcils.

— Mais vous m'avez dit que…

— Il se peut aussi que je m'appelle bien Agnes et que j'aie volé cette malle.

— Je ne comprends pas, dis-je.

— Ou aurais-je acheté cette malle à une personne ayant pour initiales C.R.S. ? enchaîna-t-elle. Il n'est pas non plus exclu que j'aie été mariée à un homme affreux, et que j'aie exigé de lui sa malle en divorçant.

Ses dents blanches brillèrent alors entre ses lèvres roses.

— Chacune de ces versions est plausible. Comment savoir laquelle est vraie ?

Le train ralentissait à présent. Nous approchions de Belgrade, où notre rame de wagons-lits serait détachée pour être ajoutée au train en direction de Prague.

— Je ne comprends pas, lui dis-je.

J'avais l'impression d'avoir manqué une partie de la conversation et de ne pas arriver à la rattraper.

— Vous comprendrez, répondit Agnes.

Elle écrasa sa cigarette dans le cendrier, enfila ses gants et prit sa pochette. Le portier se matérialisa devant le seuil de notre cabine pour descendre son bagage du train. Elle prit mon menton entre ses mains, et me sourit. Pourtant, elle parut subitement triste. Je perçus la suave odeur de sa cigarette au jasmin quand elle déclara :

— Vous êtes une gentille fille. Le monde est vaste. Vous apprendrez à le connaître.

Je franchis le seuil de notre cabine, et me tins dans le couloir pour la regarder s'éloigner, ses talons hauts claquant sur le sol. Elle descendit du train, se retrouva sur le quai, passa devant les autres passagers, puis je la perdis de vue. Qu'avait-elle voulu dire ?

Une fois seule dans mon compartiment, je me retrouvai à regretter sa compagnie. Tout ce que j'avais laissé en Inde inonda mon esprit. La façon dont les cocotiers se balançaient au vent, lequel provoquait le bruissement des vagues qui venaient s'échouer sur Juhu Beach. Une mangue si mûre que je pouvais en extraire la pulpe à partir d'un trou creusé sur le dessus, et laisser sa douceur exploser dans ma bouche. Des femmes au front orné d'un *bindi*, bavardant sur le seuil de leur porte, tout en écossant des pois. Pour chasser la nostalgie, je sortis mon carnet et écrivis à ma mère : je lui parlai du docteur, de la danse avec Edward (et de mes pieds que j'avais fait claquer), des loukoums du Grand Bazar, de la robe turquoise que j'avais portée au dîner. Je reposai mon carnet lorsque le portier vint servir la collation.

Je pris mon temps pour savourer mon thé à la crème, imaginant Amit assis en face de moi. Je lui racontai que j'adorais voyager par le train, que nous devions nous habiller correctement pour dîner et que ma compagne de voyage Agnes m'avait tenu des propos étranges à propos de sa malle.

Quand on vint retirer le plateau, je m'adressai à Mira.

— Mira, murmurai-je, me voici en Europe. Le croyez-vous ? Je le crois à peine moi-même. Je retrouverai vos amis, je vous le promets.

À un certain moment, je m'endormis, de sorte que je manquai le dîner. Peut-être que le portier n'avait pas osé me réveiller.

Dans la nuit, je dus sortir le gilet que le docteur Stoddard avait tricoté pour moi, parce que j'avais froid et que – même si l'aveu me coûtait – je me sentirais moins seule avec : le docteur serait un peu avec moi. Le lendemain, je décidai de le porter sur mon uniforme d'infirmière. Il était temps pour moi de mettre de l'ordre dans ma malle avant de descendre du train. Je repliai mes chemisiers, réenroulai les toiles de Mira. Je me rendis alors compte que je devais changer de l'argent pour laisser un pourboire au portier, régler le taxi et mon logement. Le Baedeker qu'Edward Stoddard m'avait acheté à Istanbul m'indiqua où changer de l'argent à Prague.

Je pris donc la pochette où se trouvait mon argent. Avec mes gains au gin-rummy, elle était devenue plus replète, et plus difficile à fermer. Mais en l'occurrence, elle était plus fine, plus légère…

Mes mains commencèrent à trembler. J'étais si fébrile que je n'arrivais pas à ouvrir la pochette. Je pris mon temps pour inspirer lentement, et calmer les vifs battements de mon cœur. Je tentai de nouveau de l'ouvrir. Cette fois, j'y parvins. Je versai tout l'argent sur le siège, et commençai à compter. Oh non ! Non, non, non, non ! Il n'en restait plus que la moitié. Je fouillai dans ma malle. Le sac s'était-il ouvert et l'argent répandu à l'intérieur ? Je renversai la malle : tout ce que je venais de plier et de ranger tomba sur le siège. Je mis les toiles de côté – par chance, elles étaient encore là ! Mais, j'eus beau fouiller dans mes affaires, je savais que je ne trouverais pas l'argent. Il n'y était plus. Je m'enfonçai dans mon siège.

Puis enfouis la tête entre mes genoux. J'avais été imprudente. Mais... où pouvais-je bien l'avoir perdu ? Je n'avais pas laissé ma malle sans surveillance depuis mon départ d'Istanbul. Sauf pour me rendre au wagon-restaurant. C'est-à-dire quand le portier entrait dans notre compartiment pour le convertir en cabine de nuit. Ce n'était tout de même pas lui ? Les portiers étaient irréprochables. Leur intégrité et leur discrétion devaient être passées au peigne fin par l'administration des chemins de fer. Si les portiers commettaient des larcins, personne ne prendrait plus le train. Non, ce ne pouvait pas être mon portier.

La seule autre personne qui avait eu accès à ma malle, c'était Agnes. Quand avait-elle été seule dans notre cabine ? La veille, elle avait décliné le petit déjeuner. J'étais allée le prendre seule. Mais... comment aurait-elle pu être l'autrice du vol ? Elle avait assurément assez d'argent elle-même. Son superbe tailleur, son onéreuse robe du soir et sa magnifique malle devaient représenter à eux seuls un an de salaire pour moi, et encore aurait-il fallu que je saute des repas. Mais à propos, qu'avait-elle raconté sur la provenance de cette malle ? Que ce n'était peut-être pas la sienne ? Ou qu'elle-même n'était pas forcément celle qu'elle semblait être ? Était-elle vraiment décoratrice d'intérieur ? Allait-elle vraiment assister à un salon à Belgrade ?

La réalité me frappa de plein fouet, comme un coup de poing à l'estomac. Non, je ne voulais pas y croire. Quelle idiote j'avais été ! D'une telle naïveté ! Et dire que je prétendais être une adulte alors que je n'étais qu'une petite imbécile ! Pendant tout ce temps, elle était restée assise ici avec mon argent, se moquant de moi.

Que pouvais-je faire, à présent ? La dénoncer au portier ? Qu'y pouvait-il ? Le rail n'allait pas me rembourser. Aller voir la police ? Belgrade était une grande ville, et Agnes allait facilement disparaître dans ses entrailles. En outre, ce n'était probablement pas son nom. Je ne pouvais pas me rendre à l'ambassade britannique. Cela ne relevait pas de leur responsabilité, et ils n'étaient nullement tenus de me rembourser la somme volée.

Avec lenteur, je comptai l'argent qui me restait. Agnes aurait pu tout prendre, mais elle n'avait volé que la moitié. Avait-elle eu pitié de moi ? Pitié de mon innocence qui sautait aux yeux ? Une bouffée de colère m'envahit. Pire que l'idée d'avoir perdu mon argent, c'était celle de l'imaginer fouiner dans mes affaires, se désoler de mes maigres possessions qui me révoltait. Le docteur Stoddard m'avait pourtant bien conseillé d'être prudente. Tout comme Agnes. *« Le monde est vaste. Vous apprendrez à le connaître. »* Quelle honte d'avoir été alertée par une voleuse qui m'avait dévalisée !

Je battis des paupières pour retenir mes larmes et résistai à l'envie de renoncer à mon voyage. Après tout, quelles conséquences cela aurait-il que je ne remette pas les toiles à leurs destinataires ? Jo, Paolo et Petra ne sauraient jamais ce que Mira leur avait légué. Rien ne m'obligeait à obéir à ses instructions. Je pouvais tout à fait revenir à Bombay et attendre qu'Amit me trouve un nouvel emploi. Mais soudain, j'entendis la voix de Mira. *Comme nous avons été stupides de n'avoir pas bien surveillé cet argent, Sona ! Seulement, qu'y faire ? Certes, c'est un revers considérable, mais on n'y peut rien. Et cela ne va pas ruiner pour autant notre aventure.* Et elle en aurait ri. J'étais encore trop bouleversée pour passer tout de suite à autre chose, néanmoins je respirais un peu mieux. Il faudrait que je réfléchisse à la façon dont j'allais m'en sortir. Il me restait suffisamment d'argent pour les billets de train, mais je devrais faire attention à mes frais de nourriture et de logement. Je pourrais me passer de taxis et prendre les tramways, à la place. Ou marcher. Sauter quelques repas.

Je posai les mains sur mes cuisses, et me mis debout. Mira avait écrit : « Je sais que vous en prendrez soin. Tout comme Jo, Petra et Po. » Ce qui signifiait que les tableaux devaient être remis à leurs destinataires légitimes. Je ne voyais pas ce qu'elle aurait voulu dire d'autre. À Prague, je retrouverais Petra et lui remettrais le don de Mira ; et, sur cette pensée, je vidai mes poumons de leur air vicié et évacuai en même temps l'apitoiement sur moi-même.

Avant de descendre du train, je sentis dans la poche intérieure de mon uniforme l'amulette – contre le mauvais œil – que le docteur Stoddard m'avait donnée. Je la sortis de ma poche et la posai sur la table, sous la fenêtre.

Je descendis de l'*Arlberg Orient-Express* à Praha hlavnì nàdražì, à Prague. J'étais fatiguée. J'avais les yeux secs. Et j'étais assommée par mon idiotie, à savoir avoir fait confiance à une parfaite inconnue en la laissant seule avec mes affaires, et y avoir perdu mon argent. Pour la première fois, j'étais loin des bras de ma mère, de notre appartement, de l'Inde. Et si je n'arrivais pas à m'orienter, dans Prague ? Si je ne retrouvais pas Petra ? Si j'étais à court d'argent ? Il avait été aisé de gagner aux cartes sur le *Viceroy* sous l'aile protectrice du docteur Stoddard, mais il m'était impossible dans cette ville où je ne connaissais personne de réitérer mon exploit aux cartes. Allons, avais-je vraiment l'intention de passer le reste de mon voyage à ressasser des choses sur lesquelles je n'avais pas prise ? Redressant les épaules, je me dirigeai vers la sortie.

Une fois à l'extérieur de la gare, je restai un moment à observer mon environnement. J'eus un peu le vertige à l'idée que j'étais arrivée si loin. Je m'étais imaginé me glisser dans les pas de Mira, et voilà, j'y étais. Me trouvais-je à l'endroit exact où sa mère et elle s'étaient tenues, attendant que le chauffeur sorte leurs malles ?

C'était de cette gare qu'elles avaient dû partir pour Florence et Paris. Je fermai les yeux et inspirai profondément, inhalant alors une puissante odeur de café, quelque chose proche du vinaigre, la fumée des trains, des cigarettes et… une odeur de chou ? Je rouvris les paupières. Un homme à quelques mètres de moi jouait de l'accordéon, une cigarette au bord des lèvres. Il hocha la tête à mon intention. Je lui rendis la pareille.

Je me servis alors du peu de français que j'avais appris enfant – grâce à mon passage à l'école religieuse de Calcutta – et désignai la carte sur mon Baedeker. Il m'indiqua quel tramway menait à l'ambassade britannique. Une fois dedans, je me rendis compte que je n'avais pas d'argent local (c'est-à-dire des hellers et des couronnes). Toutefois, en voyant ma tenue d'infirmière, le conducteur oublia mon billet. C'était le docteur Stoddard qui m'avait conseillé de porter mon uniforme pendant mon voyage, afin d'être visible quand ce serait nécessaire et invisible lorsque cela n'aurait pas d'importance.

Mira m'avait décrit à la perfection la ville de sa naissance. Les ponts bien conservés, des flèches plusieurs fois centenaires, à la pointe saupoudrée d'or, ornant les églises et les cathédrales, d'imposants immeubles en pierre où rois et ministres avaient élaboré des stratégies pour administrer la Bohême. Des automobiles aux lignes épurées et des tramways se déplaçaient sur la même voie que d'occasionnelles calèches. Des hommes et des femmes portant des manteaux cintrés et des chaussures parisiennes se mouvaient avec aisance au sein de la ville historique qui les entourait.

L'ambassade britannique était un immeuble aussi majestueux que ceux devant lesquels j'étais passée dans le quartier du Nové Město et celui de la Vieille Ville de Prague. À la réception – qui était réellement immense avec ses énormes peintures à l'huile, ses fauteuils en soie et ses appliques dorées en forme de bougie–, une Anglaise à la peau claire appela en haut des escaliers un certain M. Peabody, un jovial fonctionnaire dont les yeux regardaient dans des directions différentes. Il descendit dans le hall pour remonter avec moi dans son bureau. Alors que nous gravissions les marches, il me dit :

— M. Stoddard a particulièrement insisté pour que je vous aide à l'occasion de votre première visite ici.

Il me fit alors entrer dans son agréable bureau.

— Un bon gars, ce Stoddard. Il administre l'ambassade d'Istanbul. Une star montante.

Il m'en apprenait, des choses ! Edward était si modeste que j'avais cru qu'il faisait juste partie du personnel de l'ambassade.

— Voyez-vous, ils veulent tous un poste à Paris. Cependant, actuellement, tous les yeux sont tournés vers l'Espagne et l'Allemagne. Franco. Hitler. Mussolini. Des problèmes abominables. Et juste au nord de notre pays, il y a de l'agitation avec les Allemands des Sudètes.

Il croisa les mains sur son bureau.

— Mais ce n'est pas ce qui vous amène, n'est-ce pas ? Donc, dites-moi, vous cherchez un poste d'infirmière ?

— Pardon ?

Confuse, je fronçai les sourcils, puis me rendis compte qu'il faisait référence à mon tablier et ma coiffe.

— Non, monsieur, j'ai besoin d'aide sur deux autres fronts.

À la façon dont ses épaules s'affaissèrent, je compris que mon accent l'avait troublé. Étant donné mon nom de famille et mes yeux couleur d'ocre, il en avait déduit que j'étais une Britannique pure souche. Or j'avais été élevée par des nonnes anglophones en Inde et, même si je n'avais pas l'accent prononcé typique de la plupart des Indiens qui s'exprimaient en anglais, je ne maîtrisais pas non plus celui qu'on acquiert dans les écoles privées, comme ce à quoi il avait dû s'attendre.

Une jeune femme agile de vingt ans nous apporta du thé et des biscuits sur un plateau. Je m'aperçus que j'étais toujours cramponnée à ma malle, redoutant de la lâcher après ma déconfiture. Je la posai cependant par terre, contre les pieds de ma chaise, puis pris une tasse de thé fumante sur le plateau et y versai un peu de lait. L'assistante posa la tasse de M. Peabody sur son bureau, me jetant un coup d'œil intrigué quand elle sortit. Nul doute qu'elle se demandait pourquoi ce dernier discutait avec une infirmière.

— Monsieur Peabody, repris-je, à Bombay, je me suis occupée d'une patiente qui est morte à l'hôpital. Peut-être la connaissez-vous. Il s'agit de Mira Novak, la peintre.

J'avais répété mon petit discours dans le train de sorte à minimiser ma prétendue responsabilité dans son décès.

Il leva les sourcils.

— Oui, je la connais. Elle est d'ici, de Prague. Oh, juste ciel, juste ciel ! Je suis désolé d'apprendre cette nouvelle. Il faut que j'envoie des condoléances.

Il prit alors un biscuit sur le plateau, et ajouta :

— En quoi puis-je vous être utile ?

— Elle voulait que j'informe sa plus proche amie ici à Prague, Mlle Petra…

Je ne connaissais pas son nom de famille. Mais si M. Peabody connaissait les Novak, il se pouvait qu'il en aille de même pour leurs amis. Je croisai les doigts pour qu'ils fréquentent les mêmes cercles mondains.

— Les Novak habitaient juste à côté de chez ses parents.

— Serait-ce Mlle Hitzig ? Si c'est elle, nous aurons de la chance. Son père est propriétaire de l'une des plus importantes sociétés de verre. Il fabrique de la vaisselle magnifique, et est connu dans toute l'Europe. Il est très novateur. Vous êtes donc à la recherche de Petra Hitzig ?

J'ignorais s'il s'agissait de la même Petra, mais je savais que la famille de Mira avait un bon réseau de connaissances et les Hitzig auraient tout à fait pu en faire partie.

— Oui, répondis-je avec toute la confiance que je pus assembler.

Peabody avala son thé et reposa sa tasse.

— Je vais demander à Regina de vous donner son adresse. Il me semble que c'est de l'autre côté du pont Charles. La famille va être dévastée. Les Novak ont quitté Prague il y a quelques années. Depuis la Première Guerre mondiale, les Juifs sont sur le qui-vive. Ce qui se conçoit. Je ne blâme certainement pas les Novak. Hitzig, lui, n'est pas inquiet. Il est plutôt à l'aise avec les Allemands. Et puis il doit gérer sa société.

Peabody posa les mains sur la table.

— Avez-vous besoin d'un logement ?

Il changeait de sujet aussi rapidement que Mira. Il me fallut quelques instants pour comprendre qu'il m'avait posé une question.

— Oui, s'il vous plaît.

— Je vais donc aussi demander à Regina de vous fournir une liste d'adresses. Vos documents de voyage sont en règle ?

— Le docteur Stoddard – le père de M. Stoddard – s'est occupé de tout à Bombay.

Même s'il me coûtait de l'admettre, la citoyenneté britannique de mon père – et les relations du docteur Stoddard – m'avait aidée à obtenir un passeport britannique.

— Je n'y suis jamais allé. À Bombay. Je ne supporte pas la chaleur. Ça me donne des crises d'urticaire. Ah, ces soldats indiens !

De solides éléments. Ils nous seront utiles si nous devons refaire la guerre. Bien, j'ai terminé.

Dans la foulée, il se leva et me tendit la main.

— Vous n'êtes pas… Enfin, vous savez… Mais votre nom…

J'attendis qu'il finisse sa phrase. Je savais qu'il voulait me demander pourquoi j'avais l'air métisse. Mais depuis que j'avais croisé le chemin de la fourbe Agnes, j'avais appris la retenue.

— Désolée, mademoiselle, cela ne me regarde pas.

Je lui serrai alors la main et le remerciai.

— Oh, attendez, mademoiselle Falstaff ! Il y a ici un courrier à votre nom.

Chère Mademoiselle Falstaff,

Avez-vous apprécié la splendeur de l'Orient-Express ? Je dis toujours que si l'on doit voyager, autant le faire avec style. La nourriture qu'on y sert est plutôt bonne, non ? Mon plat préféré est le canard à l'orange.

Maintenant, faites-moi savoir comment vous allez. Et n'oubliez pas que vous pouvez toujours vendre votre cardigan à un bon prix, si vous manquez d'argent. Le mohair est chic, paraît-il. Ma femme adorait mes cardigans, à ceci près qu'elle disait à tout le monde que c'était elle qui les tricotait, ce qui m'agaçait viscéralement.

Je passe le temps avec de vieux amis qui semblent avoir fini à Istanbul, eux aussi. Nous jouons au bridge, certains au gin-rummy, au bésigue. J'aime bien aussi le pinochle mais, à cause de l'Allemagne, c'est bien moins drôle d'y jouer, à présent. Et bien sûr, je triche parce que vous n'êtes pas là pour me surveiller. Difficile de se défaire de ses vieilles habitudes quand on est livré à soi-même. Cela dit, c'est pratique pour

l'argent de poche. Edward détourne le regard, évidemment. Il vous envoie toute son amitié, soit dit en passant. Je crois que vous lui avez beaucoup plu. Mais je suis un doux cinglé quand il s'agit d'amour, alors ne tenez pas compte de ce que je vous dis, ma chère.
À Prague, essayez le filet de bœuf à la crème (et vérifiez qu'ils apportent bien la sauce !). Sinon, il y a aussi le jarret de porc, si vous vous sentez aventureuse.
J'espère recevoir de bonnes nouvelles de vous quand vous serez à Paris. Prenez soin de vous, ma chère enfant.

Affectueusement,
Ralph Stoddard

J'avais attendu d'être revenue dans le hall de l'ambassade pour lire la lettre. Quand je l'eus finie, mes jambes tremblaient. Je me laissai tomber sur un siège. Comment pourrais-je dire au docteur Stoddard que j'avais réussi à perdre la moitié de mon argent lors de mon premier voyage par train en Europe ? Il penserait que j'étais imprudente, et au pire, idiote. Secouerait-il la tête, en signe de déception ? Ou bien éclaterait-il de rire avec décontraction et désinvolture, comme il en avait l'habitude ? « Mademoiselle Falstaff, je n'aurais pas cru que vous seriez une proie si facile ! »

La réceptionniste, qui me surveillait du coin de l'œil, demanda :

— Mauvaise nouvelle ?

Je secouai la tête et sortis. Qu'aurait dit ma mère de mon malheur ? La même chose que lorsque je rentrais à la maison en pleurant : « Les filles à l'école m'ont dit que j'avais les yeux jaunes » ou « Elles ont refusé de jouer avec une "sale métisse" ».

« Tu dois rassembler tout ton courage pour survivre, beti. »

Je ne me rendais pas compte alors de tout le courage qu'il lui avait fallu pour mener sa vie sans l'homme qui était censé l'aimer pour toujours. Combien de courage lui avait été nécessaire pour surmonter cette déception par ses propres moyens.

J'inspirai profondément. Je répondrais au docteur mais je ne parlerais pas de l'argent volé. Il se pouvait qu'il plaisante à propos du cardigan, mais jamais je ne vendrais un bien aussi précieux, tricoté spécialement pour moi.

Une demi-heure plus tard, j'arrivai à pied à l'hébergement le moins onéreux sur la liste de l'ambassade. Une mère éreintée, portant un nourrisson sur une hanche et des couches propres sur l'autre, m'ouvrit la porte. Je lui montrai la lettre que M. Peabody avait écrite en tchèque à son intention. Elle hocha la tête et me conduisit à ma chambre. Celle-ci était propre, même s'il flottait dans tout l'appartement une odeur de couches mouillées et de choux bouillis. La femme alla ensuite s'occuper du dîner et nourrir son bébé.

Je posai ma malle sur le lit (les ressorts grincèrent). Pour me rassurer, je vérifiai que la pochette contenant mon argent était toujours à l'intérieur. M. Peabody avait personnellement échangé assez de livres en couronnes pour que je puisse tenir quelques jours. Ces billets tchèques étaient dans ma poche. Comment allais-je faire pour surveiller le reste de mon argent sans l'emporter partout où j'allais ?

Je sortis alors de la malle la toile destinée à Petra, la déroulai, et retournai auprès de mon hôtesse. Elle était dans la cuisine-salle à manger, assise à la table : son enfant sur les genoux, elle lui donnait des cuillerées de ce qui semblait être du porridge. Je mimai le geste de mettre la peinture dans un sac que je pourrais porter sur l'épaule. Elle désigna aussitôt un filet accroché à la poignée de la porte. Je secouai la tête et regardai alentour… Soudain, je pointai le doigt vers un sac de jute près d'une planche à découper, qu'elle devait prendre pour aller au marché.

—Ah ! dit-elle.

Et elle me fit signe de le lui apporter : après en avoir ôté une miche de pain, elle me tendit le sac.

—C'est parfait, dis-je avec un sourire.

Elle m'en décocha un, elle aussi, même si je ne pense pas qu'elle savait ce que ces mots signifiaient. Nous nous comprenions sans paroles, et cela me rendit heureuse.

L'appartement à quatre étages s'élevait au bord du fleuve Vltava. Comme beaucoup d'autres immeubles que j'avais vus à Prague, la maison des Hitzig et cette rangée de résidences pour les élites ressemblaient davantage à l'architecture britannique qu'indienne. Ici, pas de minarets. Pas de dômes en forme d'oignon. Pas de grès rouge. Ces bâtiments étaient plats, anguleux, bien moins décorés qu'en Inde, avec des rangées de fenêtres empilées les unes sur les autres. Les seuls ornements consistaient en des statues grecques et romaines, comme celles des illustrations de mes vieux manuels scolaires. En haut de la résidence des Hitzig se trouvait une fresque colorée représentant une femme allongée sur un lit, à moitié dévêtue, jouant de la harpe et entourée d'anges. Leurs équivalents en Inde étaient des statues d'hommes et de femmes – généralement sur le point de faire l'amour – sculptées dans la pierre avec pour seuls vêtements des ceintures, des bracelets et des chaînes de cheville richement décorées. La femme de la fresque donnait l'impression d'avoir pris la pose, contrairement aux statues indiennes nues. Je souris : un point pour l'Inde.

Je me préparai pour la suite : soit ce serait la Petra de Mira, soit je devrais rechercher du côté de l'école Minerva qu'elles avaient fréquentée enfants.

J'appuyai sur la sonnette à droite d'une immense porte en bois : une domestique fort convenablement habillée, les cheveux attachés en un chignon, vint m'ouvrir. Elle arborait une expression polie, même si un éclat inquiet passa dans ses yeux à la vue de ma blouse et de ma coiffe.

— Je suis venue voir Mlle Hiztig, dis-je en français, la langue que M. Peabody m'avait conseillé d'utiliser avec des gens comme les Hitzig.

Mon français d'écolière devrait faire l'affaire.

Elle hésita une fraction de secondes avant d'ouvrir la porte plus grand. J'entrai alors dans un vestibule pavé de marbre. Il faisait encore plus frais à l'intérieur de l'immeuble qu'à l'extérieur. Fin mai, à Bombay, la chaleur était accablante. À Prague, je frissonnais, heureuse d'avoir enfilé le chandail du docteur Stoddard avant de quitter mon logement. Juste en face se trouvait l'entrée de la petite cour arrière du bâtiment. À gauche, un escalier encerclait la pièce étroite et semblait monter haut, haut, très haut, comme dans *Jack et le haricot magique*, l'histoire que me lisait ma mère autrefois. Je levai les yeux. Au centre du plafond très élevé, je vis un vitrail. À ma droite étaient accrochés des énormes tableaux encadrés de bois doré, où des hommes blancs, apparemment importants, jaugeaient les visiteurs. J'entendais une vague musique, qui me rappela *Une petite musique de nuit*, que Mira m'avait fredonnée.

La domestique me fit monter quatre volées de marches. Sur les murs, tout autour de nous, il y avait d'autres tableaux dans des cadres dorés, des palmiers en pot sur les paliers ; un épais tapis recouvrait par ailleurs le sol. À chaque palier, une entrée menait selon toute vraisemblance à une autre partie de la maison. La musique s'amplifiait au fur et à mesure de notre montée. Une fois que nous fûmes arrivées au dernier étage, je constatai que le vitrail du plafond était bien plus grand qu'il ne le semblait d'en bas.

La musique provenait de l'appartement qui se trouvait à ce niveau. La domestique fit une petite moue avec la bouche, comme si elle venait de goûter quelque chose de rance, puis m'indiqua que je trouverais Mlle Petra derrière la porte. Après quoi elle redescendit l'escalier.

Je frappai, mais la musique était si forte que je n'étais pas certaine que l'on m'avait entendue… Je tournai la poignée et ouvris lentement la porte.

— Qui êtes-vous ? demanda Petra.

Même si je ne parlais pas tchèque, je compris au ton de sa voix le sens de sa question. Elle me regardait de derrière une immense toile posée sur un chevalet. Elle était telle que Mira l'avait décrite. Des boucles rousses ondulaient sur ses épaules et jusque dans son dos. Elle avait une grande bouche, un long nez parsemé de taches de rousseur, et le genre de teint pâle qui ne tolérait pas le soleil plus d'une heure. Elle était si mince que les os de ses hanches saillaient sous son kimono en soie brodé à la main ; légèrement entrebâillé, il révélait une combinaison couleur pêche.

Contrairement au froid qui régnait dans le vestibule, il faisait aussi chaud qu'à Bombay dans l'appartement de Petra. Une odeur de rassis y régnait, l'odeur des corps non lavés que je connaissais bien, à l'hôpital. L'appartement était en réalité une grande pièce que personne n'avait pris la peine de terminer. Les murs étaient en briques rouges liées au mortier blanc. Le parquet était si vieux qu'il y avait des espaces entre les planches. Des poutres en bois brut soutenaient le plafond. On aurait dit le grenier de l'une de ces maisons coloniales où j'avais autrefois soigné une domestique souffrante.

Je fis quelques pas dans la pièce.

— *Vous parlez français** ? demandai-je.

— Pour l'amour du ciel, fermez la porte ! dit-elle dans cette langue.

J'obtempérai vivement. Quand je me retournai, elle allumait une cigarette. Les yeux plissés, elle considéra sa peinture, tournant la tête d'un côté et de l'autre. Elle se saisit soudain de son pinceau et donna de petits coups prudents sur la toile. Puis elle dirigea les yeux vers moi, qui me trouvais à quelques mètres d'elle à présent. On aurait dit qu'elle venait de se rappeler qu'elle avait une visiteuse.

— *Alors**? dit-elle en tirant sur sa cigarette.

Et pour la première fois, elle me regarda vraiment, de haut en bas. Elle fronça les sourcils.

— Quelqu'un est-il malade ?

Je baissai les yeux. Encore mon uniforme !

— Non… non. Je suis venue vous remettre quelque chose.

Et je montrai le sac en jute que je portais à l'épaule.

— Je vous entends à peine.

Mais, avant que je n'aie le temps de répéter mes paroles, elle se tourna vers le lit derrière elle, monticule de draps blancs froissés. Quelques oreillers gisaient à terre.

Petra déclara à l'adresse du lit :

— Káva !

Le monticule se mit alors à bouger, puis s'immobilisa.

— Maintenant ! dit-elle encore.

Cette fois, le bras, puis la jambe et enfin le torse d'un jeune homme en émergèrent. Il était nu. Il s'étira, bâilla et les muscles de son ventre se contractèrent. Puis il secoua la tête comme pour se réveiller lui-même et se dirigea vers une cuisine artisanale,

---

* Les mots suivis d'un astérisque sont en français dans le texte original.

qui consistait en un comptoir équipé d'une plaque de cuisson à deux feux, un petit évier et un placard au mur.

J'avais déjà vu des hommes et des femmes nus dans le cadre du travail, mais jamais à l'extérieur.

Ses cheveux châtain clair lui retombaient sur les yeux. Les muscles de son dos se contractèrent quand il ouvrit le pot à café, avant de verser les grains dans le moulin. Puis il s'avança vers le robinet pour remplir la cafetière la plus extravagante que j'aie jamais vue – un globe en acier inoxydable avec une poignée en plastique verte. Il mit du café moulu dans l'entonnoir, et brancha un cordon. Cette fois, ce furent les muscles de ses fesses qui se raidirent quand il marcha jusqu'à la radio, près du lit, et tourna le bouton. Un silence immédiat tomba sur l'atelier. Je le suivis des yeux alors qu'il retournait se coucher.

— Pas mal, n'est-ce pas ? dit Petra.

Et elle sourit à travers une volute de fumée. Je rougis, gênée d'avoir été surprise en train de le regarder fixement, et pivotai vers Petra qui avait repris sa place derrière la toile.

— C'est au sujet de Mlle Novak. Votre ancienne camarade de classe.

Elle cligna des yeux.

— Mira ?

Je relâchai le sac auquel je m'agrippais.

— Je suis désolée d'apporter de mauvaises nouvelles. Mlle Novak a été hospitalisée récemment à Bombay, là où je travaille. Elle est morte il y a trois semaines. Ç'a été très subit.

J'observai sa réaction. À l'hôpital, certaines personnes s'évanouissaient directement quand je leur annonçais la mort d'un patient.

La bouche de Petra s'était figée entre une grimace et un sourire.

— Mira ? *Ma* Mira ? Mais elle a juste vingt-neuf ans ! Le même âge que moi. Elle est trop jeune. Êtes-vous certaine que c'est bien la Mira que je connais ?

— Vous étiez amies depuis l'enfance. Vous êtes allées ensemble au lycée Minerva ? Elle vous appelait *ovce* ?

Des gouttes de peinture jaune coulèrent du pinceau de Petra pour s'écraser sur le sol. Elle regarda les éclaboussures, qui formèrent rapidement une étoile sur le bois. À cet instant, je remarquai les taches de peinture qui parsemaient le reste du parquet. Je doutais fort que la domestique pénètre dans cet antre. Peut-être n'en avait-elle d'ailleurs pas le droit.

D'une main tremblante, Petra reposa son pinceau sur sa palette. Elle referma plus étroitement son kimono et croisa les bras comme si elle avait soudain très froid. Elle semblait sous le choc. J'attendis qu'elle me pose des questions.

— De quoi ? Et comment le savez-vous ? finit-elle par demander.

— Je m'appelle Sona Falstaff. Je suis l'infirmière qui s'est occupée de Mira, à Bombay. Elle avait été admise à l'hôpital pour une fausse couche. Elle avait subi une petite opération et semblait bien se remettre, mais six jours après… On n'a rien pu faire.

Je ne voulais pas lui parler de la morphine, ni de l'accusation proférée contre moi, ni des rumeurs qui circulaient dans les couloirs au sujet d'un possible avortement, et pas davantage des médisances à l'encontre du style de vie extravagant que menait Mira.

Elle plissa le front.

— Elle était enceinte ?

J'acquiesçai.

— Mais elle ne voulait pas d'enfant. Elle m'avait dit un jour qu'elle préférerait mourir plutôt que de se faire déchirer le corps de cette façon.

Sa cigarette s'était consumée au point de lui brûler le doigt. Elle laissa tomber le mégot par terre et souffla sur son doigt pour le rafraîchir. Je me rendis alors compte que les points noirs sur le vieux parquet n'étaient pas dus à de la peinture, mais à son habitude de laisser tomber ses cigarettes à l'endroit où elle était dans la pièce.

— Que s'est-il donc passé ?

Elle oscillait d'avant en arrière sur ses talons, ses bras entourant son corps frêle. Je vis soudain l'éclat des larmes dans ses yeux.

Je choisis prudemment mes mots.

— On a fait tout ce qu'il était possible de faire. Je ne sais rien de plus.

— Dans ce cas, que faites-vous ici ?

Son ton était devenu brusquement hostile. Elle s'essuya les yeux avec le plat de ses mains.

J'avais déjà observé une attitude similaire chez les proches d'un défunt : le passage du choc à la colère. Je savais donc que ce n'était pas personnel, et ne le pris pas pour moi.

— Je me demandais si vous accepteriez de me parler un peu d'elle. Je ne l'ai connue que six jours. Or, vous la connaissiez depuis l'enfance.

— Mais cela fait… six ans que je ne l'ai pas vue. Depuis son mariage avec Filip. Non, attendez ! Je l'ai revue il y a deux ans, à l'occasion de la rétrospective de ses œuvres à la National Gallery.

Petra repoussa ses cheveux en arrière et les cala derrière ses oreilles.

— Elle a quitté Prague pour Florence à l'âge de quinze ans. Deux ou trois ans plus tard, son père a déménagé en Inde avec sa famille.

— C'est ce qu'elle m'a dit.

Elle ouvrit la bouche, puis regarda vers le lit, où son compagnon semblait s'être rendormi, avant de porter un œil critique vers sa toile. C'était lui qu'elle était en train de peindre, lui étendu sur le lit, les jambes découvertes, montrant son profil à qui l'admirerait. Elle haussa la voix pour lui dire :

— On dirait que je suis à court de peinture gris anthracite, Heinrich. Il faut que je sorte en acheter.

Elle s'assit alors sur le lit, et enfila ses boots bien qu'elle soit pieds nus.

Le garçon – je voyais à présent qu'il n'avait pas plus de seize ou dix-sept ans – releva la tête, désigna la cafetière et dit quelque chose en tchèque. Il semblait agacé. J'étais certaine que son irritation était liée au fait que le café était prêt et que c'était elle qui l'avait fait sortir du lit pour le préparer.

Petra lui envoya un baiser et se dirigea prestement vers la porte. Elle était encore en combinaison et en kimono.

Je demeurai silencieuse au milieu du studio, mon sac en jute sur l'épaule, cependant qu'elle ouvrait la porte pour en franchir le seuil. Que venait-il de se passer ? Étais-je censée la suivre ?

Elle avait presque refermé la porte derrière elle quand elle s'immobilisa, passa la tête par l'entrebâillement et, du menton, me fit signe de la suivre.

Dans la rue, Petra marchait à vive allure, son kimono voletant autour d'elle. Je devais presque courir pour la suivre. La plupart des gens que nous croisions portaient des vestes de costume ou des manteaux légers. Je me sentais bien dans mon cardigan en mohair par-dessus mon uniforme. Petra semblait insensible au froid de l'extérieur, comme elle l'avait été à la chaleur étouffante, dans son appartement.

Deux femmes d'une quarantaine d'années s'avançaient vers nous avec leurs sacs de shopping, les mains gantées. Elles portaient toutes deux une jupe et une veste taillées sur mesure. Elles lancèrent un regard désapprobateur à la tenue bien moins sophistiquée de Petra, mais celle-ci ne parut pas s'en rendre compte.

À voix basse, elle me dit :

— Maintenant, c'est difficile. On ne sait jamais qui vous écoute. Dans quel camp se situe l'autre. Il est préférable de ne pas parler à autrui de ses affaires privées.

Nous tournâmes à l'angle et continuâmes à marcher le long de la Vltava.

— On parle d'une autre guerre. On ne veut pas de Hitler par ici, mais avec ce qu'on raconte sur les accords de Munich, l'éventualité n'est pas à écarter. Heinrich (elle tourna la tête pour désigner son immeuble) est germano-tchèque. Mais il ne m'a pas dit dans quel camp il se situe. D'ailleurs, je ne veux pas le savoir.

Elle croisa les bras sur son maigre torse.

— La paix est fragile.

Nous avions traversé deux longs pâtés de maisons depuis que nous étions sorties de son immeuble quand elle entra dans ce qui ressemblait à un café, portant l'enseigne *Kavarna Slavia*. De l'autre côté de la rue se trouvait un imposant bâtiment de style Renaissance qui comptait quatre ou cinq étages. Il était aussi haut que le Royal Opera House de Bombay. Petra vit que je le regardais.

— C'est le théâtre national, dit-elle.

Les murs du café étaient doublés d'un revêtement en acajou d'un rouge chaud et foncé. Les tables en marbre blanc et les fenêtres hautes qui donnaient sur la rue apportaient une lumière plus que suffisante pour créer une atmosphère chaleureuse.

L'odeur du café et des pâtisseries me rappela que je n'avais rien ingéré depuis mon café crème de la veille, dans le train.

Il était 15 heures et dans le café régnait un véritable charivari entre le bavardage des clients, les cliquètements des verres et l'air de jazz que jouait le pianiste. De temps en temps résonnaient dans l'air des rires saccadés. Petra salua de nombreuses personnes, en l'occurrence des hommes plus âgés qu'elle, qui portaient des barbes soigneusement coupées et d'élégants costumes, comme dans les pièces de Shakespeare que j'avais vues en Inde. Petra les embrassait sur les joues, sans me présenter. Quelques jeunes femmes et hommes l'interpellèrent pour qu'elle se joigne à eux. Elle se contenta de leur sourire, et de décliner d'un léger geste de la main, avant de s'installer à une petite table ronde à deux chaises. Dès que nous fûmes assises, elle sortit un étui en argent de son kimono et alluma une cigarette.

— Était-ce celui de Filip ?

Sa question me plongea d'abord dans la confusion.

— Oh, vous parlez de l'enfant ?

Mais avant que je ne puisse répondre, elle était passée à une autre question.

— Est-ce que ça a été douloureux pour elle ?

J'hésitai. Discuter du cas d'un patient n'était pas déontologique.

— Elle a souffert, dis-je simplement.

Eu égard aux doses de morphine que je lui administrais toutes les quatre heures, il était difficile d'évaluer le degré de ses souffrances puisqu'une bonne partie était atténuée par le traitement.

Il y avait un cendrier en verre sur chaque table, et la pièce était emplie d'une épaisse fumée. Petra fit tourner sa cigarette sur le bord du cendrier. Elle semblait d'humeur sombre, moins revêche.

Ses cils étaient mouillés. Je sentis, sous son apparence audacieuse, une femme qui n'était pas entièrement maîtresse de ses émotions. Je détournai le regard, et mes yeux se portèrent sur le tableau d'un gentleman en conversation avec ce qui semblait être un génie féminin. Ou était-ce un fantôme ?

— L'ensorceleur vert, me dit-elle.

Je portai alors les yeux sur elle et vis qu'elle parlait de la peinture.

— Il est en train de boire de l'absinthe. L'absinthe vous fait voir des choses qui n'existent pas.

Un serveur en chemise blanche, veste noire, et pantalon noir à pinces s'avança vers nous, un petit plateau rond à la main. Il adressa un sourire à Petra en guise de salut, puis ils échangèrent quelques amabilités en tchèque. Parmi les mots qu'elle prononça, je reconnus le mot *kafe*. J'espérais qu'elle n'en commandait pas pour moi. J'avais l'habitude de boire du thé édulcoré par une bonne dose de lait. Il y avait deux jours, quand on m'avait servi du café turc, mon estomac avait protesté.

Petra tira profondément sur sa cigarette.

— Et Filip, était-il là tout le temps ?

— C'est son mari qui l'a amenée à l'hôpital. Ensuite, je l'ai revu deux fois. Il est possible qu'il soit venu lui rendre d'autres visites sans que je m'en rende compte. Je fais la garde de nuit.

Elle rejeta sa fumée d'un seul côté de sa bouche.

— Son père est-il venu la voir, à l'hôpital ? Sa mère ?

— Son père, oui. Sa mère n'a pas pu.

Je préférais demeurer vague plutôt que de donner une fausse image de la situation.

Petra émit un petit rire sarcastique.

— La mère de Mira ne supportait pas que son mari s'occupe de sa propre fille. C'est pour cette raison qu'elle l'emmenait toujours à l'étranger, à Paris, Florence, Rome. Et quand ils étaient tous les trois ensemble, Mme Novak faisait mine d'être faible et désarmée pour que son mari soit obligé de ne penser qu'à elle. Elle a donc continué jusqu'à sa mort ?

Elle secoua la tête et expira de la fumée.

— Le premier jour d'école, tous les enfants tchèques apportent un petit bouquet de fleurs au professeur. La mère de Mira avait oublié d'en préparer un. Mira était gênée d'arriver en classe les mains vides, aussi s'était-elle arrangée pour manquer le premier jour. Une année, j'ai demandé à ma mère de me préparer deux bouquets pour pouvoir en donner un à Mira, mais elle a été trop fière pour l'accepter.

Petra se sécha les yeux avec le dos de la main.

Je me souvins que la peintre m'avait dit qu'elle avait été élevée par des gouvernantes, ce qui signifiait qu'elle n'avait pas eu la même intimité avec sa mère que moi avec la mienne. Aussi l'absence de celle-ci était-elle peut-être normale dans l'univers où Mira et Petra étaient nées. Cependant, cette première avait pleuré quand elle avait appris que sa mère ne viendrait pas lui rendre visite à l'hôpital. Après tout ce que Mira m'avait raconté sur sa mère et ce que m'en disait à présent Petra, j'en arrivai à la conclusion que la mère de Mira ne méritait pas l'affection que lui vouait sa fille, laquelle avait dû croire qu'elle n'était pas digne de l'amour maternel. J'en conçus de la colère. En effet, n'était-ce pas ce sentiment que m'inspirait mon père, à savoir qu'il ne m'avait pas assez aimée pour rester en Inde ?

— L'ironie du sort, c'est que son père était trop occupé pour leur accorder du temps à l'une et à l'autre, disait maintenant Petra. La construction de cette synagogue à Bombay était devenue son obsession. Il se sentait chez lui en Inde. Les parents de Mira y possèdent une maison, mais n'y résident pas souvent.

Ils sont toujours en vadrouille, à chasser le tigre, visiter un jardin médicinal, ou prendre les eaux quelque part.

Les larmes montèrent aux yeux de Petra. Elle renifla. Je cherchai alors un mouchoir dans ma poche, mais un vieux gentleman en sortit un avant moi. C'était l'une des personnes que Petra avait saluées de la tête quand nous étions entrées. Assis seul à une table d'angle, il était plutôt élégant avec sa fleur à la boutonnière et son mouchoir dans sa poche de devant. Son costume était un peu grand pour lui, comme s'il s'était ratatiné à l'intérieur, mais confectionné dans une étoffe de qualité. Grâce au métier de ma mère, j'avais l'œil pour faire la différence entre une étoffe de qualité et du tissu sans valeur.

Le gentleman se tenait à présent à la hauteur de Petra, son chapeau à la main. Elle leva les yeux vers lui et lui toucha le bras avant d'échanger quelques mots en tchèque avec lui. Il lui tapota ensuite l'épaule, où il laissa sa main un bon moment. Puis il me sourit avant de remettre son chapeau et de s'éloigner d'un pas chancelant vers la sortie.

Petra le regarda s'en aller.

— C'est mon grand-père, dit-elle. Mon *dědeček*. Il vit dans l'appartement au-dessous du mien. Mes parents occupent le premier étage. La maison familiale nous appartient depuis deux siècles.

Elle rassembla ses cheveux couleur cuivre derrière son crâne avant de les laisser retomber sur son épaule gauche.

— Je crois qu'il m'aime plus que mes propres parents. Il est familier de ce café fréquenté par les artistes, les écrivains, les acteurs. La tradition l'a contraint à gérer la fabrique de verre comme son père avant lui et comme mon père aujourd'hui, mais je pense que mon *dědeček* aurait préféré être un auteur dramatique.

Le serveur nous apporta la commande : un café pour Petra, un chocolat chaud pour moi avec une grande quantité de crème fouettée et une gaufre très fine. Il plaça aussi sur la table en marbre exiguë de petits cubes de sucre, une mini cruche de lait et deux pâtisseries. Puis, après nous avoir donné des serviettes et des ustensiles, il s'éloigna sans mot dire. Je fus touchée que Petra ait pensé à commander autre chose que du café pour moi. Elle sourit quand elle me vit examiner ma boisson. En effet, je me demandais si je devais d'abord mettre la crème dans ma bouche ou boire le chocolat chaud à travers.

— Mira adorait le chocolat chaud, ici, dit Petra en versant du lait dans son café, qu'elle se mit à remuer.

Je goûtai à la pâtisserie friable, surprise de découvrir de la crème au milieu. J'étais habituée aux puddings de ma mère et aux *katli* et *burfi* indiens, des gâteaux consistants et roboratifs. L'estomac vide, je me précipitai sur la pâtisserie tchèque puis, à la deuxième bouchée, pris le temps de mastiquer.

— Vous m'avez dit que les Novak avaient quitté Prague il y a… dix ans, c'est bien cela ?

Petra avala une gorgée de café.

— Le père de Mira, comme le mien, est juif. Il ne se sentait plus en sécurité ici, après la Première Guerre mondiale. La proximité de l'Allemagne le perturbait – il était facilement perturbé. Aucun pays européen ne lui semblait sûr. Et comme sa femme était indienne…

Elle eut un haussement d'épaules élégant et alluma une autre cigarette.

— Pour sa mère, la décision fut un coup dur. Elle n'avait aucune envie de retourner en Inde. Elle adorait le style de vie européen. La couture française. La cuisine italienne. La liberté. Elle prit pour prétexte la peinture de Mira pour voyager dans toute l'Europe.

J'essuyai des miettes accrochées à mes lèvres avec la serviette en tissu.

— Et cela plaisait-il aussi à Miss Novak ?

— Oh, Mira aimait beaucoup manquer l'école ! Elle estimait que la peinture était la seule formation dont elle avait besoin. Elle préférait de loin passer ses journées dans un atelier plutôt que de rester assise en classe devant un livre de chimie. L'art, c'était son oxygène. Vous comprenez ce que je veux dire ? C'était ce qui lui permettait de respirer.

Petra, qui jusque-là avait à peine touché sa pâtisserie, finit par en prendre un bout friable et le mastiquer.

— Je me souviens de la fois où notre professeur d'histoire nous avait demandé de rendre un devoir sur l'influence de la dynastie des Habsbourg, sur l'Europe. Mira avait apporté un immense tableau qui faisait trois fois la taille de cette table. Elle avait peint une œuvre abstraite avec des couleurs vives. « Qu'est-ce que c'est ? » lui avait demandé l'enseignant. « De la consanguinité », avait-elle répondu.

Sur ces mots, Petra éclata d'un rire rauque, un rire de fumeuse.

— Le professeur ne sut trop comment le prendre. Mais Mira était extrêmement sérieuse. Dans son esprit, elle avait fait son devoir.

Quand Petra riait, j'imaginais aisément Mira à ses côtés, deux jeunes filles pliées en deux, hilares. J'aurais aimé être englobée dans cette amitié, partager leurs expériences.

L'amie de Mira fit pivoter sa tasse sur sa soucoupe. Des volutes de sa cigarette montaient au plafond. Je vis alors qu'elle avait terminé son café alors que mon chocolat était intact, en train de refroidir. Comme j'avais fini ma pâtisserie, j'en avalai une gorgée.

— Elle avait énormément de talent, Mira. Moi, j'ai quelques aptitudes, mais je dois énormément travailler. Il suffisait de montrer un style à Mira, et elle était tout de suite capable de l'appliquer. Le réalisme, le cubisme, l'impressionnisme, le postimpressionnisme. Le surréalisme. Et avec une telle facilité…

À cet instant, elle écrasa sa cigarette dans le cendrier.

— C'était comme si le style passait de son bras aux doigts qui tenaient le pinceau.

Était-ce du ressentiment ou de l'admiration que j'entendis alors dans la voix de Petra ?

Elle se mit à me scruter de ses yeux vert marron, un rien méfiants.

— Pourquoi avez-vous fait tout ce trajet pour m'annoncer sa mort ? Ne pouviez-vous pas m'écrire ?

— Je n'avais pas votre adresse. Ni votre nom de famille. Mira ne m'a donné que des indices. Elle m'a dit que vous étiez allées ensemble à l'école Minerva. Je m'y serais rendue si l'ambassade britannique n'avait pas été en mesure de m'aider. Heureusement, votre famille est bien connue à Prague.

Un jeune homme avec un petit bouc et des lunettes rondes en écaille posa à cet instant son sac sur la table voisine et salua Petra en tchèque. Elle ne sembla pas ravie de le voir. Elle lui répondit en pointant légèrement le menton vers moi. Lui disait-elle que j'étais son amie ? Lui avait-elle appris le décès de Mira ?

En français, elle déclara alors :

— C'est Pavel. Il nous enseigne l'histoire à l'université Charles.

Pavel sourit. Il faisait partie de ces personnes qui souriaient facilement et souvent – comme Edward Stoddard. Il me serra la main.

— *Bonjour**, dit-il.

La sienne était légèrement moite.

— Je suis maître de conférences, pas encore professeur.

Il était d'une politesse exquise. Il fit signe au serveur pour qu'il vienne prendre sa commande, puis me demanda :

— D'où êtes-vous ?

— D'Inde. De Bombay.

Le jeune homme sourit.

— Mais c'est fantastique. Vous avez accompli ce long voyage pour voir Petra ? Comment se fait-il que vous vous connaissiez ?

Petra l'interrompit en tchèque et se leva, prenant son étui à cigarettes en argent. Je l'imitai, ne sachant ce que j'étais censée faire.

— Viendrez-vous à l'exposition de Petra, ce soir ? demanda tout à trac Pavel. Ça va être un grand événement.

— Ça ne l'intéresse pas, répondit sèchement Petra.

— Mais si ! protestai-je. Peut-être qu'il y aura d'autres personnes qui connaissaient Miss Novak.

— Mira ? reprit Pavel, dont le visage s'éclaira. Nous connaissons tous Mira. Elle est si célèbre, maintenant. De sorte que nous le sommes tous par extension. N'est-ce pas, Petra ?

Celle-ci plissa alors les yeux et pinça la bouche. Là-dessus, une autre amie de Petra arriva. Celle-ci l'embrassa sur la joue, puis se tourna vers moi.

— Bien, merci d'être venue, me dit-elle.

Me congédiait-elle ?

— Et c'est tout ? dit Pavel à Petra. Cette jeune femme a fait tout ce voyage depuis l'Inde…

Il poursuivit en me regardant :

— Nous connaissons tous M. Ghandi. Nous admirons ce qu'il fait, l'Inde mérite d'être libre.

De nouveau, il s'adressa à Petra :

— Et toi, tu vas la laisser ici ?

J'observai tour à tour Petra et Pavel, puis recommençai, comme si j'assistais à un match de badminton.

L'autre femme, qui était allée au comptoir commander un café, revint vers nous et ses yeux passèrent du visage sombre de Petra à celui, confus, de Pavel.

— Que se passe-t-il ? demanda-t-elle en s'installant tranquillement à la table de Pavel avant d'ouvrir un paquet de cigarettes.

Pavel lui répondit rapidement en tchèque. Petra roula les yeux et se dirigea vers la porte. Je me levai et la regardai sortir, me demandant ce qui venait d'arriver.

Pavel passa au français.

— Elle parle français, Martina. Et elle connaît Mira.

Le visage de Martina refléta le même enthousiasme que celui de Pavel quand il avait entendu le nom de Mira.

— Vous connaissez Mira ? Elle est si talentueuse. J'aurais tant aimé savoir peindre comme elle, mais je suis plus douée pour la photographie. J'aime prendre les gens en photo.

Je ne souhaitais pas refroidir leur enthousiasme, mais je me devais de leur expliquer la raison de ma présence à Prague. Aussi leur appris-je ce qui était arrivé à Mira. Pavel allait esquisser un sourire quand il comprit subitement que je ne plaisantais pas. Il prit aussitôt une cigarette dans le paquet de Martina, s'empara de ses allumettes. Cette dernière se figea, horrifiée.

— *Comment**? demandèrent-ils tous les deux à la fois avant de se regarder. Mais il y a encore deux ans, elle est venue pour une rétrospective, non ? Ce n'est pas possible… Elle est trop jeune… Et en bonne santé.

Ils ne m'avaient pas invitée à m'asseoir à leur table, mais je tirai une chaise pour m'installer. Le serveur se matérialisa avec leurs commandes et repartit aussi silencieusement qu'il était venu.

Pavel s'éclaircit la voix.

— On est tous allés dans la même école. On a fait des choses ensemble. Mais Mira et Petra...

Il jeta un coup d'œil oblique à son amie.

— Elles étaient vraiment très proches. Petra vénérait le sol que foulait Mira. Et plus encore. Elle avait le béguin pour elle. Mira en riait, mais pour Petra, c'était du sérieux. Et puis Paolo est entré dans sa vie.

Il sourit, tout comme Martina.

Mes oreilles se mirent à bourdonner. C'était le Paolo dont Mira m'avait parlé.

Dans un rire rauque, Martina rassembla les doigts d'une de ses mains, et déclara avec un accent italien très appuyé :

— Pa-o-lo !

Et elle continua en français.

— Mira n'arrêtait pas de parler de lui. Elle devait avoir... quoi ? quinze ans quand elle est partie pour Florence étudier avec lui...

À cet instant, Pavel s'étrangla presque avec sa gorgée de café.

— C'est sa mère qui est allée à Florence pour « étudier » Paolo et qui a emmené Mira avec elle. Sa mère était folle de lui.

Et les deux amis se mirent à rire.

Ils ne m'apprenaient rien. Mira m'avait parlé de la toquade de sa mère pour Paolo. Était-ce pour cette raison que Mira lui avait joué son numéro de séduction ? Pour se venger du manque d'attention de sa mère, de sa jalousie ?

Des clients ne cessaient d'entrer et de sortir, des amis se saluaient entre eux. Assise en compagnie de Pavel et Martina, j'aurais presque pu prétendre que c'était ainsi que se déroulait ma vie. Que je passais mes après-midi à papoter avec des amis, à boire du chocolat chaud et à déguster des pâtisseries. À commérer sur des connaissances communes. Ma véritable existence semblait si sage, en comparaison. Entre la maison, l'hôpital, la maison, le marché, la maison. Sans mon travail et sans ma mère, était-ce d'ailleurs encore ma vie ?

Le serveur vint à notre table et Pavel commanda en tchèque. Martina lui dit quelque chose en tchèque également puis désigna le ventre de son ami. Pavel lui jeta un regard oblique, l'air de dire : *fiche-moi la paix avec ce que je mange.*

— Miss Novak a-t-elle été heureuse d'étudier avec Paolo ? demandai-je.

De nouveau, ils se mirent à rire, puis Martina s'appuya contre Pavel.

— Elle a surtout été heureuse *d'étudier* Paolo, dit-elle.

Et son rire se transforma en toux. Je reconnus là les symptômes de qui enchaînait les cigarettes les unes après les autres.

Une fois remise, Martina s'éclaircit la voix, et reprit :

— Elle ne parlait de rien d'autre. Elle était complètement...

À cet instant, elle posa une question en tchèque à Pavel.

— Amoureuse, dit-il.

— Amoureuse, répéta-t-elle en tenant sa cigarette en l'air.

— Et lui, il l'aimait ?

Il était effronté de ma part de poser cette question, mais je voulais savoir. Mira ne m'avait pas vraiment répondu. Elle s'était contentée de répéter qu'elle aimerait toujours Paolo, qu'ils soient ensemble ou pas.

Martina fit la grimace et se tourna vers Pavel.

— Comme il aimait tout le monde, j'imagine. Je ne l'ai jamais rencontré, j'ai juste entendu parler de lui.

Pavel s'adossa à sa chaise et haussa les épaules.

— Et qu'en était-il de son mari, Filip ? demandai-je.

Ils échangèrent un regard. Martina fumait. Pavel buvait son café. Finalement, ce dernier déclara :

— Filip était commode pour Mira. Il n'exigeait rien d'elle. Mira était audacieuse, aventureuse. Ses parents voulaient qu'elle se marie et cesse de provoquer des scandales avec des hommes et des femmes. Elle était très libre. Alors Filip a accepté de jouer le rôle. J'ignore si elle le lui a demandé ou s'il a agi par courtoisie. Toujours est-il qu'ils se sont mariés, mais Mira a continué à entretenir des liaisons. Filip fermait les yeux et cela semblait leur convenir à tous les deux.

— Il n'était pas jaloux ?

— Filip ?

Martina secoua la tête.

— Je ne crois pas, poursuivit-elle en regardant Pavel. Quel âge a-t-il ? Dix ans de plus que nous ?

Elle tourna alors le visage vers moi.

— On le connaissait tous, mais pas très bien. Je doute qu'il soit possible de le connaître. Il est si peu bavard. Il est toujours dans le décor, à rôder en arrière-plan. Je me suis souvent demandé ce que Mira lui trouvait.

J'avais assimilé Filip à un fantôme invisible, à l'hôpital. Il était là sans y être. Mira m'avait confié n'avoir jamais été amoureuse de lui, qu'elle n'avait d'ailleurs jamais été vraiment éprise de qui que ce soit.

— C'était son cousin germain, vous savez, précisa Pavel.

— C'est ce qu'elle m'a dit, renchéris-je. Est-ce qu'ils prévoyaient d'avoir des enfants ?

Je me devais de poser cette question en raison de la remarque cryptique de Mira sur l'enfant qui aurait éventuellement été de Paolo.

— Mira ?

Martina sourit.

— Pas du tout. Elle n'a jamais voulu d'enfants. Je l'ai connue quand elle était grande comme ça, enchaîna-t-elle en montrant la hauteur de la table. Jamais elle n'avait changé d'avis sur la question.

À moins qu'ils ne m'interrogent à ce sujet, je n'allais pas leur dire que Mira avait été admise à l'hôpital pour une fausse couche. Mais j'éprouvais une douloureuse tristesse. Envers Mira. Envers son talent perdu. Et aussi en raison de la façon cavalière dont les deux personnes assises en face de moi accueillaient la nouvelle de sa mort.

Désireuse de prendre congé, je commençai à me lever. Ce fut alors que je me rendis compte que j'avais encore le sac en toile que mon hôtesse m'avait prêté. J'avais oublié de remettre *L'Attente* à Petra.

— Il y aura d'autres amis de Mira, à l'exposition de ce soir. Le grand show de Petra. Pourquoi ne viendriez-vous pas ?

Et, sur ces mots, Pavel écrivit l'adresse sur la serviette.

— Où logez-vous ? ajouta-t-il.

Je lui donnai mon adresse et il m'indiqua quel tramway pourrait m'emmener à la galerie.

Je décidai de retourner à pied chez moi. J'avais l'impression d'avoir passé des heures assise. Or, je comptais mettre à profit ce séjour à Prague pour découvrir tout ce que je pourrais de cette ville. Après tout, il se pourrait tout à fait que je n'y revienne jamais. Flânant dans le quartier de la ville nouvelle, je sentis l'odeur de la viande qui grillait et du pain frais, celle des savons parfumés et des pierres poussiéreuses. J'évitai les tramways et le crottin de cheval. En bas du large boulevard en face de Wenceslas Square, j'admirai les vêtements pour élégantes dans les vitrines. Une femme, chargée ses emplettes, sortit de la boutique Bata avec ses enfants. Chez un maroquinier, je résolus d'acheter une ceinture munie d'une petite bourse pour y mettre mon argent et le porter en permanence. De retour sur le boulevard, je vis l'affiche publicitaire d'un barbier qui promouvait des barbes bien taillées. Je m'arrêtai devant la vitrine d'une pharmacie pour regarder une autre publicité qui promettait un décolleté avantageux et les secrets pour paraître plus jeune. Ces réclames me firent sourire – elles étaient si exagérées, tout comme celles de Bombay, et pourtant attirantes.

Finalement, je pris le chemin qui menait sur la place du centre historique. Mon Baedeker recommandait de s'arrêter à l'horloge astronomique, lieu prisé par les touristes. Celle-ci indiquait l'heure aux temps de la Bohême ancienne, et aussi de l'époque babylonienne, les heures germanique et sidérale, sans compter la trajectoire du soleil et de la lune à travers les constellations. Partout où j'allais, je me demandais si Mira y était venue, ce qu'elle y avait fait, à quoi elle avait pensé et avec qui elle se trouvait. Si je fermais les yeux et me représentais son visage, me rappelais sa singulière odeur de lin, je pouvais presque l'imaginer à mes côtés.

Je finis par arriver à mon hébergement, où je comptais me laver et troquer mon uniforme pour une autre tenue. Il me resta ensuite juste assez de temps pour envoyer une brève réponse au docteur Stoddard avant de me rendre à l'exposition.

Cher docteur Stoddard,

Je n'aurais jamais cru regretter un jour le casino de notre bateau à vapeur. À cause de vous, je suis devenue une flambeuse. La prochaine fois que nous nous verrons, vous devrez m'apprendre un nouveau jeu, de préférence un jeu où vous aurez une chance

de gagner la partie. (C'est là que mon arrogance doit vous faire grogner.)
Je suis arrivée à Prague saine et sauve, et suis maintenant installée dans un adorable appartement avec vue sur la Vltava. La nourriture est aussi délicieuse que vous l'aviez prédit, surtout le filet de bœuf à la crème. Et j'ai bien réclamé la sauce afin qu'ils ne l'oublient pas !
La ville est si belle et si différente d'Istanbul, de Bombay ou de Calcutta. Où que se porte mon regard, je vois des flèches d'églises, des rues pavées et un brouillard doré qui enveloppe toute chose. Cela me rappelle M. Rochester à Thornfield Hall, et ce que Jane Eyre éprouve lorsqu'elle voit pour la première fois sa maison. (Ne faites pas attention à mes divagations. Je me sens comme une écolière à l'imagination farfelue.)
Merci à vous (et à Edward) ! L'ambassade m'a en effet aidée à trouver Petra, l'amie d'enfance de Mira. Elle a été très communicative sur la vie de Mira à Prague. Une vie qui semblait idyllique. Petra m'a présenté d'autres amis de Mira, qui m'en ont appris davantage encore sur elle. Ce soir, je suis invitée à l'exposition inaugurale des œuvres de Petra. Je dois donc filer.
Ce fut un plaisir de vous lire.

Humblement vôtre,
Sona Falstaff

Je m'en voulais de lui mentir. Mais si je lui avais écrit la vérité – il n'y avait pas eu de filet de bœuf, et Petra n'avait pas été particulièrement amicale –, il aurait été inquiet. Or, sa santé était fragile, je devais l'épargner. J'aurais pourtant aimé pouvoir me confier à quelqu'un concernant mes fonds qui s'étaient amenuisés. Garder cela pour moi me donnait mal au ventre, au point que je me vis obligée de décliner – avec grande réticence – le repas que m'offrait mon hôtesse. Je luis souris, désignant ma montre afin de lui signifier que je devais partir.

C'était une belle soirée de mai, ne requérant rien d'autre d'un gilet. Je pris le tramway pour me rendre à la galerie Mànes, bâtiment monochrome fonctionnel aux antipodes de l'architecture gothique, Renaissance ou Art nouveau de la ville. Il partait de la rive pour se déployer au-dessus de la Vltava. Du jazz, comme celui que l'on entendait dans les clubs britanniques à Bombay, sortait par les fenêtres et les portes ouvertes. Il n'y avait apparemment personne à l'entrée pour vérifier les billets ou surveiller l'événement. Je pénétrai dans un endroit puissamment éclairé, avec un haut plafond. Il était si bondé que les serveurs étaient contraints de porter leurs plateaux de canapés au-dessus de leurs têtes pour pouvoir se faufiler dans l'espace d'exposition. Les Tchèques ressemblaient aux Britanniques, à ceci près qu'ils étaient mieux habillés, pareils en cela aux Français. Les jeunes femmes avaient noué autour de leurs cous des foulards en mousseline incroyablement longs, dont les extrémités leur retombaient jusqu'au bas des reins. Elles portaient des fourreaux droits taillés dans de la soie onéreuse, ou des pantalons à plis avec des hauts en satin. Quelques hommes, à l'instar de Pavel, arboraient un bouc. D'autres avaient des cheveux longs qui recouvraient leurs oreilles, voire leur arrivaient au niveau des épaules. Beaucoup étaient affublés de bretelles colorées, qui faisaient office d'accessoires. Je n'étais pas à la hauteur avec mon gilet fait main, ma jupe en tweed et mon chemisier en coton, mais personne ne me prêtait attention. Encore une fois, j'étais invisible, ce qui me convenait parfaitement.

Des bribes de conversations en français me parvinrent alors que je traversais cette foule labyrinthique, en quête de Petra et de Pavel.

— On construit de nouvelles villas dans le quartier Baba. Elles sont si modernes…

— Je ne peux prétendre l'avoir lu, mais tout le monde en parle. Avant la sortie de son livre, saviez-vous que Gertrude Stein… ?

— J'ai entendu dire qu'ils sévissaient contre les pièces données au Théâtre libéré…

— Le swing ne fera jamais fureur comme le jazz…

— Je sais ! Le premier aéroport de la Tchécoslovaquie. Mon père a déjà réservé un siège…

Quand la foule s'écarta suffisamment devant moi pour que je puisse apercevoir l'exposition de Petra, je poussai un petit cri d'exclamation. Il y avait une toile représentant Mira en train de lire. Mira en train de se laver. Mira regardant par la fenêtre.

Soudain, je sursautai : on venait de me taper sur l'épaule.

— Vous êtes venue ! dit Pavel. Suivez-moi. Je vais vous présenter. Vous connaissez Martina.

La femme que j'avais rencontrée au café me sourit et leva son verre de cocktail. Près d'elle se trouvait un homme coiffé d'un béret, et portant une impressionnante cape en satin. Il s'appelait Emil. Puis venait Gerta, dont les anglaises blondes rebondissaient au moindre de ses gestes. Tous tenaient un verre de quelque chose à la main – champagne, vin rouge, whisky, absinthe. Emil en prit un au contenu orange sur le plateau d'un serveur qui passait et me le tendit.

Je le remerciai et en avalai une gorgée. C'était à la fois sucré et fort. Je m'efforçai de ne pas faire la grimace, avec l'intention de l'abandonner quelque part dès que l'occasion se présenterait. Scrutant les tableaux de la galerie, je dis :

— Tous sont…

— Consacrés à Mira ? compléta Pavel.

Je hochai la tête.

— Je vous ai dit que Petra était obsédée par Mira. Elle n'a jamais pu se remettre du fait que celle-ci avait d'autres amants. Elle espérait presque qu'elle serait présente ce soir. Elle l'avait invitée. En guise de réconciliation.

— Elles s'étaient disputées ?

Gerta se mit à rire.

— Mira était fatiguée de l'adulation que lui vouait Petra. Vous savez, les gens se lassent d'être sur un piédestal. Bien sûr, on ne peut pas vraiment savoir... Pas encore du moins.

Elle émit un rire désinvolte avant d'ajouter :

— Mais il est évident qu'avec la mort de Mira, les peintures de Petra ont pris une sacrée valeur, non ?

Cela me chagrina que l'on parle du profit que rapportait une mort. Nerveuse, je remuai le contenu de mon verre.

— Petra ne m'a pas dit qu'elle exposait ses tableaux de Mira. Quand je suis arrivée chez elle ce matin, elle peignait...

Martina haussa un sourcil épilé.

— Un jeune homme ? Beau, avec les cheveux châtain clair ?

Je hochai la tête.

— C'est Heinrich. Il sert de modèles à tous les artistes. Il parle surtout allemand. Il comprend juste le mot *káva*.

Le groupe de Pavel éclata de rire.

— Que pensez-vous de l'exposition ?

Pavel et moi sursautâmes en entendant la voix de Petra. Elle portait toujours le même kimono en soie (n'avait-elle donc pas d'autres vêtements ?), mais elle avait maintenant les cheveux tressés. Elle avait enroulé un boa en satin rose autour de son cou et mit des paillettes sur ses paupières. Elle avait l'air éthérée.

— Elle s'appelle « Mes adieux à Mira ».

À ces mots, je fronçai les sourcils.

— Mais comment auriez-vous pu savoir que… qu'elle mourrait avant l'exposition ?

Au regard que Petra me lança, on aurait cru que je venais de la frapper. Son teint était tout gris. Elle tourna les talons, se frayant un chemin dans la foule qui, très vite, se referma sur elle. Je perdis sa trace. Était-elle au courant du décès de Mira avant mon arrivée ? Et si oui, comment ? Celle-ci avait quitté ce monde depuis trois semaines. Je n'avais rien lu sur la mort d'une peintre renommée dans le journal. Aussi, comment Petra l'avait-elle apprise ? Avait-elle peint ces tableaux parce qu'elle savait que Mira était morte ? Et si elle était au courant, pourquoi avait-elle paru surprise quand je l'en avais informée ?

Le cocktail m'avait donné la migraine. Je m'en allai peu après, une fois que j'eus pris congé de Pavel et de son groupe d'amis. Je savais que, ce soir-là, je ne serais pas en mesure de remettre à Petra le tableau de Mira, mais je devrais y parvenir le lendemain, avant mon départ pour Paris.

Le lendemain matin, mon hôtesse me prépara, en guise d'adieux, un café fort accompagné de roulés aux pommes faits maison. Pour couvrir l'amertume du café, j'y ajoutai un peu de sucre et beaucoup de lait. Peut-être qu'un jour je finirais par m'accoutumer à ce goût que les Européens semblaient préférer. Dans un français hésitant, elle me questionna sur ma prochaine destination. Je lui répondis alors que j'allais à Paris pour discuter avec la galeriste de Mira.

— Portez-vous bien, me dit-elle avec un sourire.

Le bébé me sourit aussi, et je vis ses deux premières dents.

De nouveau ma malle à la main, et ma ceinture en cuir autour de la taille (en croisant les doigts pour qu'elle ressemble davantage à un accessoire de mode qu'à une faute de goût), je me rendis chez Petra. Je voulais lui laisser le temps de se remettre de l'inauguration de la veille, aussi flânai-je dans la nouvelle ville pendant une bonne heure. Eu égard à l'alcool qui avait été consommé pendant la soirée, j'avais le sentiment que la fête avait duré jusqu'aux petites heures du jour. La même domestique me fit entrer dans la résidence Hitzig, et je réitérai mon ascension jusqu'au dernier étage, où je frappai.

Petra ne répondant pas, je tentai de tourner la poignée, comme la veille. La porte n'était, là encore, pas fermée à clé. Petra était affalée sur le lit, les draps recouvrant juste la moitié de son corps. Je traversai la pièce et, arrivée à la hauteur du lit, je mis ma main sous son nez pour m'assurer qu'elle respirait encore. Son mascara avait coulé, lui donnant un air macabre. Ses cheveux étaient tout emmêlés et son beau fourreau de la veille maculé de vomi. Elle avait par ailleurs un bleu sur le bras.

Je posai ma malle, et me dirigeai vers le coin-cuisine pour faire bouillir de l'eau. Une inspection des placards me permit de trouver du café et un paquet de biscuits ouvert. Les seules tasses se trouvaient dans l'évier, attendant d'être lavées. Je les plongeai sous l'eau chaude (il ne semblait pas y avoir de savon). Quand le café fut prêt, j'en versai dans une tasse, et remplis l'autre d'eau froide. J'apportai aussi le paquet de biscuits.

— Petra ?

Elle remua.

— Buvez d'abord l'eau, puis le café. J'ai quelque chose pour vous. De la part de Miss Novak.

Elle ouvrit les yeux, difficilement à cause du mascara et de l'eye-liner qui les collaient. Quand elle me vit, elle poussa un grognement.

— Vous êtes une vraie fouineuse, dit-elle.

Et elle referma les paupières.

J'avais entendu pire de la part de mes patients. Avec les entêtés, il fallait avoir une poigne ferme (mais douce, selon le manuel pour infirmières). Je me saisis de ses mains, qu'elle avait poisseuses, pour la redresser. Elle me repoussa, mais s'assit. Et quand elle voulut prendre le café, je l'écartai pour lui donner d'abord l'eau.

Elle but avec avidité, puis tendit le bras vers moi pour le café.

— Mira vous appréciait énormément, Petra, dis-je. À la façon dont elle parlait de vous, c'était une évidence.

J'avais enfin réussi à obtenir son attention. Elle me lança un regard, ses yeux grands ouverts dans son visage délicat.

— Vraiment ?

— Elle m'a dit que, sans vous, elle n'aurait pas survécu, à l'école. Toutes les deux, vous ne manquiez jamais un film avec le duo comique que formaient Voskovec et Werich, au cinéma, et vous riiez jusqu'à en tomber de votre siège. Vous avez toutes les deux pleuré en assistant à la représentation de *La Fiancée vendue*, et vous avez maudit la fourbe marieuse. Chaque hiver, vous faisiez du patin à glace en vous tenant par la main. Vous manquiez les cours pour aller dessiner ensemble dans le parc, au-dessus de la gare.

Petra s'essuya le nez au drap qui la recouvrait. Des larmes mouillaient ses joues et pourtant elle souriait.

— Elle était si drôle ! Toujours partante pour l'aventure. C'était la meneuse, et je la suivais. C'est pour cette raison qu'elle m'appelait *ovce*. Mouton. Cela m'était égal, car, dans sa bouche, c'était un terme affectueux. Elle était douée pour imiter les gens, et notamment nos professeurs, les tuteurs, les moniteurs de sport. Nous avions un prof de chimie qui n'avait que trois doigts, à la main gauche. Il nous fascinait.

Elle hoqueta et gloussa.

— On passait des heures à se questionner sur ce qui avait bien pu lui arriver. Était-il né ainsi ? Ou bien avait-il eu les doigts coupés comme dans le conte de *La Jeune Fille sans mains* ? S'était-il évanoui lors d'une tempête hivernale et ses doigts avaient-ils gelé ?

En classe, il pouvait lever ses huit doigts et nous dire par exemple : « Je veux que vous mémorisiez dix éléments pour demain. » Nous savions qu'il le faisait exprès pour nous choquer.

» Un jour, Mira... (Petra éclata de rire. Elle dut s'y reprendre à plusieurs fois avant de raconter l'anecdote.) Un jour, Mira avait replié deux doigts de sa main gauche et les avait collés avec du scotch. Elle m'avait fait la même chose. On avait alors passé la journée à répéter « il y a dix règles à suivre » en brandissant nos huit doigts. Il avait fini par nous surprendre, dans les couloirs. On s'était senties affreuses, mais il s'était contenté de rire et nous avait dit qu'il pouvait nous proposer une expérience pour que cela se produise vraiment. Cette année-là, il devint notre prof préféré.

Petra baissa les yeux vers sa robe sale et défroissa un pli.

— Elle m'a tant manqué depuis qu'elle a quitté Prague. Je l'ai rejointe quelque temps à Paris quand elle y a étudié, et on s'est vraiment amusées, là-bas. Je n'arrive pas à croire qu'elle est partie.

Elle commença à se mordiller un ongle. Elle semblait si petite et fragile. Je voyais facilement la fillette qu'elle avait été, avec des nattes, attendant son amie Mira après les cours afin de partir avec elle vers une autre aventure. Mira m'avait confié qu'elle s'était détachée de son amie Petra, tandis que, manifestement, celle-ci était toujours fascinée par Mira. Plus jamais elle ne partagerait d'escapades avec son amie d'enfance.

— Mira a laissé un tableau pour vous.

Et sur cette déclaration, je sortis *L'Attente* de ma malle.

Elle posa aussitôt la tasse de café sur le parquet et s'en saisit des deux mains. Elle fit courir un doigt sur les couches de peinture sèche. Pendant quelques minutes, elle demeura silencieuse, puis finit par demander :

— Savez-vous pourquoi elle a choisi celui-ci ? C'est le plus célèbre. Elle ne l'aurait jamais vendu.

— Je l'ignore. Elle m'a juste laissé des instructions pour vous remettre celui-ci. Un autre doit revenir à Paolo, dont vous avez entendu parler. Et un autre à Joséphine, que vous avez dû rencontrer à Paris, lors de votre séjour là-bas…

Je retournai alors la peinture pour qu'elle voie le « P » au dos de la toile.

— Elle a également laissé cela, dis-je.

Et je lui montrai le mot de Mira.

Elle passa les doigts sur ce que celle-ci avait griffonné.

— C'est assurément l'écriture illisible de Mira !

Elle se mit alors à regarder *L'Attente.*

— Cela me rappelle les petites filles que nous fûmes autrefois, dit-elle en désignant les personnages. Je sais qu'elles sont indiennes, mais dans les traits de leurs visages, je revois les versions de nous-mêmes avant que l'on se transforme. Une époque où l'on faisait confiance à nos pères et nos mères parce qu'on ne les connaissait pas assez. Où trouver la plume d'un oiseau chanteur était la chose la plus importante au monde, avant que les garçons entrent dans nos vies. Que l'on souligne notre féminité et qu'on nous y réduise.

Elle caressa à nouveau la peinture du bout des doigts.

— Mais pourquoi vous les a-t-elle donnés à vous ? Vous connaissiez-vous avant qu'elle ne soit hospitalisée ?

Je m'assis sur le lit, près d'elle. L'infirmière en moi dut s'efforcer d'ignorer le lit souillé et imaginer que les taches jaunes sur les oreillers étaient du maquillage.

— Non, je l'ai connue six jours seulement, quand j'étais son infirmière de nuit. Mais on a énormément parlé pendant son séjour. Elle m'a raconté des choses à votre sujet qu'elle aurait aimé vous dire directement.

Petra inclina la tête, comme un oiseau attentif à l'appel d'un autre.

Je choisis mes mots avec prudence, désireuse de lui transmettre avec exactitude la pensée de Mira.

— Elle était heureuse que vous soyez venue la rejoindre à Paris. Elle trouvait que vous étiez un formidable modèle. Vous avez posé pour le tableau qui lui a valu d'être acceptée au Salon de Paris. Mais quand vous avez montré un certain intérêt pour devenir peintre à votre tour, elle m'a avoué qu'elle n'avait pas été très gentille, avec vous. Elle vous a alors dit que vous ne seriez jamais talentueuse, et qu'il était préférable que vous renonciez tout de suite avant de vous décevoir vous-même.

Je marquai une pause.

— Puis elle a ajouté : « Je ne sais pas pourquoi j'ai réagi ainsi. »

Une larme roula sur la joue de Petra et s'écrasa sur le drap.

— Oh, que je la détestais quand elle était cruelle ! Et elle l'était souvent, voyez-vous. Mais elle avait raison. Mon père a payé ma place pour que j'entre à l'Académie des beaux-arts de Prague, sans quoi, je n'y aurais jamais été admise. Je n'étais vraiment pas bonne. Mais je me suis toujours demandé si j'aurais été meilleure avec un peu d'encouragements de la part de Mira. Je l'adulais.

Elle leva les yeux vers moi.

— Ma technique s'est depuis considérablement améliorée. Il n'empêche que Mira m'a blessée. Énormément blessée.

J'eus presque envie de m'excuser pour Mira, même si je n'avais pas fait partie de leur cercle.

— Je l'ai juste connue quelques jours. Mais j'aurais aimé la côtoyer bien plus longtemps. Elle m'a raconté des histoires fabuleuses sur vous, Paolo et Joséphine.

— Elle était ainsi. C'était un don, chez elle. Je détestais quand une nouvelle fille arrivait à l'école. Mira se liait en effet très vite à elle. Elles ne se quittaient pas un instant la première semaine, et puis Mira laissait tomber la nouvelle venue. Comme ça.

Petra fit claquer ses doigts.

— Puis elle me revenait, poursuivit-elle avec un sourire. Parfois, elle agissait ainsi parce qu'elle attendait quelque chose de moi. En général, de l'argent.

J'inclinai la tête, intriguée.

— Ses parents ne lui en donnaient pas, elle devait vendre une toile pour en avoir, mais elle ne peignait pas très vite, et elle était toujours à court d'argent.

Elle haussa les épaules.

— Et j'étais toujours celle qui lui en prêtait. Je savais évidemment qu'elle ne me le rendrait pas. Je comprenais. Filip n'a jamais gagné sa vie.

Ces paroles me déstabilisèrent. Mira ne s'intéressait-elle aux autres que si elle pouvait en obtenir quelque chose ? M'avait-elle montré de l'intérêt parce qu'elle avait besoin de mes services ? Comme remettre ses tableaux ? Allons, c'était absurde ! Comment aurait-elle pu savoir qu'elle allait mourir ? La femme que Petra avait connue était peut-être féroce et égoïste, mais n'avait-elle pas changé avec le temps ? Ou bien Mira avait-elle deux visages, et montrait-elle l'un ou l'autre en fonction de la personne qu'elle rencontrait ? Qui était la vraie Mira Novak ?

Je repris ma respiration.

— Il y a une chose que je ne vous ai pas dite. Miss Novak est morte d'une surdose de morphine. On n'a pas pu élucider qui lui avait administré. Je me suis même demandé si elle ne se l'était pas injectée elle-même, mais l'idée est absurde.

Là-dessus, je lançai un coup d'œil à Petra pour observer l'effet que mes paroles avaient sur elle. Sourcils froncés, elle jouait avec son drap.

— Néanmoins, si vous connaissez quoi que ce soit sur elle qui pourrait aider...

Je laissai ma phrase en suspens, parce que je ne savais pas vraiment quoi lui demander.

Petra demeura d'abord songeuse, puis reprit :

— Vous étiez son infirmière. N'était-ce pas vous qui étiez responsable de l'administration de la morphine ?

Je baissai la tête.

— C'est compliqué. Je sais que je ne lui ai pas donné la surdose, mais j'ignore qui l'a fait.

— Elle vous a laissé un mot alors qu'elle était encore à l'hôpital, n'est-ce pas ? Pourquoi aurait-elle fait cela si… ?

Et de nouveau, ses yeux se remplirent de larmes.

La phrase resta suspendue dans l'air. Je méditai quelques instants sur ces paroles. Il était difficile d'imaginer que quiconque puisse savoir quand et comment il allait mourir.

— Hier soir, vous avez dit que votre exposition représentait vos adieux à Miss Novak. Que vouliez-vous dire, exactement ?

Elle soupira.

— Je pensais que ces peintures me permettraient de me libérer d'elle. Comme si j'avais enfin surmonté l'influence qu'elle exerçait sur moi. C'était une sorte d'au revoir. Je sais ce que tout le monde raconte sur moi. Et je voulais y mettre un terme. Mais en réalité, elle me manque encore plus.

Je me levai, pris la tasse de thé et l'emportai dans le coin-cuisine. Puis je la lavai et l'essuyai.

— Vous savez ce qui est étrange ? demanda-t-elle.

Je me tournai vers elle, m'appuyant de tout mon poids contre le comptoir.

— Mon grand-père ne sera désormais plus le seul à acheter mes tableaux. Avec le décès de Mira, ils vont se vendre facilement. Et je serai alors moi-même très fortunée, je ne dépendrai plus financièrement de mon père. Seulement, pensez-vous que je doive les vendre ?

On aurait dit une enfant qui demandait si elle pouvait avoir une deuxième glace. Je ne savais pas quoi lui répondre. Je haussai les épaules et tentai de lui adresser mon sourire le plus empathique.

— Eh bien au moins, vous aurez celui-ci ! *L'Attente*. Il est magnifique.

Nous demeurâmes silencieuses un certain temps.

Elle reprit finalement :

— Mira et moi ne nous étions pas parlé depuis sa dernière visite à Prague. Mais je suis quasiment certaine qu'elle était restée en contact avec Paolo. Allez le voir. Il vous en apprendra davantage sur elle.

— Je l'espère. J'irai en effet à Florence.

Je m'interrompis, puis ajoutai :

— Auriez-vous son adresse, par hasard ?

Elle secoua la tête.

— Nous ne sommes pas amis, répondit-elle d'une petite voix.

Je lui repris alors le mot que Mira m'avait laissé, et le remis dans ma ceinture.

Petra hoqueta. Je lui donnai un autre verre d'eau. Elle en avala une grande gorgée. De ses grands yeux, où ne transparaissait aucun sentiment, elle se mit à me scruter.

— J'espère que vous trouverez la paix, mademoiselle Falstaff.

Je sursautai face à ces paroles venant d'une femme que je considérais comme une enfant. Est-ce que je cherchais la paix ? Je pensais plutôt défendre les intérêts de Mira. Petra sous-entendait-elle que c'étaient les miens, que je protégeais ?

Je saisis ma malle. Il était temps pour moi de partir et de regagner Paris.

Paris

Chapitre 10

Je me sentais seule. Ma visite chez Petra m'avait déprimée : le charme que Mira opérait sur moi était en effet un peu retombé. Ma mère me manquait. Elle m'aurait fait son *suji ka halwa* et m'aurait récité un beau poème de Tagore pour m'apaiser. Amit aussi me manquait. Je luttais contre l'envie de demander de ses nouvelles au docteur Stoddard, car j'étais certaine qu'il aurait deviné ce que je ressentais pour Amit ; or, je tenais à garder ces sentiments pour moi. Le bon vieux docteur me manquait lui aussi, tout comme Edward. Chaque fois que je repensais à notre danse dans le Grand Bazar, un sourire me venait aux lèvres. J'éprouvais le besoin de retrouver la compagnie d'une personne aux yeux de laquelle je comptais. Même l'Inde me manquait : j'avais la nostalgie de ses odeurs familières, de son cœur battant, de ses habitants.

Une fois descendue à la gare de l'Est, à Paris, je me dirigeai vers l'hôtel particulier portant une plaque en cuivre m'informant que je me trouvais à l'ambassade de Sa Majesté britannique. Jusque-là, le conseil d'Edward, à savoir me rendre dans chaque ville où j'arrivais à l'ambassade britannique, s'était avéré fort utile. Si celle de Prague était impressionnante, à Paris elle était éblouissante. Ses chandeliers en cristal, ses immenses miroirs aux murs et ses colonnes dorées vous transportaient dans un palais féerique.

Au sol, je foulais un somptueux tapis aux motifs bordeaux et or. À travers une immense fenêtre qui s'élevait du sol au plafond et occupait le mur du fond, mon regard fut attiré par une pelouse verte, parfaitement entretenue.

Quand je me présentai au réceptionniste, il me remit une enveloppe gaufrée. Elle m'était adressée et je reconnus l'écriture serrée du docteur Stoddard. Je n'avais jamais été aussi heureuse de ma vie de recevoir une lettre !

Ma chère enfant,

Je suis ravi que vous ayez bien profité de votre visite à Prague. J'espère que vous avez levé le voile sur cette bien mystérieuse peintre. Ne vous sentez surtout pas notre obligée. Edward n'a rien fait d'extraordinaire. Nous cherchons juste à vous soutenir dans la mesure de nos possibilités.

Et à présent, j'ai un problème à vous soumettre.

Il est compréhensible que vous n'ayez pas envie de rendre visite à votre père, mais si vous quittez cette vie sans lui avoir dit votre façon de penser, vous ne serez pas en paix avec vous-même. Je sais qu'il vous a meurtries, votre mère et vous, mais ne permettez pas qu'il continue à vous blesser.

Je tenais à vous dire quelque chose depuis que j'ai fait votre connaissance. Une chose que même Edward ignore. Mais cela vous aidera peut-être à mieux comprendre votre père.

J'ai laissé une fiancée en Angleterre, quand je suis parti en Inde. J'avais naturellement l'intention de la faire venir et de l'épouser une fois que j'aurais été installé à Bombay. Et puis j'ai rencontré Deva. Je n'avais encore jamais connu une personne comme elle. Elle possédait un calme intérieur qui m'apaisait. J'étais en effet au plus bas après avoir perdu un patient en Angleterre

en raison d'une imprudence de ma part. Je sais que l'erreur est humaine, mais je n'aurais jamais pensé en commettre une un jour moi-même. L'homme qui était mort sous ma surveillance était le frère de ma fiancée. Elle était brisée. Je n'arrivais pas à me pardonner. Il me fallait aller aussi loin que possible pour échapper à ce sentiment d'échec. Je l'avais blessée. Elle m'avait pardonné, ne m'avait jamais reproché le décès de son frère. Ni n'avait changé d'avis quant à notre mariage. Mais il me fallait surmonter ma culpabilité. Alors je suis parti en Inde. Où je suis tombé amoureux de Deva. Était-ce parce que je n'avais nulle envie de retourner en Angleterre, là où j'avais commis mon erreur colossale ? Ou souhaitais-je commencer une vie avec une femme extraordinaire ? J'ai épousé Deva. Nous avons été heureux ensemble. Edward est le produit de notre union et la plus belle réussite de ma vie. Quand il avait huit ans, Deva est décédée, renversée par une voiture dans la rue.
Les gens nous regardaient, Deva et moi, comme ils devaient probablement regarder votre père et votre mère. Comme si nous avions transgressé la loi. À leurs yeux, notre couple était une abomination. Ce qui n'avait pas toujours été ainsi. À une époque, le gouvernement britannique encourageait des mariages comme le nôtre – comme celui de votre mère et de votre père – pour créer des liens entre les Anglais et les Indiens susceptibles d'apaiser les tensions. Mais elles ne retomberont jamais, pas tant que les Britanniques resteront au pouvoir. Les mariages mixtes constituent les dommages collatéraux.
Un tel nuage de désapprobation nous entourait, Deva et moi, que nous fréquentions très peu les autres. Nous aurions pu nous tourner vers des couples comme le nôtre, mais qui a envie de faire partie du club des parias ? Dès que je vous ai rencontrée, j'ai compris que vous étiez l'une des nôtres. Et vous me l'avez confirmé.

J'ai souvent repensé à mon comportement cruel envers ma fiancée, à qui j'avais annoncé par lettre la rupture de nos fiançailles. Bien trop lâche pour aller l'en informer de visu !
Je ne suis jamais retourné en Angleterre. Ma famille n'a pas particulièrement cherché à rester en contact avec moi. Ni la sienne. Tous avaient honte de moi. Et moi aussi j'étais honteux de mes agissements. J'avais fui l'Angleterre. Puis j'avais fui mes devoirs envers Elizabeth.
Tout cela pour vous dire que le plus grand regret de ma vie est de ne pas avoir eu le courage d'affronter Elizabeth pour m'excuser de ma cruauté. Je ne peux m'empêcher de penser que votre père veut vous dire aussi qu'il est désolé de sa désertion, qu'il en a besoin. Et si la montagne ne vient pas à Mahomet…
Promettez-moi en tout cas d'y réfléchir.

Avec toute mon affection et mon admiration,
Ralph Stoddard

Je demeurai longtemps debout, la lettre à la main. Autour de moi, à l'accueil, s'affairaient des hommes vêtus de costumes en lainage noir, des colonels et des généraux britanniques, des secrétaires en jupe crayon portant pulls et gilets assortis. Chacun allait d'un endroit à un autre, avec un but bien précis. Et moi je me tenais immobile.

Le docteur Stoddard avait été marié à une Indienne ? Nous avions passé douze jours ensemble sur le bateau à vapeur. Pourquoi ne m'en avait-il alors rien dit ? Je lui avais fait part de sentiments – le fait d'avoir été rejetée par l'hôpital, rejetée par mon père – dont je n'avais parlé à personne, à part ma mère. Il m'avait écoutée, m'avait regardée comme un parent sans doute, avec approbation, sans me juger. Or, il avait agi exactement de la même façon que mon père : il avait abandonné une femme qui avait confiance en lui, tout comme ma mère en mon père. Et je détestais ce dernier pour son comportement. Avais-je encore une fois été trompée, en accordant ma confiance au docteur ? Comment avait-il pu gagner si vite mon affection, que je n'accordais en règle générale qu'avec parcimonie, et me la retirer si brutalement ?

Autre sidération : Edward était donc lui aussi métis ? J'avais cru que sa peau plus foncée résultait du soleil, alors qu'elle lui venait en réalité de sa naissance. Avait-il grandi comme moi sous l'ombre de la disgrâce ? Avait-il été l'objet des mêmes insultes blessantes que moi ? Avait-il, comme moi, pleuré dans les bras de sa mère ? Néanmoins, je n'avais pas perçu chez lui la moindre trace du ressentiment que je portais. Était-ce parce que, contrairement à mon père, le sien était resté, et avait continué à s'occuper de lui, même après la mort de sa femme ? Edward travaillait à l'ambassade *britannique*, ce qui signifiait qu'il avait obtenu cette nationalité par son père, un père qui l'avait reconnu. Edward était réellement un privilégié.

Soudain, on me toucha le coude. C'était une femme âgée, aux cheveux blonds et courts, dotée d'un petit nez. Dans sa jeunesse, elle avait dû être plutôt jolie. Elle avait quelques cernes peu prononcés sous les yeux.

Elle avait aussi une voix douce et apaisante.

— Je suis désolée, mais si vous restez ici plus longtemps, vous risquez de vous faire bousculer. Ce sont de mauvaises nouvelles ?

Et, sur ces mots, elle jeta un coup d'œil à la lettre que je tenais à la main.

À cette question, je me rendis compte qu'elle pensait que l'on venait de m'apprendre la mort d'un être cher. Pour lui prouver le contraire, je lui souris.

— Non, absolument pas. Mais malgré tout un choc.

— Dans ce cas, venez dans le petit salon, je vais demander qu'on vous serve une tasse de thé. Cela vous convient-il ?

Je repris ma malle et me laissai guider vers une pièce meublée avec élégance. Un majordome s'avança vers nous.

— En quoi puis-je vous être utile, madame Phipps ?

— Apportez une tasse de thé à cette jeune femme, s'il vous plaît.

Quand il s'éloigna, elle se tourna vers moi.

— Que puis-je faire d'autre pour vous ? Avez-vous besoin d'un document pour voyager ?

— Non, madame. En revanche, j'ai besoin d'un logement. Pour deux ou trois nuits.

Elle dirigea tout de suite le regard vers ma malle.

— Bien sûr. Vous venez… Non, laissez-moi deviner… À votre accent, je dirais d'Inde ?

— De Bombay.

Je brandis ma lettre.

— Le docteur Stoddard et son fils, Edward Stoddard, m'ont conseillé de venir ici pour…

Son visage s'éclaira.

— Eddy ? m'interrompit-elle. Oui, bien sûr. Il vous a donc dit de venir ici ?

Je hochai la tête.

Mme Phipps me sourit.

— Voyons voir ce que nous avons pour vous aider.

— Vous faites aussi partie de l'ambassade ?

Elle émit un rire charmant.

— Oui, on peut dire cela. Je suis la femme de l'ambassadeur.

À la fin, Mme Phipps me donna le nom d'une vieille amie à elle, Mme Renaud, qui vivait seule et appréciait la compagnie. Je comptai l'argent qui me restait : je pourrais me rendre à Florence. Mais ici, à Paris, qui était une ville onéreuse d'après ce qu'on m'en avait dit, il me faudrait être très prudente ; j'espérais que le logement ne me coûterait pas trop cher. Si le pire arrivait, je pourrais toujours passer une nuit à la gare.

Je me rendis à l'adresse de Mme Renaud. Le grand immeuble blanc se situait à l'intersection du boulevard Raspail et de la rue Bréa. Des balcons avec des ornements en filigrane encadraient les fenêtres. Au rez-de-chaussée était établi un café, devant lequel des bicyclettes étaient garées sur le trottoir pavé. Je manquai de repartir : à n'en pas douter, ce logement était bien au-dessus de mes moyens. La femme de l'ambassadeur n'avait pas abordé la question du prix, et je n'avais pas osé le lui demander.

Mme Renaud était une femme élégante, dont la maison avait dû être splendide à une autre ère. Elle vivait dans l'un des trois appartements du quatrième étage. Les coussins du canapé s'affaissaient, mais ils étaient recouverts d'un superbe plaid en mohair rose. Avec le temps, les milliers de pieds qui avaient foulé le tapis persan avaient fini par l'user. Les rideaux en velours qui partaient du plafond pour descendre jusqu'au sol donnaient l'impression d'avoir besoin d'un bon lavage. La crise de 1929 avait-elle un rapport quelconque avec l'état de sa maison ? me demandai-je. Dans un français relevé, Mme Renaud m'informa que j'occuperais la première chambre, à gauche de la porte d'entrée.

J'avais porté ma malle toute la journée, aussi avais-je mal au bras. Soudain, comme si je venais de prononcer ces pensées à voix haute, mon hôtesse déclara :

— Vous devez être fatiguée. Allez vous installer, puis nous dînerons.

Le dîner consista en du cabillaud légèrement revenu accompagné de champignons aux oignons, le tout complété par du pain chaud et une salade de haricots verts. Elle versa du vin rouge dans nos verres. La table était dressée avec de la vaisselle en porcelaine et des couverts en argent. Je dépliai la serviette damassée pour la poser sur mes genoux, tout en me demandant si elle mangeait chaque jour de manière aussi protocolaire. Elle avait environ soixante ans et ses fins cheveux gris étaient rassemblés en un chignon bas. Elle portait une robe noire bien coupée, en jersey épais, ainsi que des petites perles aux oreilles et une large chaîne autour du cou pour maintenir ses lunettes.

Elle leva son verre.

— Frances – Mme Phipps – m'a dit que vous connaissiez Edward Stoddard.

— En effet, madame.

Je pris une bouchée de poisson, délicatement relevé avec du sel et du beurre. C'était délicieux. Je n'avais rien mangé depuis ma descente du train et j'étais affamée.

— Je l'ai connu grâce à son père, le docteur Stoddard.

— Ah, je n'ai pas encore eu le plaisir de rencontrer son père. J'ai dîné à côté d'Edward chez les Phipps. Il est tout à fait charmant.

Je rougis, en espérant qu'elle ne le remarquerait pas. En quoi cela me concernait-il, qu'elle le trouve charmant ?

Elle tartina son pain de beurre.

— Comment trouvez-vous Paris, mademoiselle Falstaff ?

— C'est une ville aussi belle et séduisante que Hemingway l'a décrite. Ou bien Zola ou Guy de Maupassant.

— Vous êtes une grande lectrice, mademoiselle.

— En effet. Je n'ai jamais eu beaucoup d'amis.

Je fus la première surprise de mon aveu si personnel et si peu flatteur sur moi-même.

Mais Mme Renaud se contenta de rire. Puis elle leva son verre pour porter un toast. Je l'imitai et nous trinquâmes.

— Bienvenue au club, dit-elle en buvant un trait de vin. Je suppose que vous n'êtes pas venue ici pour faire du tourisme.

— Tout à fait. Je suis ici pour annoncer la nouvelle du décès de quelqu'un.

Elle reposa sa fourchette.

— *Mon Dieu**! Frances m'a dit que vous veniez de Bombay.

Je mastiquai un haricot vert avant de reprendre :

— Il fallait que je délivre la nouvelle en personne, et remette également un tableau.

— Un tableau ? Voilà qui est intéressant. Je connais peut-être l'artiste.

— Elle s'appelle Mira Novak. Ces dernières années, elle a essentiellement peint des Indiens et Indiennes dans des zones rurales.

— J'ai entendu parler d'elle. Je crois que ses œuvres ont été exposées à Paris. Puis-je voir la peinture ?

Je quittai la table pour aller la sortir de ma malle, puis dépliai *Les Promesses* et l'apportai dans la salle à manger. Mme Renaud s'essuya la bouche à sa serviette et tendit les bras pour se saisir de la toile.

Elle se tâta pour trouver ses lunettes, qu'elle chaussa avant de se mettre à étudier la peinture.

— Plutôt bon. La composition est frappante. Tout comme la thématique. Mon mari et moi sommes allés en Inde en 1922. Quel pays magnifique et mystérieux ! Nous avons rencontré des gens religieux comme ces personnages, qui priaient toute la journée pour la vie des autres.

Elle ôta ses lunettes, qui restèrent suspendues à leur chaînette, puis me redonna la toile d'une main tremblante.

— Les Indiens sont si chaleureux. Ils nous conviaient chez eux et nous invitaient à manger alors qu'on se connaissait à peine.

Elle reprit une gorgée de vin.

— Mon mari aurait adoré faire votre connaissance, mademoiselle. Il est mort l'an dernier.

Ses lèvres se mirent alors à trembler, prélude à des larmes, mais elle parvint à les retenir. À la place, elle avala un large trait de vin.

Je lui touchai la main. Sa peau était fine comme du papier, mais chaude. Elle agrippa la mienne. Chaque fois que j'avais vécu l'expérience de la mort à travers mes patients, la déchirure de mon cœur s'en était trouvée agrandie.

Nous continuâmes à manger. Elle se leva ensuite pour débarrasser, mais quand je me mis à mon tour debout afin de l'aider, elle déclara :

— Non, non, restez assise. Je ne supporte pas que l'on entre dans ma cuisine.

Elle revint avec deux assiettes contenant apparemment de la crème renversée, agrémentée de trois myrtilles chacune. Le dessert était si parfait qu'on n'avait pas envie de l'entamer.

— C'est de la panna cotta, m'informa-t-elle. C'est italien. Mais personne n'est parfait.

Et elle se mit à rire.

Je pris une première cuillerée. C'était comme du *ras malaï*, mais en plus léger, plus délicat. Je ne pus néanmoins l'apprécier comme il se devait, tant j'étais anxieuse au sujet de mes ressources qui ne cessaient de diminuer. Je reposai ma cuillère.

— Madame… sans vouloir être impolie… pouvez-vous me dire à combien s'élèvera mon séjour chez vous ?

Et je rougis jusqu'à la racine des cheveux de cette question vulgaire, mais dont j'avais besoin de connaître la réponse.

Elle releva les lèvres en un sourire.

— C'est en effet très impoli. Les amies de Frances sont mes amies. Et je ne demande pas à mes amies de régler leur séjour chez moi, mademoiselle.

J'expirai alors l'air que je retenais.

Avant d'éteindre ma lampe de chevet, ce soir-là, je relus la lettre du docteur Stoddard. Je voulais voir si j'avais les idées plus claires, à son sujet. D'un côté, le docteur était mon ami, il me venait en aide alors qu'il se trouvait à des milliers de kilomètres d'ici. D'un autre, il était l'ennemi, le déserteur, comme mon père. Comment pouvais-je concilier ces deux aspects de sa personne ? Tentait-il de me dire que ce qui expliquait le comportement abject de mon père était plus complexe que je ne le croyais ? Que je devais lui pardonner comme lui aurait aimé l'être ? Je m'efforçai en vain de trouver une réponse. J'eus un sommeil agité, et des rêves sombres.

— Joséphine ?

L'homme se gratta la joue.

— Vous voulez dire Joséphine Benoit ? Elle est au *marché**, aujourd'hui.

Je m'étais rendue dans le 7e arrondissement pour trouver Joséphine, puisque Mme Renaud m'avait dit que les galeries d'art s'y trouvaient. Sur une carte, elle m'avait montré que Paris avait la forme d'un escargot, divisé en sections appelées « arrondissements ». Après avoir emprunté diverses rues, le long de la Seine, j'avais fini par trouver le nom de Joséphine Benoit sur une porte en verre. Dans la vitrine, j'avais repéré deux peintures qui auraient pu être de Mira. Mais la porte était fermée.

M. Maillot, dont le nom figurait sur la galerie voisine, était un homme corpulent, vêtu d'un costume de qualité. Il devait peser quatre-vingt-dix kilos. Il présentait tous les symptômes d'un cœur surmené. Des joues rouges, le front en sueur alors que la journée était douce. Son cou était renflé au niveau du col amidonné de sa chemise. L'infirmière en moi aurait aimé lui conseiller de réduire la viande et de marcher après le dîner.

— Quel *marché**, monsieur ? demandai-je à la place.

Il me jaugea alors de haut en bas. On aurait pu penser qu'il évaluait mon sens de la mode, comme les femmes de Paris qui me croisaient dans la rue, mais mon instinct me chuchota de me méfier physiquement de lui.

— Le *marché aux puces**, répondit-il en désignant vaguement le nord de Paris, les yeux rivés à mes seins.

Ne souhaitant pas m'attarder plus que nécessaire, j'avais à présent hâte de partir.

— La trouverai-je facilement ? Il doit y avoir des centaines de stands.

J'avais lu dans mon Baedeker que ce marché était immense.

À cet instant, il me regarda de façon plus attentive, comme s'il me remarquait pour la première fois.

— Vous êtes un membre de sa famille ?

Je ne comprenais pas ce qu'il voulait dire.

— Pardon ?

— Vous êtes la cousine martiniquaise de Mlle Benoit ?

— Euh, non. Je viens d'Inde.

Il plissa le front.

— D'Inde ? Mlle Benoit est l'agente d'une artiste originaire de ce pays, n'est-ce pas ?

Il devait faire référence à Mira, mais je ne voulais pas parler d'elle avec une autre personne que Joséphine, aussi fis-je mine de ne pas avoir entendu.

Les joues de M. Maillot ressemblèrent à deux ballons quand il expira de l'air par la bouche.

— Le *marché** est grand. Il s'agrandit tous les jours. Vous devez faire attention à ce que vous achetez, hein ? Il y a des…

Et il ondula les doigts dans l'air. Je compris ce qu'il voulait dire : la même chose que les Indiens à propos de nos marchés, à Bombay.

Subitement, son téléphone sonna. Il marcha à reculons jusqu'à son bureau tout en continuant à parler :

— Demandez Louis Le Grand. Il saura où la trouver.

Et j'entendis son « Allô » alors que je refermais la porte derrière moi.

Il m'aurait fallu une heure pour me rendre au marché aux puces, mais comme j'étais hébergée gratuitement, je pouvais me permettre de prendre le métro. Ce marché se révéla être un dédale de stands installés le long de ruelles étroites et vendant toutes sortes de marchandises. Il n'était pas sans rappeler Hutatma Chowk, à Bombay. Toutefois, au lieu des traces de jus de betterave sur les murs et des odeurs d'encens, de fenouil et de sueur prononcées, il flottait ici des effluves de plâtre, de fumée froide de cigarettes, de cuir et de métal, sans doute du cuivre. À ma gauche se tenait un vendeur de vaisselle et de porcelaine. À ma droite se trouvait une chaise en fer forgé délicatement travaillé en comparaison des chaises en tek solide des vieilles maisons, à Bombay. D'autres étals proposaient des articles ménagers ; des tableaux encadrés étaient accrochés à des murs faits de bric et de broc, ou exposés sur de vieilles tables ou encore suspendus au plafond. Je vis aussi des cages à oiseaux, des livres de seconde main, des ustensiles de cuisine en émail, des meubles en acajou solides (qui évoquaient les buffets du salon des visiteurs, à l'hôpital Wadia). Au bout d'une demi-heure, j'avais arpenté tant d'allées que j'eus l'impression de tourner en rond. Comment allais-je retrouver Joséphine, dans ce labyrinthe ?

Tous les deux ou trois stands, je demandais si l'on pouvait me dire où était Louis Le Grand. Certains me répondaient par un haussement d'épaules, la plupart m'ignoraient complètement. Je m'efforçais de ne pas déranger ceux qui négociaient âprement, sans pouvoir m'empêcher d'écouter ce qui se disait, fascinée que les vendeurs recourent aux mêmes techniques qu'à Bombay. « Madame ne trouvera pas de dentelle plus raffinée ailleurs. Même aux Pays-Bas, ils réclament la mienne. J'ai des clients en Chine qui paieraient quatre fois le prix que je vous fais, mais ils ne peuvent pas venir ici aussi facilement que madame. »

Finalement, un gentleman à qui j'avais parlé quelques stands auparavant siffla, et je me retournai, à l'instar de plusieurs autres clients, et vendeurs. Il me fit alors signe de m'approcher. Quand j'arrivai à sa hauteur, il se pencha en avant et désigna du doigt une boutique, au bout de l'allée. Je le remerciai et m'y rendis en toute hâte.

L'emplacement était différent des autres. Au lieu d'une entrée en toile, il comportait une porte en verre. Il semblait appartenir aux boutiques plus prospères. J'y entrai. Sur chaque pan de mur, et même au plafond, il y avait des tableaux. Certains étaient encadrés, d'autres non. Au centre du magasin se trouvait un bureau sur lequel s'entassaient d'autres toiles. Et devant celui-ci, une femme fort grande, vêtue d'un élégant tailleur bleu marine, me tournait le dos. Elle était coiffée d'un chapeau cloche moutarde et ses cheveux d'un noir bleuté formaient de savantes ondulations. J'avais déjà vu cette coiffure sur d'autres Européennes. Elle étudiait un tableau qu'elle tenait dans ses mains gantées.

L'homme que je supposai être Louis portait une chemise en coton à rayures, aux manches remontées jusqu'aux coudes, et un pantalon noir muni de bretelles. Il avait par ailleurs les bras croisés.

— Je lui ai parlé la semaine dernière. Elle ne le lâchera pas à moins.

Ses dents se chevauchaient, comme les lattes d'une clôture sur le point de s'effondrer.

La femme murmura alors :

— C’est trop cher pour ce que c’est.

Le vendeur pointa les mains vers le sol.

— Madame, c’est à cause du hashish. Elle en est éprise comme d’un amoureux. Si c’était bon pour Hugo et Baudelaire… Voilà ce qu’elle dit. Et donc, elle a besoin d’argent.

— Je n’en doute pas, mais mon client ne paiera pas la somme exigée par l’artiste.

— Qui est ce client ?

À la façon dont elle serra les épaules, il était manifeste que la femme fut agacée par la question.

— Monsieur Le Grand, je ne révèle jamais les noms de mes clients, dit-elle comme si elle sermonnait un enfant désobéissant.

Puis elle baissa le tableau et le reposa sur le bureau.

Louis agita alors les mains.

— Je sais, je sais. *Désolé**.

Mais il semblait plus exaspéré que désolé.

— Nous paierons la moitié de ce que vous demandez.

Louis passa la main sur sa bouche, et haussa les épaules.

— Dans ce cas, restons-en là.

Puis il parut enfin remarquer ma présence.

— *Mademoiselle** ? demanda-t-il en désignant du menton la toile que j’avais sous le bras.

J’étais si absorbée par leur conversation que j’en sursautai. Ce fut à cet instant que la femme se retourna. Elle avait la peau de la couleur d’un café dans lequel on aurait versé une once de lait, et des yeux assortis. Elle aurait pu venir de l’Inde du Sud. En réalité, elle était telle que Mira me l’avait décrite. Joséphine portait des gants couleur crème. Un collier de perles brillait sur sa peau foncée. Seuls les plis au coin de ses yeux trahissaient un certain âge. Elle avait entre quarante et cinquante ans – difficile de lui donner un âge précis. Un rouge à lèvres marron redessinait sa bouche fine.

Je devais la regarder fixement, car Louis redemanda :

— *Puis-je vous aider** ?

J'avais oublié de saluer le propriétaire en lançant le fameux « bonjour » que Ralph Stoddard m'avait dit être de coutume. Je hochai la tête à l'adresse de Louis.

— *Bonjour** !

Puis je me rapprochai de la femme.

— Madame Benoit ?

Elle plissa le front.

— Vous connaissiez Mira Novak ? enchaînai-je.

Elle cligna des yeux.

— Je *connais* Mira, renchérit-elle avec circonspection.

— Je suis désolée, mais j'ai de mauvaises nouvelles à vous annoncer.

Notant alors que Louis avait haussé des sourcils surpris, je poursuivis :

— Pourrions-nous parler en privé ?

Mais Louis comprit rapidement, et afficha un grand sourire, montrant ouvertement ses dents qui se chevauchaient.

— Eh bien voilà, madame Benoit ! Le travail de Mira Novak va valoir une sacrée fortune sur le marché de l'art, à présent. Et vous-même possédez quelques-unes de ses œuvres, n'est-ce pas ? Votre avenir s'éclaire, en fait.

Il saisit le petit tableau qu'elle avait reposé sur son bureau.

— Je vous l'enveloppe ? Au prix fort ?

En raison de ses talons hauts, Joséphine avait les yeux au même niveau que Louis, on aurait pourtant cru qu'elle avait une tête de plus que lui lorsqu'elle le foudroya du regard. Elle serra les mâchoires, et sortit de son sac une liasse de billets français qu'elle posa sur le bureau.

Louis frappa dans ses mains, puis s'en saisit en les agitant.

— Merci, madame.

Il emballa ensuite le petit tableau dans du papier kraft, insérant du carton de chaque côté pour le protéger.

À peine l'eut-il donné à Joséphine qu'elle pivota sur elle-même et, dans un claquement de talons, se dirigea vers la sortie. Elle marchait si vite que je dus courir pour la rattraper.

Après être passée devant quelques stands, elle mit le tableau sous son bras et s'arrêta pour allumer un fin cigare à l'aide d'un briquet en or. Puis elle le referma et aspira une grande bouffée. J'arrivai alors à sa hauteur.

— Vous m'avez coûté une négociation, dit-elle.

Elle ne semblait pas furieuse, mais elle avait la voix tendue.

J'étais un peu hors d'haleine, et j'avais les aisselles humides à cause de la sueur. Il faisait pourtant quinze degrés environ, c'est-à-dire six degrés de moins qu'à Bombay. J'aurais dû avoir froid.

— Je suis désolée, madame. Mais j'ai fait un long voyage pour vous parler. En fait, je viens de Bombay.

Ses yeux passèrent de son cigare à ma bouche. Comme si elle était sourde et qu'elle lisait sur les lèvres.

— Et vous êtes… ?

— J'étais l'infirmière de Miss Novak. Elle est tombée malade à Bombay. Elle n'a malheureusement vécu que six jours dans notre établissement.

Nous nous étions arrêtées devant un groupe de musiciens qui jouaient du jazz ; les guitaristes improvisaient des solos. Je devais parler plus fort pour qu'elle m'entende. Certaines têtes se tournèrent vers nous.

Elle demeurait parfaitement immobile, indifférente aux clients qui devaient la contourner. Elle avait rivé les yeux au sol, lequel était jonché de restes de nourriture, de mégots et de reçus. Je lui laissai le temps de digérer la nouvelle. Elle ne semblait pas bouleversée, plutôt choquée. Chacun faisait son deuil à sa façon.

— Mademoiselle Benoit ?

Elle était tellement plongée dans ses pensées qu'elle ne m'entendit pas. J'arrachai tout à coup, d'entre ses doigts gantés, le bout du cigare brûlant, que je jetai immédiatement par terre avant de l'écraser avec ma chaussure. Gentiment, je saisis le tableau enveloppé qu'elle venait d'acheter de dessous son bras, car il était sur le point de tomber par terre. Prendre soin des autres était ma seconde nature, un réflexe chez moi, comme respirer.

Au bout de quelques minutes, Joséphine se redressa et me considéra. Elle semblait avoir pris une décision.

Finalement, elle demanda :

— Mira est donc partie ?

J'acquiesçai.

— Bien, enchaîna-t-elle.

Elle avait pris un ton professionnel. Elle sortit ses lunettes de soleil de son sac à main, et les chaussa. Et elle parut encore plus détachée qu'elle ne le semblait déjà. Portait-elle couramment ces lunettes ou bien étaient-elles destinées à cacher ses émotions ? Elle vérifia sa montre.

— J'ai un rendez-vous et je suis en retard.

Là-dessus, elle me contourna pour regagner la sortie du marché aux puces.

— Mais, mademoiselle Benoit, je viens de très loin.

Elle tournoya sur elle-même pour me faire face.

— Êtes-vous sourde ? Je m'en fiche, dit-elle en me postillonnant au visage.

Sans ajouter un mot, elle pivota une fois de plus sur ses talons, et se faufila rapidement à travers le marché bondé.

Je tenais encore à la main le tableau qu'elle avait acheté.

— Non, attendez, mademoiselle Benoit ! m'écriai-je. J'ai votre…

Mais elle accéléra le pas. Pour autant, je ne voulais pas qu'on m'accuse de l'avoir volée. Si la société française ressemblait un tant soit peu au Raj britannique, on me qualifierait sans ambages de criminelle. Un sectarisme d'un autre temps serait alors mon juge et mon juré. Je me frayai donc un chemin dans la cohue, sans perdre de vue le chapeau cloche moutarde devant moi. J'étais habituée aux bazars de Bombay où les clients se laissaient porter par le courant de la foule au lieu de tracer leur propre chemin à travers les tourbillons. Ici, à Paris, il me fallut jouer des coudes pour rattraper l'amie de Mira.

Elle se dirigeait à présent vers le métro, celui que j'avais pris pour me rendre au marché aux puces. Je la suivis, chargée de deux tableaux à présent, dont l'un était *Les Promesses* de Mira. Joséphine monta dans une voiture de première classe. L'espace d'un instant, j'hésitai : j'avais un billet de seconde classe, mais la porte entre les premières et les secondes ne s'ouvrait pas. Je savais aussi que si elle descendait, je perdrais sa trace.

Le compartiment de première classe était vide, à l'exception de deux hommes d'affaires et d'une femme bien en chair entourée de nombreuses emplettes. Joséphine me lança un regard surpris quand je m'assis à côté d'elle. À cette proximité, je perçus sa fragrance : une pointe de citron, du musc et du poivre, le tout relevé par le Cheroot qu'elle avait fumé. L'odeur était subtile, mais suffisait à la définir comme une femme puissante.

— Je ne veux rien savoir.

Et, abruptement, elle se leva pour changer de siège.

— Mais…

Je la suivis et lui tendis le tableau qu'elle avait acheté chez Louis. Elle regarda le paquet, ouvrit la bouche, la referma, puis s'en saisit sans me remercier.

Elle n'avait pas la réaction que j'attendais, surtout après avoir vu celle de Petra, tout à fait à l'opposé. Celle-ci avait éprouvé du chagrin, comme il était logique en pareille circonstance. Un jour, Mira m'avait dit que Petra était incapable de faire semblant, qu'elle était rapidement envahie par de vives émotions. Or, ce n'était pas du tout le cas de Joséphine. Ce qui me rendait perplexe, c'était le fait qu'elle était la galeriste de Mira. Ne voulait-elle pas au moins en apprendre davantage sur sa mort ? Faire le deuil de son amie et cliente ? Montrer une once de sentiment ? Elle devait tout de même être curieuse de savoir qui allait gérer les tableaux qui se trouvaient chez elle.

Je serrai les poings. Je n'avais pas l'habitude d'exprimer ma colère, mais je me sentais bouillir. Je n'avais quand même pas parcouru des milliers de kilomètres en vue de raconter à cette femme ce qui était arrivé à Mira pour essuyer une telle rebuffade ! Joséphine semblait furieuse – pas peinée – par la nouvelle. J'aurais pu, bien sûr, me contenter de lui remettre *Les Promesses*, et en rester là. Ma mission aurait été accomplie. Mais la réaction de Joséphine me déroutait bien trop : fallait-il y voir le fait que Mira l'avait trahie en devenant la maîtresse de son mari ?

Je tentai de nouveau de m'asseoir près d'elle. Mais elle leva la main.

— Non.

C'était un ordre.

— De toute évidence, poursuivit-elle, elle vous a envoûtée. Comme elle le faisait avec tout le monde. Très bien. Vous m'avez dit ce que vous aviez à me dire. Maintenant, partez.

Je trouvai un autre siège et ne la quittai pas des yeux. Il fallait que je lui remette le tableau de Mira. Je devais juste le faire au bon moment.

Je la suivis dans les couloirs du métro jusqu'à la sortie de la station Vavin, ajustant ma vue à la lumière du soleil. Aux quatre angles du carrefour, des clients étaient à la terrasse des cafés du boulevard Montparnasse. À ma gauche, je repérai *Le Dôme*, un établissement fort chic.

Joséphine traversa la rue. Je la suivis. Elle se faufila entre les tables d'un autre grand café qui faisait l'angle : *La Rotonde*. Plus loin dans la rue se trouvaient deux autres cafés peu bondés, *La Coupole* et *Le Select*. À *La Rotonde*, tout le monde semblait connaître Joséphine. Les clients installés en terrasse la saluaient de la main. Les serveurs l'embrassaient sur les deux joues. Je restai en retrait. Elle ne semblait pas s'être aperçue de ma présence. Soudain, elle s'arrêta à une table où trois hommes discutaient en fumant. Le trio se leva pour l'embrasser.

Joséphine demanda alors à celui qui avait un grand front :

— Picasso n'est pas avec toi, aujourd'hui, Marcel ?

L'interpellé lui sourit. Il avait les yeux étroits et un nez allongé, mais ses traits symétriques lui conféraient une certaine beauté.

— Il est à son atelier avec Dora. Il travaille d'arrache-pied au tableau qu'il destine à l'Expo.

Un autre homme à la table, aux yeux enfoncés et aux sourcils par nature froncés, déclara :

— C'est un tableau où il déverse sa colère. Il est furieux contre Franco et l'Allemagne pour le bombardement de Guernica.

L'homme aux traits grossiers et au nez aplati de boxer le regarda.

— Miró aussi est furieux, Manny. Et tu le serais également si tu étais espagnol, non ?

Il avala une gorgée de bière, qui laissa un trait d'écume sur sa moustache.

Joséphine sourit.

— Il paraît que la colère les fait peindre plus vite.

Les hommes se mirent à rire.

D'une autre table, un homme aux traits doux portant un costume et un nœud papillon renchérit :

— Picasso peut s'estimer heureux qu'on lui donne un atelier pour peindre. Tout le monde ne bénéficie pas de cette faveur.

Devant lui se trouvaient des feuilles qu'il remplissait au crayon de papier.

— Louis, ne te mêle pas de ça ! lui répondit Marcel. Tiens-t'en à ton propre domaine.

La rebuffade était amicale.

À part l'élégant personnage prénommé Louis, les autres ressemblaient à mes patients après trois jours d'hospitalisation avec leurs cheveux décoiffés, leur teint cireux et leurs chemises froissées. Dans le train, j'avais entendu une touriste dire à une autre que le quartier Montparnasse, où l'on se trouvait actuellement, était un refuge pour poètes, écrivains et peintres. Les hommes qui discutaient avec Joséphine s'accordaient sans doute une pause dans leur pratique artistique.

Celui à la tête de boxeur alluma une cigarette Pélican, puis rejeta la fumée par le nez.

— Et toi, Jo ? demanda-t-il. Retourneras-tu en Martinique ? On raconte que…

Joséphine secoua la tête.

— On en raconte toujours beaucoup, Fernand. Mais si la situation devait en arriver là, alors oui, ma sœur et moi retournerions là-bas. Je l'incite à nuancer sa position politique dans ses essais.

— C'est une bourgeoise de gauche, décréta Marcel avec un petit sourire sournois.

Joséphine sourit à son tour.

— Surtout, ne lui dis pas une chose pareille. Elle serait choquée.

Elle balaya alors du regard l'intérieur du café.

— L'un de vous a-t-il vu Berthe ? Je l'ai cherchée au *marché** mais elle n'y était apparemment pas.

— Elle fait partie de tes causes perdues, Jo, déclara Manny.

Puis il me fit un clin d'œil.

— Celle-ci aussi ? ajouta-t-il.

Je fus mortifiée que tous les hommes tournent, à cet instant, leur attention vers moi. Je tentai de regarder ailleurs, mais Joséphine me vit.

— Non, Manny, pas elle. Si vous voyez Berthe, dites-lui que je suis à l'intérieur. C'est une peintre talentueuse… quand elle veut bien se mettre au travail. Ou plutôt non, ne lui dites rien. Sinon, elle va prendre la poudre d'escampette.

Les hommes éclatèrent de rire. J'enviai la facilité de Joséphine à discuter avec les hommes, à l'extérieur. L'adresse avec laquelle elle déjouait leurs tentatives pour l'entraîner dans des conversations auxquelles elle n'avait pas envie de participer.

Tournant le dos aux hommes, elle effectua les quelques pas nécessaires pour arriver à la hauteur de ma table.

— Cessez de me suivre. N'avez-vous donc pas la moindre once de dignité ? demanda-t-elle entre ses dents.

Je contractai les mâchoires. N'avais-je pas été suffisamment rudoyée jusque-là ? J'avais perdu mon travail, mon foyer, ma famille. J'avais entrepris un long voyage. Il n'était pas question que je laisse cette femme me traiter comme une moins-que-rien. Mon pouls tapait fort, et j'étais furieuse, mais je parvins à maîtriser le ton de ma voix pour déclarer :

— J'ai quelque chose à vous remettre de la part de Mira, et je ne m'en irai pas tant que je ne vous l'aurai pas donné.

— Quoi que ce soit, je n'en veux pas.

— Pourquoi ?

Elle pinça les lèvres comme pour s'empêcher de prononcer des paroles qu'elle regretterait. De toute évidence, Joséphine était une femme qui n'aimait pas les scènes, et je l'obligeais quasiment à en arriver là. Elle secoua la tête comme si elle ne voulait pas prendre la peine de répondre et entra dans le café.

L'intérieur de *La Rotonde* était constitué de banquettes en velours rouge, de lambris en bois chaud, de tables recouvertes de nappes blanches, de lampes dont la lumière était d'un jaune lumineux, avec des abat-jour à franges – un peu comme ceux du quartier chinois, à Bombay. À la fois raffinée et simple, *La Rotonde* ressemblait au genre d'endroits que j'imaginais fréquentés par la société mondaine de Bombay ; on venait y écouter du jazz et y boire des cocktails le soir. L'arôme du café se mêlait dans l'air à celui de l'alcool.

Sur les murs, quelqu'un avait réalisé des centaines d'esquisses et de croquis au crayon – il y avait même la sculpture d'un chat s'étirant.

Joséphine s'installa sur une banquette du fond, avec une vue directe sur la porte d'entrée. Je pris place à la table voisine derrière un pilier, hors de sa vue. Comme à la *Kavarna Slavia* de Prague, le serveur qui vint prendre sa commande était vêtu d'un pantalon noir et d'une chemise blanche ornée d'un nœud papillon. L'ensemble était recouvert d'un immense tablier blanc comme je n'en avais jamais vu.

— Bonjour, Henri.

— Bonjour, mademoiselle. Vous voulez…

Joséphine commanda alors quelque chose que je ne compris pas.

Quand il vint à ma table pour prendre ma commande, je lui répondis que je prendrais la même chose que ma voisine.

— Un Campari, bien, dit-il.

Il s'apprêtait à repartir quand je lui demandai :

— Pourquoi les artistes laissent-ils leurs dessins ici ?

Le serveur suivit mon regard.

— Ce sont les clients qui ne peuvent pas régler l'addition. Quand ils reviennent avec de l'argent, on leur rend leurs œuvres. Dans le cas de certains peintres, comme Picasso, le propriétaire préférerait garder les œuvres, dit-il d'un ton sec. Des marchands comme Joséphine… (il la désigna en inclinant discrètement la tête) voient souvent ici des dessins d'artistes qu'ils représentent, mais ils les y laissent, cela fait de la publicité.

— Jo ! *Désolée, désolée** ! s'écria une femme replète vêtue d'une robe ample en se précipitant vers Joséphine.

Ses cheveux frisés dépassaient d'un chapeau mou. Elle avait par ailleurs les joues aplaties, celles-ci étant tombées dans son cou. Elle aurait pu avoir trente, quarante comme cinquante ans : difficile à dire.

Elle embrassa la marchande d'art sur les deux joues. Joséphine accepta son bonjour, tournant la tête d'un côté puis de l'autre, mais sans un sourire.

— Berthe.

— Mille mercis de sauver ma peinture. Tu sais à quel point Louis est radin, Jo !

Je compris alors que Berthe était la peintre dont Joséphine avait acheté le travail, au marché aux puces.

— As-tu mangé, aujourd'hui ? lui demanda Joséphine une fois qu'elle fut assise.

Joséphine héla Henri pour qu'il lui apporte une omelette accompagnée d'une salade.

— Et quelques cornichons aussi, ajouta Berthe en lançant un sourire penaud à Joséphine.

— Tiens, lui dit Joséphine en poussant son verre de Campari vers la femme.

Elle s'adressait à elle d'un ton affable, loin de la voix sévère qu'elle m'avait réservée quand je l'avais approchée.

— Berthe, je t'ai déjà dit que tu ne devais pas brader ton travail. Tu es très douée, et ton œuvre très précieuse.

— Oui, mais j'avais besoin de mes médicaments. Et Ricard a aussi besoin d'argent, répondit-elle.

Puis elle regarda ses ongles, rongés au vif, avant de refermer le poing afin, le supposai-je, d'éviter de les mordre.

Joséphine saisit les mains roses de Berthe dans les siennes, couleur acajou. Cette dernière avait le teint pâle et le visage parsemé de taches de rousseur, ainsi que les bras et les mains.

— Non, tu n'en as pas besoin, Berthe. Tout comme tu ne dois pas laisser Ricard t'empêcher de peindre. Il te rend la vie si dure…

— Mais si, j'en ai besoin, Jo ! Et de Ricard aussi ! s'écria Berthe, les larmes aux yeux à présent. Si j'arrête mon traitement, je ne peux plus peindre.

— Est-ce avéré ou bien as-tu juste peur que cela se produise ?

L'omelette arriva et Berthe l'attaqua avec la ferveur d'une demi-affamée. Entre deux bouchées, elle déclara :

— C'est une certitude. La fois où je l'ai arrêté, j'ai eu de telles migraines que je ne pouvais plus me concentrer. Ricard a dû m'en procurer pour que la douleur se calme.

À ces mots, elle tourna vers Joséphine ses grands yeux pâles ; cette dernière soupira.

— Très bien. Si tu ne veux pas arrêter, la prochaine fois, viens me voir et laisse-moi vendre ton travail pour que tu aies de quoi manger. Je peux te donner plus d'argent que Louis Le Grand. Je veux au moins que tu puisses te nourrir et que tu aies des forces.

Berthe lui sourit, dévoilant deux dents manquantes sur ses gencives du bas.

— Tu es si bonne avec moi, Jo. Pardonne-moi de l'oublier.

Elle jeta soudain un coup d'œil au tableau enveloppé, sur la table.

—Je peux avoir l'argent maintenant ?

—Je dois d'abord le vendre.

—Et si tu m'avançais l'argent ?

—Tu le donneras à Ricard ?

—Il s'occupe de moi, Jo. Tu le sais bien.

—La réponse est donc non.

—Mais si je ne lui donne pas ?

—Eh bien, cela veut dire que tu mens, et la réponse reste non.

—Il est toute ma vie.

—C'est la peinture qui représente toute ta vie. Tu as travaillé si dur pour percer.

Berthe nettoya son assiette avec une bouchée de pain.

—Très bien, alors. Je peux avoir un Pernod ?

Joséphine hocha la tête et héla de nouveau le serveur, avant de sortir un nouveau Cheroot du paquet qui était dans sa pochette.

Berthe me rappelait mes patients qui s'apitoyaient sur eux-mêmes. Ils protestaient bruyamment comme s'ils étaient la partie lésée, alors qu'ils étaient à l'origine de leurs propres problèmes. Comme M. Mittal, qui n'avait pas suivi les instructions pour laver et panser sa blessure et qui était revenu avec une infection plus grave encore, en nous reprochant de surcroît de ne pas l'avoir soigné correctement.

À l'extérieur, on entendit bientôt des voix qui scandaient des slogans ; d'abord lointaines, elles devinrent de plus en plus sonores. Cela me rappela les manifestations des travailleurs du textile, à Bombay.

Des clients se levèrent pour aller voir, du seuil de la porte, ce qui se passait, mais Joséphine et Berthe ne bougèrent pas. J'arrivai à temps à la porte d'entrée pour apercevoir les manifestants qui défilaient sur le boulevard Raspail en brandissant des pancartes où était écrit : « Les riches doivent payer ! »

Un client fortuné sortit une montre à gousset en or et déclara à la femme avec qui il était :

— Ils ne se rendent pas compte du danger qu'ils courent. Une autre guerre se profile, ça ne fait aucun doute. Il faudra bien plus que toutes ces manifestations pour l'arrêter.

— Ils ont parfaitement le droit de protester, renchérit un homme plus jeune, vêtu d'une chemise blanche dont les quatre premiers boutons étaient défaits et d'une veste ouverte. Regardez combien de gens n'ont pas de travail ! Il y a quatre ans, ces cafés étaient pleins à craquer de clients. Et voyez aujourd'hui ! Seule une table sur quatre est occupée.

Mon estomac gronda. Je me demandai alors si j'avais eu raison d'entreprendre ce voyage en Europe où l'agitation semblait couver, d'abord à Prague et maintenant à Paris. Partout où j'étais allée, j'avais entendu les mêmes conversations : il était possible qu'une nouvelle guerre sanglante éclate, comme celle que le monde avait déjà endurée. Des combats entre les nazis, les fascistes, et le reste de l'Europe et de l'Amérique. Ainsi qu'ils l'avaient fait lors de la dernière guerre, les Anglais enverraient l'armée indienne se battre pour eux. Un pays aussi petit que le Royaume-Uni ne pourrait pas mener une guerre autrement. Des soldats indiens perdraient leurs vies sans raison dans une guerre dont ils ne seraient pas les instigateurs, pas plus qu'ils n'en profiteraient. J'imaginais déjà les blessures, les mutilations et les morts qui inonderaient les hôpitaux de mon pays. À cette idée, je sentis mes jambes trembler, et je dus me tenir à la table pour garder l'équilibre.

J'avais les genoux un peu faibles quand je me rassis. Le serveur m'apporta alors un verre rempli d'une boisson rouge. Quand il me vit ouvrir de grands yeux suspicieux, il me dit :

— Vous n'avez jamais bu de Campari ?

Je secouai la tête, me sentant idiote. Pourrais-je un jour être aussi sophistiquée que Mira, Joséphine ou Petra ? Pour qui me prenais-je, assise à la table d'un café parisien, jouant les adultes ?

— Vous allez peut-être trouver cette boisson un peu amère, mais elle convient bien, avant le repas.

Sur ces paroles, il sourit : ses deux dents de devant étaient écartées. Sur une autre personne, cela aurait pu choquer, mais en l'occurrence, cela lui donnait un air charmant.

Avec précaution, j'avalai une gorgée. C'était sucré, léger et, comme il l'avait décrit, un peu amer. Mais le goût me plut. Je vidai mon verre d'un trait. Eu égard à ce que je venais d'entendre, j'avais besoin du soulagement que le Campari m'apporta. J'en commandai un deuxième. Je commençais à m'amuser, pensant : *Regarde-moi, maman. Je prends des risques. Je fais des choses inédites. Ah, j'aimerais tant que tu sois avec moi !*

Joséphine et Berthe se disputaient à présent sur une commission. Berthe avait encore besoin de peindre.

Au bout de mon troisième Campari, il me fallut aller aux toilettes. Je demandai au serveur où elles se trouvaient, et il désigna l'escalier. Je me faufilai derrière la banquette de Joséphine d'un pas instable. J'éprouvais une sensation agréable, comme si mes membres étaient si lâches que mon corps pouvait se replier sur lui-même. L'image me fit sourire. Je me tins à la rampe pour descendre les marches. Quand j'ouvris la porte des toilettes, quelqu'un me poussa par-derrière, si brutalement que je fus projetée contre le lavabo et me cognai la tête dans le miroir, au-dessus. Un homme se pressa alors contre moi. Je sentis l'odeur de la bière mêlée à celle, ligneuse, d'une cigarette. Le rebord du lavabo m'écrasait l'estomac, au point que de la bile jaillit jusqu'à ma gorge. Je sentis des mains gauches remonter ma jupe autour de mes hanches. Le tout était arrivé si vite que je n'avais même pas pensé à hurler. Puis je me rendis compte que je ne pouvais pas crier. Il avait plaqué sa main adipeuse sur ma bouche et mon nez. Je ne pouvais plus respirer. Alors je me mis à lui ronger la main jusqu'à ce que je trouve de la chair où mordre.

— *Guenon** ! s'écria-t-il.

De ma main droite, je tentai de lui donner un coup dans les côtes. Mais il était bien trop près de moi, mon poing atterrit dans son dos sans le moindre impact. À cet instant, il me saisit le bras et le tordit. La douleur me fit monter les larmes aux yeux. Mais subitement, je sentis son corps se détacher du mien. Je basculai en avant, me retenant des deux mains au rebord de l'évier, puis posai le front contre le miroir, haletante.

— *Ça va** ?

À cette question, je pivotai sur moi-même et découvris Joséphine. Derrière elle, l'homme se précipitait pour sortir en se tenant la main, direction l'escalier. Joséphine tournait le dos à la lumière, de sorte que je ne voyais pas son expression. Mes trois verres de Campari remontèrent subitement dans mon œsophage et je me retournai vers l'évier pour vomir. Je remarquai alors que je pleurais, de la morve me coulait du nez. Le gilet bleu que le docteur avait tricoté pour moi était trempé. Était-ce de l'eau ou du vomi ?

— Je ne sais pas ce que je fais là ! m'écriai-je, me sentant humiliée. Pourquoi suis-je ici ? À Paris ?

— Lavez-vous le visage.

J'ouvris le robinet et m'aspergeai le visage d'eau. Au mur était accrochée une petite serviette, à laquelle une centaine de mains s'étaient essuyées. Joséphine me tendit alors son mouchoir pour que je me tamponne le visage.

Après quoi elle me saisit par le bras pour m'entraîner hors des toilettes. Soudain, je m'immobilisai.

— Je dois faire pipi.

J'avais de nouveau cinq ans, besoin que ma mère me tienne la main.

— Allez-y, répondit-elle.

Au moment où je ressortis des lavabos, elle me tendit sa veste de tailleur et me demanda d'ôter mon gilet et mon chemisier tachés.

Elle me ramena ensuite à sa table et m'aida à m'asseoir. Berthe avait disparu, en emportant le tableau emballé.

— *Merde** !

Joséphine poussa un soupir de frustration, et secoua la tête. Elle appela de nouveau le serveur. J'étais trop fatiguée pour comprendre leur rapide échange en français.

Quand il partit, elle me tendit son verre d'eau. Je le vidai d'un trait.

— Il faut ralentir sur le Campari, déclara-t-elle.

Puis elle demanda un autre verre d'eau à Henri.

J'aurais dû être plus avisée. Ne m'étais-je pas déjà ridiculisée sur le *Viceroy* devant le docteur Stoddard, avec quelques verres de porto en trop ? Je me sentais si idiote que je n'arrivais pas à la regarder.

— Où est-il passé ?

— Il a filé.

Sur ces mots, elle alluma un Cheroot avec son briquet en or et exhala la fumée.

— Je ne l'avais encore jamais vu. À une époque, je connaissais tout le monde ici. Mais tant d'artistes – des peintres comme Gris ou Matisse et des écrivains tels que Hemingway et Fitzgerald – ont quitté Paris. Avant, les cafés étaient si bondés que les tables se déversaient dans les rues. Maintenant, on dirait une ville fantôme.

Là-dessus, elle tapa son fin cigare sur le cendrier.

— Il n'y a que les surréalistes qui sont restés. Comme les hommes qui sont en terrasse. Celui qui a le nez cassé, c'est Fernand Léger. À côté de lui, il y a Marcel Duchamp. Le troisième, celui qu'on appelle Manny, c'est Man Ray. Et à l'autre table, c'est Louis Aragon. Lui, c'est un écrivain et un collectionneur d'art. Chacun d'eux est un génie en son genre. Picasso est lui aussi encore ici. Il est un peu tout à la fois : surréaliste, cubiste, futuriste. Un pionnier, en somme.

Henri revint avec une nappe propre, la même que celle qui recouvrait les autres tables. Joséphine me demanda alors de mettre mes vêtements souillés dedans.

— Je suis désolée.

Ce fut tout ce que je pus dire.

Joséphine me regarda à travers son écran de fumée.

— Comment vous appelez-vous ?

— Sona Falstaff.

— Falstaff, comme dans la pièce de Shakespeare ?

J'inclinai la tête, stupéfaite, avec l'impression que de l'eau clapotait d'un côté de ma tête. Je n'avais jamais réfléchi au nom de mon père.

— Vous ne devriez pas vous trouver là. Vous êtes trop jeune pour être toute seule.

C'était bien ce que j'avais pensé, mais l'entendre de sa bouche était gênant.

— J'ai vingt-trois ans, m'entendis-je répondre d'une voix qui donnait à penser que j'en avais douze.

Henri apporta un deuxième verre d'eau, et Jo le fit glisser vers moi.

— C'est bien ce que je disais.

J'avalai une gorgée d'eau. Puis une autre.

— Miss Novak m'a dit que vous ne représentiez que les artistes femmes.

Elle considéra son Cheroot, et fit tomber encore un peu de cendre dans le cendrier.

— Je ne suis pas prête à parler d'elle pour l'instant. Mais si vous me demandez pourquoi je n'ai pas d'artistes masculins dans mon écurie, je vous répondrai : ne pensez-vous pas que les hommes ont de l'avance sur les femmes ?

Elle repoussa le cendrier et me laissa réfléchir à sa question.

— Les artistes sont des personnes à part. Elles sont comme des enfants. Des enfants très talentueux. Elles ont besoin d'amour. Qu'on leur dise que leur travail correspond à ce que les gens ont besoin de voir. Qu'elles sont importantes.

— Vous parlez comme une mère.

J'ignorais si Joséphine était mariée ou avait des enfants.

— Je suppose que je suis une sorte de mère, pour elles. Pour Berthe, que vous avez vue. Mais aussi pour Chana Orloff, Sonia Delaunay. Germaine Richier. Mais je suis surtout leur ange gardien. Je les protège des mauvaises nouvelles. Je leur apporte des opportunités. Je défends leurs intérêts quand je sais qu'elles ne sont pas en mesure de le faire par elles-mêmes.

— Les aimez-vous ?

Elle délogea un bout de tabac de sa langue.

— Oui, répondit-elle. Si j'étais capable de réaliser de telles œuvres, je le ferais. Mais voyez-vous, je n'ai aucun talent. Je sais comment flatter leur prédisposition, mais moi je n'ai aucun don.

Elle leva la main pour commander deux cafés.

— Cependant, je vais vous dire une bonne chose. Je préfère passer du temps avec mes artistes – même celles qui boivent trop ou qui sont des flambeuses – que de recevoir les gens qui viennent dans le salon que tient ma sœur tous les vendredis soir. Ils s'amusent à parler d'égalité, et du droit de chacun à disposer du même pouvoir d'achat, et ainsi de suite. Mais en réalité, ils ne discutent que de bœuf bourguignon et de champagne. Les artistes, eux au moins, réalisent quelque chose. Et ce qu'ils expriment en créant nous est nécessaire.

Henri apporta les cafés. Il lui parla en français, mais à une telle vitesse que mes compétences rudimentaires ne me permirent pas de le comprendre. Puis il se mit à rire et alla prendre la commande d'une autre table.

Elle me sourit.

— Il m'a demandé si nous étions de la même famille.

Pour la deuxième fois aujourd'hui, on faisait allusion à la couleur de ma peau.

— Votre voisin galeriste, M. Maillot, m'a posé la même question.

— Vous êtes séduisante, vous savez, et les Français apprécient l'exotisme. Le mystère. Prenez Joséphine Baker, Kiki de Montparnasse, Fujita, cet artiste japonais à l'allure excentrique. Les Français raffolent d'eux.

Qu'aurait pensé ma mère de se voir qualifier d'exotique ? Dans un pays où il n'y avait que des Indiens, elle ne se distinguait guère des autres. Ici, à Paris, aurait-elle craché par terre pour repousser les mauvais esprits ou bien, agréablement surprise, aurait-elle accepté le compliment ? Pour ma part, je me mis à rire.

Ma réaction fit sourire Joséphine, et je vis alors ses dents bien alignées. Puis elle écrasa ce qui restait de son Cheroot dans le cendrier et vida son café.

Après quoi elle rassembla son paquet de cigares, ses gants et sa pochette.

— Combien de temps restez-vous à Paris ?

Je réfléchis à sa question, à l'argent qui me restait.

— Je repartirai sans doute après-demain.

— Où logez-vous ?

Je lui indiquai où j'étais hébergée.

Elle me regarda de ses yeux sombres, les pupilles noires comme le fond d'un puits.

— Je vais sans doute le regretter, commença-t-elle en soupirant. Mais rejoignez-moi demain à 11 heures au musée d'Art moderne. C'est suffisamment loin de l'Expo pour que vous ne soyez pas engloutie par la foule. Et soyez prudente. Les gens sont rusés. S'ils peuvent tirer parti de vous, ils ne se gêneront pas.

Sur ces mots, elle se glissa hors du box.

Elle venait de faire allusion, j'en étais certaine, à ce qui s'était passé aux toilettes. Mes yeux se mouillèrent : j'eus l'impression qu'on venait de me réprimander. À moins que Jo ne me materne comme ses clientes, comme ma mère l'aurait fait pour me protéger, m'éviter un péril. Quand n'aurais-je plus besoin de protection ? Joséphine en avait-elle eu besoin, un jour ? Elle semblait avoir été catapultée de l'enfance à l'âge adulte, sautant la période d'insécurité intermédiaire. Peut-être étais-je à cheval entre les deux : parfois une femme qui évitait d'aller au front, à d'autres moments une personne qui marchait vers le champ de bataille. Joséphine appartenait au second camp, tout comme Mira. De quel côté finirais-je ?

Le lendemain, dos au musée d'Art moderne, je regardai les gens entrer à l'Exposition universelle. Une navette transportant une douzaine de passagers se frayait un chemin parmi la foule. Des visiteurs s'accordaient une pause le long des murs de la Seine, admirant les bateaux qui glissaient sur le fleuve. D'autres consultaient leurs plans, puis pointaient du doigt les pavillons qu'ils voulaient visiter sur l'autre rive.

— Pas autant de gens qu'attendu, déclara Joséphine en s'approchant de moi.

Elle portait un nouveau tailleur bien coupé dans un lainage marron et un chapeau incliné assorti. Passant son bras sous le mien, elle m'entraîna vers l'avenue du Président Wilson. Après sa brusquerie de la veille, ce geste décontracté – comme si nous nous connaissions depuis une éternité, que nous étions de vieilles amies – me surprit.

— L'Exposition universelle devait permettre à Paris de retomber sur ses pieds, me dit-elle. Mais il y a tant d'incertitudes dans l'air par rapport à la guerre que de nombreuses personnes qui avaient prévu de venir ont finalement renoncé.

Nous nous arrêtâmes sur la place du Trocadéro.

— Sept cents fresques ont été commandées à des artistes du monde entier, poursuivit Joséphine. Je pensais que cela représenterait une grande opportunité pour Mira. Je savais que ses œuvres auraient été acceptées en raison de ce qu'elle peignait, c'est-à-dire des femmes d'Inde du Sud.

Décroisant nos bras, elle se dirigea vers les fontaines du Trocadéro.

— Mais Mira a refusé, affirmant que la lutte pour le pouvoir entre les Soviétiques et les nazis éclipserait tout. Et maintenant, regardez les deux plus grands pavillons qui flanquent l'entrée. Vous voyez leurs drapeaux ?

Elle était en train de désigner les deux plus hautes structures de chaque côté du pont d'Iéna.

— Ces deux pays sont en train de déclarer leur intention de se battre pour dominer le monde. En cas de victoire allemande, et c'était ce dont Mira était convaincue, elle redoutait l'avenir pour les Juifs. Elle affirmait que jamais elle ne participerait à un événement qui détestait la moitié de ce qu'elle était.

Jo me regarda.

— Elle était si sûre d'elle-même, de ses convictions. À cet égard, je l'admirais. Elle me rendait fière d'elle et à la fois me frustrait.

Contrairement à Berthe, qui se laisse marcher sur les pieds. La pauvre. Les autres profiteront toujours d'elle.

J'observais Jo pendant qu'elle parlait. La veille, elle ne voulait même pas m'entendre prononcer le nom de Mira. Et, d'après ce que celle-ci m'avait raconté, je comprenais sa colère. Mais voilà que, à présent, elle me disait combien elle admirait la peintre.

La galeriste contourna les fontaines et se dirigea vers le pont d'Iéna. La tour Eiffel surplombait l'autre rive de la Seine. De près, elle était imposante. Nous commençâmes la traversée du pont en silence. Puis Joséphine s'arrêta pour s'appuyer contre le parapet en pierre et regarder les bateaux en dessous, comme de nombreuses autres personnes.

— Donc, vous étiez fascinée par Mira, reprit-elle en portant soudain les yeux sur moi pour me scruter attentivement.

Je me sentis rougir. Étais-je si transparente ?

— Ses histoires m'ont entraînée hors de mon existence, hors de l'Inde. Elle m'a parlé d'une exposition de peintures qu'elle avait vue à Vienne, puis d'une symphonie de Mozart. Des choses qui m'étaient étrangères.

Joséphine émit un petit rire.

— *Une petite musique de nuit* ?

— En effet. Qu'y a-t-il de drôle ?

— Cela faisait partie de sa routine de séduction. Elle a pris votre main dans la sienne comme ça, n'est-ce pas ?

Sur ces mots, Joséphine refit le geste de Mira, sa main très foncée contrastant avec la mienne.

J'en restai bouche bée. Les moments que j'avais vécus avec Mira et cru spéciaux, privilégiés, exclusifs, ne l'étaient-ils donc pas ? Aucun ?

— Quand Mira voulait qu'on l'aime, elle recourait à un répertoire bien précis. Mozart en faisait partie. Mais ce n'était pas authentique, mademoiselle Falstaff. Elle agissait ainsi parce que le hasard avait voulu que ce soit vous, mais elle se serait conduite de la même façon avec quelqu'un d'autre.

Elle avait dû se comporter pareillement avec Amit, pensai-je. Et je détournai le regard, tâchant de masquer ma déception.

Jo me tapota la main avec sympathie. Puis, avec un très léger infléchissement de voix, elle poursuivit :

— J'étais mariée à un homme adorable quand j'ai déniché le talent de Mira Novak à *l'école**. J'ai tout de suite repéré qu'il était immense, et ce dont elle était capable. Personne n'avait à lui apprendre comment peindre. Elle avait intégré la technique depuis toujours. Elle avait juste besoin de quelqu'un pour l'aider à ordonner son travail. Elle nous a tout de suite charmés, Jean et moi. Elle avait dix-huit ans et était un peu perdue. Furieuse contre son tuteur italien, Paolo. Elle avait quitté Florence parce qu'il refusait d'avoir une liaison avec elle.

Joséphine parut subitement happée par ses pensées, et je sentis qu'elle se rappelait un souvenir précis.

Puis elle cligna des yeux et poursuivit :

— Sa solitude ne nous avait pas échappé, on l'avait alors prise à tort pour de la vulnérabilité. Je vous ai dit combien les artistes avaient besoin de protection. Des personnes comme moi s'assurent de les mettre à l'abri des collectionneurs avides. Mira était virulente, mais à la façon d'une jeune fille qui met des vêtements pour femmes plus âgées afin de garder la peur à distance. Comme une enfant, elle testait en permanence les limites de ce qu'autrui accepterait de sa part. Elle couchait avec les uns et les autres. Elle estimait que personne ne lui était interdit. Juste pour se prouver qu'elle pouvait avoir qui elle voulait.

Jo considéra les eaux troubles de la Seine, en dessous.

— Elle participait à des manifestations pour l'égalité, comme celle que vous avez vue hier à *La Rotonde*. Sous prétexte qu'elle était indienne pour moitié, elle s'estimait légitime à lutter contre toutes les injustices du monde. C'était un oiseau sauvage qui cherchait à se poser quelque part. Prague était sa ville de naissance, mais elle ne s'y sentait pas chez elle. Elle avait étudié et aimé à Paris ; cependant, elle n'a pu s'y faire entendre au milieu d'hommes qui bombaient le torse, avaient dix ans et vingt kilos de plus qu'elle. Elle est partie étudier à Florence et a passé tout son temps à fantasmer sur Paolo. Rien de tout cela n'était bénéfique à son art.

Joséphine prit son paquet de Cheroot, sortit un cigare mais ne l'alluma pas.

— C'est lui qui lui a conseillé d'aller peindre en Inde. Peut-être parce qu'elle était encore amoureuse de lui. Peut-être pour permettre à sa part indienne de s'exprimer, ce qui n'avait pas encore été le cas, comme je le savais. Il fallait que cette part-là grandisse à l'intérieur d'elle-même. Et voyez ce qui s'est produit.

Un grand sourire éclaira ses traits, celui d'une mère fière de sa progéniture.

— Son art a alors pris une toute nouvelle signification. Elle n'était plus dévorée par le besoin de prouver quoi que ce soit. Elle était si excitée à l'idée de *montrer* quelque chose. Elle pouvait lutter contre l'injustice sans avoir à manifester. Elle montrait des femmes au travail, exerçant un labeur qu'elles n'avaient ni choisi ni voulu. Et c'est là – c'était là… (elle marqua une pause, ayant besoin de s'habituer à ce temps du passé avant de terminer) son génie.

Le récit de Jo était similaire à celui que Mira m'avait fait de son lit d'hôpital, quand elle m'avait expliqué ce qui motivait sa peinture. Comment elle était parvenue à découvrir l'essence de son être en Inde. Un seul point différait : Mira m'avait donné à penser qu'elle avait le contrôle sur sa relation avec Paolo, et Joséphine venait d'affirmer le contraire. Dix ans s'étaient écoulés entre l'époque où Jo l'avait connue et le séjour de Mira à notre hôpital. Mais pourquoi celle-ci aurait-elle dit que le bébé qu'elle avait perdu à Wadia était de Paolo ?

— Parlez-moi de Paolo, dis-je.

Jo fit la grimace, et alluma son Cheroot.

— Il était son professeur.

Elle exhala une volute de fumée vers le ciel.

— Mira avait quinze ans quand elle l'a rencontré à Florence. Comment a-t-il pu sortir avec une étudiante qui avait la moitié de son âge ? Il était beau, je le concède. Mira adorait le peindre. Moi, il me dégoûtait. Saviez-vous qu'il couchait aussi avec sa mère ? Cela la rendait folle, la mettait au supplice. *Il* la torturait. Quel monstre faut-il donc être pour se comporter ainsi ?

Elle secoua la tête.

— Qui plus est, j'étais furieuse à l'idée de tout ce qu'elle aurait pu réaliser si elle n'avait pas été distraite par Paolo. Elle a payé au prix fort cette intrusion dans sa vie, et leur histoire ne l'a pas rendue heureuse. Si vous saviez combien de fois Jean et moi l'avons retrouvée dans son lit, chez elle, incapable de se lever. Je passais alors des jours entiers à la cajoler pour qu'elle redevienne elle-même. Je lui apportais de la nourriture. Elle adorait les petits macarons de la maison Ladurée. Je les achetais dans toutes les couleurs. Elle s'en empiffrait et cela la rendait heureuse pendant quelques instants. Puis je la remettais au lit et lui brossais les cheveux jusqu'à ce qu'elle s'endorme.

Joséphine sourit alors avec indulgence.

— Comme je vous l'ai dit, en dépit de sa beauté, de son talent, de sa force innée, elle demeurait une petite fille. Il semblerait que ni sa mère ni son père ne lui aient appris à devenir adulte. Quand Mira était au plus bas, j'ai écrit à sa mère alors que celle-ci visitait le jardin botanique de Chelsea. Elle m'a répondu que Mira était juste d'humeur changeante. J'ai écrit à son père, qui était pour sa part dans les Alpes avec le Club de l'Himalaya. Il ne m'a jamais répondu. Mira n'avait personne sur qui compter et nulle part où aller. Elle avait besoin d'un endroit où elle se sentirait en sécurité. Et pourrait peindre sans être dérangée. Je lui ai donné de l'argent pour aller en Inde, où je savais qu'elle s'épanouirait. Et à la place, vous savez ce qu'elle a fait ?

Joséphine pointa son Cheroot vers moi.

Je baissai les yeux vers mes mains.

Mais elle planta les siens, plus sombres que jamais, dans les miens.

— Elle a couché avec mon mari, a détruit mon mariage.

— C'est ce qu'elle m'a dit.

À cet instant, Joséphine se retourna et posa les coudes sur le muret.

— Pauvre Jean ! Il ne savait pas dans quoi il s'aventurait. Elle voulait juste jouer. Tester, tester et encore tester, comme elle le faisait toujours. Jusqu'où fallait-il qu'elle aille pour que quelqu'un l'arrête ?

Elle fit tomber la cendre de son Cheroot dans la Seine.

— Vous a-t-elle dit qu'elle m'a de surcroît volé de l'argent ? Elle l'a emprunté en guise d'avance sur une future commande, qui aurait été ma plus grosse transaction avec elle. Encore aurait-il fallu qu'elle tienne parole et ne s'enfuie pas à Prague sans aucune intention de terminer son travail !

Cela, je l'ignorais. Mira m'avait juste dit qu'elle était impécunieuse quand elle était retournée à Prague.

— Ce sera sans doute une bien modeste consolation, madame, mais je crois qu'elle voulait que vous sachiez combien elle regrettait son attitude. Elle aurait aimé revenir en arrière. Une des dernières choses qu'elle m'ait dites, c'est que votre mari et vous aviez été extrêmement bons avec elle. Que vous lui aviez permis de se faire un nom dans le monde de l'art.

Jo jeta son cigare dans la Seine.

— Vous a-t-elle aussi dit que je l'avais congédiée ?

Je hochai la tête.

— Pendant combien de temps l'avez-vous représentée ?

— Neuf ans.

Je considérai la durée.

— Donc même après son départ pour l'Inde ?

— Oui, comme une idiote. Parce qu'elle m'avait dit ce qu'elle vous a dit. Combien elle était désolée. Qu'elle regrettait énormément de m'avoir trahie de cette façon. Elle pleurait. Je l'ai reprise. Quand on est jeune, belle et séduisante, on arrive toujours à s'en sortir.

Un léger sourire aux lèvres, Joséphine scruta ma réaction.

— Cela, elle l'a occulté, n'est-ce pas ? Elle était ainsi. Elle mentait ou bien omettait des parties de l'histoire quand cela l'arrangeait. J'ai un nom dans le monde de l'art. Les artistes veulent y être associés. Elle le souhaitait particulièrement, elle voulait que les gens pensent du bien d'elle. Et vous, mademoiselle Falstaff, vous êtes tombée droit dans le piège. Comme nous tous.

Je secouai la tête, m'efforçant de comprendre le caméléon qu'avait été Mira.

— Avez-vous eu un contact avec elle, depuis ?

— Oui, quand elle m'a redemandé de vendre ses tableaux.

— Quand ?

— Il y a un an. Elle m'a dit que son nouvel agent ne rendait pas justice à son travail. Elle avait besoin de plus d'argent.

— Qu'avez-vous répondu ?

— La première fois, j'ai raccroché. Elle m'a rappelée. J'ai dit que j'accepterais si elle peignait une fresque pour l'Exposition universelle. Elle a refusé. Ce que j'ai compris. Je lui ai souhaité bonne chance. Puis elle m'a téléphoné une troisième fois, en insistant que le fait qu'elle avait réellement besoin de moi. Je n'ai pas attendu qu'elle termine sa phrase. J'ai raccroché. Elle m'avait brisé le cœur une fois. Il n'était pas question qu'elle réitère.

Joséphine redressa les épaules.

— Et maintenant, je dois aller visiter quelques pavillons. Je vous invite à faire de même. Mais pas avec moi.

Je ne pouvais pas la laisser déjà repartir. J'avais encore des questions à lui poser.

— Elle est venue à l'hôpital après une fausse couche, dis-je alors.

Joséphine haussa les sourcils.

— Une fausse couche ? Mira ne voulait pas d'enfant.

— C'est aussi ce que m'a dit son amie Petra.

Je vis à la lueur qui passa dans ses yeux que ce nom ne lui était pas inconnu.

— Son amie praguoise, celle avec qui elle a grandi. Je crois qu'elle a posé pour *Deux femmes*.

— En effet. Elle n'arrivait pas à croire que Mira ait changé d'avis sur les enfants. Pas plus que ses autres vieux amis à Prague.

Joséphine haussa les épaules.

— Moi aussi j'ai du mal à le croire.

— Auriez-vous une idée, une toute petite idée, sur ce qui aurait pu la faire changer d'avis ? Savez-vous si une grossesse aurait été susceptible de mettre sa vie en péril ?

Elle plissa le front.

— N'est-ce pas plutôt une question à poser aux docteurs ?

— En effet, mais j'avais pensé que vous pourriez peut-être me fournir des précisions, de n'importe quel ordre, qui auraient pu m'éclairer.

Elle regarda alors ses chaussures, en cuir vernis noir, avec des talons carrés.

— Que dit son mari ? On m'a rapporté qu'elle avait épousé un ami praguois.

Dans la foulée, elle regarda sa montre.

— S'il n'y a rien d'autre…

— Si, il y a autre chose. Mira voulait que je vous remette cela.

Et de dessous mon bras, je sortis la toile enroulée des *Promesses* pour la lui tendre ainsi que la veste qu'elle m'avait prêtée la veille.

Elle étudia la peinture, songeuse. Était-elle surprise ? Elle ne manifesta en tout cas aucun étonnement. Peut-être que cette expression impassible était sa carte maîtresse quand elle négociait, comme au *marché** avec Louis Le Grand.

— Il est difficile d'en détacher le regard, n'est-ce pas ? Les couleurs de l'Inde, la chaleur de la terre et du soleil. C'est exactement ce que je voulais qu'elle peigne. C'est plutôt bon. Elle voulait que je la vende pour elle ?

— Tout ce que je sais, c'est qu'elle souhaitait vous la remettre. Ce que vous allez en faire vous regarde.

Je retournai alors la peinture.

— Votre initiale figure au dos.

Là-dessus, je sortis le mot de Mira de la poche de ma jupe et le lui montrai.

Sourcils froncés, elle se remit à examiner la toile.

— C'est donc ce tableau qu'elle me destinait ?

Elle se mit à observer attentivement le personnage central, le sage avec ses *tilak* sur le front. Au bout de quelques minutes, elle sourit. L'air émerveillée, elle déclara :

— Notre Mira avait enfin compris. Je lui avais dit une fois que mon rôle était triple : j'étais à la fois celle qui lui enseignait des choses, qui la protégeait et promouvait son art. Sur cette peinture, je suis le maître, non ?

— Il se peut que cette toile ait été sa façon de le reconnaître, dis-je. Et de s'excuser pour son comportement, des années auparavant.

La galeriste me jeta un coup d'œil en biais.

— Peut-être.

Là-dessus, je quittai Joséphine, la laissant seule sur le pont à chercher pourquoi Mira tenait à lui faire don de ce tableau.

Je restai une heure à l'Exposition avant de revenir chez Mme Renaud. Elle vint m'accueillir dans le vestibule tout en enfilant ses gants. Puis elle ajusta son chapeau dans le miroir mural. Elle semblait tout excitée, comme si elle détenait un secret qu'elle mourait d'envie de partager.

— Il y a un gentleman qui vous attend au café, en bas. Il est beau, bien élevé et charmant.

— Il m'attend *moi* ? Un gentleman ?

Je ne connaissais personne à Paris, à part la femme de l'ambassadeur, Mme Renaud et Joséphine.

Elle piqua une épingle à tête de perle dans son chapeau et tamponna ses lèvres, sur lesquelles elle venait d'appliquer du rose pâle.

— Je vais dîner chez mon amie Solange. Je suis certaine que vous saurez vous débrouiller seule.

Ses yeux brillèrent, rieurs.

— Ou accompagnée, ajouta-t-elle.

Ces paroles me stupéfièrent, mais elle se contenta de me tapoter l'épaule et d'ouvrir la porte.

— À propos, j'espère que vous l'inviterez à monter pour… Bref, je rentrerai tard… fort tard.

Après quoi elle m'adressa un sourire entendu et referma la porte. J'entendis l'écho de ses talons dans l'escalier.

J'avais chaud et ma visite à l'exposition m'avait fatiguée. Je me rafraîchis le visage et bus un peu d'eau avant de me rendre au café, au rez-de-chaussée. À l'extérieur, un seul client était assis à une table.

En l'occurrence Amit Mishra.

Dès qu'il me vit, il se leva. Il fit quelques pas vers moi puis s'immobilisa. Je l'imitai, ne sachant trop que faire. Nous semblions cloués sur place, séparés par un mur invisible. Et tout à coup… une voix, celle de Mira, me murmura : *« Sona, votre vie aura l'ampleur que vous lui donnerez. »* Je me touchai le sternum, là où elle avait tracé un cercle. *« Je veux que vous viviez de grandes expériences, Sona. Et vous aussi, vous le souhaitez. En vous et à l'extérieur de vous. Foncez. »*

Brusquement, je m'élançai vers Amit.

Je nouai les bras autour de son cou, sans me soucier de qui nous regardait ou de ce que les gens pensaient. J'étais à Paris, pas à Bombay. Ici, je pouvais faire ce que je voulais, être celle que je voulais. Et c'était précisément ce que je voulais. Il m'enlaça lui aussi et m'étreignit. Puis il desserra un peu son étreinte pour poser ses lèvres sur les miennes et me prodiguer non pas un baiser fugace, comme celui que je lui avais donné lors de la réception des Singh, mais un vrai baiser. Qui déclencha une sensation insupportable entre mes jambes. Le prenant par la main, je l'entraînai vers l'entrée de l'immeuble où habitait Mme Renaud. Avant que nous ne soyons dans l'appartement, je l'attirai contre moi, pris son visage entre mes mains, et l'embrassai de nouveau. Je voulais que son souffle s'unisse au mien. En montant l'escalier, nous ne cessâmes de nous arrêter pour nous caresser, nous enlacer, nous embrasser. Ce ne fut qu'à ce moment-là que je compris pourquoi Mme Renaud était partie avec une telle hâte. Elle voulait m'offrir le luxe du temps. Une fois chez elle, j'ôtai sa veste à Amit. Il déboutonna mon chemisier, dégrafa mon soutien-gorge. Puis il rassembla mes seins dans une main et se mit à les sucer avec avidité. Je poussai de bruyants gémissements de plaisir. Je défis à mon tour les boutons de sa chemise, ouvris son pantalon, et caressai son érection. De plus en plus de vêtements jonchaient le sol au fur et à mesure que nous nous rapprochions de ma chambre. Une fois que nous fûmes délicieusement peau contre peau, j'enroulai les bras autour de son cou et les jambes autour de ses hanches. Il lécha ses doigts et me taquina à l'endroit où j'étais trempée. Je le suppliai alors de me pénétrer : son premier coup de reins fut douloureux, mais le suivant et les autres formidables. Que c'était exquis ! Comme si lui et moi avions fait cela ensemble toute notre vie. Me maintenant toujours enchaînée à lui, il me fit basculer sur le lit... Après d'haletantes étreintes durant lesquelles je crus que mon cœur allait céder, ce que je ressentis dépassa tout ce que j'avais pu imaginer.

Mira m'avait conseillé de saisir la vie à bras-le-corps. Il suffisait de réclamer.

C'était que je venais de faire !

— Tu ne m'as quand même pas suivie jusqu'à Paris ? lui demandai-je une fois ma respiration redevenue normale.

À cet instant, Amit se redressa sur un coude pour me regarder en bonne et due forme. Il caressa la courbe de mes seins, dessina des cercles autour de leurs pointes. Je fermai les yeux.

— Je suis resté à Shimla plus longtemps que prévu. Quand ma tante a été guérie, je suis revenu en toute hâte à Bombay, où j'ai découvert que tu étais partie. Puis j'ai appris par la lettre du docteur Stoddard que tu avais accepté sa proposition, ce qui, eu égard à la décision du directoire, m'a réjoui. Il m'a écrit que Mira t'avait donné une mission à accomplir en Europe – et que tu devais sans doute être à Paris en ce moment.

Il posa sa main chaude sur mon bras.

— J'ai appris pour ta mère, Sona. Je suis désolé.

Je soupirai et tournai la tête vers lui.

— Elle m'a étonnée, tu sais, avouai-je. Elle m'a dit que ma vie était trop étriquée. Qu'il fallait que je la quitte, que j'aille découvrir le monde. J'avais toujours pensé demeurer à ses côtés et prendre soin d'elle. Mais je crois qu'en réalité je préférais rester dans mon coin. D'ailleurs, ma mère n'a pas été la seule à le percevoir. Selon moi, Mira aussi l'avait deviné.

Il fit descendre la main le long de ma hanche et se mit à me caresser la jambe.

— En effet. Elle m'avait dit une fois qu'elle avait l'intention de t'emmener au-delà de toi-même.

Je revis alors Mira dans son lit d'hôpital.

— Elle me manque. Tout comme ses histoires, son rire.

Du doigt, je suivis la ligne des sourcils d'Amit.

— Que s'est-il passé pour ton poste, à Wadia ?

Il me prit la main, en embrassa la paume, ce qui fit vibrer mon entrecuisse. Je recouvris sa cuisse de ma jambe.

— À Shimla, j'avais pris la décision de démissionner. Puis j'ai reçu une proposition extrêmement intéressante. De la part d'un homme que j'avais rencontré à la réception de Dev. Il m'invitait à assister à une réunion organisée par un certain Ambedkar.

L'excitation éclaira alors le visage d'Amit.

— As-tu entendu parler de lui ?

Je hochai la tête.

— Oui, dans le *Bombay Chronicle*.

Amit se redressa pour me faire face et, bougeant les bras avec enthousiasme à l'instar des étudiants quand ils évoquaient l'indépendance de l'Inde, enchaîna :

— Ambedkar est un intouchable à l'intelligence remarquable. Mais, parce qu'il appartient à la caste la plus basse, il n'aurait jamais eu la possibilité de devenir avocat s'il n'avait pas soutenu le maharaja de Baroda. Il se peut même qu'il finisse par rédiger la constitution de l'Inde quand nous serons indépendants. Sa priorité est d'abolir le système de castes.

J'adorais lorsque Amit s'enflammait, animé par la passion.

— Son discours m'a tellement galvanisé que je lui ai tout de suite demandé en quoi je pourrais être utile. Eh bien, figure-toi que le gentleman que j'avais rencontré chez Dev est en train de mettre en place une organisation qui œuvrera de manière globale à l'hygiène en Inde et aidera les communautés les plus indigentes – la plupart venant des castes les plus basses. Il m'a demandé de me joindre à eux. Nous nous rencontrons ici à Paris pour la première fois. Nous sommes en train d'élaborer un programme. C'est un travail important qui me vaut bien plus de respect que je n'en aurais jamais de la part d'hommes comme Holbrook.

Je lui donnai une tape sur le nez.

— On dirait un petit garçon qui entre pour la première fois dans une confiserie.

Il me sourit.

— Et je veux tous les *jalebi* de la boutique ! Les Anglais nous ont laissés dans un tel état de pauvreté. Mais leur départ représente une véritable opportunité. Tu imagines, Sona ! On va pouvoir développer un meilleur système sanitaire. Construire des routes et des chemins de fer. Renforcer notre économie au lieu de la leur. Je veux contribuer à tout cela.

Son enthousiasme était communicatif : j'eus l'impression que cela était possible, que tout se passerait comme il le prévoyait. Je le poussai à se rallonger pour qu'il soit de nouveau contre moi.

— Cela prendra du temps, Sona, mais si on s'y met maintenant, on sera prêts, le moment venu.

Je fis courir un doigt sur son lobe.

— Comment m'as-tu retrouvée ici, chez Mme Renaud ?

Il posa alors la main sur mes reins et pressa mon corps contre le sien.

— Tu crois être la seule à connaître la femme de l'ambassadeur ?

Sur ces mots, il captura de nouveau ma bouche, et j'en oubliai ce que j'allais répliquer.

De mes doigts, je caressai mes lèvres embrassées par Amit, puis lissai les draps encore empreints de la chaleur de nos corps. Je m'allongeai ensuite sur le dos, passant en revue chaque moment exquis en sa compagnie, nos sourires, nos soupirs. Le lendemain, Amit prendrait le ferry de nuit pour Londres, d'où il s'envolerait le matin suivant pour Bombay. Je me rendrais de mon côté à Florence. Je n'en revenais pas, de ma nouvelle vie. Comment étais-je passée de la jeune femme qui refusait de courir le moindre risque à une personne qui parcourait le monde et couchait avec des hommes sans être mariée ?

Quand Mme Renaud rentra, l'appartement était de nouveau en ordre. Enlevant son chapeau, elle me dit avec un sourire :

— Vous vous êtes bien amusée, *ma chérie** ?

J'embrassai sa joue poudrée.

— Vous avez l'âme romantique, madame.

— Vous aussi, mademoiselle, répondit-elle.

Et elle se mit à rire.

Le lendemain matin, Amit et moi avions rendez-vous au Louvre. Je lui dis que je souhaitais voir les tableaux dont Mira m'avait parlé. Dans *Pommes et Oranges* de Cézanne, je distinguai les mêmes jaune et roux vibrants que ceux de *Homme dans l'abondance*. L'air qui se dégageait des visages de *L'Attente* avait une ressemblance frappante avec ceux d'un *Bar aux Folies-Bergères* de Manet. Mira avait aussi capturé l'atmosphère sombre de *Quand te maries-tu ?* de Gauguin dans *L'Acceptation*. Alors que je me tenais devant ces tableaux, étincelants de couleurs, j'avais la sensation que Mira était à mes côtés, qu'elle me murmurait à l'oreille ce qu'elle admirait le plus en eux.

Après cette visite, nous nous promenâmes main dans la main au jardin des Tuileries, admirant l'élégante allée qui menait à la place de la Concorde. À notre gauche, de vieux hommes jouaient à la pétanque, applaudissant quand la boule de l'un d'entre eux se faisait une meilleure place que celle d'un autre. À notre droite, des hommes et des femmes étaient assis sur des transats et écoutaient un concert de violons. Des enfants se pourchassaient entre les marronniers d'Inde. Soudain, Amit s'immobilisa et se tourna vers moi. D'un doigt il m'inclina le menton, et se pencha pour m'embrasser.

Nous fîmes un tour au Jeu de paume, un ancien court de tennis transformé en un musée abritant des tableaux de Picasso, de Matisse et des artistes féminines que Joséphine représentait. En face d'un Léger haut en couleur, un sourire me vint aux lèvres : je repensai en effet au peintre au nez de boxeur de *La Rotonde*.

Lorsque nous atteignîmes le musée de l'Orangerie, où *Les Nymphéas* de Monet nous attendaient, nous mourions littéralement de faim. Dans la rue Saint-Honoré, nous nous installâmes dans un bistro à une table si petite que nos genoux se touchaient. Amit fit glisser sa main le long de ma jambe, me procurant des frissons de plaisir dans les reins. Le serveur posa un potage aux pommes de terre ainsi qu'une omelette aux fines herbes accompagnée de haricots verts devant moi. Les épices fortes de l'Inde me manquaient, mais je commençais à apprécier les subtils assaisonnements français. Le vin blanc, frais et sec, me monta à la tête. Amit me dit qu'il voulait me faire visiter Notre-Dame et la Sainte-Chapelle, qu'il adorait venir à Paris quand il étudiait en Angleterre, mais tout ce qui m'occupait l'esprit, c'était son départ le soir-même. J'avais envie de profiter de son corps autant que possible. Je pressai mes lèvres contre les siennes, tentant de contenir mon désir. Qu'aurait pensé Mira de la fièvre qui me dévorait ?

Levant son verre, il me rendit mon sourire, intrigué.

— Quoi ?

— Ton hôtel est loin d'ici ?

Amit haussa les sourcils, régla l'addition et me prit la main, me soulevant pratiquement de ma chaise. Nous longeâmes la Seine, franchîmes le Pont-Neuf pour regagner la rive gauche, et arrivâmes à son hôtel. Le réceptionniste me jeta un coup d'œil en donnant sa clé à Amit. Si nous avions été en Inde, il se serait enquis de notre statut marital, et serait tout de suite allé rapporter aux siens ce que nous nous apprêtions à faire après nous être éclipsés de la réception. Mais ce gentleman se contenta de sourire, et nous souhaita une bonne journée.

À peine Amit eut-il refermé la porte de sa chambre que je l'attrapai par le col pour l'entraîner vers le lit.

Je ne crois pas non plus que c'est moi, Mira.

Il écarta quelques mèches de mon visage et les cala derrière mon oreille.

— Tu as une tache de rousseur sur le lobe. Je l'ai remarquée la première fois qu'on s'est vus.

— Ah bon ?

J'étais allongée sur le ventre, les bras repliés sous le menton.

— J'ai toujours rêvé de la voir de plus près.

J'éclatai de rire.

— Et est-elle telle que tu l'imaginais ?

— Bien mieux.

Je commençais à m'assoupir, mes paupières se fermaient.

— Sona, mon travail me conduira en Asie pendant le reste de l'année. Peut-être même plus longtemps.

Il s'interrompit.

— J'adorerais que tu viennes avec moi.

Je rouvris les yeux et le regardai fixement. C'était impossible. Les couples non mariés ne voyageaient pas ensemble.

— Seulement, on se rendrait dans des endroits sous-développés, insalubres. Je ne peux pas... il serait égoïste de ma part de te demander de courir un tel risque.

J'étais complètement réveillée maintenant, mon cœur battait de façon irrégulière.

— Es-tu en train de me demander de t'épouser ?

— J'aimerais tant ! Mais ce n'est pas possible – du moins pas actuellement. Jamais je ne t'exposerais à un quelconque danger.

Je regardai les draps, le torse nu d'Amit, là où la lumière filtrait par les rideaux. Avais-je envie d'épouser Amit ? J'avais été si absorbée par mon désir que je n'avais pas pensé à la question du mariage. Mais en l'occurrence, il ne me demandait pas en mariage, n'est-ce pas ? Il énumérait juste les raisons pour lesquelles il ne pouvait pas m'épouser. En outre, il était indien, et luttait pour une Inde libre. Sans caste. J'étais à moitié indienne, à moitié l'ennemie. À quoi un tel couple ressemblerait-il aux yeux de ceux qui estimaient que les Anglais étaient des oppresseurs ? Aux yeux de Ghandi, Bose, Sardar Patel, Bhagat Singh. Et même des femmes comme Begum Hazrat Mahal. Aucun d'entre eux n'était *métis*.

Amit poursuivit :

— Je ne peux pas te demander de m'attendre.

Ces paroles sonnèrent moins comme une affirmation que comme une question. Il cligna des yeux, attendant une réponse.

Mais je n'allais pas répéter la vie de ma mère. *Couche avec l'ennemi.* N'était-ce pas ce que la famille de celle-ci avait pensé ? Ce que tout le monde penserait d'Amit et moi ? Ce que tous avaient pensé du docteur Stoddard et de sa femme ? Le travail d'Amit allait sensibiliser le monde entier à un problème des plus sérieux. Il était destiné à être connu. Ce qui signifierait que *nous aussi* le serions. Nous serions tous les deux en pleine lumière. Les gens ne jugeraient pas uniquement ses travaux, mais ses choix de vie, ce qui ternirait ces premiers. *Café au lait*, *Chee-Chee.* Je refusais d'entraver les améliorations qu'il pouvait apporter à son pays. Qui était aussi le mien, même si mes revendications étaient bien moins affirmées.

J'aurais pu lui répondre tant de choses, mais il y en avait tout autant que je préférais taire. Je tournai alors la tête de l'autre côté de l'oreiller, occultant son visage.

Florence

Chapitre 11

Je débarquai par un lundi à la gare Santa Maria Novella de Florence. J'avais dormi pendant tout le trajet depuis Paris. Ma conversation avec Amit m'avait épuisée. J'avais été incapable de lui donner la bonne réponse, si toutefois celle-ci existait. J'aurais pu lui dire que je l'attendrais jusqu'à la fin de sa mission, mais qui savait combien de temps celle-ci durerait ? Et puis qui pouvait prédire la réaction de l'Inde si l'un des siens pactisait avec l'autre camp ?

J'avais l'habitude d'enchaîner les gardes à l'hôpital sans ressentir de fatigue. En l'occurrence, j'étais exténuée comme jamais lorsque j'avais pris place dans le train pour ce voyage de treize heures. J'avais économisé de l'argent grâce à l'hébergement gratuit de Mme Renaud, mais je devais malgré tout surveiller mes dépenses. Aussi, pour éviter le coût d'un wagon-lit, j'avais dormi assise jusqu'à Florence. Ce qui me valut une raideur dans la nuque, des jambes en coton et une migraine.

Lorsque je descendis sur le quai, je fus surprise par sa simplicité immaculée. Contrairement aux gares de Prague et Paris, l'architecture de Santa Maria Novella flirtait avec l'austérité. Le sol en travertin brillant, traversé de manière régulière par des bandes de marbre rouge et blanc, donnait l'impression de n'avoir été foulé par personne. Des hommes et des femmes franchissaient des entrées et des sorties dépourvues d'ornement. Même les panneaux – *Uscita*, *Tabacchi*, *Giornali* – comportaient des caractères simples. Construit en béton renforcé, le New India Assurance Building à Bombay était d'une simplicité similaire, mais il pouvait au moins se targuer de bas-reliefs représentant des femmes en sari et des hommes enturbannés. La gare de Florence était si rudimentaire qu'on aurait cru que ses finitions avaient été oubliées.

Un jeune garçon en culotte de golf énumérait d'une voix forte les titres du journal qu'il agitait à la ronde. Mes yeux tombèrent alors sur le *Corriere delle Sera*. D'après la photo et quelques mots semblables au français, je devinai qu'une femme avait été mortellement poignardée dans un train, et qu'elle était liée à un mouvement de résistance. Des insurrections semblaient avoir lieu partout : à Bombay, Prague, Paris et maintenant Florence. Agnes avait-elle été une espionne ou une collaboratrice ? Je ne resterais pas assez longtemps en Europe pour le savoir. Une fois que j'aurais trouvé Paolo, je retournerais à Bombay.

Mon estomac se mit à grogner : je n'avais avalé qu'une tasse de thé et un toast dans le train. L'ambassade britannique se trouvait à vingt-cinq minutes à pied, mais je n'avais pas l'énergie de marcher jusque là-bas. Je voulais juste trouver une pension bon marché où je pourrais laisser ma malle, et ensuite un endroit où me restaurer.

Le mur entier du bâtiment en face de la gare était recouvert d'une affiche qui proclamait : « *Credere, Obedire, Combattere.* » Au centre se tenait un homme d'âge moyen vêtu d'un uniforme militaire et chaussé de bottes noires en cuir vernis, bouche ouverte comme s'il était en train de faire un discours, bras tendu. Pour l'avoir vu dans les journaux, je reconnus Mussolini. À Paris, les clients du café avaient parlé de lui. *« Avez-vous entendu dire qu'il veut allier ses troupes à celles de Hitler ? »* Au bas de l'affiche, on pouvait lire « *Federazione dei Fasci di Combattimeno* ». Il n'était pas nécessaire de parler italien pour comprendre la doctrine fasciste. Comme dans les autres pays européens que j'avais visités jusqu'ici, je sentis une vigilance dans l'air, parmi la foule. Tout le monde semblait regarder par-dessus son épaule, cherchant à repérer l'ennemi.

J'attendis qu'un tramway et une voiture tirée par un cheval passent avant de traverser la rue. Selon le Baedeker, si je suivais la Via degli Avelli, j'arriverais sur une grande place flanquée de l'église Santa Maria Novella. C'était un quartier touristique populaire, aussi espérais-je trouver un logement bon marché.

Dans une allée étroite à ma gauche, je repérai la pancarte d'une pension. Je scrutai la bâtisse tout aussi étroite. Le contraste entre la gare austère que je venais de quitter et le bâtiment Renaissance en face de moi était détonnant. Je suivis la flèche qui menait en haut des marches, traînant ma malle qui semblait s'alourdir dans chaque ville. À l'intérieur, l'édifice sentait le renfermé, comme un coffre que l'on n'aurait pas ouvert depuis des décennies. Sur le palier se trouvait un bureau en bois criblé de trous, sur lequel il y avait juste un grand classeur ainsi que, apparemment, un album photos (en effet, quelques photos non encore collées en dépassaient). À cet instant, comme par magie, une vieille femme vêtue d'une ample robe noire émergea d'un rideau, derrière le bureau. Elle s'essuyait les mains à un tablier noué autour de sa taille.

— *Buongiorno, signora*, me dit-elle.

Puis elle darda prestement les yeux vers mon annulaire et reprit :

— *Signorina.*

L'un des avantages de mon poste à l'hôpital consistait à rencontrer des patients de différentes nationalités. J'étais en mesure de comprendre quelques échanges de civilités dans plusieurs langues : « bonjour, salut, oui, non, excusez-moi, s'il vous plaît. »

— *Buongiorno. Vous parlez français**?

Elle m'adressa un petit sourire et haussa les épaules. Ses yeux étaient de la couleur des glands. Les rides en éventail qui en partaient étaient celles d'une femme qui avait une longue vie derrière elle.

Levant un doigt, je mimai alors le fait de dormir dans un lit. Elle se mit à rire, et je vis qu'il lui manquait une dent du haut. D'après ce que je compris, elle me demanda ensuite combien de nuits je comptais rester. Combien de jours me faudrait-il pour trouver Paolo ? Je n'en avais aucune idée, mais je levai trois doigts.

La femme hocha la tête. Elle ouvrit le registre et le tourna vers moi. Dans la liste des noms qui figuraient dans la première colonne, certains me parurent français, espagnols, hollandais et anglais. J'avais l'habitude à présent de présenter mon passeport et mes visas partout où j'allais, aussi les sortis-je de mon sac.

Quand elle vit mon adresse, elle me demanda :

— *Dall'India* ?

J'étais en train d'écrire mon nom.

— *Si*, répondis-je.

Puis, les yeux levés vers elle, je lui souris.

— *Però*..., commença-t-elle.

Elle tourna quelques pages du registre et désigna un nom : Raji Murty. Puis elle fit mine de mettre un sari en tournant les bras autour de son corps, et de jeter un *pallu* fantôme sur ses épaules. Quand elle s'immobilisa, elle pointa ma jupe du doigt. J'éclatai de rire quand je compris qu'elle me demandait pourquoi je ne portais pas un sari, comme sa cliente précédente. Ses yeux de vieille femme se plissèrent, amusés.

Il était trop difficile de lui expliquer pourquoi j'avais un passeport britannique et pas indien. Je me contentai donc de hausser les épaules, et elle en fit autant avant de me donner une clé et de m'indiquer l'escalier au bout du couloir. Ce fut alors que je désignai mon estomac, et mimai le fait de manger.

—Ah, dit-elle.

Et elle tira le rideau sur le côté, dévoilant une minuscule salle à manger qui comprenait trois tables, dont l'une était occupée par une femme de mon âge qui se restaurait.

Mon hôtesse s'adressa à elle dans un italien rapide. La femme leva les yeux de son assiette, porta le regard sur moi et déclara en anglais :

—Le déjeuner est inclus. Elle vous invite à prendre place à une table.

Elle était américaine.

Je m'avançai vers elle pour lui serrer la main et me présenter. Elle me donna une poignée de main peu énergique.

—Taylor, dit-elle.

Elle mangeait apparemment du riz crémeux : j'en eus l'eau à la bouche.

—Je vais prendre possession de ma chambre et je vous rejoins, lui dis-je.

Il m'était difficile de contenir l'excitation que me procurait cette rencontre : j'allais pouvoir parler anglais avec une autre voyageuse. M'efforcer de communiquer dans une langue qui n'était pas la mienne se révélait si épuisant ! Je montai rapidement à l'étage, dans ma chambre. Je m'attendais à un logement monastique et je ne fus pas déçue. Un crucifix était accroché au mur, au-dessus d'un lit pour une personne. La couverture était usagée, mais propre. Le reste du mobilier se résumait à une chaise en bois et une table. Je fus touchée par la marguerite, dans un vase minuscule, qui avait été placée dessus. C'était une petite attention que ma mère aurait pu avoir – et avait eue à de nombreuses occasions. Comme la fois où j'avais réussi mon entrée à l'école d'infirmières, ou quand j'avais cousu ma première robe, ou encore gagné une médaille en première, à un cent mètres. Une subite vague de nostalgie me submergea. Envers ma mère. Ses fleurs. Sa gentillesse.

— Bonjour, maman, murmurai-je.

Quand je revins dans la salle à manger, Taylor avait disparu, et la Signora m'attendait pour me servir un énorme bol de soupe aux haricots blancs, ainsi que des pommes de terre, des tomates, des légumes verts, et du pain local, sans oublier une généreuse gousse d'ail. Puis mon hôtesse râpa ce qui semblait être du fromage sec dans mon bol. La soupe n'était pas un dahl, mais elle était réconfortante et satisfaisante.

Mon dessert consista en une pomme. Elle s'assit en face de moi, la découpa, puis m'en offrit une tranche et en prit une pour elle. La pomme était remarquablement sucrée, comme celles que l'on trouvait parfois à Bombay, et qui provenaient de l'Himalaya. Nous la dégustâmes dans un silence cordial.

Le seul indice que je détenais sur Paolo, c'était qu'il avait été l'enseignant de Mira à l'Academia di Belle Arti de Florence, école des beaux-arts qui se trouvait Via Ricasoli. Mon Baedeker en main, je partis à l'aventure. L'air était chaud, il faisait presque vingt-sept degrés, temps auquel j'étais habituée à Bombay et qui convenait tout à fait à ma chemise en lin dont les manches m'arrivaient aux coudes. Des cyclistes, des voitures tirées par des chevaux, des automobiles et des piétons rivalisaient entre eux pour une place sur les rues pavées. Où que se posent mes yeux, ils tombaient sur une affiche de Mussolini. Même si je m'efforçais de les ignorer, les mots « *credere, obediere, combattere* » ne cessaient de tourner comme un mantra importun dans ma tête à chacun de mes pas.

Je passai devant plusieurs boulangeries, une boucherie où un cochon écorché pendait du plafond et un café où des clients appuyés au comptoir buvaient des cappuccinos.

Au bout d'un moment, je m'arrêtai devant un bâtiment de style italien (du moins était-ce ainsi que mon ancienne professeure de seconde, Mme Norton, qui avait épousé un architecte, l'aurait qualifié). La façade représentait une arcade parfaitement proportionnée. Deux étudiantes portant un sac à dos et des toiles sous les bras y pénétrèrent par de massives portes en bois. Je les suivis, et me retrouvai dans une sorte de réception.

À ma gauche, un immense et très bel escalier en pierre menait aux étages supérieurs. Juste devant moi s'ouvrait une cour rectangulaire, flanquée de salles de cours où les étudiants étaient en train de peindre, de dessiner ou de sculpter. Et à ma droite se profilait une fenêtre ouverte derrière laquelle on voyait un comptoir : une femme me tournant le dos y était assise. Elle parlait avec une collègue plus jeune, indéniablement enceinte et installée pour sa part à une grande table sur laquelle se trouvaient deux assiettes remplies de rectangles de pâte recouverts d'une sauce rouge, ainsi qu'une corbeille à pain. De la vapeur montait des assiettes. Une discussion animée en italien fusait entre les deux femmes, et je parvins à comprendre les termes « soupe », « huile d'olive » et « sel ». Se disputaient-elles à propos d'une recette ?

— *Buongiorno*, *Signora*, dis-je en imitant ma logeuse.

La femme qui me montrait son dos se retourna immédiatement. Elle avait une cinquantaine d'années, les yeux larmoyants, bien qu'elle ne pleure pas, les lèvres en cul-de-poule, mais pas dans le but de séduire – elle semblait être née avec cette expression.

Elle portait des lunettes sur le bout du nez et baissa le menton afin de me voir par-dessus.

— *Si* ?

— Parlez-vous anglais ou français, s'il vous plaît ?

Un silence s'ensuivit. J'eus alors la sensation de l'avoir blessée. Au bout de quelques secondes, elle me répondit en français :

— Madame, nous avons des étudiants qui viennent du monde entier. Nous pouvons tout à fait aussi parler en anglais, si vous préférez.

Je lui souris.

— Merci. Je cherche un professeur qui s'appelle Paolo.

— Aucun ne porte ce nom, *signora*.

— Il se peut qu'il ne travaille plus ici.

Je fis un rapide calcul.

— Il a enseigné à l'école en 1924 ou 1925, ajoutai-je.

Elle remonta alors ses lunettes sur son nez, comme si elle refermait une porte.

— S'il vous plaît, Signora. J'ai entrepris un grand voyage depuis l'Inde pour le retrouver.

À cet instant, elle se radoucit, et son front se détendit.

— Pouvez-vous me donner son nom de famille ?

J'hésitai. Ne fallait-il pas être idiote pour débarquer dans une ville en quête d'une personne dont on ignorait le nom de famille ? Pourquoi Mira n'avait-elle pas cherché à me simplifier la tâche ?

— Il a donné des cours à une jeune artiste connue sous le nom de Mira Novak.

Elle ne répondit pas, mais à son haussement de sourcils il était évident que ce nom-là ne lui était pas étranger.

La femme enceinte claqua alors des doigts. Dans un anglais approximatif, elle enchaîna :

— Elle parle de ce coureur de jupons ! Paolo...

Puis elle se mit à tapoter le dos d'une de ses mains avec l'autre, comme si elle enjoignait à sa mémoire de coopérer.

— Paolo, Paolo... Il avait un beau visage... Paolo Puccini ! s'exclama-t-elle enfin avec un sourire triomphant.

La femme à la réception lui lança une réplique furieuse en italien. En gros, elle lui demandait de quoi elle se mêlait. Et d'abord, pourquoi n'était-elle pas chez elle à servir le repas à son mari ? Son amie de déjeuner ne s'en offensa pas ; elle se mit au contraire à rire. Et si je compris correctement, elle renchérit :

— À ton avis, pourquoi je ne suis pas chez moi ?

L'administratrice pivota à nouveau vers moi, sourcils froncés.

— Ma nièce ! s'exclama-t-elle. Qui vient travailler malgré sa grossesse. Et qui n'arrête pas de manger. Elle mange pour trois, nous dit-on.

Elle soupira.

— Bon, elle a raison. Malheureusement, ou plutôt heureusement, M. Puccini ne travaille plus ici.

Sur ces mots, elle ôta ses lunettes et écarta les mains.

— Savez-vous où je peux le trouver ?

Encore une fois, la femme enceinte se mit à parler. Dans le long dialogue en italien qui s'ensuivit entre les deux femmes, je perçus les termes « Borgo San Frediano ».

Mon amie aux yeux larmoyants haussa les épaules et rangea quelques papiers sur le comptoir.

J'attendis.

Elle finit par reprendre :

— Notre règlement est très strict, voyez-vous ? Paolo était ami avec toutes ses étudiantes.

Elle baissa de nouveau le menton, et aussi la voix, cette fois.

— Il faut dire que les *ragazze* étaient elles aussi un peu trop amicales avec lui. Dans le cas de Miss Novak, il y avait aussi *la mama*.

Là-dessus, elle me lança un regard résigné.

— *Che fiasco !* Ce n'était pas tolérable.

À cet instant, sa nièce chuchota de façon très appuyée :

— La *mama* était *innamorata* de Paolo.

Et sur cette déclaration, elle secoua la tête.

La femme aux lunettes guetta ma réaction. Comme je demeurais impassible, elle renchérit :

— *Va bene.* Vous pourrez le trouver…

Et elle se tourna vers sa nièce, qui répéta :

— À Borgo San Frediano.

Cette dernière passa alors la main sur son énorme ventre.

— Tout le monde tombe amoureux de Paolo. Toi aussi tu l'as été, Zia Maria, non ? la taquina-t-elle.

Je hochai alors la tête en guise d'au revoir et tournai les talons.

Je m'étais à peine éloignée de deux pas que la tante commença à réprimander sa nièce, lui recommandant me sembla-t-il de ne plus se mêler des affaires des autres. Et le rire de la jeune femme ricocha entre les murs de l'école.

Borgo San Frediano se trouvait de l'autre côté de l'Arno. Les touristes avaient tendance à rester sur la rive du Duomo afin de visiter la cathédrale, ou la galerie des Offices. Je dus donc traverser le fleuve par le Ponte Vecchio, au sud de la ville où tout le monde parlait anglais. Une fois sur le pont, je me mis à envier les Anglaises et les Américaines, leurs robes en soie fluides et leurs vestes noires, leurs talons carrés – qui semblaient faire fureur ici. J'avais l'impression d'attirer l'attention avec mon uniforme d'infirmière et mes chaussures confortables. Les *Inglese*, ainsi qu'on les appelait, étaient invitées à admirer les bracelets et colliers en or lourd exposés derrière les vitrines des échoppes, pressées les unes contre les autres, sur le pont. Les vendeurs se montraient empressés pour les faire entrer dans leur boutique, où un *espresso* et des *biscotti* aux amandes les attendaient. Que ressentait-on lorsqu'on pouvait dépenser aussi librement son argent que ces femmes ? me demandai-je.

Contournant les vendeurs, j'accélérai le pas.

La rue où habitait Paolo était en réalité à deux pâtés de maisons. J'arpentai la rue d'un côté puis de l'autre en quête de... de quoi, au juste ? D'un panneau indiquant la présence d'un peintre ? D'un professeur particulier d'art ? Je ne connaissais toujours pas l'adresse exacte de Paolo. Il allait falloir que je frappe à chaque porte. Mon cœur se mit soudain à battre plus fort. Dans l'enceinte de l'hôpital, je possédais de l'assurance, mais en dehors, mon courage vacillait souvent. Prenant une grande inspiration, je frappai à la porte, sur ma droite. Pas de réponse. Je toquai à la suivante. Et à celle d'après. Si on me répondait, je demandais :

— Paolo Puccini ?

Après qu'on eut plusieurs fois secoué la tête en signe de négation, un homme muni d'un balai répondit et désigna l'immeuble d'en face.

Je tapai à la porte qu'il m'avait indiquée. Pas de réponse. Je me tournai alors vers l'homme au balai : il hocha la tête et me fit signe de frapper plus fort. J'obtempérai.

— *E adesso* ?

Le hurlement était venu d'en haut. Je reculai de quelques pas pour scruter le deuxième étage. La personne avec un pinceau à la main et une chemise blanche opportunément maculée de peinture devait être Paolo. La femme enceinte à l'Academia n'avait pas eu tort : il était d'une beauté frappante. Des boucles noires encadraient son visage. Son teint rappelait une noix de bétel : à la fois lisse et couleur terre. Le col de sa chemise était largement déboutonné, et il avait retroussé ses manches jusqu'aux coudes. C'était l'homme que Mira avait peint dans *Homme dans l'abondance.*

—*Mi scusi, signore.*

Et ce fut tout ce que je parvins à dire avant de poursuivre en anglais :

—Je recherche Paolo Puccini, le peintre.

—Pourquoi ? demanda-t-il en anglais avec un fort accent.

Comme je ne voulais pas crier le nom de Mira dans la rue, ni que certaines personnes ouvrent leurs rideaux, je me retournai pour voir si l'homme au balai était toujours là. C'était bien le cas, il nous observait.

D'en haut, j'entendis Paolo lui lancer quelques mots dans un italien très vif, de sorte que l'homme se frappa le menton du dos de sa main et disparut dans son immeuble.

Je soupirai.

—Ce serait plus facile si vous me laissiez entrer ou si vous descendiez me parler.

—Vous voulez acheter un tableau ?

—Pardon ? Non.

—Eh bien voyez-vous, moi, en ce moment, je suis en train de peindre.

—J'ai quelque chose à vous remettre. Il est important que je vous le donne.

Ce fut alors qu'il me considéra plus attentivement. Je le vis hésiter.

—Connaissez-vous le *Caffè Doney* ?

—Non.

Il disparut dans la pièce. Quand il revint à la fenêtre, il avait un bout de papier à la main. Il souffla dessus avant de le laisser voleter à mes pieds.

—C'est l'adresse. Je finis ce que je suis en train de faire. Rendez-vous à 16 heures là-bas.

Et sur ces mots, il s'éclipsa.

Je ramassai le papier. Y était griffonnée à la peinture noire pas encore sèche l'adresse suivante : « n°81 Via de' Tornabuoni. »

Il me restait juste assez de temps avant ce rendez-vous pour me rendre à l'ambassade britannique qui, selon le Baedeker, se trouvait juste à une centaine de mètres. Mon pouls s'accéléra : une lettre d'Amit m'y attendait peut-être. Je lui avais dit qu'il pourrait communiquer avec moi via l'ambassade britannique. Ou bien il se pouvait que ce soit un message du docteur Stoddard. Je n'avais pas répondu à sa dernière lettre parce que je ne savais trop que lui écrire. Sa révélation – à savoir le fait qu'il avait déserté sa fiancée – avait changé quelque chose entre nous, du moins de mon point de vue. J'avais découvert qu'il avait failli, tout comme mon père. Évidemment, il y avait un autre côté de sa personnalité que j'adorais, celui qui avait pris soin de moi sur le *Viceroy*, qui avait fait preuve d'une gentillesse inimaginable. Il m'avait apporté de grands plaisirs en m'apprenant à jouer au gin-rummy, en me faisant découvrir le porto et le caviar. Il avait su stimuler ma confiance en mon instinct, aux cartes, tout comme une audace que j'ignorais avoir. Et il m'avait mise en relation avec Amit, à Paris. Comment pouvais-je trouver la moitié d'une personne agréable et rejeter l'autre ?

D'ailleurs… N'avais-je pas parfois ressenti la même chose envers ma mère ? J'adorais la part d'elle-même qui me préparait des *nimbu pani* quand j'étais malade, et méprisais secrètement celle que l'amour avait rendue aveugle et contrainte à mener une existence honteuse. Je ne voulais pas à la fois aimer et détester, je refusais d'être consumée par d'aussi affreuses pensées.

Et je ne m'étais pas encore rendu compte que je me tenais devant la porte de l'ambassade britannique, poings fermés, yeux rivés sur les pavés qui la bordaient.

Une femme s'adressa à moi. Je relevai aussitôt la tête. Elle me tenait la porte, me demandant si je souhaitais également entrer. Je la suivis à l'intérieur.

C'était une lettre d'Edward Stoddard qui m'attendait. Je la lus tout en redescendant les marches pour repartir.

Chère Mademoiselle Falstaff,

Cette enveloppe contient deux lettres. L'une de mon père, qui parle souvent de vous et toujours en termes affectueux. Et celle-ci, de ma part.
J'espère que vous n'estimerez pas trop osé le fait que je vous écrive directement, mais il se trouve que j'ai la sensation de vous connaître aussi bien que Père. Il m'a parlé de votre père anglais et de votre mère indienne. S'il vous plaît, ne lui en tenez pas rigueur. Je l'ai littéralement harcelé pour obtenir des détails sur vous. (Et maintenant, j'espère que vous n'êtes pas furieuse contre moi.)
Quand vous reviendrez à Bombay, j'espère aussi que vous nous honorerez de votre compagnie. Il se trouve que j'ai récemment postulé à l'ambassade britannique de Bombay et que je quitterai Istanbul dans une quinzaine de jours. Père viendra avec moi. Ce qui est formidable dans la mesure où je souhaite m'occuper de lui. Il a été si aimant et présent, dans ma vie. Après la mort de ma mère, en dépit de ses longues heures à l'hôpital, il redoublait d'efforts pour passer du temps avec moi. On allait pêcher ensemble le week-end avec la communauté de pêcheurs Koli, sur la côte de Bombay. On passait des heures à concevoir et fabriquer des cerfs-volants pour

participer à des festivals. Il a fait en sorte que la fille de son meilleur ami me passe un *rakhi* au poignet, car je n'avais pas de sœur pour se soucier de ma santé et de mon bonheur. Rien ne me fera plus plaisir que de lui rendre la bonté dont il a toujours fait preuve envers moi. Si, à un moment donné de votre voyage, vous avez besoin de mon assistance, sachez que je serai là pour vous. Ma proposition (notre proposition ?) de vous héberger à Bombay dans notre humble demeure tiendra jusqu'à ce que vous en décidiez autrement.

Votre ami,
Edward Stoddard

Je sortis de l'ambassade et traversai la rue pour regagner le parapet derrière lequel l'Arno coulait tranquillement. Je contemplai alors les eaux grises, au-dessous de moi. Mon reflet était dans l'ombre, mais je savais que j'avais les joues toutes rouges. D'abord Amit, maintenant, Edward ? Que penserait ma mère de la tournure que prenaient les événements ? Elle qui souhaitait le meilleur pour moi et qui avait pensé que Mohan incarnait mon avenir. *J'aurais tant aimé que tu sois à mes côtés pendant ce voyage, maman. Il me réserve de si belles surprises !*

Je regardai ensuite à l'intérieur de l'enveloppe, et en sortis l'autre lettre.

Ma chère enfant,

Quand vous lirez ces lignes, vous serez à Florence. Promettez-moi d'aller faire un tour à la galerie des Offices, et notamment de prendre le passage secret qui mène au Palazzo Pitti.

Ce corridor vous révélera tant d'histoires, tant de mystères. J'ai toujours pensé qu'il serait formidable qu'il y ait des passages clandestins dans les hôpitaux qui permettraient d'échapper aux patients pénibles ou d'aller pleurer un patient juste disparu qui nous était cher. Avouez que l'idée ne vous déplaît pas !
Je n'ai pas eu de vos nouvelles depuis ma dernière lettre. Je me suis alors rendu compte que vous pouviez me faire grief (ou, dans mes moments les plus optimistes, que vous m'en vouliez un peu) d'avoir abandonné Elizabeth, ma fiancée, de façon aussi insensible. Mais je vous assure que si je vous ai révélé cette affaire privée, c'était pour vous prouver que j'avais été aussi lâche que votre père, et n'avais moi non plus pas su réparer mes fautes.
Vous avez un formidable courage, ma chère enfant. Vous avez tenu bon là où tant d'enfants sans père auraient flanché. Vous avez entrepris une mission impossible pour la peintre que vous admiriez tant. Vous n'avez pas hésité à vous lancer seule dans l'aventure. De nombreuses femmes – européennes ou indiennes – n'en auraient pas même imaginé la possibilité. Je ne doute pas un instant que vous atteindrez votre but. Vous êtes tellement déterminée (et téméraire, si vous voulez bien pardonner au vieil homme qui parle en moi). C'est en raison du cran qui vous caractérise que je vous sais en mesure d'affronter l'adversité.
Vous ai-je dit que j'avais recherché Elizabeth, il y a quelques années ? Avec l'âge, on devient capable de repenser à ses propres décisions et à expier ses transgressions. J'ai découvert qu'elle ne s'était jamais mariée. À cause de moi, je présume. Je m'étais toujours promis de lui écrire pour m'excuser de mon attitude impardonnable, mais je ne l'ai jamais fait. Cette lettre aurait-elle servi mes uniques intérêts, m'aurait-elle libéré de ma culpabilité, ou bien aurait-elle permis à

Elizabeth de constater que j'étais toujours hanté par les actes que j'avais commis bien des années auparavant ? Sans doute ne le saurai-je jamais puisque j'ai été bien trop couard pour lui envoyer cette lettre.
Et maintenant, c'est à votre tour, chère Sona. Je ne vous encourage pas à voir votre père pour alléger sa culpabilité, mais parce que cela vous sera profitable. Votre ressentiment ne saura pas où se fixer tant que vous ne lui aurez pas parlé. Saviez-vous que les uniformes militaires ont des boutons qui portent le numéro du régiment ? Votre père en porte un sur la photo que vous m'avez montrée. Edward a mené l'enquête et il a retrouvé la dernière adresse connue d'Owen Falstaff. Je sais que je vous agace en poussant le bouchon un peu loin, mais que vous êtes aussi prête à faire plaisir au vieil homme que je suis, n'est-ce pas ?
Réfléchissez-y de nouveau. J'espère que vous le ferez. Si vous avez besoin de cette adresse et/ou que vous avez besoin d'argent, n'hésitez pas à écrire à Edward. Il adorerait avoir de vos nouvelles. Il parle souvent de vous depuis votre départ. Bonne route.

Avec ma tendresse et mon amitié,
R.S.

Je repliai les lettres et les remis dans l'enveloppe. Les cloches du Duomo se mirent alors à sonner, ce qui me rappela que, si je voulais arriver à l'heure au *Caffè Doney*, je devais me dépêcher. En traversant le Ponte Santa Trinita, je passai devant une impressionnante bâtisse en brique ornée d'un toit crénelé. Une petite plaque de bronze apposée près de l'entrée indiquait : « *Officina di Salvatore Ferragamo* ». Tiens, c'était le chausseur mentionné dans le Baedeker ! Un petit parc situé en face du bâtiment menait à la Via de' Tornabuoni.

Les édifices qui longeaient la rue de part et d'autre n'avaient rien à voir avec l'immeuble, légèrement décrépit, qui abritait l'humble atelier de Paolo. S'alignant solidement les uns contre les autres, ces palais incarnaient l'opulence ; selon mon guide, ils avaient été construits cinq siècles plus tôt, à l'époque de la Renaissance. Au rez-de-chaussée étaient établis des boutiques (des grooms étaient postés tout près des entrées pour tenir la porte aux clients) et des cafés. Les étages supérieurs, avec leurs immenses rideaux, semblaient être des appartements résidentiels. Je passai devant la boutique d'un couturier où une femme élégante était en train de désigner une photo dans un magazine. Quelques clientes de ma mère – des Anglaises – lui avaient parfois demandé de confectionner une robe d'après un modèle qu'elles avaient vu dans *Marie-Claire* ou *Vogue*. Alors que je passais devant le chausseur, j'entendis une cliente dire en anglais : « Ah, si M. Ferragamo n'était pas cantonné à ces affreuses matières italiennes, son talent serait sans limites. »

Dans une boutique, de l'autre côté de la rue, une vendeuse montrait de la lingerie fine à deux femmes. Juste au-dessus se trouvait une immense affiche pour une exposition de Giotto, le peintre qui avait inspiré Mira.

J'arrivai enfin au *Gran Caffè Doney*, que le Baedeker avait élu lieu préféré des expatriés, dont beaucoup possédaient une résidence dans cette rue. Le café était si bondé qu'il était impossible de circuler entre les tables et les chaises sans déplacer le chapeau des dames.

Une fois à l'intérieur, je cherchai des yeux Paolo, mais ne le vis à aucune table. Je l'attendis donc près du comptoir tout en considérant, derrière la vitrine, les pâtisseries italiennes dépourvues des couleurs orange vif, vert pistache et jaune renoncule des *mittai* indiens. Ici il y avait de la gelée, des petits-fours, des biscuits, toutes sortes de gâteaux secs et certains appelés « *tiramisu* », un mot que j'essayai de prononcer à voix haute – discrètement, bien sûr. Une généreuse nappe de poudre chocolatée recouvrait plusieurs couches de crème et d'une pâte aussi fine qu'une gaufre. M'arrachant à la contemplation des gâteaux, je balayai de nouveau la salle du regard. Un couple s'en allait : je me glissai aussitôt vers la table vide avec vue sur la rue. À ma gauche, un vieux gentleman dans un costume en tissu léger lisait le journal. *Osservatore Romano*. Il y avait une minuscule tasse de café sur sa table. Le serveur, vêtu de son uniforme noir et blanc, s'approcha de lui, pencha la tête au niveau de son oreille et se mit à lui parler à voix basse. L'homme leva alors les yeux vers lui. Je compris l'essentiel de ce qu'il disait. « Je lirai ce que je veux… Je n'ai pas peur… On n'a pas besoin des fascistes. » Le serveur toussota puis retourna derrière le comptoir des pâtisseries.

Il s'écoula une heure avant l'arrivée de Paolo, durant laquelle je sirotai un cappuccino ; parmi tous les autres cafés que j'avais goûtés en Europe, c'était celui que je préférais.

— *Signorina* ?

Je levai la tête. Heureusement que j'étais assise, sans quoi j'aurais vacillé. De près, Paolo était encore plus beau. Quelques boucles noires retombaient sur son front, et ses lèvres étaient superbement sculptées. Celle du bas était particulièrement charnue, avec un renfoncement au milieu. Une moustache et un bouc encadraient sa bouche, et auraient pu prêter un aspect rustaud à un autre homme ; à lui, ils donnaient un air d'Ali Baba des temps modernes. Son nez était droit, d'une symétrie parfaite, et ses yeux à la fois lascifs et vifs. Avait-il cette allure-là dix ans plus tôt, quand Mira avait fait sa connaissance ?

— Vous aviez quelque chose à me remettre ?

Il tenait une cigarette allumée entre le pouce et l'index.

Je tentai alors de me lever, mais l'endroit était trop comble, de sorte que je me retrouvai dans une position à moitié inclinée, comme une idiote.

— Je suis… Sona Falstaff.

Il hocha la tête et s'assit. Puis héla le serveur pour qu'il nous apporte deux cafés.

— J'ai été l'infirmière de Miss Novak.

— Mira ?

Sa voix monta d'une octave.

— Se porte-t-elle bien ? Il y a des semaines que l'on n'a pas eu de ses nouvelles et l'on était inquiets.

Subitement, il me saisit les mains et approcha sa tête de la mienne, au point que nos fronts se touchaient presque.

— Dites-moi que le bébé et elle vont bien.

Il savait que Mira était enceinte ? Il eut l'air subitement si effondré que le café ne me parut pas le lieu idéal pour discuter avec lui. Il avait dû lire le choc sur mon visage, car, écrasant sa cigarette dans le cendrier, il ajouta :

— Venez avec moi.

Et il laissa quelques pièces sur la table.

Nous effectuâmes moins d'une vingtaine de pas avant d'arriver devant l'entrée d'une cour circulaire. Deux voitures, une Alfa Romeo et une Mercedes-Benz, étaient garées devant les portes du *palazzo*, par ailleurs encadrées d'une fresque représentant des jeunes filles en train d'arroser des fleurs. Tout autour de nous, les murs étaient recouverts de lierre grimpant. Il y avait quatre boîtes aux lettres en bois. Donc quatre appartements.

Paolo ouvrit la porte de l'ascenseur et s'effaça pour me laisser passer. L'appareil nous mena au quatrième étage.

— Ma femme n'apprécierait pas que je vous amène ici.

Après toutes les histoires de coureur de jupons que j'avais entendues sur lui, je fus étonnée d'apprendre qu'il était marié. Je fronçai les sourcils, me demandant ce que j'avais bien pu faire pour offenser une femme que je n'avais jamais rencontrée.

— Oh ! Ce n'est pas dirigé contre vous, mais contre chaque femme sur qui je pose les yeux. Enfin, pour l'instant, elle est au cinéma, donc...

L'ascenseur donnait sur un grand appartement. Il me désigna un canapé en velours blanc, sur lequel je pris place. En face se trouvaient deux fauteuils bleu pâle. La table basse était entourée d'un cylindre en chrome, défiant le caractère ancien de la pièce : plafonds et fenêtres hauts, murs en plâtre, moulures élaborées. Je me demandai qui jouait du grand piano occupant tout un angle. Un lustre en cristal était accroché au milieu du plafond.

Paolo resta debout.

— À présent, parlez-moi de Mira.

Je jugeai préférable d'aller droit au but, comme quand il s'agissait d'enlever un pansement.

— Je suis désolée de vous apporter de si tristes nouvelles, monsieur Puccini. Miss Novak est décédée il y a quelques semaines.

Paolo me regarda fixement. Un creux se forma entre ses sourcils.

— Quoi ? Mais comment ?

— Elle avait été admise à l'hôpital pour une fausse couche.

Il posa la main sur sa bouche, tandis que les larmes lui montaient aux yeux. Il fit alors le signe de croix.

— Le bébé... Mais comment est-ce arrivé ? Comment une femme peut-elle mourir d'une fausse couche en 1937 ?

Subitement, la porte de l'ascenseur s'ouvrit. La femme qui entra dans l'appartement portait une simple robe noire qui moulait ses formes. Ce devait être la femme de Paolo. Elle avait une bonne dizaine d'années de plus que lui. J'avais souvent vu des hommes affichant plusieurs décennies de plus que leurs femmes, mais jamais l'inverse. Si Paolo était dans la quarantaine, cela signifiait qu'elle était dans la cinquantaine. Bien qu'elle ait conservé une belle silhouette, ses joues commençaient à s'affaisser et ses mollets à épaissir. Elle avait de fins sourcils et les lèvres peintes en rouge.

Paolo se tenait au milieu du salon, muet.

La femme ôta son chapeau mou noir, et se considéra dans le miroir baroque, au-dessus du buffet.

— Ah, c'était affreux ! Un film de pure propagande.

Ses inflexions nasillardes, que j'identifiai tout de suite comme américaines eu égard aux patients que j'avais soignés en Inde, contrastaient fortement avec la diction plus mélodique de Paolo.

Elle retira ses gants doigt par doigt, et les posa sur le buffet.

— Celui-ci parlait de nourriture, si tu veux bien le croire !

Et imitant une voix off en italien, elle poursuivit :

— Selon Mussolini, l'utilisation de la poésie et de la musique pour réveiller le goût est la clé de tout.

Elle se mit à rire et ôta ses hauts talons.

— J'étais certaine que Florence Foster Jenkins allait nous inviter chez elle pour l'écouter chanter, mais heureusement on a échappé à cette torture.

Elle finit enfin par se tourner vers le salon et remarqua alors ma présence.

— Oh ! s'exclama-t-elle en jetant un regard interrogateur à Paolo. Qui est-ce ? reprit-elle d'une voix tendue.

Ses yeux passèrent rapidement de moi à son mari.

Paolo semblait hébété.

— C'est la femme qui s'est occupée de Mira. Mademoiselle Falstaff, je vous présente mon épouse, Whitney.

Cette dernière fronça les sourcils.

— Elle s'est occupée de Mira… C'est-à-dire ?

Paolo fit glisser l'ongle de son pouce sur son front et se mit à scruter le sol.

— Quand Mira était à l'hôpital.

À ces mots, sa femme plissa les yeux.

— Mira est allée à l'hôpital ?

Je me levai avec calme. Je connaissais ce type de femme : elle pouvait facilement faire une crise de nerfs.

— J'ai été son infirmière, madame. À l'hôpital Wadia de Bombay.

Whitney, qui se tenait toujours près du buffet, demanda :

— Pourquoi ?

La question me plongea dans la confusion.

— C'est là que je travaille.

— Mais non, jeune bécasse ! Pourquoi Mira était-elle à l'hôpital ?

Je regardai Paolo. C'était à lui d'annoncer la nouvelle à sa femme. Cependant, il semblait ne pas pouvoir détacher les yeux du sol.

— Quelqu'un va-t-il oui ou non me dire ce qui s'est passé ?

Là-dessus, Whitney porta le regard sur son mari.

— Juste ciel ! Il est arrivé quelque chose au bébé ? Paolo ! Est-ce que le bébé va bien ?

Je les observai tour à tour. Mira avait parlé de Paolo après avoir appris qu'elle avait perdu le bébé. Quel était le rôle de Whitney dans cette affaire ? Je venais de tomber au beau milieu d'une histoire incompréhensible, ou du moins que je refusais de comprendre. Je sentis ma nuque me brûler, et j'espérai que personne n'avait noté les rougeurs sur mon cou.

Bouché bée, Whitney se tourna vers son mari.

— Donc il n'y aura pas de bébé ?

Paolo dirigea les yeux vers sa femme, l'air incrédule.

— Il n'y a plus de Mira. Elle a été dépouillée de sa vie. Médite bien là-dessus.

Et, sous l'effet de la colère, son teint s'assombrit.

Sa femme haussa ses deux sourcils épilés.

— Mais on était censés avoir un bébé. On était censés avoir le bébé. C'était le contrat.

— Mais Mira…

Whitney s'avança vers lui, un doigt verni de rose pointé sur sa propre poitrine.

— Je me fiche de Mira. Depuis le début. Si nous n'avons pas de bébé, nous n'aurons pas ceci.

Et elle écarta les bras.

— Nous n'aurons pas l'appartement. Ni la pension mensuelle. Nous n'aurons rien à part ce que te rapportent tes… tes tableaux… si l'on peut dire.

Paolo fronça les sourcils.

— Qu'est-ce que cela signifie ?

Sa femme agita une main dédaigneuse.

— Oh, bon sang, Paolo ! Tu copies de vieux maîtres !

Les narines de ce dernier se dilatèrent.

— N'est-ce pas ce que tu m'as dit de faire ?

— Parce que tes autres peintures ne se vendent pas, *caro* ! Je pensais que tu allais devenir un de ces peintres à succès, comme Chirico.

Elle posa la main sur son front, et Paolo serra les mâchoires. Au moment où il ouvrit la bouche pour répliquer, Whitney parut se rappeler ma présence. Elle se tourna vers moi.

— Avez-vous autre chose à nous dire ?

Je pensai à la toile dans mon sac… Il n'était pas sage de la lui donner devant sa femme, songeai-je.

— Non. Je vais… Je dois m'en aller.

Et, sur cette déclaration, je me dirigeai vers la porte d'entrée.

— Monsieur Puccini, pourriez-vous me raccompagner, s'il vous plaît ? Il commence à faire sombre.

— Bien sûr !

Était-ce du soulagement que je lus sur son visage ? Il préférait de toute évidence gérer sa femme plus tard, ce que je concevais. Nous nous éclipsâmes avant qu'elle n'ait le temps d'émettre une objection.

Dans l'ascenseur, Paolo sortit ses cigarettes de la poche de sa chemise. Il tapa sur le paquet pour en sortir une – ce dernier était étiqueté « *Nazionali* » – puis sortit ses allumettes.

— Nous sommes même obligés de fumer des cigarettes italiennes à cause de lui, marmonna-t-il. Elles sentent la pisse de vache.

Il parlait assurément de Mussolini.

Alors qu'on traversait la cour pour sortir, Paolo reprit :

— Le père de Whitney possède ce palais. Il est américain. Un riche armateur. Il a racheté cet immeuble pour une bouchée de pain à une famille italienne qui a tout perdu lors du krach boursier. Puis il l'a divisé en quatre appartements, et nous vivons dans l'un d'eux. Il ne m'a jamais apprécié. Il rêvait sans doute d'un autre mari pour sa fille.

Paolo soupira.

— Il nous laissera l'appartement et Whitney héritera de tout l'immeuble à la condition qu'on lui donne un petit-enfant. Whitney et moi ne pouvons pas avoir d'enfants. Voilà pourquoi Mira nous aidait.

À la lumière du lampadaire, il observa l'effet de son aveu sur moi. Donc Mira allait accoucher d'un enfant destiné aux Puccini ? Il devait exister toutes sortes d'arrangements pour des couples souhaitant adopter un enfant. Celui-ci toutefois me choqua : non seulement parce que je n'avais encore jamais rencontré ce cas de figure, mais parce qu'il impliquait Mira, une femme qui, d'après ce que tout le monde affirmait, n'avait jamais voulu d'enfant.

Une fois que j'eus retrouvé ma voix, je lui demandai :

— Mais de quelle façon ?

— Que voulez-vous dire ?

— Eh bien, son mari n'aurait-il pas réclamé l'enfant ? Il devait penser qu'il était de lui, non ?

Paolo soupira. Il avait l'air découragé.

— Écoutez, peut-on se revoir demain ? Je vous expliquerai tout. En l'occurrence, ce n'est pas le bon moment. Whitney va penser ce qu'elle a l'habitude de penser si je passe trop de temps avec une autre femme. Je dois rentrer auprès d'elle.

— Bien sûr.

Il se frotta le menton.

— Mira et moi avions coutume de nous retrouver au parc des Cascine. C'est… C'est le long de l'Arno…

— Je trouverai, l'interrompis-je devant sa difficulté évidente à se concentrer.

— Il y a la statue d'un prince indien, dans ce parc. Je vous y donne rendez-vous à 10 heures. À un moment où je suis censé être à mon atelier, en train de travailler.

Ainsi sa femme ne nourrirait aucun soupçon.

— À demain, alors, dis-je.

Et je refusai d'imaginer la vive discussion qu'il allait avoir avec sa femme, de retour à son appartement.

Le lendemain matin, dans le parc qui s'étendait sur environ cinq kilomètres le long de l'Arno, je repérai la fameuse statue. Je passai entre des érables, des chênes, des ormes, des pins. L'endroit était paisible, seuls quelques Florentins flânaient au parc des Cascine, conversant à voix basse.

Comme Paolo était en retard, je lus ce qui était inscrit sur la statue. Le prince indien Rajaram II était tombé malade pendant son voyage en Europe et avait trouvé la mort à Florence. Il y avait été incinéré, et ses cendres dispersées dans l'Arno, contre l'avis de l'Église catholique, qui ne voulait pas que les restes d'un païen, fût-il royal, polluent le fleuve.

— Vous comprenez à présent pourquoi Mira aimait ce lieu.

Je pivotai sur mes talons pour découvrir Paolo, la main pointée vers l'effigie du prince.

— Cette statue lui rappelait l'Inde. Elle admirait le fait que les conventions aient été défiées, ce qui, si vous connaissez... connaissiez Mira, était ce qui faisait d'elle un être tellement à part. Elle se fichait des règles.

Il avait raison. Mira avait dû goûter ce clin d'œil à la désobéissance, tout comme elle appréciait la façon dont les Indiens défiaient les Britanniques à leur manière pacifique. Je l'observai alors qu'il regardait l'Arno : de toute évidence, Paolo avait compris Mira.

Il portait aujourd'hui une autre chemise blanche également maculée de peinture, aux manches relevées jusqu'aux coudes (à moins que ce ne soit la même que la veille). Je m'efforçai de ne pas regarder les poils noirs sur ses bras, si semblables à ceux d'Amit. J'éprouvai soudain l'envie ridicule de lisser les plis de son front. Un homme et une femme passèrent devant nous. Tous deux se retournèrent pour lui sourire. Il attirait même l'attention des hommes.

Nous nous mîmes à longer les jardins.

— C'est là que Mira et moi venions dessiner et peindre. Le seul endroit où sa mère ne s'incrustait pas.

Il marqua une pause.

— Elle comptait énormément pour moi, vous comprenez ?

Ces propos me surprirent. Les amis de Mira avaient uniquement évoqué l'amour qu'elle lui portait, pas ce qu'il ressentait pour elle.

Brusquement, il s'immobilisa en face de moi.

— Je ne possède rien. Je ne pouvais pas vivre avec une femme qui avait besoin que je l'entretienne, déclara-t-il en implorant ma mansuétude du regard.

— Mais Mira venait d'une famille fortunée, répliquai-je.

— Ses parents l'étaient en effet, mais sa mère lui a coupé les vivres quand elle a appris que Mira et moi…

Ah, le fameux triangle entre Mira, sa mère et Paolo !

Il détourna les yeux, puis passa la main sur son visage.

— C'était compliqué. Sa mère était si insistante. Elle voulait une relation exclusive – juste elle et moi –, ce que je ne souhaitais pas. À l'époque.

Il me jeta un rapide regard en biais pour vérifier si je saisissais son insinuation. C'était bien le cas, en l'occurrence son habitude de passer des bras d'une femme à une autre. Quand il avait rencontré celle qui pouvait l'entretenir financièrement, Whitney, il l'avait épousée. Mais je comprenais aussi pourquoi sa femme était méfiante. Avec un mari d'une telle beauté, elle devait surveiller les éventuelles prédatrices.

J'avais apporté le tableau *Homme dans l'abondance*, roulé sous mon bras.

— Voilà ce que Mira a laissé pour vous.

Il me le prit des mains.

— Je l'ai toujours adoré. C'est l'une des premières choses que je lui ai enseignées, cette technique des coups de pinceau à la Cézanne. Après l'avoir assimilée, elle m'a demandé de poser pour elle.

Et un sourire porteur de souvenirs éclaira son visage.

— Croyez-vous que votre femme acceptera de l'accrocher ?

Il esquissa un sourire.

— Je pense que sa place est dans mon atelier.

— Mira a également laissé des peintures à Joséphine Benoit, de Paris, et Petra Hitzig, de Prague. Ces noms vous sont-ils familiers ?

— Oui, bien sûr. Elle me parlait souvent d'elles.

— J'ai cru comprendre qu'elle et vous étiez restés en contact après son mariage avec Filip Bartos ?

— On se voyait chaque fois qu'elle venait en Italie. Mira était Mira. Drôle. Vivante. Selon moi, Filip et elle ne formaient pas le couple idéal. Elle avait juste voulu provoquer sa mère, comme toujours, en épousant un homme qui déplaisait à cette dernière. Mira s'est lassée de Filip au bout d'un an de mariage.

Nous marchions à présent le long de la balustrade en pierre sculptée qui bordait la statue du prince. Des iris de toutes les couleurs s'épanouissaient tout autour de nous, des marguerites, des lys et des hyacinthes longeaient les sentiers. Je distinguai soudain un effluve de pois de senteur. Sur l'autre rive du fleuve, Florence diffusait une lueur couleur d'ocre, qui me rappela l'Inde. Ou peut-être était-ce le pas des promeneurs. Ils semblaient moins pressés, prêts à accorder du temps à un ami ou à juste regarder les gens passer, assis sur un banc du parc.

Je m'arrêtai pour admirer les ornements en forme de paon et les bas-reliefs sur le baldaquin, au-dessus de la statue. Soudain, je devinai la présence de Paolo derrière moi, plus à la chaleur qui émanait de son corps qu'à son souffle. Je me retournai. Tentais-je, à ce moment-là, de me couler dans la vie de Mira ? Si Paolo n'avait pas été marié, aurais-je essayé de le séduire ?

— Si j'ai un jour été amoureux d'une femme, ç'a été de Mira, déclara Paolo, d'un air mélancolique. Vous savez, aujourd'hui encore je l'entends. Je la touche, je la sens. Elle était si pleine de vie. Elle voulait tout expérimenter. Et menait ses investigations avec toutes les personnes qu'elle rencontrait.

Il cueillit une marguerite et en arracha les pétales un à un.

— Vous devez me prendre pour un Roméo, mais Mira elle-même était une Juliette. Elle explorait la vie avec tout le monde. Pour voir ce que ça donnait.

Il émit un petit rire.

Je hochai la tête.

— D'après tous les récits que j'ai entendus – ceux de Petra, de Joséphine –, j'en suis arrivée à la conclusion que vous étiez celui qui comptait le plus pour elle. Vous étiez différent des autres.

Je marquai une pause.

— Vous étiez un prix de choix qu'elle avait remporté, alors qu'aucune femme n'en avait été capable avant elle.

N'étais-je pas en train de dépasser les bornes en parlant si librement ? Mais je ne pouvais plus m'arrêter.

— Peut-être étiez-vous trop semblables, tous les deux ? Chacun si certain de son pouvoir de séduction. Un pouvoir qui devait être enivrant.

Paolo parut amusé par mes propos.

— C'était assurément excitant pour elle de s'immiscer entre sa mère et moi. J'avais rencontré Veena à une exposition d'art, à Venise. Elle m'a alors poursuivi de ses assiduités.

À cet instant, il jeta la marguerite disloquée par terre.

— Mira a toujours voulu attirer l'attention de sa mère sur elle – de n'importe quelle façon. Et elle a compris que ce serait le cas si elle se dressait entre elle et moi. Elle a eu raison. Mais sa mère, furieuse, est retournée à Prague. Mira est restée, seulement, elle a perdu son héritage.

Il me scruta quelques instants.

— Vous a-t-elle parlé de la première fois où elle est tombée enceinte ?

Était-ce un effet de mon imagination, ou avait-il pris un air coupable ?

— La première fois ?

— Elle est retournée à Prague pour retrouver Filip. Son sauveur. Au moindre problème, il lui venait en aide. Il avait alors obtenu son diplôme en médecine, mais n'avait encore jamais exercé. Je me demande si cette première opération – réalisée à la maison et non à l'hôpital – n'a pas un rapport quelconque avec sa fausse couche.

Mira avait avorté des années avant sa fausse couche ? Un mois plus tôt, la nouvelle m'aurait choquée, mais en l'occurrence, je prenais l'information au titre d'infirmière. J'avais pu constater les dangers qu'il y avait à pratiquer une telle intervention à la maison lorsque les femmes arrivaient ensuite à l'hôpital. L'absence de stérilisation, des instruments inappropriés, autant de raisons qui compromettaient la procédure. Pauvre Mira.

Nous nous remîmes à marcher, les graviers crissant sous nos pieds à chacun de nos pas.

— J'ai été chargée de m'occuper d'elle lors de ma garde de nuit. C'est son mari qui l'a amenée. Naturellement, j'ai pensé que l'enfant était de lui.

— Eh bien, mademoiselle Falstaff, je conçois que cela soit difficile à comprendre, mais je voulais un enfant avec Whitney, et comme elle n'a pas pu en avoir, nous avons décidé de passer par Mira. Elle était ravie de jouer ce rôle pour nous – nous l'avons grassement dédommagée, mais elle nous avait dit que nous devions le cacher à Filip le plus longtemps possible. Elle voulait avoir le temps de lui apprendre gentiment la nouvelle.

— Par « lui apprendre gentiment la nouvelle », vous voulez dire...

— Oui.

— Que l'enfant serait de vous ?

— Voilà !

— Et votre femme, était-elle d'accord ?

Il hésita.

— Au début, non, mais nous avions peu d'options.

Il se tut un instant.

— Mira et moi avons passé une semaine dans un hôtel à Milan, loin de Florence...

— Et de votre femme.

— *Certo*. Mira est ensuite retournée en Inde et nous avons attendu. Un mois plus tard, elle nous a appris la nouvelle. Whitney et moi étions aux anges. La grossesse se déroulait tout à fait bien. Mira était en bonne santé. Et l'enfant me ressemblerait. Si sa peau était un peu plus foncée, ce ne serait pas grave. Je suis italien après tout ! Ç'aurait été parfait.

Il soupira.

— Comment Mira est-elle morte, exactement ?

Je minimisai :

— Une surdose de morphine.

Paolo parut alarmé.

— Mais comment est-ce possible ?

Oh ! Et puis à quoi cela servait-il de dissimuler la vérité ?

— Un flacon de morphine avait été laissé dans sa chambre. On m'a accusée de négligence, mais je vous jure, monsieur Puccini, que je ne suis pas responsable de sa mort.

Et je le suppliai intérieurement de me croire.

Il fronça les sourcils.

— Mais alors, que s'est-il passé ?

Devais-je lui faire part de mes suspicions ?

— Je ne peux qu'émettre des hypothèses, mais aucune n'est vérifiable.

Il se pinça l'arête du nez.

— Mais dites-moi, pourquoi Mira est-elle venue à l'hôpital ? Elle allait avoir un enfant de moi, je suis en droit de savoir. Et puis je vais devoir rendre des comptes à Whitney, il serait donc préférable que je détienne toutes les informations.

Je choisis mes mots avec prudence.

— En réalité, je n'en sais guère plus. Son mari a déclaré à leur arrivée qu'elle se plaignait de douleurs abdominales, et d'une atroce migraine depuis quelques jours. Elle avait des saignements depuis quelques heures quand elle lui a demandé de l'emmener à l'hôpital. Une fois admise chez nous, il fut évident qu'elle avait fait une fausse couche et qu'elle était en grande détresse.

Son front était plissé d'inquiétude.

— A-t-elle terriblement souffert ?

J'hésitai.

— Elle a continué à avoir des douleurs considérables même après la perte du bébé.

Paolo resta pendant quelques instants plongé dans ses pensées, puis reprit :

— Ni Mira ni Filip ne voulaient d'enfant. Elle disait toujours qu'elle n'en aurait pas.

— Pourquoi a-t-elle changé d'avis ? Pourquoi vous a-t-elle dit oui, à votre femme et vous ?

Il se frotta la nuque.

— Eh bien, l'argent que nous allions lui donner lui aurait permis de peindre pendant toute une année sans avoir à vendre une seule toile. Ses tableaux trouvaient acquéreurs, mais elle n'avait jamais assez d'argent après que ses parents lui eurent coupé les vivres. Filip ne travaillait pas, toutefois il aimait les vêtements bien coupés, le bon vin et les appartements agréables à vivre.

Mira était-elle le genre de personne à qui ce marché aurait semblé raisonnable ? Si j'avais pu actuellement l'interroger, je lui aurais demandé si la somme convenue en compensation du bébé qu'elle portait pour la femme de son ancien amant en valait vraiment la peine ? Qu'en était-il de sa dignité ? De sa fierté ? À moins que je ne la juge trop sévèrement, comme ç'avait été le cas avec le docteur Stoddard ? Et comme je l'avais fait quand elle s'était confiée à moi sur sa vie. Mira, Paolo, Petra et Joséphine vivaient dans un monde si différent du mien. Nous n'avions pas du tout les mêmes valeurs. Comment aurais-je pu leur faire valoir les miennes ?

En discutant avec ses amis, je m'étais demandé dans quelle mesure je connaissais vraiment Mira. Elle semblait avoir de nombreux visages. Mira la peintre, Mira la patiente, Mira la maîtresse. Et j'en arrivais à la même question qu'avec le docteur Stoddard : était-il possible de connaître réellement quelqu'un ? *« Les choses ne sont jamais telles qu'elles semblent être »*, avait dit Agnes. Je devais vraiment assimiler ces paroles.

Nous traversâmes Florence de bout en bout. La ville était étonnamment dense. Paolo me révéla de petits détails sur Mira, ses commentaires sur les Italiens, qui le faisaient rire. Il m'emmena à la galerie des Offices, où se trouvaient, insista-t-il, les plus belles œuvres du monde : Michel-Ange, Botticelli, Giotto, Vinci. Adressant un clin d'œil au gardien, Paolo me mena au Corridor Vasari, le passage secret qu'empruntaient les Médicis pour se rendre au palais Pitti sans être vus. Le docteur Stoddard avait insisté pour que je le voie. Paolo m'informa que Mira aimait donner de brefs rendez-vous galants précisément ici, entre le Rembrandt et le Velasquez. Là-dessus, sur ses lèvres suavement charnues se dessina un sourire à la fois joyeux et triste. Elle allait indéniablement lui manquer.

Elle l'avait aimé et lui aussi l'avait aimée, j'en avais à présent la certitude. Et l'amour ne signifiait pas forcément passer toute une vie ensemble.

Quand je revins à mon logement – bien plus humble que chez Mme Renaud –, mon hôtesse me tapota sur l'épaule : elle avait visiblement perçu que j'étais perturbée. Et fatiguée. Elle tendit le bras pour tirer le rideau. J'entrai dans la salle à manger et m'assis à la petite table abîmée. Elle m'apporta sans tarder un bol de pâtes et un gros morceau de pain consistant. Les pâtes sentaient divinement bon. Elles étaient recouvertes d'une sauce crémeuse et légère dans laquelle se trouvaient, me sembla-t-il, des champignons. Mon hôtesse désigna alors mon plat.

— *Tartufi*, déclara-t-elle.

— *Tartufi* ? répétai-je.

— *Si, si*, Signorina. *Tartufi*.

Et elle les montra de nouveau du doigt avant d'imiter le grognement d'un cochon cherchant dans la terre. Je n'avais pas la moindre idée de ce qu'elle essayait de me dire, mais son explication me fit rire, ce qui déclencha alors son hilarité. À cet instant, je me détendis enfin et me sentis bien pour la première fois de la journée.

Cette nuit-là, allongée dans mon lit, je m'adressai à ma mère. *J'y suis arrivée, maman. J'ai fait ce que Mira m'avait demandé. Je me suis rendue dans des milliers d'endroits où je n'étais jamais allée, j'ai goûté de la nourriture dont j'ignorais l'existence, marché dans des villes, des jardins et des allées sombres où je ne me serais jamais aventurée si je n'avais pas dû retrouver les trois personnes qui comptaient le plus pour elle. Parfois, j'ai été follement effrayée, parfois je me suis sentie très seule. Il y a eu des surprises, certaines m'ont remplie de joie (Edward, Amit), et d'autres m'ont traumatisée (Agnes, l'homme de* La Rotonde*). C'était comme la grande roue dans laquelle nous étions montées, quand j'avais six ans. Plus nous nous élevions, plus la peur – et l'excitation – me saisissaient. Tout en haut, tu m'avais montré les bâtisses, les parcs et les lacs que je n'avais jusque-là vus que sur des cartes. Et quand nous étions revenues en bas, je n'avais qu'une envie : remonter. Eh bien, c'est ce que je veux faire quand je serai de retour à Bombay. Cette fois, je ne resterai plus dans mon coin. Je me lierai à d'autres personnes, me dévoilerai à elles et m'efforcerai aussi de les connaître. Je ferai tout ce que je n'ai jamais réalisé, avant. Ce que nous aurions pu faire ensemble. Comme pique-niquer le long du Queen's Necklace. Aller voir un film l'après-midi au Regal. Faire voler des cerfs-volants sur la plage de Chowpatty. J'ai l'intention de chercher un poste privé, pour prendre soin d'une personne malade, comme avec le docteur Stoddard. Je suis certaine qu'Edward, qui est le plus adorable des hommes (il te plairait énormément, maman !) m'aidera dans mes recherches. Et puis il y a Amit. Je suis désolée de ne pas t'avoir confié mes sentiments envers lui, mais j'avais envie de les garder pour moi toute seule. Cela dit, je pense que tu les avais devinés. Il n'y avait pas grand-chose que je pouvais te cacher.*

Un sourire me monta aux lèvres, tandis que j'imaginais ma mère écoutant mes plans pour l'avenir.

Puis le visage du docteur Stoddard s'imposa spontanément à moi. *« Allez voir votre père. »*

Non, c'était une requête impossible à satisfaire… Pourquoi serais-je allée le voir ? Pour moi, il était un déserteur et un coureur de jupons. Ralph Stoddard pensait que mon père n'avait pas eu le courage de m'affronter. Cela se confirmerait-il si j'allais en Angleterre ? Et sa famille anglaise ? Comment réagirait-elle si je surgissais brusquement en affirmant qu'il était mon père ? Ne serait-elle pas choquée ? Furieuse ? Ne me jetterait-on pas dehors en me traitant de menteuse, de profiteuse ou d'affabulatrice ?

Mais si je n'allais pas me confronter à mon père, serais-je moi aussi une lâche ? J'étais en Europe, à une demi-journée de lui, j'avais enfin l'occasion de lui dire ma façon de penser. Cela m'effrayait-il ? Ou bien redoutais-je, lors de ce face-à-face, de ne plus avoir envie de lui donner des coups de poing dans le torse, mais à la place de me jeter dans ses bras ? Je voulais continuer à le détester. C'était le seul élément constant et sûr de ma vie, je refusais de m'en délester. Cependant, qui savait quand je retournerais en Europe une fois de retour à Bombay ? En l'occurrence, l'opportunité se présentait à moi. Allais-je la saisir ?

Le lendemain, j'avais l'intention de rentrer en Inde par le rail et les mers, en passant par Alger. Je m'étais rendue dans une agence de voyages, où l'employée m'avait aidée à trouver le trajet le moins cher. J'avais juste assez d'argent pour le régler. Cependant, j'hésitais…

Y aller ou ne pas y aller. Ce fut la décision la plus importante que j'eus à prendre de toute ma jeune vie.

Londres

Chapitre 12

La maison d'Owen Falstaff se dressait parmi une rangée de demeures identiques à un étage, bien tenues et serrées les unes contre les autres, chacune dotée d'une porte d'entrée d'un noir brillant, d'un heurtoir en cuivre et d'une clôture en fer forgé du même noir étincelant. Elles étaient si proches les unes des autres qu'elles évoquaient des allumettes dans une boîte. Trois pas séparaient la porte d'entrée du trottoir, et seize du trottoir d'en face où je me trouvais. Et pourtant, je n'arrivais pas à les franchir.

Avant de quitter Florence, j'avais envoyé un télégraphe à Edward, à l'ambassade de Bombay, pour lui demander l'adresse de mon père. Il m'avait répondu immédiatement, voulant savoir si j'avais besoin d'argent. Devant cette question, je m'étais hérissée : je n'étais pas non plus aux abois, je devais juste veiller à mes dépenses. Nous avions calculé avec l'employée de l'agence de voyages que je pourrais me rendre en Angleterre avec l'argent que j'avais mis de côté pour rentrer à Bombay. Après quoi mon futur demeurait vague. Je n'avais pas assez de fonds pour rentrer à la maison, j'ignorais encore comment je me débrouillerais, mais je trouverais bien une solution le moment venu. J'avais réussi à m'en sortir jusque-là, non ?

Même si je détestais mon père, je n'en avais pas moins eu envie depuis toujours de découvrir Londres. À certains égards, la ville ressemblait à Bombay, notamment grâce à ses bus à impériale, ses tramways, ses cyclistes qui s'inséraient dans la circulation. Ses policiers avec casques et gants blancs qui géraient le trafic au milieu de la rue. Ses vendeurs de glaces poussant leurs chariots. Ses bâtiments ornés de frontons, ses tours gothiques et ses colonnes qui rappelaient Victoria Terminus, à Bombay. Mais le ciel gris, chargé de nuages, et l'absence de couleurs prêtaient un air sombre à la ville. Au lieu des femmes vêtues de saris couleur citron vert, marchant aux bras de *jharus* à longues moustaches, les rues étaient surtout dominées ici par des hommes en veste et chapeau. À Londres, les gens ne flânaient pas. Ils marchaient toujours vers un but précis, comme s'ils accomplissaient constamment une mission d'importance. Ils n'avaient pas le temps d'échanger des civilités.

Je me demandai combien de temps j'allais regarder fixement la demeure de mon père. Elle possédait un caractère intimidant, une blancheur aveuglante qui la différenciait de la chaleur et de la convivialité propres aux maisons indiennes – même celle des Singh. Un simple pas du pied gauche, puis un du droit et de nouveau du gauche m'auraient amenée devant les marches des Falstaff. Je répétai le déplacement dans ma tête. Je regardai la version fantomatique de moi-même monter l'escalier, saisir le heurtoir, le remonter puis frapper la plaque en cuivre. « Toc, toc, toc. »

Dans mon champ périphérique, je perçus tout à coup un mouvement derrière le rideau de la fenêtre, à ma droite. Alors, sans réfléchir, je pris la direction opposée et marchai aussi rapidement que possible au bout du pâté de maisons. Haletante, je m'arrêtai, puis me penchai en avant pour vomir dans le caniveau. Mon nez coulait. Sortant un mouchoir de ma poche, je m'essuyai la bouche et le nez. Pourquoi ne parvenais-je pas à aller frapper à cette porte ? J'avais été si audacieuse, bien plus que je ne l'aurais cru possible, en quittant ma maison, ma mère, mon pays. J'avais franchi les frontières les unes après les autres pour finir ici, devant la maison de mon père. Et à présent, étais-je donc incapable de puiser en moi la moindre once de courage pour l'affronter ?

Dans ma tête résonnait une voix qui disait : *Tu es venue de si loin. Reviens sur tes pas et finis ce que tu as commencé. Arrête d'être une chiffe molle !*

Je déglutis, me raclai la gorge. Puis me retournai : je sursautai en découvrant un petit garçon vêtu de knickers en lainage sales, les yeux rivés sur moi, avec dans les mains un ballon de football. M'avait-il vue rejeter ma tasse de thé dans la bouche d'égout à grille ? Honteuse, j'évitai de soutenir son regard.

Cette fois, je parvins à traverser l'étroite rue pour retourner vers la maison, située au 1059 Pinkney Lane. *Je peux le faire. Je me dois d'y arriver. Je viens de si loin. Que vais-je dire à mon père quand il sera enfin devant moi, vingt ans après ? Vais-je lui cracher au visage ? Le gifler ? Me mettre à pleurer et lui avouer combien il m'a manqué et à quel point j'aurais voulu qu'il rentre à la maison, qu'il me revienne ?*

La porte du 1059 Pinkney Lane s'ouvrit subitement, et je me figeai. Une femme se tenait sur le seuil, les yeux rivés sur moi. Elle portait une robe bleu marine ornée de fleurs blanches, une ceinture blanche également lui cintrant la taille. Ses chaussures à talon haut étaient assorties à sa tenue.

— Ne voulez-vous pas entrer ? me demanda-t-elle d'un ton timide.

J'ouvris la bouche, la refermai. Était-ce à moi qu'elle venait de s'adresser ? J'avais l'impression qu'on venait de me prendre en flagrant délit. Comme lorsque la cheffe grondait une infirmière pour avoir fumé pendant sa pause.

Mais la femme à la porte avait un regard doux.

— S'il vous plaît, ajouta-t-elle.

Je m'efforçai donc d'avancer vers elle. Je posai le pied gauche sur la première marche, puis le droit, puis encore le gauche. Un petit mètre me séparait désormais d'elle. La première femme de mon père.

À présent, je distinguais les rides aux commissures de ses lèvres, et les sillons qui traversaient son front. Elle avait les joues et le bout du nez rouges. Elle semblait approcher la fin de la quarantaine, même si mon expérience d'infirmière m'avait prouvé que la peau claire des Anglaises vieillissait plus vite que celle des Indiennes.

Nous restâmes quelques instants à nous scruter l'une l'autre. Peut-être cherchait-elle des traces de son mari sur mon visage. Il me sembla soudain qu'elle hochait la tête, mais il était aussi possible que cette impression soit sortie de mon imagination.

Elle ouvrit la porte plus grand, et lissa sa robe de sa main libre.

— J'ai fait du thé, dit-elle comme si notre rencontre avait été prévue.

Juste devant moi, une volée de marches menait assurément au premier étage. À ma droite se trouvait un petit salon meublé d'un canapé et de deux fauteuils qui flanquaient une cheminée. Refermant la porte, elle m'indiqua de prendre place. Puis elle rentra le menton et s'excusa pour aller chercher le thé.

Sur le manteau de la cheminée, j'aperçus alors des photos dans des cadres en argent. L'une représentait un homme vêtu d'un uniforme de l'armée britannique, le béret incliné à un angle précis au-dessus de l'oreille droite. Il arborait une petite moustache. Son grand front et ses joues creuses étaient si semblables aux miens ! Il s'agissait d'un cliché officiel, comme ceux que prenait l'armée. Il avait dû être réalisé des années après celui que possédait ma mère et qui était en l'occurrence la version jeune de l'homme figurant sur la cheminée. Je vis alors dans ses yeux la dîme que le passage des années avait réclamée.

Je regardai ensuite les autres photos. Le même homme, un peu plus jeune, allongé de côté sur le sable, un bras soutenant sa tête. Vêtu d'un tee-shirt et de knickers, il souriait à la petite fille qui se trouvait en face de lui et tournait le dos à l'objectif. Elle n'avait pas plus de trois ans, le même âge que moi quand il avait quitté l'Inde. J'aurais pu être cette petite fille-là… Brusquement, j'éprouvai un élan de nostalgie si fort que ma poitrine se serra douloureusement. La fillette portait un chapeau. Un garçon torse nu de cinq ou six ans, la tête posée sur les jambes de l'homme, lançait un regard oblique à l'appareil photo que tenait, selon toute vraisemblance, la femme qui m'avait ouvert la porte. Une horloge sur le manteau de la cheminée sonna la demi-heure.

— C'était sur la plage de Brighton.

Je pivotai sur mes talons. Elle était en train de poser le plateau de thé sur la table basse.

— Les enfants adoraient cet endroit.

Elle lissa le dos de sa robe avant de se rasseoir.

— Owen aussi, dit-elle en me servant une tasse de thé.

Elle me la tendit ensuite sur sa soucoupe.

Étais-je en train de rêver ? Cette femme, l'invitation à prendre le thé, l'horloge : j'avais l'impression que tout avait surgi de mon imagination.

Je pris la tasse, et m'assis sur le bord d'un fauteuil.

— Je redoutais votre venue un jour, dit-elle en évitant de me regarder, tout en se servant du thé. Et j'espérais presque que cela n'arriverait pas.

Quand elle posa de nouveau les yeux sur moi, des larmes y brillaient.

— Je n'étais pas au courant, pour vous et votre mère.

À ces mots, elle détourna les yeux.

— Enfin, ce n'est pas tout à fait vrai. Je savais qu'il y avait quelque chose. Après qu'il eut passé un certain temps en Inde, ses lettres s'étaient de plus en plus espacées. Il fallait que j'agisse pour le ramener à la maison. Alors je trouvai un prétexte : je lui écrivis que je ne parvenais plus à gérer notre fils, qu'il avait besoin de son père. Que, s'il ne rentrait pas, je devrais envoyer Alistair à l'école militaire. Et c'est ainsi qu'Owen est rentré à la maison, auprès des siens.

Sur ces paroles, elle avala une gorgée de thé.

Auprès des siens ? Et nous, alors, qui étions-nous ? Comment avait-il osé nous laisser dans l'indigence alors qu'il semblait mener une vie plutôt aisée, ici, à Londres, ainsi que le prouvaient sa maison, son quartier, l'alliance de sa femme ? Nous envoyer juste une obole pour nos anniversaires, à Rajat et moi ? Ma tasse se mit à cliqueter sur la soucoupe : mes mains tremblaient de rage.

— Il n'était plus le même, quand il est revenu. Il était devenu distant. Il était bien sûr content de revoir les enfants. Mais avec moi… Nous avons alors déménagé, pensant qu'un nouvel environnement nous aiderait. Finalement, on en est revenus aux choses concrètes de la vie : la scolarité des enfants, les cours de danse de Lucy, le cricket d'Alistair.

Elle reposa sa tasse sur la table basse et passa les mains sur sa robe.

— Et puis un jour, j'ai découvert les lettres de change, de la banque. Et une photo de deux enfants. Un bébé et une petite fille de deux ans, vous, j'imagine. Au début, j'étais dans le déni, puis j'ai été consumée par la haine. Pour lui. Pour votre mère. J'ai brûlé ses vêtements, ses livres, ses papiers militaires. Je n'ai rien gardé pour mes enfants. Comment avait-il pu non seulement me trahir moi, mais aussi ses enfants ? Pourquoi ne les avait-il pas suffisamment aimés pour se retenir de…

J'en avais suffisamment entendu. Mon thé avait refroidi. Je me levai et reposai ma tasse. Puis je fermai les poings.

— Où est-il ?

Elle regarda sa photo sur la cheminée, celle de l'homme âgé qu'il était devenu.

— Il est mort, il y a sept ans, d'un cancer.

En Inde, les *dhobis* jetaient des vêtements mouillés sur les rochers – « paf ! » – pour que la saleté s'en détache. Ce fut ce bruit précis qui résonna dans ma tête lorsque la femme de mon père m'annonça son décès. Il avait donc eu lieu l'année de mon seizième anniversaire. J'avais passé toutes ces années à le haïr, dans quel but, au juste ? Je n'allais même pas pouvoir lui dire à quel point il avait été lâche. Pas plus que je n'obtiendrais d'excuses de sa part.

— Mais j'ai reçu des lettres de lui pendant vingt ans, dis-je soudain.

Elle toucha le col de sa robe.

— Quand j'ai découvert les lettres de change et que j'ai compris qu'il vous envoyait de l'argent, j'ai d'abord été surprise. Cela aurait dû revenir à mes enfants.

La femme de mon père se tamponna les lèvres avec une serviette.

— Puis je vous ai tenus entre les mains. Cette photo de vous. Elle avait dû coûter beaucoup d'argent à Owen. Au dos figuraient vos noms. Sona. Rajat. Vous existiez. Je ne pouvais plus le nier. Or, aucun bébé ne mérite qu'on l'abandonne. J'ai alors pensé à toutes ces années où votre père vous avait manqué, à tous les deux. Je me suis dit que votre mère avait probablement rencontré un autre homme et s'était remariée. Et que vous aviez finalement un père. Mais plus j'y réfléchissais, et plus je me rendais compte que je me mentais encore à moi-même.

Ses yeux se remplirent de larmes, sa voix se mit à trembler.

— Je pensai alors à mes propres enfants. À ce qu'ils auraient ressenti s'ils avaient grandi sans Owen. Même si nous avions divorcé et que je m'étais remariée, ils auraient su que leur père les avait abandonnés. Ils sont plus âgés que vous. Ils se seraient souvenus de lui. Peut-être même l'auraient-ils détesté tout en se languissant de lui.

Elle se mit à jouer avec son alliance.

— Je crois que j'ai fini par comprendre ce que vous aviez pu ressentir.

Elle dirigea vers moi son regard mouillé.

— Vous êtes venue lui dire qu'il était une ordure. Et voir aussi s'il se souciait encore de vous. J'étais animée des mêmes sentiments quand il est rentré d'Inde. Je voulais savoir s'il se préoccupait encore de nous.

Ses larmes avaient formé une tache sur sa robe.

Son regard se dirigea soudain vers la cheminée.

— Jamais il n'aurait dû avoir une autre famille. Cela, il le savait bien sûr. Cela tombe sous le sens, c'est une évidence. Mais ce n'aurait pas été juste pour vous, n'est-ce pas ? C'est grâce à lui que vous existez. Vous êtes une partie de lui.

Elle se tut. Puis chercha un mouchoir afin de s'essuyer les yeux et le nez.

Je comprenais ce qu'elle disait, bien sûr, même si le ressentiment glauque que j'éprouvais pesait encore plus lourdement sur mon estomac. À présent, non seulement je le détestais lui, mais elle aussi. C'était à cause d'elle que ma mère, mon frère et moi avions été privés de lui. Elle connaissait notre existence – ou du moins savait *qu'il y avait quelque chose* – et elle l'avait poussé à choisir.

Comme si c'était possible. Mais ses enfants et elle représentaient sa première famille. Nous le leur avions juste emprunté.

Dans le cas du docteur Stoddard, il n'y avait pas eu de première famille en Angleterre pour venir le réclamer quand il était tombé amoureux de Deva. Rompre avec sa fiancée avait été aussi facile qu'écrire une lettre. Aucune priorité ne l'obligeait à rentrer à la maison. Était-ce ainsi que mon père avait pris sa décision ? La première famille, celle à qui il avait été lié longtemps avant de rencontrer ma mère, représentait sans doute celle envers qui il avait une plus grande obligation. En un sens, il avait honoré une règle qui remontait à loin, comme il l'aurait fait d'une règle militaire. Cette notion me permettait-elle de mieux comprendre son abandon ?

— Si mon père est mort, qui alors a envoyé ces lettres ?

Ce ne pouvait quand même pas être ma mère, soucieuse d'épargner mes sentiments ? La honte qui s'était reflétée dans ses yeux quand elle avait avoué m'avoir caché les lettres de mon père suggérait le contraire. Elle pensait vraiment qu'il était l'auteur de ces envois.

— Moi.

Elle s'essuya de nouveau les yeux. Son mascara avait laissé des traces sous chaque œil.

— Ces dernières années, je me suis rendu compte que vous deviez avoir besoin de davantage. Que vous étiez sans doute étudiante, ou que vous suiviez une formation.

Je déglutis. Certes, j'étais furieuse contre mon père, mais sa femme s'était efforcée d'atténuer ses fautes. Rien ne l'y obligeait. Devais-je lui en être reconnaissante ? L'en remercier ? Mais quelques livres sterling par an étaient-elles censées compenser cette immense trahison ? Le fait qu'elle avait menti pour que son mari revienne ? Pour elle, il ne s'agissait pas d'expiation, mais de culpabilité. Non, je n'allais pas la remercier.

— Mon frère avait un an et demi de moins que moi. Il est mort peu de temps après le départ de votre mari.

Je voulais voir sa réaction, qu'elle éprouve elle aussi la douleur qui m'étreignait chaque fois que je pensais à Rajat.

— Oh ! s'exclama-t-elle.

Les larmes lui vinrent bien plus rapidement aux yeux, cette fois.

— Je suis désolée, ajouta-t-elle.

Je me tournai vers les photos, sur le manteau de la cheminée. Un jeune homme portant une toge noire et un mortier enlaçait une jeune femme. Tous deux souriaient à l'objectif. Je voyais la ressemblance entre eux, tout comme j'avais l'impression de regarder dans un miroir.

— C'était lors de la remise du diplôme d'Alistair, à Imperial College. Lucy avait alors dix-huit ans. Cela remonte à quelques années. Alistair a vingt-huit ans à présent. Lucy a un an de moins. Elle a une fille. Ma petite-fille.

Sa voix derrière moi me parut soudain lointaine : j'étais obsédée par le fait que les enfants sur la photo étaient ceux de mon père. Et par conséquent mes frère et sœur. *J'ai un frère et une sœur.* Un demi-frère et une demi-sœur. J'en aurais presque ri : tout serait-il donc placé sous l'aune de la *moitié* pour le restant de ma vie ?

Tout à coup, je sursautai : elle venait de poser la main sur mon épaule.

— Je… Je suis désolée, dit-elle.

Puis elle retira sa main.

— Je me demandais… Peut-être aurez-vous envie de faire leur connaissance, un jour ? Ils ont une tante et un oncle, mais tous les grands-parents sont décédés. Il n'y a pas de cousins. Ce pourrait être bien de…

Rencontrer ma demi-fratrie ? En avais-je envie ?

— Ils savent que j'existe ?

Elle retourna vers le canapé, se rassit, croisa les mains comme pour une prière, puis les leva vers ses lèvres.

— Quand j'ai trouvé ces documents sur vous et votre mère après la mort d'Owen, je les en ai informés.

— Comment ont-ils réagi ?

En réalité, je n'avais pas vraiment envie de savoir. Et si, par principe, ils me détestaient ? Après tout, j'étais une personne avec qui ils avaient dû partager l'affection de leur père. Celui-ci m'avait rejetée. Pourrais-je supporter de l'être une deuxième fois, dans ma vie ?

Elle soupira.

— Il leur a fallu un peu de temps pour se faire à l'idée. Alistair était en colère, Lucy confuse. Mais sept ans se sont écoulés depuis. Je pense que ce serait différent maintenant. À l'époque, vous étiez une idée, maintenant vous êtes réelle.

Ce voyage avait-il été inutile sur toute la ligne ? Je ne pouvais encore le dire. Je n'avais pas eu l'occasion de crier ma douleur au visage de mon père. Or, n'était-ce pas ce qui avait constitué le but ultime de ma venue jusqu'ici ?

Je me rendis soudain compte que je ne connaissais rien de la femme de mon père, à part son rôle dans la division de nos familles.

— Comment vous appelez-vous ?

Pour la première fois depuis mon arrivée, elle me sourit.

— Je m'appelle Marion, Sona.

— Je vous tiendrai au courant, Marion.

Et là-dessus, je m'en allai.

La maison des Falstaff se trouvait tout au nord de Chelsea. De là, je me rendis à St. James's Park. J'avais besoin de réfléchir.

Quel mal y aurait-il après tout à faire la connaissance d'un frère et d'une sœur qui avaient été là depuis le début ? Les rencontrer signifierait-il accorder le pardon à mon père, leur pardonner de l'avoir détourné de moi ?

Je me faufilai parmi des touristes désireux de ne pas manquer le changement de gardes, à Buckingham Palace. Mes pensées m'accaparaient tant que je remarquai à peine où j'étais. Ç'aurait été mentir d'affirmer que je ne nourrissais aucune curiosité envers Alistair et Lucy. Mon père m'avait transmis des facteurs héréditaires, et eux, de quels éléments avaient-ils hérité ? Se voyaient-ils dans leur gestuelle ? Leur façon de s'exprimer ? Et qu'en était-il de nos différences ? Notre anglais ne serait pas le même, c'était certain. Et nos vêtements ? Ils seraient assurément mieux mis que moi. Cela représenterait-il des barrières infranchissables au point que nous ne pourrions pas faire partie de la même famille ?

Je débouchai à Piccadilly Circus, considérant le tourbillon de voitures, de camionnettes et de bus à impériale parés de chaque côté de publicités pour les chewing-gums Wrigley, le Schweppes Tonic, les Assurances Ryman. Une réclame étincelante pour la Guinness – « *Guinness is good for you* » – surplombait le carrefour. Des prospectus annonçant le couronnement de George VI et d'Elizabeth jonchaient les trottoirs, s'enroulaient autour des lampadaires. Ils pavaient le chemin jusqu'à la statue d'Éros.

Séjourner à Londres pour rencontrer mes demi-frère et sœur supposerait de passer quelques jours à l'hôtel, et par conséquent de dépenser plus d'argent. Je ne savais même pas où habitaient Alistair et Lucy. Devrais-je me rendre dans une autre ville que Londres ? Marion avait mentionné l'existence d'une petite-fille. Ce qui signifiait donc que j'avais une nièce. J'avais toujours rêvé d'avoir une grande famille, comme Rebecca et Indira. Serais-je en mesure de sortir du cocon que ma mère et moi avions construit pour nous et d'accepter que d'autres membres de la famille fassent partie de ma vie ?

Je dirigeai ensuite mes pas vers Trafalgar Square. Deux policiers escortaient un manifestant aviné pour l'éloigner de la circulation. Je sus que j'avais atteint Covent Garden quand je commençai à voir des frontons pour des représentations. *Les Contes de Hoffmann*, *Turandot* de Puccini. Sur une impulsion, j'achetai un billet pour le spectacle que l'on donnait l'après-midi même, en l'occurrence *Tristan et Iseult*. Je n'avais ni les vêtements appropriés ni les moyens de me l'offrir, mais je n'étais jamais allée à l'opéra, et je savais que c'était le genre de choses que ma mère, Mira ou Amit auraient voulu que je voie. En outre, cela mettrait un terme au tourbillon incessant des questions qui peuplaient mon cerveau.

Au moment où je sortis du théâtre, ma décision était prise.

Je me rendis au General Post Office et envoyai un télégraphe au docteur Stoddard, via Edward.

« À votre tour », écrivis-je.

À St. James's Park, à cause de la chaleur caniculaire, les hommes s'éventaient le visage avec leur chapeau et les femmes remuaient leurs robes au niveau des genoux. Depuis mon banc, je les entendais se plaindre des températures qui battaient tous les records.

— On est à peine en juin !

Je souriais, me demandant comment ils réagiraient à la fournaise de Bombay et à sa touffeur accablante. Les abeilles butinaient les jacinthes bulbeuses pour en extraire leur plus doux nectar. Quant aux jacinthes sauvages, elles fleurissaient sous les arbres, et il émanait d'elles une odeur verte et fraîche.

J'inclinai la tête en arrière pour exposer mon visage au soleil, tandis que les enfants autour de moi imploraient leurs parents de leur acheter une glace à l'eau.

— Maman, je fonds !

Soudain, je perçus les effluves de lavande, de mousse et de vanille propres à la crème à raser du docteur Stoddard : il venait de s'approcher de mon banc.

Paupières encore closes, je demandai :

— Comment cela s'est-il passé ?

— Aussi bien que vous pouvez l'imaginer. Non, pire.

Cette fois, j'ouvris les yeux, et les plissai en les dardant sur lui.

Ralph Stoddard s'assit avec lourdeur, s'appuyant sur sa canne pour garder l'équilibre. Jamais je ne l'avais vu aussi fatigué. Il avait des cernes gris sous les yeux, et des taches rouges à cause du soleil. Il se frotta la jambe, celle qu'il s'était cassée.

— Elle m'a dit qu'elle s'était souvent demandé ce qu'elle me dirait si je revenais un jour.

Il tourna la tête vers moi.

— Elle m'a dit que ce qui la blessait le plus, c'était que j'avais épousé une femme noire et que j'avais un enfant noir.

Le docteur marqua une pause. Il savait que l'on m'avait appelée *café au lait*, tout comme son fils. Et que la plupart des Britanniques auraient qualifié sa femme indienne de noire. C'était une autre façon de diviser les gens : il y avait les possédants et les démunis.

— Que lui avez-vous répondu ?

— Je lui ai souhaité une bonne journée.

Je clignai des yeux.

— Et ?

— Et je suis venu ici.

Il ôta alors son chapeau pour chasser une mouche de mon épaule.

— Qui est le saint patron des causes perdues, ma chère ?

Je fronçai les sourcils pour réfléchir.

— Saint Jude, il me semble.

— Nous devrons lui rendre visite quand nous serons de retour à Bombay.

Ces paroles parvinrent à m'arracher un sourire. Le docteur Stoddard s'était envolé d'Istanbul dès qu'il avait reçu mon télégramme. Edward était lui-même sur le départ pour prendre son nouveau poste à Bombay, et si je n'avais pas « détourné » son père à temps, ils auraient pris le même avion.

— J'ai reçu une carte de Mishra il y a quelques semaines. Il m'écrivait de Paris.

En prononçant ces mots, il scrutait trois jeunes femmes vêtues de chemisiers sans manches qui passaient devant nous et riaient de ce que l'une d'elles venait de dire.

— L'auriez-vous croisé ? ajouta-t-il.

J'évitai son regard.

— Paris est une grande ville.

Le docteur attendit un peu pour réagir, puis hocha la tête.

— Tout à fait.

— Vous sentez-vous mieux ? Pour ce qui est d'Elizabeth ?

— Voyons voir… Eh bien, je me sens mieux de l'avoir quittée autrefois, mais pas en ce qui la concerne, précisa-t-il d'un ton sec.

Puis il se leva à l'aide de sa canne et m'offrit le bras.

— On rentre à la maison, ma chère ?

Bombay

Chapitre 13

Bombay
Juin 1937

Filip Bartos possédait cette beauté propre aux hommes portant des vêtements taillés sur mesure et se gominant les cheveux. Mais l'homme qui m'ouvrit sa porte était aux antipodes de celui que j'avais vu deux fois à l'hôpital Wadia, et à la réception des Singh. Ce Filip Bartos-là avait l'air tourmenté, des poches sous les yeux révélant un sommeil agité. La dernière fois que je l'avais croisé à l'hôpital, après la mort de Mira, il était rasé de près ; en l'occurrence, il portait une barbe de quelques jours.

Quand il me vit sur son seuil, une lueur s'alluma dans ses prunelles : il m'avait reconnue.

— Vous êtes l'infirmière.

— Sona Falstaff, en effet.

Il m'adressa un pâle sourire.

— Mira vous aimait bien. Elle avait l'impression qu'elle pouvait se confier complètement à vous.

Je restai muette pendant quelques instants, puis demandai :

— Puis-je entrer, monsieur Bartos ?

— Naturellement ! Excusez-moi.

Et il s'effaça rapidement pour me laisser passer, comme s'il se réveillait d'une transe. Il portait une chemise qui, une semaine plus tôt, devait être blanche. Il avait les yeux injectés de sang et sacrément besoin de se laver les cheveux.

Six semaines s'étaient écoulées depuis le décès de Mira. Pourtant, l'appartement portait toujours le deuil. Des tasses de café encombraient les tables et les chaises – certaines vides, d'autres à moitié remplies, mais dont le contenu avait depuis longtemps refroidi. Des chemises, des pantalons et des chaussettes d'homme jonchaient le sol, ou le canapé. L'air sentait le renfermé, et la chaleur dans la pièce était oppressante. À l'extérieur, la température caniculaire atteignait les trente-deux degrés, et l'humidité était suffisamment élevée pour rendre inutile l'arrosage des plantes d'intérieur. Le col de mon chemisier était déjà trempé. Je me retins d'ouvrir la fenêtre et regardai fixement le ventilateur ; je n'étais pas chez moi.

Je m'assis sur le bord d'un siège. Et encore une fois, je me demandai ce que j'attendais de cette visite. Étais-je venue ici pour qu'il me délivre du poids que je portais sur les épaules depuis le décès de Mira ? Et quelle part devais-je livrer à son mari concernant ce que j'avais appris sur elle durant les semaines précédentes ?

Mais les joues creuses de Filip inquiétèrent l'infirmière en moi.

— Avez-vous mangé ces derniers temps, monsieur Bartos ?

Il écarta un bras pour désigner le salon.

— Oui, ne vous faites pas de souci pour moi.

Il prit place sur le canapé.

— Je suis désolé, mais je n'ai plus de café.

— Je vous en prie, ne vous dérangez pas pour moi.

Le silence s'abattit sur nous pendant quelques instants. J'attendais. Il finit par demander :

— En quoi puis-je vous aider ?

Je touchai ma coiffe, en l'occurrence un béret bordeaux, accordé à ma robe d'été. Je l'avais acheté à mon retour à Bombay.

— Je suis venue au sujet de Miss Novak.

Je marquai une pause.

— Je n'ai pas eu l'occasion de vous dire combien j'étais désolée. Je ne parvenais pas à vous regarder en face après…

Je déglutis, la bouche subitement sèche.

— Elle me manque terriblement, je pense sans cesse à elle, comme vous, j'imagine. Vous devez savoir qu'après son décès, la cheffe des infirmières m'a renvoyée de l'hôpital Wadia. Le directoire semblait penser que j'avais donné trop de morphine à votre femme. Mais je veux que vous sachiez que je n'ai rien à voir avec sa disparition. Jamais je n'aurais fait de mal à MissNovak.

Je me rendis alors compte que je m'inclinais peu à peu vers lui, par-dessus la table basse, comme pour l'arracher à son brouillard de souffrance.

Il se contentait de me regarder d'un air vide.

Je poursuivis :

— Pendant les quelques jours où je l'ai côtoyée, nous avons discuté toutes les deux comme si nous nous connaissions depuis toujours. Comme des sœurs. Elle avait vécu tant de choses… Je l'admirais et l'enviais aussi un peu. J'adorais la façon dont elle semblait avancer dans l'existence.

Je m'arrêtai.

— Il faut que vous me croyiez : jamais je n'aurais pu faire de mal à Mira, même de manière accidentelle.

J'avais l'intention de me montrer sous un jour confiant, assuré ; or, je semblais ostensiblement désespérée.

Ce fut alors que Filip redressa les épaules.

— Je vous crois. La fautive, ce n'est pas vous. C'est ma faute.

Je clignai des yeux.

— Pardon ?

— C'est moi qui lui ai administré la dose supplémentaire.

— De morphine ?

Je posai aussitôt la main sur mon buste, où mon cœur se mit à battre violemment. Et dire que je l'avais évité tout ce temps, pensant qu'il était convaincu de ma culpabilité !

Il hocha la tête.

— Elle m'a supplié de lui en donner davantage. Elle souffrait tant. Je ne pouvais le supporter.

Ma respiration se fit plus courte. Il était en train d'avouer un crime. D'une voix proche du murmure, je repris :

— C'est vous qui avez provoqué sa mort ?

Il soupira.

— Non, pas de façon intentionnelle. C'est... Je ne sais pas...

Et il se leva.

Il se mit alors à arpenter le salon, les mains posées sur la tête. Puis il la tourna vers moi.

— J'ignorais qu'elle était enceinte, mademoiselle Falstaff. Je ne l'ai pas vu... Et de toute façon, elle ne voulait pas que je le sache. Je ne l'ai appris qu'au moment de sa fausse couche. Si j'avais su, je n'aurais pas permis... Je ne l'aurais pas laissée tomber enceinte.

Aucune des personnes que j'avais rencontrées en Europe, y compris Petra, sa meilleure amie, n'aurait osé dicter sa conduite à Mira.

— Elle avait connu tant d'hommes et de femmes ! J'espère ne pas vous choquer en vous révélant cela.

— Non.

— C'est un arrangement qui nous convient... Nous convenait. Je l'adorais et, vice versa.

Il se tut un instant.

— Elle savait qu'elle pouvait compter sur moi en toute chose. Mais il y avait une personne à qui elle revenait toujours. Son ancien professeur, à Florence. Paolo. Peut-être vous a-t-elle parlé de lui. Elle a été son élève... à divers égards. Grâce à son enseignement, sa peinture s'est améliorée. Mais quand elle a entamé une liaison avec lui sous le nez de sa mère, cela a déclenché une série de malheurs sans fin. L'attitude de Paolo était problématique. Il était à l'origine du désastre. Il les a dressées l'une contre l'autre. Il n'a cessé de mentir à Mira. Il lui affirmait qu'il prendrait toujours soin d'elle. Qu'il l'aimait tant qu'il n'irait nulle part sans elle. Ce qu'il n'a pas fait. Elle a cessé de peindre. Elle n'arrivait plus à vivre. Et puis elle est tombée enceinte. Il n'a pas voulu entendre parler de cette grossesse. Alors Mira est venue me trouver, et m'a demandé de régler l'affaire. Ce que j'ai fait.

Il me regarda et haussa les épaules.

— J'étais diplômé en médecine. Seulement, il y a eu des complications.

Mes pensées s'agitaient en tous sens : Paolo avait en effet évoqué une première grossesse, mais sans mentionner qu'il était le père ; Filip venait de me l'apprendre. Paolo ne m'avait pas précisé qu'il avait parlé d'avenir à Mira, alors qu'il était évident qu'il n'avait jamais eu l'intention de vivre avec elle. Mira avait menti. Paolo avait menti. Et Filip avait menti par omission.

— Elle m'avait promis qu'elle serait plus prudente. En début d'année, quand elle s'est rendue à Milan pour un séjour d'une semaine en vue de voir une exposition, je l'ai crue. Elle ne m'a pas précisé qu'elle allait y retrouver Paolo. Elle savait que cela me déplairait. C'est quand on a dû se rendre à l'hôpital parce qu'elle saignait qu'elle m'a avoué la vérité. J'étais sous le choc. Je voulais lui hurler dessus, lui demander ce qui lui avait pris. Après ce qui s'était produit la première fois, une nouvelle grossesse était périlleuse pour elle. Elle m'a dit qu'elle avait accepté en échange de la somme qu'ils allaient lui donner, sans quoi, elle ne serait jamais retombée enceinte. Depuis sa rupture avec Joséphine, nous avions en effet des problèmes d'argent, mais nous avions toujours réussi à nous en sortir.

L'argent : c'était un autre point que Mira n'avait pas évoqué avec moi. Elle me parlait de qui avait acquis quel tableau, elle imitait parfois les gros ventres des acheteurs, ou leurs pince-nez prétentieux. Je m'étais rendu compte qu'elle avait des problèmes financiers uniquement à la réception des Singh, quand Amit et moi avions surpris leur conversation. Puis Petra et Jo m'avaient toutes les deux dit qu'elles lui avaient prêté de l'argent sans espoir de le revoir.

Filip se rassit et posa les coudes sur ses jambes, rivant les yeux au tapis sous ses pieds.

— Quand vous l'avez prise en charge à l'hôpital et que le fœtus a été évacué, elle aurait dû se remettre rapidement. Mais elle a été mise sous morphine car elle souffrait, et le remède a d'abord été efficace. Et puis peu à peu, la douleur est revenue. Je la suspectais de la minimiser parce qu'elle voulait rentrer à la maison et se remettre à peindre. J'en ai informé le docteur Holbrook, qui m'a alors dit qu'elle souffrait dans doute d'une gastrite ou d'une douleur projetée. Il lui a augmenté sa dose de morphine.

» Ce dernier jour, après que vous êtes sortie de sa chambre et que je suis arrivé pour lui rendre visite, elle éprouvait des difficultés à respirer. Elle disait qu'elle allait mourir. Je lui ai répondu que c'était ridicule. Qu'elle était à l'hôpital, que des médecins s'occupaient d'elle. Pendant un moment, sa respiration est redevenue normale, puis elle s'est détendue. Et tout à coup, elle a de nouveau eu un spasme affreux et m'a supplié de lui donner plus de morphine.

» Au début, j'ai refusé. Mais la voir souffrir m'était insupportable. J'ai donc pris la seringue vide sur sa table de chevet et lui ai injecté plus de morphine.

Il me jeta un regard impuissant.

— J'ignorais que vous veniez de lui en administrer une dose juste avant de sortir de sa chambre.

Les larmes collaient ses cils en paquets. Il pencha la tête et les laissa couler sur le tapis.

— Avais-je... Avais-je laissé la morphine à la vue de tous ?

Il fallait que je sache ! J'étais tellement sûre que non.

— Non, répondit-il.

Il me lança un regard oblique, puis rougit.

— J'avais entendu les plaisanteries des infirmières à propos de la pharmacie de l'hôpital... Le responsable était absent, alors je me suis servi. Je suis... Je suis désolé.

Je demeurai immobile, stupéfiée. Mira était morte à la suite d'une erreur, mais ce n'était pas moi qui l'avais commise. J'aurais dû éprouver du soulagement. Or, je ressentais un affreux vide. J'étais navrée pour Filip Bartos, qui porterait sa culpabilité jusqu'à la fin de ses jours. Je savais aussi que je ne rapporterais pas à Amit ni à la cheffe l'aveu de Filip. Mira ne l'aurait pas voulu. Il était son sauveur, ainsi que Paolo me l'avait dit. Joséphine, Petra et Paolo ne savaient que ce que Mira avait décidé de leur dire. Tout comme moi. Concernant Petra, celle-ci m'avait donné à penser qu'elles entretenaient une solide amitié, alors que Mira la rejetait à chaque occasion. Elle avait fait passer Joséphine pour sa dévouée galeriste, mais celle-ci l'avait congédiée cinq ans plus tôt. Elle avait porté Paolo au pinacle cependant qu'il l'avait déçue sur toute la ligne.

Filip était le seul pour lequel elle n'avait pas menti. Il était son filet de sécurité. Elle dépendait de lui.

Malgré tout, après tout ce que j'avais appris sur elle en Europe – les trahisons, les affronts, les mensonges, les abus –, je voyais toujours en Mira une jeune femme éprise d'art, de littérature et de musique, qui peignait des choses qui la dépassaient, nous dépassaient. Elle n'était pas aussi sûre d'elle que je l'imaginais, que je voulais le penser. J'avais besoin d'une héroïne, et c'était ce qu'elle était devenue pour moi. En réalité, elle était affreusement en quête d'une mère à aimer, de quelqu'un qui lui dise qu'elle comptait à ses yeux, et pas juste pour son talent. Filip avait rempli ce vide dans sa vie qu'elle s'efforçait désespérément de dissimuler à tous. Il avait vu clair en elle, l'avait vue telle qu'elle était. Et n'avait pas flanché.

En face de moi, Filip s'essuya les yeux avec sa manche.

J'inspirai profondément.

— Savez-vous qu'elle m'a envoyée en Europe pour remettre des toiles à Paolo, Petra et Joséphine Benoit, sa marchande d'art ?

Il secoua la tête.

— Je l'ignorais, mais je sais pourquoi. Vous l'aviez placée sur un piédestal, m'avait-elle dit. Ce qu'elle avait, il est vrai, encouragé. Pourtant, tout au fond d'elle-même, elle souhaitait que vous ouvriez les yeux. Que vous sachiez que les apparences pouvaient être trompeuses, que les gens n'étaient pas forcément ce qu'ils prétendaient être. Elle savait que vous meniez une existence protégée, mademoiselle Falstaff. Et aussi que vous aviez besoin de quitter votre cocon. C'était sa façon de vous aider.

J'étais si surprise que j'en restai d'abord muette.

— Quand vous l'a-t-elle dit ? repris-je enfin.

— Dès son deuxième jour à l'hôpital.

Il se frotta les mains.

— Je sais ce que vous pensez, mademoiselle Falstaff. Il se trouve que je suis un homme réservé. Mira avait besoin de parler à quelqu'un, une personne en qui elle pouvait avoir confiance. Vous étiez cette personne.

Quelle surprise d'apprendre que Mira lui avait parlé de moi ! Je m'éclaircis la voix.

— Je vous ai apporté le tableau qu'elle m'a donné. Je ne me sens pas légitime à le garder.

Je lui tendis *L'Acceptation*. Je l'avais fait encadrer.

Il jeta à peine un coup d'œil au tableau et me le rendit.

— Mira voulait que vous le gardiez, mademoiselle Falstaff. J'espère qu'il vous permettra de conserver de bons souvenirs d'elle.

Mira avait même parlé à Filip de ce tableau. Elle lui faisait confiance en tout. Et dire que pendant tout ce temps, j'avais cru qu'ils vivaient chacun leur vie de leur côté.

À cet instant, je me levai. Il m'imita. Je lui donnai alors une poignée de main aussi vigoureuse que celle d'Agnes, dans l'*Arlberg Orient Express*.

Il serra fermement la mienne, âprement.

Puis je m'en allai. Je ne revis jamais Filip Bartos.

Chapitre 14

Bombay
1956

Je regarde ma fille qui ondule les bras pour imiter les ailes d'un cygne. Elle fait partie des douze danseurs de l'Uday Shankar Dance Troupe. Le Royal Opera House est bondé mais, heureusement, il y a l'air conditionné. Indira aime la danse depuis ses trois ans ; elle a souvent créé ses propres chorégraphies à partir de chansons qu'elle entendait à la radio. Elle va partir en tournée avec cette troupe, en Europe, puis en Amérique. J'aurais préféré qu'elle fasse des études universitaires, mais être sélectionnée par une compagnie de danse réputée représente une sacrée prouesse. Qui sait ? Elle reprendra peut-être des études, plus tard. Ou pas.

Il n'empêche que je suis nerveuse à l'idée que ma fille de dix-huit ans s'en aille. Cependant, je ne dois pas oublier que moi-même je me suis rendue – seule – en Europe, à l'âge de vingt-trois ans. Je n'avais pas la moindre idée de ce que je faisais, et c'était sans doute une bénédiction. Au moins, Indira voyagera avec un groupe. Malgré tout, je suis inquiète. Et si quelqu'un lui subtilise son argent, comme Agnes a volé le mien ? Et si elle tombe éperdument amoureuse, comme Mira de Paolo ? Et si un inconnu l'agresse à Paris, ainsi que cela m'est arrivé ? Les angoisses que ces éventualités m'inspirent me rendent les mains moites. Je m'efforce de me concentrer sur ce qui se déroule sur la scène.

C'est un spectacle à mi-chemin entre le ballet et le classique *Bharatanatyam*. Sur les douze danseurs, il y a six femmes d'âges différents. J'espère que les plus grandes veilleront sur Indira. Je me rappelle la gentillesse de Mme Renaud, la femme de l'ambassadeur français, même celle de Pavel et de Martina à Prague, et bien sûr, celle du docteur Stoddard. Chacun m'a donné le courage de passer à l'étape suivante de mon voyage.

Edward pose la main sur mon bras, pour me signifier que c'est l'entracte. Je n'ai pas entendu les applaudissements. Les années ont passé, mais j'apprécie toujours autant ces gestes attentionnés de sa part. Je lui recouvre la main avec la mienne et lui souris. Il sort dans le foyer pour se dégourdir les jambes. C'est lui, la plus grande chance que j'ai saisie dans ma vie. Pas le bateau à vapeur pour Istanbul. Pas les voyages par le rail en Europe. Pas ma recherche à tâtons des amis de Mira, mes déambulations solitaires dans les rues sans savoir ce qui m'attendait. Pas le voyage jusqu'à la maison de mon père, à Londres.

Et pas Amit. J'ai appris qu'il n'était jamais revenu à Bombay. Son employeur l'a envoyé en Birmanie pour mener des études portant sur l'hygiène chez les patients atteints du choléra. Il m'a écrit via l'ambassade britannique à Bombay pour me dire que je lui manquais terriblement, et qu'il rentrerait dans deux ans au minimum, le temps de mettre en place une équipe pour effectuer le travail. Mais Indira grandissait alors déjà dans mon ventre, et je ne voulais pas contraindre Amit à m'épouser – comme il me l'aurait assurément proposé. J'avais déjà compris le jour où nous nous étions quittés à Paris que notre union aurait causé plus de dommages à son travail qu'elle ne l'aurait aidé.

Néanmoins, la prudence dont nous avions fait preuve pour éviter de concevoir un enfant lors de notre nuit à Paris n'avait servi à rien. Trois mois plus tard, quand je m'étais rendu compte de ma grossesse, je n'étais pour autant pas tombée dans le désespoir : Amit m'avait donné Indira.

De Birmanie, son travail le conduisit au Bengale, puis au Népal, en Afghanistan, à Genève, à Londres. Un jour peut-être reviendra-t-il en Inde. Un jour peut-être lui dirai-je, pour Indira. À moins que je ne garde le secret pour moi.

Avant l'Indépendance, de nombreux Anglo-Indiens comme moi ont quitté l'Inde. Avaient-ils estimé que leur identité se trouvait dans l'autre camp ou leurs familles anglaises les réclamaient-elles ? Quand je suis revenue de mon voyage en Europe, j'étais enthousiaste à l'idée de proclamer que l'Inde était mon pays. Je tenais à participer aux manifestations, à brandir des pancartes, à crier du haut des toits que l'Inde méritait d'être libre. Je faisais des pansements, me chargeais de la coordination, encourageais ceux qui étaient en première ligne. Edward me comprenait. Lui et moi étions plus semblables que nous ne l'étions, avec Amit. Pour nous, il y avait toujours eu la possibilité d'un choix, et c'est l'Inde que nous avions choisie.

Quand le docteur Stoddard était arrivé à Londres, j'avais dépensé ma dernière livre. Il m'a accompagnée pour ma rencontre avec Lucy et Alistair, mes demi-sœur et demi-frère. Sans lui, je ne sais pas si j'aurais eu le courage d'aller les voir. Il a aussi acheté nos billets d'avion retour pour Bombay. C'était la première fois que je prenais l'avion, et je lui ai tenu la main pendant le vol entier. Je m'étais toujours imaginé faire ce geste avec mon père – lui tenir la main sur la grande roue, ou sur le chemin de l'école. J'avais attendu toute ma vie que mon père me tienne la main pour finalement découvrir que cette main appartenait à Ralph Stoddard.

Edward nous attendait à l'aéroport de Bombay à notre arrivée. J'ai été surprise par ma propre réaction quand je l'ai revu, j'étais complètement surexcitée. Je me suis souvenu alors des paroles d'Agnes : « *Vous en avez, un beau jeune homme !* » Je lui avais alors répondu qu'il n'était pas à moi... *Mais s'il le devenait ?* m'étais-je à cet instant demandé. Et des frissons m'avaient parcouru les bras. Un mois plus tard, il me demandait en mariage. S'est-il interrogé sur l'arrivée prématurée d'Indira, par rapport à la date prévue ? Toujours est-il que jamais il n'a soulevé la question.

Mira m'avait incitée à entreprendre ce voyage pour que des opportunités se présentent à moi. Ç'aurait aussi été le souhait de ma mère. Et c'est ce que je désire pour ma fille. Comme ma mère aurait aimé sa petite-fille ! Indira n'a peur de rien. Elle se croit capable de conquérir le monde. Elle se lance dans l'inconnu, se rend dans des lieux où j'avais trop peur d'aller à son âge. Quand elle tombe, elle se relève et tente de nouveau sa chance, ou bien passe à autre chose.

J'avais pensé l'appeler Mira. Mais la peintre avait déjà eu une vie emplie de musique, d'art, d'amour, de jeu, d'audace, de rires et de victoires, petites et grandes. Ce qui n'avait pas été le cas d'Indira, la femme de Balbir. Je voulais lui offrir l'existence qu'elle n'avait pas eue et ne pouvait avoir. Aussi ai-je donné à ma fille le prénom de ma vieille amie. Je ne l'ai jamais revue après son dernier jour à l'hôpital Wadia, mais quand je regarde ma fille – courageuse, audacieuse, fougueuse – j'imagine mon amie en train de lui sourire.

Avant de me rendre en Europe, je n'avais jamais apprécié à leur juste valeur les risques que ma mère avait pris. Elle avait renoncé à sa propre famille pour un homme qu'elle aimait désespérément. Elle avait sauté le pas, mais il n'avait pas pu tenir ses promesses ; toutefois, elle n'avait rien regretté. Je n'ai pas encore pardonné à mon père, mais je m'y efforce.

Nous avons rendu deux fois visite à Alistair et Lucy en Angleterre. Nous nous envoyons mutuellement des lettres et des photos. La famille de Lucy est venue nous voir il y a cinq ans, et nous sommes allés visiter les grottes d'Ajantâ, New Delhi, et Shimla, des endroits où Mira adorait peindre. Indira a deux ans de moins qu'Ellie, la fille de Lucy. Elles entretiennent une correspondance et ont hâte de se revoir quand la troupe de danse d'Indira se produira à Londres.

C'est un tel réconfort pour moi que ma fille ait eu la chance de connaître son grand-père, Ralph (je n'ai jamais pu m'habituer à l'appeler par son prénom : je recourais toujours à son titre de docteur pour m'adresser à lui, ce qui me valait des taquineries sans fin de la part d'Edward et d'Indira). Il a emmené ma fille aux Jardins suspendus pour chasser des lucioles, lui a lu des contes sur Krishna, lui a montré des albums de photos pour qu'elle connaisse sa grand-mère, Deva. Indira n'a connu Ralph Stoddard que pendant les cinq premières années de sa vie, mais je sais qu'il restera toujours dans ses souvenirs, tout comme dans ma mémoire.

Les lumières du théâtre clignotent, ce qui signifie que l'entracte est bientôt terminé. Edward reprend sa place à côté de moi, pose la main sur mon genou et m'adresse un sourire affectueux.

Il est bien plus heureux maintenant qu'il a quitté l'ambassade britannique. Quand les Anglais ont commencé à saboter le processus de passation à l'Inde, il était à la fois démoralisé et confus, en raison de son métissage anglo-indien, comme moi. Il a compris, et moi aussi, qu'il serait plus utile aux Indiens en s'attachant à reconstruire un pays qui a été appauvri et laissé dans le besoin par l'occupant. Il a trouvé un travail dans une organisation qui transférait la dépendance de l'Inde par rapport aux produits britanniques vers des biens fabriqués ici.

Parfois, quand je le regarde de profil, j'entrevois son père et un sourire me monte aux lèvres. Quand j'ai besoin de conseils pour une question problématique, je confère avec Ralph Stoddard dans ma tête. Il m'assure toujours que mes choix sont les meilleurs.

Les applaudissements retentissent au moment où le rideau se lève et où les danseurs prennent place sur scène. Je me rends subitement compte que la peinture de Mira, *L'Acceptation*, représente un décor, avec le rôle principal à l'avant et les autres en arrière-plan. Je l'ai accrochée dans notre chambre.

Je suis restée en contact avec Pavel, l'ami de Petra. Il est maintenant directeur du département Histoire, à l'université Charles. Il m'a écrit pour m'informer que la famille Hitzig avait été envoyée dans le camp de concentration de Terezin en 1942, alors que M. Hitzig avait toujours cru que ses relations commerciales avec les Allemands leur permettraient d'échapper à la mort. M. Hitzig ne pouvait ou refusait de comprendre que sa famille, qui employait des milliers de Tchèques, pourrait un jour être considérée comme appartenant à une race inférieure. Terezin devint pourtant la demeure de cent quarante mille Juifs. Pavel découvrit, grâce à un certain nombre de sources, que pendant qu'elle y séjournait, Petra avait incité les enfants à dessiner. Elle avait quémandé, imploré des crayons, du papier, des craies, des ardoises – tout ce avec quoi ceux-ci pourraient dessiner une maison joyeuse pour leur retour, leur anniversaire préféré, l'Éden tel qu'ils se le représentaient, le jardin imaginaire qu'ils auraient aimé créer. Seul un petit nombre d'entre eux échappa aux chambres à gaz, mais à tous, Petra avait donné un paradis à travers l'imagination pendant un court moment. Finalement, sa famille et elle furent envoyées à Auschwitz. Je pense souvent à Petra, à mon grand étonnement d'ailleurs. Elle était fragile et douce, mais sut se montrer courageuse en temps voulu.

Quelques mois après mon retour en Inde, j'ai envoyé une carte postale à la galerie de Joséphine Benoit. Durant le peu de temps que j'avais passé avec elle, je m'étais mise à penser qu'elle se souciait davantage de ses artistes que de l'argent qu'ils lui rapportaient. Toutefois, la carte postale m'est revenue avec le tampon « Inconnue à cette adresse ». J'en ai déduit que sa sœur et elle étaient sagement reparties en Martinique avant le début de la Seconde Guerre mondiale. Puis, quand j'ai entendu il y a quatre ans sur All India Radio que l'œuvre de Mira Novak faisait désormais partie de la collection permanente de la National Gallery de New Dehli, j'ai compris que Jo n'y était pas étrangère. J'ai emmené Indira à l'exposition et lui ai parlé de mon amie la peintre. Je lui ai dit que Mira croyait en son art, en l'Inde, et qu'elle était convaincue que ce n'était qu'en découvrant le monde que l'on apprenait soi-même à se voir tel que l'on était. Indira a pris ma main pour l'étreindre. Une fois de retour à la maison, elle nous a annoncé, à Edward et moi, que sa vie et la danse ne faisaient qu'un, que l'histoire de Mira l'en avait convaincue. J'ai alors pris Indira dans mes bras.

Par des connaissances, Edward a appris que Whitney, à Florence, avait divorcé de Paolo pour se remarier à un riche Américain, veuf et père de deux enfants, et avait finalement persuadé le sien de lui léguer sa fortune. J'imagine que Paolo continue à dupliquer des tableaux de maître à la demande, des toiles que les nouveaux riches accrocheront chez eux tandis que leurs épouses céderont sans doute aux avances de ce premier.

Le soir, il m'arrive parfois de regarder *L'Acceptation* de mon lit et de penser à elle.

— Bonjour, Mira, lui dis-je alors dans un murmure.

Glossaire

accha : (hindi) vraiment ? et OK
baingan : (hindi) aubergine
behan : (hindi) sœur
beti : (hindi) fille (lien de parenté)
Bhagwan : (hindi) Dieu
broučku : (tchèque) mot affectueux signifiant « petite coccinelle »
brzo se uzdrav : (tchèque) bon rétablissement
buongiorno : (italien) bonjour
burfi : dessert indien à base de lait
Burra Sahib : (hindi) grand maître ; les Indiens appelaient ainsi les administrateurs anglais
burree aatma : (hindi) esprit du mal
caro : (italien) terme affectueux signifiant « cher »
certo : (italien) certainement
chaach : babeurre indien à base de cumin, de sel et de poivre
chai : (hindi) thé
chappals : (hindi) sandale
charkha : (hindi) rouet
che fiasco ! : (italien) Quel désastre !
chowkidar : (hindi) gardien, surveillant

credere, obbedire, combattere : slogan fasciste signifiant « croire, obéir, combattre »
dall'India ? : (italien) Vous venez d'Inde ?
dědeček : (tchèque) grand-père
dhoni : personne qui lave des vêtements
diya : lampe indienne en argile
dhoti : pagne porté par les hommes, généralement blanc
doodh-walla : vendeur de lait
dupattas : (hindi) longs châles portés par les femmes sur les épaules
e adesso ? : (italien) et maintenant ?
falooda : sorbet indien rafraîchissant avec du vermicelle
gori randi : (hindi) prostituée blanche
hahn : (hindi) oui ; *hahn-ji* veut dire la même chose, mais dans un emploi plus respectueux
haveli : (hindi) grande maison où vivent de nombreuses personnes
innamorata : (italien) amoureuse
jalebi : dessert indien frit, recouvert d'un sirop de sucre orange
kafe : (tchèque) café, langage familier
katli : dessert indien souvent à base de noix de cajou
kathputli : poupée colorée du Rajasthan en tissu
káva : (tchèque) café, registre relevé
kofta : boulettes de viande indiennes épicées
köfte : plat turc à base de viande relevée avec de l'ail, de l'oignon et du cumin
kotha : (hindi) maison close, lupanar
kulfi : dessert glacé et crémeux indien, glace
laddoo : dessert indien rond à base de farine Graham, de lentilles ou de farine de blé entier
maderchod : (hindi) terme vulgaire équivalant à fils de pute

makki ki roti : galette de maïs indienne
malai kofta : plat indien de paneer frit servi avec une sauce crémeuse au curry
masala bhindi : (hindi) gombo cuisiné avec des épices
mi scusi : (italien) excusez-moi
mittai : (hindi) bonbons
naukaree : (hindi) travail ou emploi
nimbu pani : boisson sucrée indienne à base de citron et d'eau
otec : (tchèque) père
ovce : (tchèque) mouton
paan-walla : vendeur de bétel indien
pagla : (hindi) fou ; pagli est la forme féminine
paise : petite pièce de monnaie indienne
pakoras : légumes indiens panés et frits
pallu : bas d'un sari porté sur l'épaule
patali-dubali : (hindi) très mince
per favore : (italien) s'il vous plaît
peerò : (italien) cependant
princezno : (tchèque) princesse
ragazze : (italien) filles
rajai : couverture ou couette en hindi
rakhi : amulette tissée que les sœurs attachent au poignet de leurs frères pendant la fête de Raksha Bandhan, en Inde
rasmalai : dessert indien laiteux et crémeux
sahib : (hindi) monsieur
salam alaykoum : salutation musulmane qui veut dire « paix »
shabash : (hindi) félicitations
salwar kameez : vêtement indien pour femme, composé d'une tunique et d'un legging
signora : (italien) madame
signorina : (italien) mademoiselle

subji-walla : vendeur de curry aux légumes
suji ka halwa : dessert indien à base de semoule grillée
tartufi : (italien) truffes (champignons)
tavla : jeu turc similaire au backgammon
thali : (hindi) plat rond utilisé pour servir de la nourriture, en acier ou en cuivre
theek hai ? : (hindi) tout va bien ?
tilak : marque décorative à base de poudre que l'on appose sur le front pour des raisons religieuses
va bene : (italien) OK, c'est bon
zari : ourlet brodé en fils d'or ou d'argent sur un sari indien
zia : (italien) tante

Remerciements

En général, je commence par remercier l'équipe de ma maison d'édition. Cette fois, je voudrais remercier les milliers de lecteurs qui m'ont gentiment écrit, et ont posté des commentaires sur les réseaux sociaux pour me dire que mes romans les avaient aidés à traverser une période difficile de leur vie ou leur avaient permis de mieux comprendre mon pays de naissance. J'aimerais aussi exprimer ma gratitude aux quelque neuf cents clubs littéraires et bibliothèques qui m'ont adorablement invitée à parler de ma plongée d'une décennie dans l'écriture ; aux centaines de podcasteur.se.s, de blogueur.se.s et de journalistes qui ont à juste titre tordu le cou à l'idée que mon succès aurait été instantané (cela a pris dix ans pour mon premier roman, *La Tatoueuse de Jaipur*) ; à mes nombreuses collègues, aux associations d'alumni et aux femmes qui savent qu'il n'y a pas d'âge limite pour exprimer sa créativité. Sans ces championnes et leur indéfectible loyauté, ma carrière d'écrivaine n'existerait pas. Je suis leur humble obligée.

Et maintenant, au tour de celles et ceux que vous ne croiserez peut-être jamais, mais qui travaillent dur en coulisses pour que les livres arrivent entre vos mains – des livres qui suscitent la curiosité, élargissent les horizons, présentent de nouveaux mondes et font battre les cœurs plus vite. Si vous les rencontrez, vous verrez le feu qui brille dans leurs yeux et qui veut dire : « Il faut absolument que vous lisiez ça. » Parmi elles, je citerai d'abord ma judicieuse agente, Margaret Sutherland Brown, de Folio Literary Management et April Osborn, éditrice senior chez MIRA. Ainsi que Loriana Sacilotto de Harlequin/HarperCollins, Margaret Marbury O'Neill, Heather Connor, Nicole Brebner, Laura Gianino,

Ashley McDonald et Lindsey Reeder, qui ont toutes contribué au rayonnement de mon livre.
Pour *Six jours à Bombay*, je me suis rendue dans toutes les villes que j'y décris – Istanbul, Prague, Florence, Paris, Londres et Bombay (je l'appelle toujours Bombay car tel était son nom durant mon enfance dans le Rajasthan ; elle n'a été rebaptisée Mumbai qu'à partir de 1995). Dans chaque ville, je m'en suis remise à l'expertise d'historien.nes, d'artistes, d'enseignant.es, d'archivistes et de libraires pour comprendre le climat qui y régnait en 1937, période de l'entre-deux-guerres, quand des mouvements de résistance commençaient à bouillonner en Europe et en Inde.
La docteure Martina Klicperová, chercheuse à l'Académie des sciences tchèque, m'a fait visiter Prague à pied, attirant mon attention sur les monuments culturels et politiques importants pour comprendre cette période de l'entre-deux-guerres. Elle a également relu mon brouillon pour qu'il soit plus précis. Igor Lukes, professeur d'histoire et de relations internationales à l'université de Boston, m'a fourni des informations pertinentes et également présenté Martina, qui à son tour m'a mise en contact avec Ivo Feierabend, nonagénaire érudit et professeur émérite à San Diego State University. Vadam Rhoads s'est montré un guide touristique fascinant pour la Prague des années 1930, dans le domaine de l'architecture. Chaque spécialiste a enrichi ma connaissance des problèmes politiques et économiques de la Tchéquie en 1937.
À Florence, la docteure Ermelinda Campani, directrice du Programme Bing Overseas Studies de l'Université de Stanford dans cette ville (où j'ai étudié en 1978), m'a expliqué pourquoi Mussolini a été si populaire dans les années 1930, pimentant le tout d'anecdotes édifiantes qu'elle tenait de sa propre famille. Samuele Magri, historien d'art, aux connaissances immenses aussi bien dans le domaine de la couture, de l'architecture que de la

culture des années 1930, m'a fait l'honneur d'une visite éclairante de Florence. Qui sait que le fameux talon compensé de Ferragamo résulte de l'invasion de l'Éthiopie par Mussolini et des sanctions imposées subséquemment par la Ligue des Nations ? Samuele, voilà qui ! Mon père, grâce à son large réseau, m'a mise en contact avec toute une série de spécialistes : Les docteurs Gettu, Coppala, Collepardi, le professeur Rod Jones, Saverio Spadea et Federica Giacobbe. Je leur suis à toutes et tous infiniment reconnaissante. Professeure d'histoire à l'université de Santa Clara, la docteure Naomi Andrews m'a parlé des sœurs Naral ; progressistes issues de la Martinique, elles tenaient des salons politiques et culturels dans le Paris des années 1930. Elles m'ont inspiré le personnage de Joséphine. Mon amie photographe Meredith Mullins m'a gentiment mise en contact avec le généreux Adrian Leeds à Paris, dont l'assistante Patty Sadauskas m'a présenté son amie archiviste Claire Khe. Claire a ressuscité pour moi la scène artistique parisienne de l'année 1937. Elle m'a envoyé des informations sur l'univers de Man Ray, André Breton, Fernand Léger, et d'autres peintres cubistes et surréalistes, ainsi que des photos du quartier Montparnasse des années 1930, de périodiques et des nombreux cafés qui accueillaient toute cette scène parisienne. J'ai eu le grand bonheur de discuter avec l'adorable Cara Black pour le club littéraire d'Adrian, dédié aux expatriés à Paris. @bookswithishika m'a invitée à la librairie The Red Wheelbarrow de Penelope Fletcher. Zara Faridany du Wellesley Club de Paris (qui m'a adoptée) m'a hébergée dans son magnifique appartement avec Sally Katz, Pamela Boulet, Ellen Maycock, Margaret Peyrard, Kathleen de Carbuccia et Molly Cyr, mes nouvelles meilleures amies.

À Londres, j'ai passé plusieurs jours dans les quartiers de Chelsea, St. James's Park et Piccadilly Circus pour marcher dans les pas de Sona. Heureusement, pléthore de livres, vidéos, magazines et films sur l'Angleterre des années 1930 m'ont aussi permis d'élargir mes connaissances concernant cette période.

En 2019, je me suis rendue à Istanbul et à Bombay. J'ai arpenté les allées du Grand Bazar, humé l'atmosphère de la ville et goûté l'hospitalité turque. J'ai grandi en Inde du Nord et il y a cinq ans encore, je n'étais jamais allée au sud. Je suis tombée amoureuse de Bombay, qui était bien moins étendue en 1937, plus gérable et accessible, de sorte que notre protagoniste Sona pouvait parcourir les rues de nuit sans crainte. De nombreux livres sur les protestations croissantes, les rassemblements et les révoltes des Indiens contre leurs oppresseurs britanniques m'ont permis de cerner le Bombay des années 1930.

En Europe, j'ai eu le plaisir de rencontrer certains de mes éditeurs à l'étranger, qui m'ont reçue avec tous les honneurs. Julia Leloup, Claire Deslandes, Étienne Chauvard, Marine Charoy, Margaux Mallet et Camille Corso constituent ma super team aux Éditions Hauteville. Ils étaient impatients de me montrer leur superbe première de couverture pour *La Parfumeuse de Paris*, qu'ils s'apprêtaient justement à publier. Au Salon international du livre de Turin, Daniela Pagani et Sabine Schultz m'ont montré tout l'amour que mon éditrice italienne, Neri Pozza, nourrissait pour mes livres. Serena Stent, Darren Shoffren, Kate Harvie et la publiciste Debbie Elliott m'ont conviée à un déjeuner avec une vue incroyable sur la Tamise, grâce à Harper360, mon éditeur au Royaume-Uni. À Barcelone, j'ai fait la connaissance des adorables Mathilde Sommeregger, Susana Herman et Silvia Bastos de Editrends/Ediciones Maeva, mon éditeur espagnol.

Entre autres privilèges, j'ai déjeuné à Barcelone chez l'autrice Ana Briongos et son mari, Tony, et fait la connaissance de l'autrice Donna Freitas (désormais mon amie), qui a lu une première version de ce roman et m'a fourni des commentaires avisés.

Mon frère Madhup Joshi a considérablement amélioré ce roman en me donnant une idée géniale qui m'a permis de faire avancer l'histoire à un moment où j'étais coincée. Mon frère Piyush m'a hébergée lors de mon voyage en 2019 à Istanbul et Bombay. Merci, mes frères ! Mon père lit tous mes romans et est toujours prêt et en mesure de me fournir des listes d'experts. Je t'aime, papa ! Ma clique indienne, mes voisins Gratia et AJ ainsi que mon assistante Sara Oliver m'ont apporté leur soutien affectif quand j'étais perdue. Et pour finir, tout mon amour à Bradley Owens, qui m'a encouragée à devenir autrice à plein temps, qui a joué un rôle énorme dans l'écriture de ce roman, de mes précédents, et aura le même dans ceux à venir.

Notes de l'autrice

Le concept d'identité me fascine. Ma famille est arrivée aux États-Unis quand j'avais neuf ans. Jusque-là, je ne connaissais que les Indiens, la nourriture et les coutumes indiennes. Dès que j'ai mis le pied sur le sol américain, ç'a été un enchantement. L'Amérique, c'était nouveau et excitant. J'ai rapidement adopté l'anglais américain (si différent de l'anglais britannique que m'avaient enseigné les religieuses catholiques en Inde), les vêtements et la culture américains. Il ne m'a pas fallu longtemps pour me considérer comme une Américaine. Cependant, mon altérité me poursuivait partout. La nourriture indienne était ma préférée. J'aimais les bijoux indiens et les saris en soie de ma mère. Je me hérissais dès qu'on critiquait l'Inde. Alors qu'étais-je : américaine ou indienne ? Et à quel pays devais-je être loyale ? Pouvais-je être partagée sur ce point et malgré tout patriote envers les deux pays ?

Dans ce roman, ma protagoniste est aussi en proie à des problèmes d'identité : Sona, anglo-indienne, descend d'un père anglais et d'une mère hindoue. Ce type d'union fut accepté, voire encouragé quand les Britanniques débarquèrent en Inde sans femme et eurent besoin de compagnie. Néanmoins, à la fin du XIXe siècle, des communautés exclusivement britanniques s'étaient constituées, de sorte que les enfants eurasiens étaient considérés comme ni tout à fait indiens ni tout à fait anglais. Ils étaient soit méprisés, soit mis sur un piédestal, et dans tous les cas manipulés au profit du Raj britannique.

En tant que métisse, Sona est déchirée. Certes, elle comprend la lutte indienne en faveur de l'indépendance vis-à-vis des Britanniques. En même temps, elle tire avantage de son sang anglais – elle a une meilleure éducation, un meilleur métier, un meilleur salaire. Mais en 1937, l'époque où se déroule le roman, les tensions politiques sont vives et la situation tourne en défaveur des Anglais. Sona, à l'instar d'autres Anglo-Indiens, commence à être considérée comme l'autre, l'ennemi. Quelle identité va-t-elle choisir ? Laquelle est-elle autorisée à s'approprier ?

En 2019, je suis allée en Inde et j'ai visité la National Gallery of Modern Art, à Delhi, pour contempler les œuvres d'Amrita Sher-Gil, une peintre qui n'a jamais semblé connaître les affres de l'identité. Sa mère était issue d'une famille juive hongroise et son père de l'aristocratie indienne. Amrita était une enfant prodige, choyée par des parents fortunés. Elle a étudié et peint à Paris pendant plusieurs années formatrices, et a été la plus jeune artiste admise au prestigieux Salon des indépendants de Paris, en 1933. Elle a fini par se sentir attirée par le pays de naissance de son père et est allée vivre et peindre en Inde. C'est alors qu'elle a appliqué les techniques avant-gardistes qu'elle avait apprises en Europe à ses tableaux représentant la vie dans les villages indiens. Ceux-ci constituaient selon elle ses meilleures réalisations. Nous ne saurons jamais jusqu'où son travail aurait pu la mener puisqu'elle est décédée subitement en 1941. Elle avait vingt-huit ans.

Pourquoi Amrita était-elle différente de Sona et moi ? Voilà ce que je me suis demandé. Comment pouvait-elle être aussi à l'aise dans une culture que dans l'autre ? Dans ma quête de réponse, j'ai pris quelques licences et me suis plus ou moins inspirée d'Amrita pour le personnage de Mira Novak. La Mira de ma fiction a un père tchèque et une mère indienne. Comme Amrita, elle est peintre. Elle est flamboyante, sexuellement fluide, prend position politiquement, est directe, talentueuse et infiniment charmante.

À bien des égards, la vie d'Amrita Sher-Gil présente de grandes similitudes avec celle de l'exceptionnelle Frida Kahlo. Celle-ci était elle aussi métisse, de mère mexicaine et de père allemand, libre d'esprit et déterminée. Pourtant, si Amrita est reconnue aujourd'hui par le monde élitiste de l'art, son nom n'est pas aussi familier que celui de Frida Kahlo. Si cette première avait vécu plus longtemps, elle aurait sans doute été reconnue non seulement en tant que peintre indienne ou peintre femme, mais comme artiste internationale. Amrita Sher-Gil a été ma source d'inspiration pour ce roman ; il est important pour moi que ni elle ni son travail ne tombent dans l'oubli. C'est ma façon de réclamer la part indienne de mon identité.

Il est également primordial pour moi que le travail des femmes – tant dans le domaine des arts que des sciences, de la musique, des mathématiques ou de l'éducation – soit reconnu aussi abondamment, intensément, passionnément et largement que celui des hommes.

Achevé d'imprimer en juillet 2025
Par CPI Brodard & Taupin à La Flèche
N° d'impression : 3061334
Dépôt légal : août 2025
Imprimé en France
38122940-1